中国现代文学史
1915—2025（精编版）（第三版）

朱栋霖 主编

北京大学出版社
PEKING UNIVERSITY PRESS

图书在版编目(CIP)数据

中国现代文学史. 1915—2025：精编版 / 朱栋霖主编. -- 3 版. -- 北京：北京大学出版社，2025.7.
(博雅大学堂). -- ISBN 978-7-301-36379-9

I. I209.6

中国国家版本馆 CIP 数据核字第 20256N24Q4 号

书　　名	中国现代文学史 1915—2025（精编版）（第三版） ZHONGGUO XIANDAI WENXUESHI 1915—2025（JINGBIAN BAN）(DI-SAN BAN)
著作责任者	朱栋霖　主编
责 任 编 辑	张雅秋
标 准 书 号	ISBN 978-7-301-36379-9
出 版 发 行	北京大学出版社
地　　址	北京市海淀区成府路 205 号　100871
网　　址	http://www.pup.cn　　新浪微博：@北京大学出版社
电 子 邮 箱	编辑部 wsz@pup.cn　　总编室 zpup@pup.cn
电　　话	邮购部 010-62752015　发行部 010-62750672 编辑部 010-62757065
印 刷 者	河北博文科技印务有限公司
经 销 者	新华书店 965 毫米×1300 毫米　16 开本　21.5 印张　331 千字 2011 年 11 月第 1 版　2021 年 1 月第 2 版 2025 年 7 月第 3 版　2025 年 7 月第 1 次印刷
定　　价	79.00 元

未经许可，不得以任何方式复制或抄袭本书之部分或全部内容。
版权所有，侵权必究
举报电话：010-62752024　电子邮箱：fd@pup.cn
图书如有印装质量问题，请与出版部联系，电话：010-62756370

出版和使用说明

这套教材是中国语言文学专业、新闻传播专业的必修课程"中国现代文学史"(含中国当代文学史)的精编版(全一册),在《中国现代文学史1915—2020》(精编版)基础上修订而成。文学史的叙述时间延伸到2025年。

本教材使用对象为中国语言文学各专业方向(含师范教育、文秘、对外汉语专业方向)、新闻传播学各专业方向、戏剧影视学专业等。随着教学改革的进行,作为中文系主干课的中国现代文学(含中国当代文学)的教学课时有所压缩,在新闻传播学、广告学、中文文秘、对外汉语、戏剧影视文学各专业方向,该课程的教学时数更短。我们根据各方面要求编写了这部精编版教材。

该教材的一大特征是,各章节有主题讲座二维码,实现了"互联网+"教学。本书主编特邀多位专家学者,就各人所擅长的领域做了多场主题讲座,并制成视频。读者用手机扫一扫各章节标题下的二维码,即可视听。全书共有二维码28个,并在本书目录后附上了二维码内容目录。

这部教材在文学史叙述的各章节依然保持"声音"栏目,即在相关的文学史现象、作品评述中,以"声音"形式介绍了学术界的不同观点。许多观点之间甚至是相互抵牾的,但它们共同构成了文学史的复杂性,我们也借此一并呈现出来。这一体例不同于历来的文学史著述,是一种新的、有价值的尝试。

与此文学史相配套,我们编选有《中国现代文学经典1915—2025》(精编版)。

本教材配有全套的多媒体课件,供课堂教学使用。各校教师可与北京大学出版社联系（书后附有课件申请表，可撕下）。

恩切希望在教学中积累了丰富经验的各校教师同行，对本教材的进一步修订提出宝贵意见。

朱栋霖
2025 年 5 月 20 日

目 录

绪论　人学思想与中国现代文学史构成 …………………………（1）

第一章　中国新文学的确立 …………………………………………（9）
　第一节　"人的文学"与新文学 ………………………………（9）
　第二节　启蒙精神与现代小说确立　鲁迅 ……………………（23）
　第三节　人生写实与浪漫抒情　郁达夫 ………………………（41）
　第四节　话剧的初创　田汉 ……………………………………（51）
　第五节　诗体解放与诗美探寻　郭沫若　徐志摩 ……………（57）
　第六节　性灵发现与散文勃兴　周作人 ………………………（68）

第二章　1930 年代：新文学丰创期 …………………………………（74）
　第一节　人文主义的深化与左翼的兴起 ………………………（74）
　第二节　小说流派与群落的竞起　丁玲　沈从文 ……………（80）
　第三节　风格多样的长篇体式　老舍　茅盾　巴金 …………（90）
　第四节　现代话剧的成熟　曹禺 ………………………………（103）
　第五节　现代诗学的标志　戴望舒 ……………………………（114）
　第六节　犀利、幽默与独语　鲁迅　林语堂　何其芳 ………（119）

第三章　1940 年代：战时背景下的文学嬗变 ……………………（124）
　第一节　战争状态与文学的区域分化 …………………………（124）
　第二节　解放区的文学方向与实践　赵树理 …………………（128）
　第三节　都市、消费与文学的现代性　张爱玲　钱锺书 ……（139）
　第四节　感应时代的历史剧 ……………………………………（152）
　第五节　凝目现实与诗学的综合　艾青　穆旦 ………………（158）

第四章 1950—1970年代：国家体制下的文学状态 …………… （164）
- 第一节 新的政治空间与文学的规范化 ……………………… （164）
- 第二节 革命叙事与探索生活的边缘 ………………………… （170）
- 第三节 配合现实与话剧的民族化探索 《茶馆》 …………… （184）
- 第四节 政治抒情诗、白洋淀诗群、散文模式 ……………… （193）
- 第五节 另一重文学空间：中国台湾与中国香港
  白先勇 金庸 …………………………………………… （198）

第五章 1980—1990年代：当代文学新时期 ………………… （209）
- 第一节 人性复归与多元探索 ………………………………… （209）
- 第二节 文学反思与先锋实验 ………………………………… （221）
- 第三节 众声喧嚣中的长篇收获
  陈忠实 余华 王安忆 ………………………………… （234）
- 第四节 戏剧在海峡两岸的探索 ……………………………… （253）
- 第五节 朦胧诗与诗歌多元化探索 …………………………… （258）
- 第六节 散文园地的重建 ……………………………………… （265）

第六章 2000年以来的文学 …………………………………… （272）
- 第一节 2000年以来的文学走向 ……………………………… （272）
- 第二节 精英写作 ……………………………………………… （275）
- 第三节 莫言 …………………………………………………… （287）
- 第四节 通俗小说、网络小说 ………………………………… （293）
- 第五节 2000年以来的戏剧 …………………………………… （313）
- 第六节 2000年以来的诗歌 …………………………………… （322）
- 第七节 2000年以来的散文 …………………………………… （327）

第一版后记 ………………………………………………………… （331）

第二版补记 ………………………………………………………… （333）

第三版后记 ………………………………………………………… （334）

本教材所含视频（二维码）目录

注：视频二维码位于各章节篇首。

绪论

朱栋霖（苏州大学）："互联网+"现代文学史新形态　　　　（1）
钱理群（北京大学）：我的现代文学史观　　　　　　　　　（1）
朱栋霖（苏州大学）：人的发现与中国现代文学史的发展　　（1）

第一章

张全之（上海交通大学）：《阿Q正传》解析　　　　　　　（23）
李今（中国人民大学）：重读《伤逝》　　　　　　　　　　（23）
汪卫东（苏州大学）：《在酒楼上》《孤独者》解析　　　　（23）
张全之（上海交通大学）：《沉沦》解析　　　　　　　　　（41）
魏建（山东师范大学）：郭沫若的叛逆与童心　　　　　　　（57）
朱寿桐（澳门大学）：郭沫若的人生体验与创作风格　　　　（57）

第二章

吴福辉（中国现代文学馆）：京派与海派文学　　　　　　　（80）
王中忱（清华大学）：丁玲　　　　　　　　　　　　　　　（80）
王中忱（清华大学）：茅盾　　　　　　　　　　　　　　　（90）
朱栋霖（苏州大学）：经典《雷雨》：从话剧到苏州评弹　　（103）
骆寒超（浙江大学）：戴望舒的创作个性　　　　　　　　　（114）

第三章

锺正道（台湾东吴大学）：张爱玲的电影梦　　　　　　　　（139）
骆寒超（浙江大学）：穆旦的创作道路　　　　　　　　　　（158）

第四章

刘复生（海南大学）：从《创业史》到《平凡的世界） （170）
朱栋霖（苏州大学）：心读经典：《百合花》 （170）
白先勇（著名作家）：我的文学道路 （198）
方忠（江苏师范大学）：台湾散文的艺术魅力 （198）

第五章

朱栋霖（苏州大学）：莫言与诺贝尔文学奖 （221）
周燕芬（西北大学）：《白鹿原》解读 （234）

第六章

吴义勤（中国作家协会）：新世纪文学研究 （272）
格非（清华大学）：重返时间的河流 （272）
陈国恩（武汉大学）：知青下乡到农民工进城的文学叙事 （275）
汤哲声（苏州大学）：中国网络小说与消费主义 （293）
季国平（中国戏剧家协会）：中国戏曲，如何赢得未来 （313）
朱栋霖（苏州大学）：2000年以来戏剧散文 （313）

绪论
人学思想与中国现代文学史构成

朱栋霖
（苏州大学）："互联网+"
现代文学史新形态

钱理群
（北京大学）：我的
现代文学史观

朱栋霖
（苏州大学）：人的发现与
中国现代文学史的发展

"人"的观念　外来影响

中国现代文学，是中国文学在20世纪持续获得现代性的长期、复杂的过程中发展形成的。在此过程中，古典形态的中国小说、诗歌、戏剧、散文嬗变为现代文学形态，讲述中国阵痛、探索、改革、新生与崛起的故事。文学本体以外各种文化的、政治的、世界的、本土的、现实的、历史的力量对文学的现代化发生着影响，这些外因影响着它的萌生、兴起，影响着文学运动、文艺论争、文学创作，形成中国现代文学迅速、纷纭的变化，构成一部能折射历史的多姿多彩的中国现代文学史。

自19世纪末到1917年大张旗鼓的文学革命兴起前的近20年，是中国文学现代化的发生期；有了这个先导和基础，才有了后来文学在现代化道路上的发展。

20世纪初，清王朝覆灭，民国初年，政坛剧烈动荡，文化领域尚未出现革命性变化。但是，在来自西方的现代文化的激烈撞击下，中华民族被震惊而奋起，启动了的现代化进程已经不可遏止。在政治领域，激烈的社会革命取代了温和的维新,推翻了封建王朝的世俗政治权力正在寻求建构自己的合法性,现代民族国家在强权与专制的夹缝中艰难寻路;在经济领域,沿海城市依靠海外输入开始了工业化的进程,资本主义生产方式也在这一过程中形成;在社会领域,一方面由于资本主义生产方式的兴起,另一方面由于科举制度的废除,传统的社会秩序开始瓦解,新的社会集团与阶层日渐形成;在文化领域,现代化进程首先表现为现代的文化生产机制逐步建立,具有现代思想的新型知识阶层逐渐形成,并成为推动社会进步的一支重要力量。新型知识阶层利用文学作为政治改良、社会变革工具的功利主义意识,和用文学来探索人生,表现、保持文学独立审美价值的纯文学意识,以前所未有的新异形态,构成了中国现代性展开过程中的内在张力。文学创作在传统基础上酝酿着重大的改良与革新。

中国现代文学的发展,离不开19、20世纪中国社会的巨大变革所带来的重大影响。但是,什么是推动与贯穿20世纪中国文学发展的内在动力?是何根本性因素激发与规约了20、21世纪中国文学的纷繁复杂现象,与诸种创作方法的更迭、文学流派的纷呈重组?

"人"的发现　人对自我的认识、发展与描绘,人对自我的对象化,即"人"的观念的演变,是贯穿与推动20、21世纪中国文学发展的内在动力。所谓"人"的观念,包括人对自我的认识、人的本质、人性、个人、个性、人的价值、人的自由、人的权利、人的地位(以及人生观、人道观、义利观、荣辱观、幸福观、爱情婚姻观、美丑观、友谊观等)、人的未来与发展等。人类对自我的认识,以及这种认识的不断发展、嬗变构成了人类的文明史与发展史。人类社会与文明的发展,就是人类一次次地发现与认识自我的历史,也是人类面对自我不断协调、平衡、和谐人与人、人与社会、人与自然、人与历史之间关系的过程。可以说,整个人类社会与文明的发展史,就是一部"人"的观念的演变史:我们是什么?我们从何而来?我们应该是怎样的?我们应如何发展与实现自我?我们向何处去?马克思主义的主题就是人的全面发展;"人的自由",是马克思人学理论的落脚点和归宿。马克思在《德意志意识形态》中"以每一个个人的全面而自由的发展为基本原则的社会形式"①来指称未来共产主义社会的本质特征。《共产党宣言》同样指出,在未来社会,"每个人的自由发展是一切人的自由发展的条件"②。"个人的全面发展",正是人类的目标。

人类对自我的发现与认识,也决定了文学的发展。

"人"的发现与文学史构成　古人对"人"的发现与认识,决定了中国古典文学的发展。上古人怀着对自然的恐惧、崇拜与憧憬,形成了原始朴素的天人合一观,上古神话、祭祀仪式就反映了上古人对自我、对人与自然关系的探索。儒家理念以仁为本,"仁者,人也","仁者,爱人",以人性与伦理道德的协调关系为主体,形成了以封建宗法观念为基础的传统的理性人文主义。老庄主张无知无欲,适性逍遥,以虚静恬淡为道德之至。佛家主张人生本质乃痛苦、解脱、修行,以及本无、无常、性空,禅宗主张心性本净,万法尽在自心中。有儒家人学观,就有古代千年繁若星汉的言志抒情之作;有老庄的适性逍遥、虚静恬淡,就有陶渊明、王维、苏轼、马致远等人的清新脱俗;有禅宗心性、禅悟说,就有以诗谈禅、以禅趣入诗,有妙悟、顿悟、性灵、神韵说。宋明理学主张存天理灭人欲,到明代中叶,新的社会发展因素涌动,市民阶层诞生,于是有了对"人"的新的发现。新的人学观质疑、挑战程朱理学,有天理人欲之辨。王阳明创心学,提出心即是天理,致良知,提倡回到自己的本心。王艮标立心学左派,提出人性之体即是天性之体,身与道原是一体。李贽独创"童心说",提出人道即是天道,吃饭穿衣即是人伦物理。萌动于16世纪后期至17世纪末的个性主义思潮,激发了中、晚明新的文学观念的发展,以及各种新的长篇叙事性创作的勃兴。从吴中才子唐伯虎、祝允明的疏狂脱略,徐文长的狂放不羁、为情而作,到公安、竟陵主张独抒性灵,不拘格套,金圣叹独标才子书,力赞《西厢记》为天地妙文;从汤显祖尊情抑理的《牡丹亭》、冯梦龙等以"情教"代"礼教"的"三言""二拍",到《水浒传》《金瓶梅》《红楼

---

① 马克思:《资本论》,《马克思恩格斯文集》第5卷,人民出版社2009年版,第683页。
② 马克思、恩格斯:《共产党宣言》,《马克思恩格斯文集》第2卷,人民出版社2009年版,第53页。

梦》《儒林外史》对人性、人情、人欲、人格的刻画，以及诸多人情、言情、艳情小说的问世，到晚明、晚清闲适、香艳小品，乃至沈复《浮生六记》等，都反映了对"人"的新发现与文学创作中新的"人"的观念的活跃、涌动。

近代以来中国社会大裂变，梁启超倡"新民"说。所谓"新民"，就是新的"人"的观念。这是对中国社会现代化与"人"的观念的现代化的呼唤。梁启超的"新民"说剥落了专制君主、宗法家族的囚束，认为人属于国家，属于社会，称为"国民"。因此近代新文学创作与文学观尤其注重文学的社会性、政治性。

五四运动之后，新文学高扬个人的旗帜，胡适宣传易卜生个性主义，周作人提出"人的文学"。新文学对个性主义的发现，被称为"个人主义的人间本位主义"。这一"人"的观念具有20世纪文化的现代性特征。在这一"人"的理念基础上产生了新文学的新的主题、新的人物形象，有《狂人日记》对"人"的历史、现实与未来的思考，有《阿Q正传》对旧人的反思，有《沉沦》中人欲的彰显，有《女神》青春的放歌，有新月派的人性抒发。

"文学是人学"，中国现代文学创作中的现实主义、浪漫主义、现代主义，是又一意义上的对"人"的发现。各种创作方法的形成取决于创作主体从何角度发现"人"、思考"人"。看重人的社会性、人与人的关系、人与社会的关系的，形成现实主义；着眼于人的心灵情感的，倾向于浪漫主义；而认定人的心灵真实、潜意识的深刻性的，就走向现代主义。这些都包含于"文学是人学"这一命题之中。在中国现代文学一百多年的发展史上，尤其如此。

文学史，就是在创作主体、创作对象（文学形象）、接受主体（阅读与批评）这三个层面上，实践与表现着对"人"的不断发现。中国现代文学史，就是由文学实践与表现这一不断演变着的"人"的观念，而构成着，丰富着，发展着。

中国现代文学和"人"的发现　中国现代文学的发展，始终贯穿着两种或多种"人"的观念、"人"的声音的对话、交流、对抗、激荡与交融。

1928年出现的革命文学、1930年代的左翼文学关注的是人的阶级性。这是继新文学发现人的个人性、社会性之后，再向另一端推进的结果。中国传统文化一贯看重人的社会性，看重社会群体与个人发展的关系，这使受西方个性主义思想影响的新文学新文化与"人"的观念并不完全等同于西方个性主义人学观，新的人学观始终与人的社会性相结合。因此，关注被压迫者和被侮辱者，为被压迫者、被侮辱者的不幸命运与被压迫地位呼喊，曾是新文学时期"人"的观念的一个重要方面。从这一关注人的社会性的思想出发，很容易在一部分持激进思想的人士中产生阶级论思想。在有不同阶层的人存在的社会中，人必然有其阶级性。这是左翼文学对"人"的新发现，也为中国文学开拓了一个新的视角，展示了一个人与社会关系的新的天地。左翼文学进而以人的阶级性、革命性取代人性、对峙人情，否定人的个性的自由发展。这是革命文学中的人学观念与话语。当然，三四十年代还有茅盾等许多作家创作的关注人的个性与社会性关系的文学，有巴金、曹禺、沈从文、张爱玲、路翎等人各具特点地承传新文学与人文主义的人学观念，有老舍、钱锺书等强调人的文化属性的人学观念。

此外，还有近现代通俗文学中的"人"的观念：充分世俗化中的充分人性化，传统世俗社会的大众道德与大众人性观。

综观"文革"前"十七年"文学，是多种"人"的观念、"人"的话语在对抗、冲突、交奏。五六十年代社会主义现实主义文学成为主流，阶级的、革命的"人"的观念与话语影响最大。这一时期连续不断地批判资产阶级人性论、人道主义，实现了对个性主义与人文主义的"人"的观念与话语的否定。但这时期，仍有小说《我们夫妇之间》《组织部来了个年轻人》《红豆》《小巷深处》，电影《早春二月》《舞台姐妹》、"第四种剧本"、戏剧《茶馆》《关汉卿》等，不绝如缕地发出人性的声音。这声音是轻微的，但也是顽强的。即使在《百合花》《青春之歌》《三家巷》

近现代通俗文学具有它自己的特色，在发挥文艺功能上它完全可以与纯文学相互补。……纯文学重探索性、先锋性，重视发展性情感；通俗文学则是满足于平视性，是集体心理在情绪感官上的自娱、自赏与自我宣泄，崇仰人性的基本欲求。（范伯群主编：《中国近现代通俗文学史》）

这些革命小说中，"人"的声音也若隐若现。《青春之歌》中林道静终于走上革命集体主义道路，否定了她起初所追求的个性主义道路，但是小说作者杨沫以女性的敏感细致地描写了女主人公在人生道路与婚姻问题上的选择，使这部在实质上重返 1930 年代"革命+恋爱"模式的小说富有人情味与人性美。

在经历了"文革"以革命性、阶级性代替人性的描写后，新时期文学经历了从伤痕文学、反思文学、改革文学到寻根文学、先锋文学等一系列沿革，这也是对"人"的逐步再发现，对新文学人学观念的逐步再寻找，构成新时期文学发展裂变的内在动力。

中国现代文学和外来影响　中国现代文学的发生、发展是和外来文化的强烈刺激分不开的。中国现代文学与中国古典文学相比，最基本的不同，就是中国古典文学是在大体一统固定的政治文化环境中发生、发展、繁荣、变化的，而中国现代文学是在世界文学潮流中成长、发展的，它自身也成为世界文学的一个组成部分。中国现代文学的历史，是在前所未有的中国向世界敞开、同时也走向世界的变革中，通过与世界文化的对话交流，走出自我迷失、实现自我创新的历史。

晚清西学东渐，一个新颖奇异、生机勃勃的西方文化景观展示在中国人面前。自此，中国文化、文学乃至民族心理发生了巨大的裂变，西方文化刺激着中国文化不断发现"人"，启发着 20 世纪中国文学如何表现"人"。

20 世纪二三十年代，在西方文学进入中国文坛的第一次高潮中，从古希腊文学到 19 世纪文学，众多西方作家作品被译介到中国，其中最具影响的有四位代表性人物。易卜生在新文学高潮时期被《新青年》隆重推出。但是戏剧家易卜生在中国主要是被作为启蒙思想家接受的。易卜生的个人主义思想连同他的剧作《玩偶之家》对于夫权家庭的批判、对于妇女平等自由权利的呼唤，成为当时中国文化界倡扬个性主义的旗帜。卢梭是又一位对中国现代文学产生重要影响的西方人。《忏悔录》在 1928—1945 年间有张竞生、汪丙琨、凌心勃、沈起予、陈新等几种中译本问世。这位启蒙主义思想家袒露自己善恶、真伪、美丑交织的本来面目的真诚与勇气，激励了许多中国人。郁达夫、郭沫若、张资平、叶灵凤、巴金的小说中都有卢梭式的自剖。那大胆的自我暴露，对于在中国道德裹挟下的人性是暴风雨般的闪击，使伪道学家们感受到作假的困难。尼采的思想，曾在一些激进的文化人中产生共鸣。他那攻击一切偶像与张扬超我的精神，契合了新文化彻底反传统的潮流。弗洛伊德的精神分析学说也在中国小说创作中引起反响，鲁迅、郁达夫、郭沫若、张资平、叶灵凤、茅盾、曹禺、沈从文等人在创作中刻画性爱与人物心理时都运用了精神分析学理论。

这四位西方人进入中国，对于新文学的意义，在于他们启发中国人重新认识"人"——从四个层面揭示了人学的内涵。易卜生以理性主义的个人主义，使个人的自由、自尊、人格、人权显现出耀眼的价值。启蒙主义者卢梭以理性主义思想呈现人性的正负面的复杂性与丰富性，使"人"的真实自我获得了理性主义的确证。尼采把"人"的自我张扬到极致，并且颂扬了对传统的叛逆精神。弗洛伊德则洞悉"人"的深层意识，以及在个人潜意识中涌动着的性欲。易卜生、卢梭所揭示的"人"，是人类对自我的理性认识；尼采、弗洛伊德对"人"的自我的非理性层面的揭示，则使"人"的内涵获得了现代性。这使得新文化运动时期中国文化、文学对于"人"的发现，构成一个完整丰富的、现代性的人学观。新文学就是建构于这一新的"人"的观念的基础上。鲁迅十分敏感地把握到文学的这一内核，他在新文学的开山之作《狂人日记》中猛烈抨击封建礼教的"吃人"本质，明确发出"真的人"的呼唤。

无疑，新时期文学充满对现代人学思想的寻找与恢复，伤痕文学、反思文学、改革文学、寻根文学与先锋文学体现了对这种人学观念的寻找、恢复与深入的过程。与这一过程相呼应的，是西方文学的又一次深刻影响。西方几个世纪以来的文学在新时期短短十多年中几乎都被介绍进中国，其中影响最大、最广、最深的是西方20世纪现代

应该建构中国现当代文学的"世界文学"观念。不用比较文学和世界文学的眼光，没法把中国现当代文学识透。脱离了世界文学的文化背景，孤立研究中国现当代文学，是只知其然而不知其所以然。中国现当代文学史，必然是比较文学的。当代中外文学比较史也必然是中国当代文学史的最具概括性的、最具有理论深度的形态。（朱栋霖主编：《1949—2000中外文学比较史》）

主义文学，尼采、弗洛伊德、贝克特、萨特这四位是对新时期文学影响最大的西方思想家。"上帝死了""力比多""人的荒诞性""他人即地狱""存在先于本质"等思想观念渗透在"文革"后新时期的文学创作中。易卜生、巴尔扎克、托尔斯泰、司汤达等人所提倡的传统的人道主义、人文主义，已为中国文坛所熟知与普遍接受，而在1920年代仅为少数激进知识分子所欣赏的尼采、弗洛伊德，在1980年代再度进入中国，掀起了一阵广泛而经久的热潮。詹姆斯提出的意识流理论，伍尔夫、普鲁斯特、乔伊斯的意识流小说，都展示了人的深层意识的空间，这是人类对自我的一次新发现。以卡夫卡、贝克特为代表的荒诞派文学，揭示了人的生存的荒诞性，这是人类对自我处境、人与社会关系的又一次哲学的探询与发现。新时期中国文学、美学的异彩都是汲取了这些异域的养料，共同体现了对"人"的发现与重塑。在一定程度上可以说，1980年代上半期文学中所谓对"人"的寻找，仅是对新文学时期人学观念的恢复和再发现，是将被扼制与摧毁了的人学观念、"人"的形象进行重塑。1980年代文学在推动社会变革方面产生了不小的影响。从1980年代中期开始，萨特、海德格尔的存在主义思想开始广泛在中国传播，从1980年代末至1990年代，"存在主义热"取代了"弗洛伊德热""尼采热"。"他人即地狱""自由选择"，人的异化、人与社会的对立、个人的尊严、当代人的失落感、孤独感，这些存在主义思想渗透在1990年代的文学创作中。1990年代中国文学中重要的现象如私人化写作、女性写作、先锋文学等，其哲学观念无不深藏着存在主义。1990年代以来或许并未产生足以代表这一时代的文学杰作，但是此中体现的对"人"的新发现，人学思想的现代发展，则是不容忽视的。

第一章
中国新文学的确立

第一节 "人的文学"与新文学

《新青年》 "重新估定一切价值" "人的文学" 新文学 文学研究会 创造社 新月社

始于1915年《新青年》(初名《青年杂志》)创刊的新文化运动,将近代以来中国文化的现代化欲求推向高潮,在新文学革命中诞生了具有现代性特征的中国新文学——中国现代文学。建设"人的文学"和白话文学成为新文学革命的标志和历史性成就。"人的文学"体现了中国文学的现代性思想解放欲求,从文学观念的层面奠定了新文学的思想基调;白话文学体现了中国文学现代性的语言变革欲求,从文学工具的层面确立了新文学的语言体式。

新文学革命,既是中国社会现代转型的必然要求,也是中国文学发展的必然要求;既有内在的动因条件,也有外在的思想影响。就内源性条件来说,新文学继承了明清以来人的觉醒的文化精神和尊个性、重言情的传统,尤其是直接承继了晚清梁启超、黄遵宪等人提倡的"新民"、救国的近代文学改良精神,有着"诗界革命""小说界革命"与白话文运动的基础。就外源性影响来说,大量译介欧洲文艺复兴以来的文化和文学,引进民主与科学之思想,弘扬人道主义精神和批判精神,将文学活动与人的解放紧紧联结在一起，建构起富有时代精神的价值标准。在继承中外优秀文化资源的基础上，新文学革命的倡导者以激进的态度、决绝的精神，掀起中国现代思想启蒙运动，反对旧道德、旧思想、旧文学，提倡新道德、新思想、新文学，开启了中国文学发展的崭新历史阶段。

一、新文学革命的精神本质

民主与科学的提倡　自近代以来，有识之士屡屡发出现代化的呼声，呼吁学习西方先进的物质文明和制度文化，"师夷之长技以制夷"，试图以"中学为体、西学为用"改造中国社会、政治、经济、文化的基本面貌。然而，由于封建社会制度和文化的长期禁锢，内源性改革资源严重不足，改革的要求屡屡受阻。要改变积贫积弱的中国社会，不仅需要引进西方的物质文明和制度文化，更需要输入西方的思想文化，从个体人格塑造，到社会道德思想建设的层面，在全社会进行文化启蒙。

以陈独秀、李大钊、胡适、鲁迅等为代表的现代知识分子，大力提倡民主与科学，坚决反对旧道德、旧思想，试图建立新道德、新思想，培养独立自由的人格，推进中国社会由近代向现代的转型，他们的主要阵地是《新青年》。

陈独秀（1879—1942，安徽安庆怀宁人，新文化运动的发起人）1915年创办《青年杂志》（见图1.1）。他在《青年杂志》创刊号发表《敬告青年》①，根据进化论之原理，率先"涕泣陈词"，提倡引进近代民主与科学思

图1.1　《青年杂志》，1915年9月15日在上海创刊，1916年9月第2卷第1号起改为《新青年》，为当时最有影响的思想刊物。

---

① 陈独秀：《敬告青年》，《青年杂志》第1卷第1号，1915年9月。

想,以期培养"新鲜活泼之青年",号召青年"奋其智能,力排陈腐朽败者以去"。

《敬告青年》是中国现代文化史上第一篇重要的文献。陈独秀甘冒天下之大不韪,坚决反对专制社会政治和文化,大胆引进西方民主与科学,提倡现代人格和现代文化,有力地促进了新文学的发生,吹响了中国文化现代化建设的号角。

1919年1月,陈独秀发表了《本志罪案之答辩书》,阐明提倡新道德、新思想、新文学与反对旧道德、旧思想、旧文学的关系:"本志同人本来无罪,只因为拥护那德莫克拉西(Democracy)和赛因斯(Science)两位先生,才犯了这几条滔天的大罪。要拥护那德先生,便不得不反对孔教,礼法,贞节,旧伦理,旧政治。要拥护那赛先生,便不得不反对旧艺术,旧宗教。要拥护德先生又要拥护赛先生,便不得不反对国粹和旧文学。"他坚决地认定:"只有这两位先生,可以救治中国政治上道德上学术上思想上一切的黑暗。"①

《新青年》介绍自由平等学说、个性解放思想、社会进化论,给人们提供思想武器,也给新文学提供精神核心(见图1.2)。这个反封建的文化运动,声势不断壮大。1918年1月,《新青年》编辑部改组,自第4卷第1号起改由陈独秀、钱玄同、胡适、李大钊、沈尹默等轮流主编。陈独秀又办了《每周评论》杂志。1919年1月北京大学学生傅斯年、罗家伦等办了《新潮》月刊,大力介绍西方民主与科学思想,提倡用白话文写作。

至此,中国现代知识分子形成了新文化运动统一战线,他们以西方启

图1.2 "易卜生最可代表19世纪欧洲的个人主义的精华,故我这篇文章只写得一种健全的个人主义的人生观。"——胡适《易卜生主义》,《新青年》第4卷第6号(1918年6月)。

---

① 陈独秀:《本志罪案之答辩书》,《新青年》第6卷第1号(1919年1月)。

蒙主义思想家为楷模，义无反顾地反叛封建文化，大胆介绍西方近代以来民主与科学思想，既有强烈的改革社会的愿望，也积极从事改革实践，为中国社会和文化建设找到了有效的思想资源。相对于近代有识之士的改革主张，五四新文化运动在西方先进思想输入的力度、广度、深度等层面，都达到了新的高度，对中国社会的影响也远非近代改良运动可比。

"重新估定一切价值"之精神　"重新估定一切价值"是新一代文化人为了打破旧文化、再造新文化而建立的文化精神。"新思潮的根本意义只是一种新态度。这种新态度可叫做'评判的态度'……尼采说现今时代是一个'重新估定一切价值'（Transvaluation of all values）的时代。'重新估定一切价值'八个字便是评判的态度的最好解释。""新思潮的精神是一种评判的态度。新思潮的手段是研究问题与输入学理。""新思潮的唯一目的是什么呢？是再造文明。"①

胡适（1891—1962，安徽绩溪人，字适之）尝试用西方思想理论和方法分析中国文化现状和未来发展，"处处顾到当前的问题"。他的"重新估定一切价值"的思想态度，始终针对中国近现代之交的文化变迁，它有两个基本原则：一是中国文化的现实性要求；二是中国文化发展的未来性要求。

从中国文化的现实要求和未来发展出发，陈独秀、李大钊、胡适、鲁迅、周作人、钱玄同等人，彻底批判旧文化，不遗余力从事新文学创作的尝试，学习西方文学先进经验，立足现实批判旧文学，着眼未来建设新文学，实现中国古典文学的现代转换，推进中国文学国际化，以文学为手段启发民众、变革社会。

介绍西方文学　胡适提出："今日欲为祖国造新文学，宜从输入欧西名著入手，使国中人士有所取法，有所观摩，然后乃有自己创造之新文学可言也。"② 近代以来，中国文化之所以迫切地取西方文化为参照系，是因为历时两千余载的中国传统文化迫切需要审时度势地改变自我形象，

---

① 胡适：《新思潮的意义》，《新青年》第7卷第1号，1919年12月。
② 胡适：《寄陈独秀》，耿云志、欧阳哲生编：《胡适书信集1907—1933》（上），北京大学出版社1996年版，第69页。

以崭新的面貌回应新世纪的召唤。近代中国社会经济与政治条件的变化，导致了民族文化与民族心理的变化。"正是中国文化机体自身需变、思变，才引来西方文化为参照系，在中西文化的碰撞、冲突、对话中寻求自我的文化生路。"① 西方文化刺激了中国人不断发现"人"，启发了20世纪中国文学如何表现"人"。

本时期是西方文学进入中国的高潮期，从古希腊的悲剧、喜剧、史诗，一直到19世纪末的精神分析学说，众多有影响的作家作品被译介到中国；尤以近代戏剧家易卜生、思想家卢梭、哲学家尼采和精神分析学者弗洛伊德的影响最著。这些西方学说的重要意义在于启发中国人重新认识"人"的内涵，为中国的文学家认识"人"、理解"人"的丰富内涵提供了新的视界，新文学观就是建构于这新的人学思想。

与文艺思潮涌入相伴而行的是对外国文学作品的翻译介绍。这些作品影响着新文学作家的创作，形成了中国文坛由封闭向开放、由本土向世界努力的起点。大规模翻译外国文学作品是文学革命的重要与有机构成部分。《新青年》从第1卷开始先后译介了屠格涅夫、王尔德、契诃夫、易卜生等俄国、法国、北欧作家的作品。在新文学实绩还比较贫弱的文学革命初期，新文学作品在量上不足以与当时旧派的言情、黑幕小说相较，但翻译介绍的这些外国文学作品客观上有力地与

洋务运动追求船坚炮利，是以器物层次为改革目标。维新运动追求君主立宪，是以政制层次改良为目标。辛亥革命推翻清王朝，是以政体层次为革命目标。这接连的几个运动都各有其主导的革新目标，一个又比一个深化，事后作历史检讨，又感到其目标的不完整、不深刻。直到五四新文化运动的产生，中国人才集中认识到，中国所面临的危机，不仅是国力的落后，更是文化发展上的落差。五四新文化运动提出在思想观念上作彻底改造的觉悟，才触及了中国革新的核心问题。……而首先有此认识且承担起这种最后觉悟的文化改造责任的是知识分子。（陈万雄：《五四新文化的源流》）

就我们所了解的世界史中社会和文化改革运动而言，这种反传统的、要求彻底摧毁过去一切的思想，在很多方面都是一种空前的历史现象。（林毓生：《中国意识的危机——五四时期激烈的反传统主义》）

---

① 范伯群、朱栋霖主编：《1898—1949中外文学比较史》上卷，江苏教育出版社2007年版，第37页。

传统势力相对峙，并在质量上显示着优势。1918 年，《新青年》第 4 卷第 6 号推出"易卜生专号"，旨在反传统、反专制，提倡个性自由、妇女解放的作品《娜拉》《国民公敌》，与时代精神相吻合，形成了巨大影响。受新意识熏陶的人没有不喜爱易卜生的思想与作品的，新文学的作者也都经历过仿效易卜生的创作阶段。一批"问题小说""问题剧"产生了，并由此带动了关注与反映社会现实人生的创作。《小说月报》原是近代鸳鸯蝴蝶派的代表性刊物，自从茅盾、郑振铎接手编务以后，迅速扭转方向，成为新文学的主流刊物。《小说月报》译介世界各国文学作品、文学思潮，提倡写实主义文学，重点介绍欧洲文艺复兴以来的主要文学成就，还以"专号"的形式介绍俄苏文学和"被损害民族文学"；与此同时，还每期设置栏目介绍世界文学动态和国内新文学动态，利用"编者的话""读者来信"等形式，为新文学争取到广大读者，极大地促进了新文学的发展。这一时期译介外国文学思潮和外国文学作品有影响的报刊还有《每周评论》《新潮》《星期评论》《少年中国》，以及四大副刊：《晨报·副刊》《京报·副刊》《时事新报·学灯》《民国日报·觉悟》。

在新文化运动以后的短短几年里，西方文艺复兴以来的各种文学思潮和左右着它们的哲学思潮先后涌入中国。文学思潮有写实主义、自然主义、浪漫主义、唯美主义、象征主义、印象主义、精神分析、意象派、立体派、未来派等；哲学思潮有人道主义、进化论、实证哲学、尼采超人哲学、叔本华悲观哲学、托尔斯泰主义、基尔特社会主义、无政府主义、国家主义、马克思主义、社会主义等。这些西方文学和哲学思潮，与中国传统的文学批评、文化理念相激相荡，经过精英知识分子的选择，在不同程度上被扬弃、吸纳、消化，对中国文学的现代化发生着方方面面的深远影响。

二、新文学革命的基本内容

白话文学 白话文学是新文学的标志。新文学革命是新文化运动的一个组成部分，对封建专制的批判必然地会转向对封建专制文学的攻击，反对文言,提倡白话,反对旧文学,提倡新文学,成为一场文学革命运动。胡适从"八事"入手,提出文学改良的具体措施:"一曰,须言之有物;二曰,不摹仿古人;三曰,须讲求文法;四曰,不作无病之呻吟;五曰,务去烂调套语;六曰,不用典;七曰,不讲对仗;八曰,不避俗字俗语。"① 胡适集中指责旧文学的流弊,初步接触到了文学的内容与形式、文学的社会功能、真实性与时代性等一系列根本问题。他的"八事"不仅涉及文学的语言形式,也涉及文学的内容思想,其中"须言之有物""不摹仿古人""不作无病之呻吟"三条,是针对当时文学内容方面的改良主张,其余五条是针对当时文学的语言形式而言的。胡适根据

最重要的是,文学革命表明了胡适和他那一代人深刻的疏离感。事实上,疏离感是20世纪中国文学创作和文学革命中的一个整体部分。

而胡适把新文学的重要性强调到如此程度,因为新文学同时提供了改革手段和心理补偿。它使胡适有种介入感,且有助于他克服无能感。作为一个疏离的知识分子,新文学满足了他要摆脱社会和政治现实纠缠的欲望。任何"参与"的形式都要求某种程度的介入,但文学却使他能在追求改革的同时却置身事外。白话文和谴责暴露小说特别适用于这两个目的。(〔美〕雷明之:《胡适与中国现代知识分子的选择》)

一是他(指胡适)对中华文化,尤其是语文的特点优点缺少高层理解认识,硬拿西方语文的一切来死套我们自己的汉字语文。二是胡先生的审美眼光与理想境界也都是以西方外国文化的标准为依归的,他的思想是竭力把中国文化引向西方模式,使之"西化"。我悟到这是他的思想认识的本质,所谓提倡"白话文"者,也不过是个现象形态问题而已。(周汝昌:《我与胡适先生》)

"一代有一代之文学"的文学史观念,认为文言文作为文学的工具已经死掉了,白话文才是当下和以后文学的正宗,是中国现代文学的工具,因此,现代文学一定是白话文学。为此,他从文学史发展(《国语文学史》和《白话文学史》)的角度论证白话文学"古已有之",号召彻底推倒文言文学。

陈独秀在《文学革命论》中进一步提出文学革命的"三大主义",对封建文学进行整体宣战:"曰推倒雕琢的阿谀的贵族文学,建设平易的抒情的国民文学;曰推倒陈腐的铺张的古典文学,建设新鲜的立诚的

---

① 胡适:《文学改良刍议》,《新青年》第2卷第5号,1917年1月。

写实文学;曰推倒迂晦的艰涩的山林文学,建设明了的通俗的社会文学。"① 既把文学革命当作开发文明、改造国民性、革新政治的利器,又承认"文学之为物"有"其自身独立存在之价值"(《答曾毅信》)。从胡适的文学改良到陈独秀的文学革命,文学革命走向了高潮。如果说,胡适的文学改良主张还是具体性操作,那么,陈独秀的文学革命论,则已经具有思想变革的强烈要求。如果说,胡适的改良主张还比较温和,还是以商量的口吻提出自己的建议,那么陈独秀则将文学革命推到了不得不进行、已经不容讨论的境地,表现出义无反顾的决心和信心。这就不难看出,文学革命是对梁启超等人将文学作为资产阶级政治改良的工具倾向的反思,是一次彻底的文学革命,是对古典文学的全面宣战。现在看来,尽管其中不乏矫枉过正的因素,但在当时情形下,没有这种决绝的精神,不足以引起国人的峻切关注,也不能迅速促进文学革命的实现。胡适和陈独秀的文学革命主张,率先将中国文学引向新文学的轨道,开启了中国文学现代化的大门。

胡适、陈独秀的文学革命的主张得到了新文化界的热烈响应。钱玄同(1887—1939,原名钱夏,字德潜)从语言进化的角度说明用典之弊,批判古文学之积习,斥桐城派古文为"高等八股",证明白话取代文言是历史的必然,提出著名的"选学妖孽与桐城谬种"之说,引起不小的震动。刘半农(1891—1934,原名寿彭,后名复,初字半侬,后改半农)从散文改革、韵文改革、标点分段等角度,发表了关于文学改革的具体意见。为了扩大文学革命的影响,回击守旧派的攻击,钱玄同和刘半农采用化名唱"双簧戏",钱玄同化名"王敬轩",模拟守旧派口吻,将反对文学革命的观点集中起来,刘半农则用回信的形式逐一批驳,倡明白话文学乃中国文学之正宗。胡适从"历史的文学观念"角度论证白话文学是时代的文学②,提出"国语的文学,文学的国语",以此为文学革命的宗旨,把白话文运动和国语运动结合起来,把白话文学与现代

---

① 陈独秀:《文学革命论》,《新青年》第2卷第6号,1917年2月。
② 胡适:《历史的文学观念论》,《新青年》第3卷第3号,1917年5月。

教育结合起来，推进白话文学的发展。①

在这些现代知识分子的提倡下，白话文报刊和白话文学逐渐发展起来。据统计，1919年下半年起，全国白话文报刊风起云涌，达到400种之多。到1920年，在白话取代文言已成事实的情况下，北洋政府教育部终于承认白话为"国语"，通令国民学校采用。②白话文运动取得胜利。

"人的文学" "人的文学"是新文学的基本主题。1918年12月周作人（1885—1967，号知堂，浙江绍兴人）发表《人的文学》③一文，对新文学进行质的界定："我们现在应该提倡的新文学，简单的说一句，是'人的文学'。应该排斥的，便是反对的非人的文学。"他充分汲取西方近代人文主义思想资源，首先把人理解为"从动物进化的人类"，提出两个要点，一是"从动物进化的"，一是"从动物进化的"。基于这种灵与肉的辩证，周作人将人道主义理解为"个人主义的人间本位主义"，即以个人为本体的人类大爱。"用这人道主义为本，对于人生诸问题，加以记录研究的文字，便谓之人的文学。"其次，他认为，这种"人的文学"又分为两个方面，一种是正面的，也就是写人的理想生活和人类发展可能性的文学；一种是侧面的，即写人的平常生活或非人的生活。"人的文学，当以人的道德为本"，从平等的两性观和现代爱情婚姻观念出发书写两性之爱，站在人道主义立场上表现亲子之爱。"人的文学"思想，从文学立场和文学主题等层面，界定了新文学的性质，得到了新文学家的广泛响应。新文学创作，主要成绩正在于"人的文学"。鲁迅的《狂人日记》猛烈地批判专制制度文化"吃人"的本性，发出"救救

---

① 胡适：《建设的文学革命论：国语的文学——文学的国语》，《新青年》第4卷第4号，1918年4月。

② 1916年10月，蔡元培、吴稚晖、黎锦熙等发起成立了国语研究会，主张"言文一致""国语统一"。1917年10月，全国教育联合会第3次会议提出了"推行注音字母方案"。1919年4月，国语统一筹备委员会成立大会上议决拟请教育部推行国语教育法案、注音字母案和颁行新式标点符号案。时蔡元培等人在孔德学校自编了白话文国语读本。江苏省不待教育部颁令而自行通过了《学校用国语教授案》，各学校开始采用国语教材，用白话文进行教学。1920年1月12日教育部下令各省改国文为语体文。同年1月24日，教育部公布修正《国民学校令》，规定将"国文"改为"国语"，国民学校第一、二、三、四年级均学语体文。继之，师范学校、中学校等也采用语体文教学。参见郑登云编著《中国近代教育史》，华东师范大学出版社1994年版，第211页。

③ 周作人：《人的文学》，《新青年》第5卷第6号，1918年12月。

孩子"的世纪呐喊；乡土小说站在启蒙立场，用批判的笔调描写封建制度下农村的物质生存条件和精神生活困境，揭示农民因长期受封建压迫而形成的国民劣根性；"问题小说"揭示人生面临的问题，呼唤爱，向往个性解放和婚姻自由。总之，本着人道主义立场，以人性为主要表现对象，揭示人的生存境遇，展现人的生存理想，是新文学的基本主题，并为中国现代文学定下基调。

三、新文学的实绩

白话诗歌和白话小说　文学革命带来文学的观念、内容、语言载体、形式各方面的革新与解放。文学观念上，文以载道、文笔不分、游戏消遣的传统观念被破除，借鉴于西方的严格意义上的文学观念得到了确立。新文学的理论倡导者和实践者对专制时代思想文化体系的彻底否定，改变了文学仿古的风气，表现人生的求真精神得到发扬，文学从审美内容到语言形式都大大接近生活。文学负有改良人生的使命，有它的社会责任，也有它自身的独立性。僵化的文言被摒除，白话由俚俗的边缘进入了文人创作的中心，成为文学语言的正宗。外国多样化的文学样式与手法，丰富着新文学的创作，新诗的创立、小说的革新、话剧的传入、美文的倡导，使文体得到了大解放与大丰富。早在美国留学时期，胡适就开始尝试用白话写作诗歌。1917年2月《新青年》刊载了胡适的白话诗8首，1918年《新青年》刊载了胡适、刘半农、沈尹默、鲁迅的新诗作品，白话诗成为新文学最早出现的文体，证明"白话可以作诗"[①]。

1920年3月胡适出版了《尝试集》，这是中国新诗第一部个人专集。1921年，郭沫若的新诗集《女神》，以昂扬炽热的诗句，传达出时代精神的最强音。在小说创作方面，鲁迅无疑是杰出的代表，《狂人日记》是鲁迅第一次运用白话写作小说，也是新文学第一篇白话小说。他的小说集《呐喊》《彷徨》"几乎一篇有一篇新形式"（茅盾语），是新文学初创时期最重要的收获。此外，文学研究会涌现了冰心、叶绍钧、王统照、许地山、庐隐等问题小说作家和鲁彦、许杰、彭家煌、塞先艾等乡

[①] 胡适在提倡白话文学时，发现白话文学在小说、散文等方面，已经取得了成绩，唯独诗歌方面没有实现突破，故从诗歌方面进行"尝试"。

土小说作家。创造社作家的创作多以抒发个人感情为主，带有浓郁的主观色彩，郁达夫的"自叙传"小说为其代表，郭沫若、张资平等也取得了相当的小说创作成绩。在散文方面，新文学也有所收获，代表性成就是周作人的"美文"、鲁迅的《野草》等。

新旧文学论争 新文学派与旧文学派的论争主要有：与林纾的论争、与学衡派的论争、与甲寅派的论争。

林纾（1852—1924，字琴南，福建福州市人）是近代中国著名学者和文学翻译家。当陈独秀、胡适等提倡文学革命之时，林纾相继发表《论古文白话之相消长》《致蔡鹤卿太史书》等文章，攻击陈独秀、胡适"叛亲蔑伦"，新道德"覆孔孟，铲伦常"，白话文是"土语"，表示要"拼我残年极力卫道"。林纾还写作文言小说含沙射影，希望当政者"直扑白话学堂，攫人而食"，使"国家承平"。严复批评白话文"高者不过《水浒》《红楼》，下者将同戏曲中皮簧之脚本"，预言白话文学必然失败。① 面对林琴南等人的攻击，新文化阵营进行了猛烈的还击。时任北京大学校长的蔡元培（1868—1940，字鹤卿，今浙江绍兴人）在《答林琴南书》中义正词严予以驳斥，旗帜鲜明地支持新文化运动与文学革命。鲁迅在"随感录"等一系列杂文中讽刺抨击了"国粹家"。《新青年》精心组织了一场"双簧戏"，钱玄同化名"王敬轩"发表《文学革命之反响》，集中各种反动言论，刘半农作《复王敬轩书》，逐段逐条予以批驳。陈独秀发表《本志罪案之答辩书》，阐明"要拥护德先生又要拥护赛先生，便不得不反对国粹和旧文学"，坚决表示："若因为拥护这两位先生，一切政府的迫压，社会的攻击笑骂，就是断头流血，都不推辞。"② 新文学家们坚定的信念和勇敢的精神，给了旧文学一次毁灭性的打击。

与林纾等守旧派相比，学衡派被指为"穿西装的复古派"。学衡派的阵地是《学衡》杂志，代表人物有梅光迪、胡先骕、吴宓等，他们标榜"昌明国粹，融化新知"，反对新文化运动和文学革命。梅光迪

---

① 严复：《书札第六十四》，郑振铎编选：《中国新文学大系·文学论争集》，上海良友图书印刷公司1935年版，第96页。

② 陈独秀：《本志罪案之答辩书》，《新青年》第6卷第1号，1919年1月。

(1890—1945,字迪生,安徽宣城人)发表《评提倡新文化者》,称文学革命"甫一启齿,而弊端丛生,恶果立现",说新文化提倡者为"政客""诡辩家""模仿家""功名之士"等①。吴宓(1894—1978,字雨僧,陕西泾阳人)、胡先骕(1894—1968,字步曾,江西南昌人)持"中学为体,西学为用"之思想,发表《论新文化运动》《中国文学改良论》等文,批评新文化运动过多否定传统文化、传统戏曲等偏激情绪,指出白话诗创作的简单化等现象。从20世纪中国文学发展来看,学衡派指出了白话文学初创时期的不足,但在新文学倡导初期,学衡派的观点显得过于急切。鲁迅在《估〈学衡〉》中说他们"于新文化无伤,于国粹也差得远"②。

主要文学社团、流派 新文学社团众多,是文学革命的特色。其中影响最大的是文学研究会、创造社和新月派。

文学研究会于1921年1月在北京成立(见图1.3),发起人有周作人、朱希祖、蒋百里、郑振铎、耿济之、瞿世英、郭

图1.3 1921年1月4日,沈雁冰、郑振铎等发起成立文学研究会。

绍虞、孙伏园、沈雁冰、叶绍钧、许地山、王统照等12人。文学研究会宣称要"研究介绍世界文学,整理中国旧文学,创造新文学"③,认为"文学应该反映社会的现象,表现并且讨论一些有关人生的一般的问题"④,主张创作"为人生"的文学。文学研究会的理论家沈雁冰首先倡明文学的精英立场,反对"消遣文学"和"休闲文学",重视文学揭示社会问题和批

---

① 梅光迪:《评提倡新文化者》,《学衡》第1期,1922年1月。
② 鲁迅:《热风·估〈学衡〉》,《鲁迅全集》第1卷,人民文学出版社2005年版,第399页。
③ 《文学研究会简章》,《小说月报》第12卷第1号,1921年1月。
④ 茅盾:《中国新文学大系·小说一集》"导言",上海良友图书印刷公司1935年版,第4页。

判社会现实的功能。叶绍钧、冰心、许地山、王统照等是问题小说的代表。

创造社1921年6月成立于日本东京，是由一批留学日本的文学精英组成的文学团体，成员有郭沫若、成仿吾、郁达夫、张资平、田寿昌、穆木天、张凤举、徐祖正、陶晶孙、何畏等人（见图1.4）。他们创办《创造》季刊、《创造周报》《创造日》《洪水》等刊物，主张"为艺术而艺术"，强调文学必须忠实地表现作者自己"内心的要求"。其作品大都侧重自我表现，带有浓厚的抒情色彩，直抒胸臆和对病态心

图1.4 创造社同人1926年摄于广州。左起：王独清、郭沫若、郁达夫、成仿吾。

理的描写往往成为他们表达内心矛盾和反抗现实的主要形式。后期创造社增加了李初梨、冯乃超、彭康、朱镜我、李一氓、阳翰笙等人，出版《创造月刊》《文化批判》《流沙》等杂志，提倡"表同情于无产阶级"的革命文学。

新月社于1923年成立于北京，主要成员为一批留学英美的文化精英，有徐志摩、闻一多、梁实秋、陈源、胡适、余上沅等人，出版《新月》月刊、《诗刊》季刊，出书近百种。新月派倡导新格律诗，主张诗的"音乐美、绘画美、建筑美"，对中国戏剧的程式化、象征性特点加以肯定。

本时期较有影响的文学社团还有语丝社、南国社、湖畔诗派、浅草社、沉钟社、弥洒社、莽原社等。

四、新文学革命的历史意义

新文学革命的历史意义体现在以下几方面：

实现了中国文学由古典向现代的转化，开创了中国文学新时代。新文学革命倡白话、反文言，成功地以白话文取代了占正统地位的文言文，白话成为中国社会和文化领域统一使用的主流语言，使20世纪中国社会

的文化得以大普及。这是一项顺应时代发展的伟大行动。与此相呼应的是以现代白话为书写语言的现代小说、新诗、话剧、散文("美文")等文体写作实验的成功,奠定了新文学四大主流文体的地位,并为其发展开拓了道路。

从1898年的"维新"运动到梁启超的"新民"概念,以至五四时期出现的"新青年"、"新文化"和"新文学",几乎所有为将中国从过去的桎梏中解放出来以建立"现代"国家的社会和思想运动,都伴随着一个"新"字。因此在中国,"现代性"不但表示对当前的关注,同时也表示向未来"新"事物和西方的"新奇"事物的追求。(〔美〕费正清主编《剑桥中华民国史》第九章,李欧梵:"文学的趋势Ⅰ:对现代性的追求,1895—1927")

建构起现代启蒙精神和人文主义文学传统,践行"人"的观念的现代化。启蒙精神既是新文学反封建、反专制的利器,更是新思想、新文化的主体,构成了新文学的精神主题和新的人学观念。文学革命以民主、科学、自由等思想启迪民众,重塑现代人格,视文学创作为启蒙民众、改造社会、实现人格独立的崇高事业。新文学借鉴西方近代以来人文主义思想资源,提倡尊重人的权利和基本欲望,深刻批判非人的礼教和非人的文学,敢于表现真切的人性内涵,充满人文主义情怀和光辉。新文学的现代启蒙精神和人文主义,成为20世纪中国文学的核心人学思想与文学理念。在启蒙精神的作用下,民主与科学的观念逐渐在中国产生影响,中国文学走上了现代文化发展之路。

建立起代表中国现代社会与文化的精英文学。新文学是中国现代的精英文学,其标志在于启蒙立场、批判精神和人文关怀。新文学在百多年来的中国现代文化与文学的发展中建树了一杆标帜,具有引导方向的作用。在20世纪中国文学发展过程中,新文学——精英文学将要历经与各个时代文化的对话、碰撞、批判、改造、重铸。

在新文学革命中诞生的一批新文学家,成为20世纪中国文学的创作主体,也成为20世纪中国的文学精英,发挥着重要的作用。

实践了中国文学与世界文学的对话、交流。新文学的催化剂是世界文学的引入。新文学的建设者们在接受外来文学影响方面表现出强烈的主体精神、开放气度和宽容心态。其中影响最大的是欧洲18、19世纪的写实主义文学思潮和现代主义文学资源与多元化文学观念,这些都成为中国文学走向现代化的资源。新文学的主导——写实主义文学,是新文学与以易卜生等人为代表的欧洲现实主义文学对话、交流的结果;浪漫主义文学所表现出来的现代危机感、焦虑感、浪漫激情和理性精神,也是中国作家对世界文学做出的回应。中国文学开始走上与世界文学同步发展的轨道,世界文学的主题选择(批判精神和现代性焦虑)与文学技术(写实文学技术和现代派文学技术),都在新文学中有所体现。从此,中国文学具有了世界视野和人类意识,它所蕴含的精神意识与20世纪世界文学有着深刻的相通之处。

新文学革命,开创了中国文学新纪元。

第二节　启蒙精神与现代小说确立　鲁迅

《狂人日记》　阿Q　《呐喊》　《彷徨》　《野草》

张全之
(上海交通大学):
《阿Q正传》解析

李今
(中国人民大学):
重读《伤逝》

汪卫东
(苏州大学):
《在酒楼上》《孤独者》解析

一、鲁迅的思想和创作道路

鲁迅(1881—1936),浙江绍兴人,原名周樟寿,字豫才,周树人是他在南京求学时的学名,1918年发表《狂人日记》时署名鲁迅(见图1.5)。他出身于一个没落的士大夫家庭,少时正值家道中落,亲历"从小康人家而坠入困顿":由于祖父系狱和父亲生病,鲁迅作为家中长男,在这一过程中,过早体验了世态炎凉与人情冷暖。1898年,带着"走异路,逃异地"的决绝,他远赴南京求学,进江南水师学堂,次年转入江南陆师学堂附设的矿务铁路学堂。在南京,开始接触到维新变法思想和近代科学文化知识;严复翻译的《天演论》进化论思想,对他产生了深

图1.5 鲁迅木刻像。鲁迅曾在此画旁题曰:"曹白刻。一九三五年夏天,全国木刻展览会在上海开会,作品先由市党部审查,'老爷'就指着这张木刻说:'这不行',剔去了。"

远的影响。1902年,因学业优异被选派官费留学日本,在东京弘文学院期间,受在东京的中国革命党人反清活动的影响,曾参与光复会的活动。明治三十年代(1897—1906)日本的思想言论环境对青年鲁迅影响明显,他开始思考国民性问题。1906年之前,鲁迅的著述活动主要集中于科学方面,除了译述爱国主义小说《斯巴达之魂》,还翻译了几篇科幻小说,并先后写了介绍居里夫人新发现的化学元素镭的《说铂》,和介绍中国地质矿产分布的《中国地质略论》。

鲁迅在仙台求学时,正值日俄战争期间,课间经常放映时事幻灯片。有一次,幻灯片上出现了这样的一幕:日军正在处决给俄国人做奸细的中国人,而围观的也是一群中国人。麻木的中国人形象,深深地刺激了青年鲁迅,他开始"觉得医学并非一件紧要事,凡是愚弱的国民,即使体格如何健全,如何茁壮,也只能做毫无意义的示众的材料和看客,病死多少是不必以为不幸的。所以我们的第一要著,是在改变他们的精神,而善于改变精神的是,我那时以为当然要推文艺"[①],并决定弃医从文。一是筹办文学杂志《新生》,但因提供经费的人中途离开而落空;二是在《河南》杂志上发表《文化偏至论》《摩罗诗力说》等系列文言论文,针对中国近代的危机,系统阐述了"立人"的文学主张,但发表后在当时没有产生什么反响;三是与周作人一起翻译出版《域外小说集》,介绍东欧、北欧和弱小民族具有反抗精神的小说,但仅售出20册。文学计划的接连挫折,给青年鲁迅以重大打击。自此之后,他逐渐陷入沉默,一直延续到北京绍兴会馆时期。

---

① 鲁迅:《呐喊·自序》,《鲁迅全集》第1卷,人民文学出版社1981年版,第417页。

1909年，鲁迅提前结束留日生涯回国，赴杭州浙江两级师范学堂任初级化学和优级生理学教员，不久回绍兴任绍兴府中学堂监学。辛亥革命爆发后，南京临时政府成立，受教育总长蔡元培之邀，1912年2月赴南京就职于新成立的民国政府教育部，5月随教育部北迁。在北京期间，鲁迅寄住于绍兴会馆，在当时压抑的政治环境下，看不到中国的希望，自日本时期开始的绝望进一步加深，1912—1918年孤寂的六年间，鲁迅大多以"钞古碑"、校古书打发时间，"而我的生命却居然暗暗的消去了"①。据鲁迅自述，《新青年》编辑钱玄同的到来打破了沉寂。钱向他约稿，他以"铁屋子"的比喻加以拒绝，但钱玄同偶然提到的"希望"，又一次触发了他的反思："是的，我虽然自有我的确信，然而说到希望，却是不能抹杀的，因为希望是在于将来，决不能以我之必无的证明，来折服了他之所谓可有，于是我终于答应他也做文章了，这便是最初的一篇《狂人日记》。"② 从此鲁迅打破沉默，一发而不可收，开始在《新青年》上发表小说、杂感、新诗和翻译，加入以《新青年》为中心的思想革命与文学革命，支持"新青年"，宣传新思潮。他的创作和翻译，不仅深刻批判中国国民性，传达了现代思想和观念，而且以卓越的文学成就，为文学革命提供了重要的实绩。至1923年，完成小说15篇，后集为《呐喊》，并完成了后来收集到《热风》中的大部分杂感，与周作人等合作翻译了《现代日本小说集》《现代小说译丛》和《工人绥惠略夫》；同时，还在北京大学和北京师范大学等校兼课，在北大讲授中国小说史的讲义，编为《中国小说史略》出版。这些初步的成就奠定了他在现代文坛的地位。

　　1920年《新青年》团体解散，鲁迅虽不是《新青年》的编辑，但他因此颇受触动，后来说："我又经验了一回同一战阵中的伙伴还是会这么变化。"③ 鲁迅为《新青年》写稿，是在钱玄同的劝说下，以"希望"的可能性为维系的，现在连这可能性也消失了。《阿Q正传》之后，鲁迅明显加快了写作的进度，结束《呐喊》的创作，并于1922年12月作

---

① 鲁迅：《呐喊·自序》，《鲁迅全集》第1卷，人民文学出版社1981年版，第418页。
② 同上书，第419页。
③ 鲁迅：《南腔北调集·〈自选集〉自序》，《鲁迅全集》第4卷，人民文学出版社1981年版，第456页。

了一篇《〈呐喊〉自序》,在深深的绝望中第一次以文字回顾了自己的经历。1923年,鲁迅又一次陷入了沉默。① 这是鲁迅两个创作高峰间的沉默的一年。这之前,是新文学高潮时期的《呐喊》;其后,开始了《彷徨》和《野草》的创作。

1923年7月,周氏兄弟突然失和;同月,鲁迅受聘为北京女子高等师范学校讲师。如果说兄弟分裂让鲁迅与前期的家庭生活告一段落,那么,接受北京女子高等师范学校的聘书之后,因为卷入后来的女师大事件及与许广平的师生恋,而开始了他的新的人生。周氏兄弟的分裂,发生于鲁迅的第一次绝望和《新青年》解体之后,几乎葬送了他心中最后的意义寄托。1923年的沉默,是鲁迅第二次绝望的表现。

和第一次绝望一样,鲁迅最终走了出来,年末,前往北京女子高等师范学校作演讲。1924年2月,开始《彷徨》的第一篇小说《祝福》的创作,该月一连写了四篇。在9月一个秋夜,又开始《野草》的写作。在《彷徨》中,鲁迅对自我作了深入的反省,并开始与旧我告别。在《野草》中,鲁迅把自身的矛盾全部袒露出来,通过穿越死亡,终于获得新生。

走出绝望的鲁迅,以独立和务实的姿态面对人生。1924年,北京女子高等师范学校校长杨荫榆与学生之间发生冲突,校方有教育总长章士钊和以陈源为代表的《现代评论》派文人的支持,要开除带头的学生。鲁迅毅然加入支持弱者的行列,声援学生的抗议行动,这期间与章士钊、《现代评论》派展开了精彩的笔战,现实斗争使其杂文发出了耀眼的光彩。在共同的抗争中,鲁迅和许广平走到一起;许广平的爱,对于鲁迅走出绝望,具有不可忽视的意义。1926年3月18日,段祺瑞执政府枪杀游行示威的爱国学生,女师大学生刘和珍、杨德群遇害,鲁迅震惊之余,写下《记念刘和珍君》,悼念年轻的生命,抗议军阀暴行。"三·一八"惨案后,鲁迅被列入通缉名单,不得不躲避起来。1926年8月,鲁迅接受新成立的厦门大学的聘书,和许广平一道南下,鲁迅赴厦大任教,

---

① 除了没有间断的日记,1923年所能见到的作品,是收入《鲁迅全集》中的《关于〈小说世界〉》和《看了魏建功君的〈不敢盲从〉以后的几句声明》两篇,以及致蔡元培、许寿裳和孙伏园三位熟人的四封信。

许广平回家乡广东。

在厦门期间，鲁迅教学研究之余，还写了回忆性散文《朝花夕拾》，和后来收在《故事新编》中的小说《奔月》与《铸剑》。

1927年10月，鲁迅携许广平来到上海，开始人生最后一个阶段——上海十年的生涯。鲁迅本有与已在上海的创造社联合起来的想法，双方已登出合作办刊的广告，但1928年1月，太阳社与激进的创造社成员提出"无产阶级革命文学"的口号，把鲁迅视作革命的障碍，联合起来围攻鲁迅。鲁迅不得不与围攻者展开笔战。他一面与创造社、太阳社进行论战，一面系统地翻译、研究了国外马克思主义的经典论著。鲁迅尖锐、坦诚而深入的观点，终于使激进者明白自己找错了对象。这次论争，对鲁迅思想的影响也是深刻的，他说："我有一件事要感谢创造社的，是他们'挤'我看了几种科学底文艺论，明白了先前的文学史家们说了一大堆，还是纠缠不清的疑问，并且因此译了一本蒲力汗诺夫的《艺术论》，以救正我——还因我而及于别人——的只信进化论的偏颇。"① 时代形势的急剧变迁和马克思主义学说的影响，使他的思想有了进一步的发展。1930年3月，中国左翼作家联盟成立，鲁迅列名发起人之一，并在成立大会上发表讲话，对左翼作家提出忠告，此后更是热心投入左联的工作，大力支持进步的革命文艺事业，关心、扶持左联青年作家的成长，编辑左翼和进步的文艺刊物，翻译出版革命的文艺论著和进步小说，提倡新兴的木刻运动。1931年柔石等五位左联青年作家在上海遇害，鲁迅愤而写下《中国无产阶级革命文学和前驱的血》和《为了忘却的记念》，揭露当局的暴行。

杂文是鲁迅晚年的主要写作文体。这些杂文记录了鲁迅思想的发展和变化。在1930年代严酷的政治环境下，他不断变换笔名，在各种杂志上发表杂文，写作手法更加炉火纯青。晚年鲁迅还坚持完成了后来被收入《故事新编》里的五篇小说。《故事新编》是鲁迅的第三部小说集，它显露了鲁迅作为中国最杰出的小说家天马行空的艺术创新力，记录了晚年他对于传统与现实的深刻反思。

---

① 鲁迅：《三闲集·序言》，《鲁迅全集》第4卷，人民文学出版社1981年版，第6页。

1936年，鲁迅的健康状况开始恶化。春季一场大病后，他写下《死》和《女吊》。10月，病情复发。1936年10月19日凌晨，鲁迅逝世。鲁迅的葬礼吸引了上万民众参与，人们在他的灵柩上铺上绣有"民族魂"三个字的旌旗。鲁迅在其并不长的写作生涯中，以文学主动参与历史，并以其卓越的艺术原创力，深度推动了中国现代文化、文学的转型。在源远流长的中国文学历史的长河中，作为20世纪中国文化空前转型中的文学表现者与承担者，鲁迅应与屈原、杜甫、苏轼、曹雪芹一样，处于伟大的文学家的行列。

二、《呐喊》与《彷徨》：20世纪中国小说的开山与高峰

图1.6 1926年北新书局版《呐喊》，封面由鲁迅亲自设计，暗红底色上镶嵌黑框，刻印隶书"呐喊"字样，素朴中透出简劲。

鲁迅一生有三部小说集——《呐喊》《彷徨》与《故事新编》，其为数不多的小说，在思想和艺术、观念和技术等方面，成为中国现代小说的典范。诞生于新文化运动时期的《呐喊》（见图1.6）与《彷徨》，是中国现代小说的开山之作。《呐喊》《彷徨》的思想与艺术成就，在整个20世纪的中文小说中，是难以逾越的高峰。

《呐喊》写于1918年至1922年，大约相当于新文化运动高潮时期。《彷徨》写于1924年至1926年，处于新文化运动落潮时期。时代背景与个人心境的变迁，决定了它们不同的创作面貌。

《呐喊》收1918—1922年所写小说14篇（1923年初版时15篇，1930年1月第13次印刷时抽出最后一篇《不周山》）。写于五四高潮时期的《呐喊》，意在"揭出病苦，引起疗救的注意"[①]，以文学来启蒙。"呐喊"之名，是1922年12月编定小说集时所定："有时候仍不免呐喊

[①] 鲁迅：《南腔北调集·我怎么做起小说来》，《鲁迅全集》第4卷，人民文学出版社1981年版，第512页。

几声，聊以慰藉那在寂寞里奔驰的猛士，使他不惮于前驱。"① 这说明"呐喊"并非意在摇旗呐喊，高歌猛进，而是显示自己的边缘立场。在《新青年》同人的赞赏与催促下，鲁迅在5年间写了15篇小说，这些小说以其"表现的深切和格式的特别"②，成为新文学最重要的收获，奠定了其在小说界初创期的杰出地位。

《狂人日记》 发表于1918年《新青年》第5卷第4号，是鲁迅的第一篇白话小说，也是中国第一篇现代白话小说（见图1.7）。

《狂人日记》的主体部分是一个"被害妄想狂"病人的13则日记，以第一人称视角，展示了狂人的内心世界；日记正文前是两百多字的文言小序，叙说日记的由来与发表的目的。以13则白话日记，而且是狂人的日记构成小说的主体，这首先给读者带来的，是新形式的冲击。鲁迅曾回顾说"因那时的认为'表现的深切和格式的特别'，颇激动了一部分青年读者的心"③。至于小说的内涵，作者自己曾经说："意在暴露家族制度与礼教的弊害。"④ 解读《狂人日记》，须从"特别"之"格式"入手，领悟其"深切"之"表现"。

图1.7 《狂人日记》插图（赵延年作）

《狂人日记》是一篇象征小说。所谓象征，是借助一个具体可感的形象来表达一个抽象的观念。《狂人日记》内蕴的意义指向——十年沉思中洞察的历史、文化"吃人"的本质，和狂人意识对外在世界的扭曲反映，使其具备了一般象征小说的基本条件。《狂人日记》和一般象征小说的不同在于，虽然作为狂人意识的文学性反映，具备了荒诞的因素，

---

① 鲁迅：《呐喊·自序》，《鲁迅全集》第1卷，人民文学出版社1981年版，第419页。
② 鲁迅：《且介亭杂文二集·〈中国新文学大系〉小说二集序》，《鲁迅全集》第6卷，人民文学出版社1981年版，第238页。
③ 同上。
④ 同上。

但是,"狂人"的"日记"本身又是现实世界中可能存在的客观事实,小说文本形成了荒诞与实在的双重性,这一双重性,使《狂人日记》由文本世界向象征世界的跳跃显得尤为艰难。

> **声音**
>
> 这个狂人实际上是鲁迅先生所塑造的反封建战士,他要冲破黑暗,挣脱多年的锁链。只是他周围的人都被统治阶级压迫愚弄得麻木了,反而说他发了疯,这就有力地证明了封建主义的毒害。(许钦文:《〈呐喊〉分析》)
>
> 狂人在发狂前有一定的进步思想,而且这种进步思想在他病中还以曲折的方式继续起某种作用。(严家炎:《〈狂人日记〉的思想和艺术》)
>
> 在这个狂人的性格中,就有了既是狂人又是革命者的两个特征。(王瑶:《〈狂人日记〉略说》)

狂人,在小说的象征格式中是手段和策略。其荒诞和实在的双重性,使它成为两个世界分离和翻转的中介。狂人的内心世界,为习以为常的现实秩序设立了一个他者,从而为价值的置换提供了可能。狂人,是"呐喊"的号筒。

鲁迅所揭示的"吃人",极为抽象,也极为具体;极为宏深,也极为切近。"吃人",不能由任何抽象名词来承担,"吃人"既在历史中,也在现实中;抽象的"吃人",就在具体的日常经验中,在人与人之间心怀鬼胎、尔虞我诈因而面面相觑的非正常关系中。如此关系和氛围一旦形成,就尤难改变。

几千年专制伦理道德面纱背后竟然是"吃人"的残酷本质,而且往往是以"无主名无意识的杀人团"的方式,使被杀者不知凶手是谁,甚至杀人者也不知自己是凶手。悲剧在发生着,却都是如孔乙己、阿Q、祥林嫂、陈士成、魏连殳那样"无事的悲剧",人人不仅自己被吃,而且同时又去吃其他人,这样的世界,也就成了安排"人肉的筵宴"的"厨房"①。这一秘密极为平常,也极为隐蔽。

一直深处被"吃"恐惧中的"我",最终发现自己也无意中"吃"过人,即使没"吃"过,也因共同的历史,而具有"四千年吃人履历"。这是狂人的最终自觉,由控诉者或拯救者,转为了忏悔者。达到这一步,小说的深度才真正显示出来。

---

① 鲁迅:《坟·灯下漫笔》,《鲁迅全集》第1卷,人民文学出版社1981年版,第217页。

《狂人日记》试图揭示"吃人"这个对中国专制文化的空前宏深的整体认识,可以说是中国文学史上第一篇真正意义上的象征小说,也即真正具有现代性的小说。正是在这个意义上,《狂人日记》当之无愧是中国现代小说史上第一篇深具现代意义的小说。

《孔乙己》《药》继续着"揭出病苦,引起疗救的注意"的创作意图。《孔乙己》以仅仅两千字的篇幅,精确而深刻地展现了科举制度下一个乡村读书人的潦倒一生。孔乙己的悲惨遭遇所揭示的,既是不合理的科举制度,更是世态炎凉的人性状态。《药》以"人血馒头"这个触目惊心的存在,将华老栓为儿子买治痨病的药,与革命者夏瑜牺牲这明暗两条线索交叉起来,由此显示民众的生存挣扎与革命者的牺牲之间令人绝望的距离,因而深刻地揭示了中国变革的一个难题:革命的流产,不仅仅因为黑暗势力的强大,民众的不觉醒,是更为致命的根源。

图1.8 《阿Q遗像》
(丰子恺作)

《阿Q正传》(见图1.8)是鲁迅最有影响的小说,被视为20世纪中国文学的代表作,1921年12月至1922年2月连载于《晨报》副刊。

《阿Q正传》和国民性批判 鲁迅在《阿Q正传》中全方位地展开了对国民劣根性的批判。鲁迅终其一生都在批判国民劣根性,其着重描述并批判的主要有退守、惰性、巧滑、虚伪、麻木、健忘、自欺欺人、卑怯、奴性,等等。这些与其说是国民劣根性本身,不如说是劣根性在民族危机中的诸多表现,即"苟活"的种种策略或状态。考察鲁迅所列举和描述的劣根性表现,可以发现它们都直指一个原初的动机,即"私欲中心"。批判"私欲中心",并非否定私欲的合理性,而是指出只有私欲的可悲。从对传统文化的批判,到对现实弊端的针砭,"私欲中心",是鲁迅贯穿一生的洞察视野。

> **声音**
>
> 要画出这样沉默的国民的魂灵来,在中国实在算一件难事,因为,已经说过,我们究竟还是未经革新的古国的人民,所以也还是各不相通,并且连自己的手也几乎不懂自己的足。我虽然竭力想摸索人们的魂灵,但时时总自憾有些隔膜。(鲁迅:《俄文译本〈阿Q正传〉序及著者自叙传略》)
>
> 我们不断的在社会的各方面遇见"阿Q相"的人物,我们有时自己反省,常常疑惑自己身中也不免带了一些"阿Q相"的分子,但或者是由于息于饰非的心理,我又觉得"阿Q相"未必全然是中国民族所特具。似乎这也是人类的普通弱点的一种。(雁冰:《读〈呐喊〉》)
>
> 但阿Q这典型,从一方面说,与其说是一个人物的典型化,那就不如说是一种精神的性格化和典型化。……阿Q,主要是一个思想性的典型,是阿Q主义或阿Q精神的寄植者;这是一个集合体,在阿Q这个人物身上集合着各阶级的各色各样的阿Q主义,也就是鲁迅自己在前期所说的"国民劣根性"的体现者。(冯雪峰:《论〈阿Q正传〉》)
>
> 鲁迅在这篇小说里面,主要是写一个落后的不觉悟的农民。他专门写了"不准革命"一章,说假洋鬼子不准阿Q革命。其实,阿Q当时的所谓革命,不过是想跟别人一样拿点东西而已。可是,这样的革命假洋鬼子也还是不准。(毛泽东:《论十大关系》)

以鲁迅国民性批判的内在逻辑系统整合《阿Q正传》,会发现小说的国民劣根性批判,有其相应的深层结构。

第二章和第三章,首先在空间中展示阿Q的精神胜利法。通过对精神胜利法的描述,集中展示国民劣根性诸表现;后面六章在动态中展示阿Q的生存,揭示国民劣根性表现背后的原点——"私欲中心"的人格系统及其生存方式。这两章对精神胜利法的展示,可以看作阿Q在特定的苟活处境中的国民性的表现,是作者对阿Q的弱势生存策略进行展示。阿Q处于未庄的最下层,连姓甚名谁都不自知,只能照"洋字"的拼法略作"阿Q",但阿Q却很"自尊"。阿Q的"自尊"由于得不到满足,竟至变成变态的自大,"我们先前——比你阔的多啦!你算是什么东西!""我的儿子会阔的多啦!"阿Q的自尊自大,最典型地表现在他对癞疮疤的忌讳上。"讳"本是权势者的特权,阿Q之讳当然遭到人们的调笑。阿Q为了补偿不能实现的自尊,形成了三种对策:自轻自贱、自慰自欺和怕强凌弱。这就是阿Q的弱势生存策略。

"优胜记略"和"续优胜记略"两章,主要表现的就是阿Q的弱势生存策略。"优胜记略"写了两个故事,一是阿Q因自尊、忌讳而被打,一是阿Q聚赌而被打。阿Q常以"儿子打老子"来获得不得自尊的补偿,于是别人打他的时候,有意叫他说"这不是儿子打老子,是人打畜生",但阿Q索性等而下之,说"打虫豸",然后就觉得自己"是第一个能自轻自贱的人……状元不也是'第一个'么?"也就心满意足了。这写出了阿Q的第一个生存策略——自轻自贱。阿Q好赌,但平时总是输,好不容易鬼使神差地赢了一次,白花花的洋钱却被人抢了,身上还很挨了几下拳脚,说"儿子打老子""打虫豸"都不行了,最后,索性抽了自己几个耳光,似乎被打的是别人,立刻转败为胜了。这种自慰自欺,是阿Q的第二个生存策略。"续优胜记略"主要写阿Q如何转嫁自己失败的痛苦:阿Q被自己瞧不起的王胡打了,看见讨厌的假洋鬼子来了,不觉骂出了声。假洋鬼子听到,拿起文明棍打来,阿Q赶紧指着近旁的一个孩子分辩道:"我说他!"但棍子还是狠狠地落在头上。这时,对面走来了静修庵的小尼姑,阿Q心想:"我不知道我今天为什么这样晦气,原来是因为见了你!"于是开始在众人的喝彩声中调戏小尼姑,在得意中"报了仇"。向弱者转嫁失败的痛苦,是阿Q应对失败的第三个策略——怕强凌弱。

此后几章,进一步展现了阿Q的苟活处境。第七章"革命"和第八章"不准革命",展现的就是阿Q式的革命。对于走投无路的阿Q,"革命"起于"革命也好罢"的朦胧向往,在亢奋跳跃的想象中,革命不是别的,就是报复、"东西"和女人。可以说,"生计""恋爱"和"革命",是阿Q人生的欲望三部曲。最后的结局是第九章"大团圆"——阿Q之死。后六章展示了阿Q这个普通中国人的一生,揭示了国民劣根性之根本所在——"私欲中心"的人格系统。

在小说的第一章"序"中,作者以调侃的口吻漫谈给阿Q作传之难:一是找不到传的体例和名目,二是传主姓名和籍贯难考。其实,"序"传达了这样一个深刻内涵:在封建等级制的文化系统中,阿Q的存在及其病苦是无法被表达出来的,阿Q的悲剧,不仅在其物质与精神的贫困,更在其痛苦的被遗忘和不能被表达。

《彷徨》 经过1923年的沉默,1924年2月,鲁迅开始了《彷徨》

图 1.9 《彷徨》的封面设计者是有"中国现代书籍装帧史上第一人"之称的陶元庆。橙红底色中挂着一轮颤巍巍的黑色太阳,下面是用几何图形拼合成的三个人物,似坐又似行,一副彷徨无主之态,他们身下的椅背却是曲线,与直线为主的构图极不调和。鲁迅曾说,这一封面"实在非常有力,看了使人感动"。

(见图 1.9)的写作;9 月,又开始写《野草》。《彷徨》和《野草》既标志着鲁迅打破了一年的沉默,又记录着鲁迅走出绝望的心路历程。如果说《呐喊》是为他人的,那么在某种程度上可以说,《彷徨》是为自己的。第二次绝望使鲁迅进一步确证了启蒙主题的无效。《彷徨》如题,表达了作者在绝望中寻找不到道路的苦闷。通过《彷徨》,鲁迅寄托了个人的绝望情绪,进行了深刻的自我反思,并通过对自我结局的悲观预测,试图向旧我告别。这一时期的鲁迅摆脱了启蒙的外在重负,心态反而较为自由。《彷徨》中,以第一人称"我"叙事的小说比《呐喊》中多许多,这里的"我",并非如《呐喊》中仅仅是小说叙述者或客观的事件目击者,更多是小说人物命运的重要参与者和人格批判的对象;即使那些不以第一人称出现的小说,也带有强烈的自我观照色彩。

首篇《祝福》,在中国旧历新年大红喜气的背景上,描述了一个乡村女人黑色的悲剧。祥林嫂生的苦难和死的挣扎,这个"愚妇"独自面对死亡时的严峻及最终充满疑惑的死,在旧历新年祝福的气氛里,显得无助与无告,节日的祝福氛围,最终埋葬了她的苦难和质询。但下层妇女的悲剧并不是这篇小说的唯一主题,小说以较多篇幅写到了"我"这样一个悲剧目击者和参与者的角色,祥林嫂在这里不再是如单四嫂子一样的"粗笨"女人,"我"也失去了《呐喊》中的优越视角——"我"竟然无法回答这个流落街头的女人的提问。《幸福的家庭》在轻喜剧风格中,使"我"落入一个极具反讽意味的境地;《肥皂》《高老夫子》对主人公性心理的微妙解剖,则直指知识分子自我封闭的深层心理意识。

《在酒楼上》《孤独者》和《伤逝》,是《彷徨》的主干,它们的存在,使《彷徨》显出了强烈的自我色彩。《在酒楼上》中,人生失意、百无聊赖的吕纬甫回到了阔别多年的故乡,这次回乡,办的是两件事,一是给小兄弟迁坟,一是顺便给邻家姑娘顺姑带朵剪绒花。这两件事,都是奉母亲之命,而且对于一个曾经的革新者来说,似乎都不足挂齿。然而连这两件事他也没办成:小兄弟的坟打开了,却没发现任何遗迹,连最难烂的头发也没有了——"踪影全无"!可爱的邻家姑娘顺姑,曾给吕纬甫留下美好的印象,所以他特意辗转周折买了两朵,但买来的剪绒花,她已无法享用了——顺姑已病逝。两件不足挂齿的"小事"没办成,加重了吕纬甫失意人生的"无聊"。这次还乡,所可注意者有二,一是他强调这两件事是母亲叫他回来办的,说明这两件事并非出于他的自我意志,所以对于吕纬甫来说,近乎"无聊";二是这两件事虽不是出自他自己的意志,但毕竟投入了相当多的个人情感——故乡、亲人、邻家姑娘,这也许是吕纬甫心中最后的温暖。这两件"无聊"小事成为他失意人生仅存的意义寄托,说明母亲的存在,对于业已丧失自我意志的吕纬甫来说,是生存意义的最后维系。《在酒楼上》写出了一个失败之人濒临崩溃的前夜。

既然母亲是吕纬甫生存意义的最后维系,一个接着的问题是,如果母亲不在了,他的结局会怎样?《孤独者》的写作虽然距《在酒楼上》相隔一年零八个月,但两篇小说堪称姊妹篇,因为,《在酒楼上》提出的问题,在《孤独者》中有了答案。《孤独者》以送葬始,以送葬终。小说开头,魏连殳在这世界上的最后一个亲人——并无血缘关系的祖母去世了,他在送葬时突然迸发的一声嚎哭,既是为祖母,也是为自己,因而意味深长地说:"我虽然没有分得她的血液,却也许会继承她的运命。然而这也没有什么要紧,我早已豫先一起哭过了。"祖母之死,敲响了魏连殳的丧钟。在某种程度上说,整篇小说,写的就是他的死亡过程。魏连殳写给"我"的唯一也是最后一封信,显现了一种复杂的死亡逻辑:不是立即自杀,而是"躬行我以前所憎恶、所反对的一切"——在精神上杀死自己,让无意义的肉体暂时存活下来,这无异于选择了一种生存的死亡方式。魏连殳的这一选择，推测其因有三：一是由对生存的珍视而产生的对死亡的珍视——要死得有所作为，这就是他说的"偏要为不愿意我活下去的人们而活下去"；二是自我的生存已陷入了无意义，无意义的自己只配生存于这无意义的世界；三是有意延缓死亡过程，让一个清醒的自我看着另一个自我慢慢走向灭亡，更接近自残与自虐。

《伤逝》以"涓生的手记"的形式，通过带有忏悔情调的独白，讲述了涓生与子君的爱情悲剧。二人因爱情走到一起，又因生活的艰难而分手，最终的结局是子君的出走和死亡。其实，导致二人分手的，不是生活的艰难本身，而是面对爱情的态度。对于子君而言，涓生的爱就是一切，当初义无反顾地离开叔父的家和涓生一起生活，是因为爱；满足于操劳家务，"发贴额角"仍然乐此不疲，也依然是因为爱；面对涓生失业时略显惶恐（也许是涓生看来的惶恐），是因为爱遇到了威胁；离开涓生后很快死去，是因为失去了爱。而对于涓生来说，"人必生活着，爱才有所附丽"，"人的生活的第一着是求生，向着这求生的道路，是必须携手同行，或奋身孤往的了"，生活、生存是第一位的，被放到了爱的前面。涓生所谓生活或生存，其实是一种反抗式生存，并且与爱构成了冲突。涓生的反抗固然是为了爱，但作为绝望的反抗者，他丧失了爱的能力；反抗者不能接受爱，一旦接受，就会葬送爱他者。小说叙事情调的中心——涓生的忏悔——如果能达到这一步，无疑要深刻得多。在《伤逝》中，鲁迅借助复杂的"隐含作者"，指向了自我的一个极为隐深的反思层面。

鲁迅小说的艺术成就　一、塑造了阿Q、孔乙己、祥林嫂、闰土、吕纬甫、魏连殳、涓生、子君等一系列影响深远的典型人物形象，为中国文学形象画廊增添了富有精神内涵的一个系列。鲁迅重在刻画人物"灵魂的深"，以挖掘人物灵魂的复杂性来达至人物典型塑造的深刻性；他写阿Q，以对现代中国人的灵魂和现代中国处境的深刻刻画，成为20世纪中国文学最具深度和概括力的不朽文学典型。二、对现代小说形式的锐意探索与大胆创新，为中国现代小说树立了卓越的范式。三、小说笔墨省净，又能入木三分，写人状物多用"白描"与"画眼睛"法，继承了中国艺术重在写意传神的传统；《彷徨》中的小说，将个人隐痛寓于诗意抒情与富有音乐节奏的语言中,创造了中国"抒情诗"传统与现代小说叙事成功融合的典范。四、《呐喊》的冷峻、深刻,《彷徨》的蕴藉、深沉,以及《故事新编》的天马行空,显示了鲁迅作为一个思想家型与艺术家型的小说家,总能找到思想与艺术之间的最佳融合点,所谓"表现的深切"与"格式的特别",二者相得益彰。

中国现代小说的确立 鲁迅小说标志着中国现代小说的确立,并成为20世纪中国现代小说的杰出范式。鲁迅小说的现代性,不仅体现在成熟的现代白话语言以及现代小说格式上,而且更深刻地体现在现代小说意识上。他的小说具有20世纪西方文学所共有的现代质素,而且创造性地表现了20世纪中国文学的现代性特色。新文学初创期,《狂人日记》等小说一出现,就以精确省净的现代白话语言,创立了一个具有鲜明个人风格的文学世界。其精确,体现在语法结构上对西方文学语言的借鉴;鲁迅以长期翻译外国小说的语言经验,吸取外语语法的精确性,潜在地改造了中国现代白话文学语言的内在构造;其省净,则吸取了传统文言、日常口语甚至中国传统艺术的某些长处。鲁迅是中国现代小说形式的最早探索者和先锋,是20世纪中国具有最深刻、最原创的小说意识的作家。鲁迅的小说,不像传统小说意在展现外在世界的真实,而是展现内在世界的真实;人的精神现状及其存在的问题,始终是他关注的重点。《彷徨》则通过对绝望期的自我精神世界的深层挖掘,空前展示了小说世界的复杂性和深度。对内在精神世界的关注,不仅是现代小说观念的体现,也是鲁迅以小说参与中国现代变革的方式。鲁迅的文学观念,既自觉远离固有的以文学为消遣之具或治化之助的文学观,也不同于晚清刚刚传入的以审美为唯一目的的西方纯文学观念,而是将文学视为参与现代变革的一个终极性的精神立场和独立的行动。以文学启蒙民众,转移性情,改良社会,始终是鲁迅小说的目的。晚年谈到为什么做起小说,他仍然强调:"说到'为什么'做小说罢,我仍抱着十多年前的'启蒙主义',以为必须是'为人生',而且要改良这人生。"[①] 鲁迅小说对精神世界的关注、批判、自我反思的深度,以及因此而对复杂多样的小说形

---

① 鲁迅:《南腔北调集·我怎么做起小说来》,《鲁迅全集》第4卷,人民文学出版社1981年版,第512页。

态的追求，都与这一具有 20 世纪中国特色的文学观念相关。鲁迅小说展现了文学积极参与历史和干预现实的品格，成为现代中国艰难转型的个人记录和痛苦肉身，丰富了我们对文学的理解。

三、《野草》：穿越绝望的行动

《野草》是鲁迅 1924—1926 年写的 24 篇近于散文诗的短章，当初发表于《语丝》。1927 年于广州，鲁迅写下《野草·题辞》，将这些散文诗结集出版。作为绝望中的个人危机和能量的总爆发，《野草》展现了断念与决断关头的丰富、复杂的情思状态，鲁迅的诸多精神奥秘，蕴于其中。《野草》，是我们走近鲁迅的一条路，同时恐怕也是最难走的一条路。

自厌与自虐，是鲁迅第二次绝望中强烈的心理意识，也是他创作《野草》的主要动机。《野草》的写作时期，与《彷徨》《两地书》（北京时期）大致相同，这时期的作品，显露作者陷入一种自厌情绪中。作为自厌发展的极端，一种潜隐而强烈的自虐倾向，也从这时期的文章中破土而出。对于陷入第二次绝望的鲁迅来说，首先要解决的问题，已不是启蒙的可能性的问题，而是自我的危机。虽然在小说中作出了悲观的预测，但现实中的鲁迅，选择的是直面危机，他已然厌弃了在重重矛盾中难以抉择的状态，希望来一次最终的解决，不管其结局是生还是死。

鲁迅直面矛盾的方式近乎惨烈，他以特有的执拗切入自我矛盾的深层，像拿着解剖刀打开自己的身体，凝视自身的奥秘，对纠缠自身的诸多矛盾，进行了彻底的展示和清理。于是，《野草》成了矛盾的旋涡，作者生命中的

> **声音**
>
> 因为讽刺当时盛行的失恋诗，作《我的失恋》，因为憎恶社会上旁观者之多，作《复仇》第一篇，又因为惊异于青年之消沉，作《希望》。《这样的战士》，是有感于文人学士们帮助军阀而作。《腊叶》，是为爱我者的想要保存我而作的。段祺瑞政府枪击徒手民众后，作《淡淡的血痕中》，其时我已避居别处；奉天派和直隶派军阀战争的时候，作《一觉》，此后我就不能住在北京了。
>
> 所以，这也可以说，大半是废弛的地狱边沿的惨白色的小花，当然不会美丽。但这地狱也必须失掉。这是由几个有雄辩和辣手，而当时还未得志的英雄们的脸色和语气所告诉我的。我于是作《失掉的好地狱》。（鲁迅：《〈野草〉英文译本序》）

各种矛盾缠绕纷呈，连单个语词的表述都是矛盾形态的，诸多矛盾被推向极处，形成无法解决的终极悖论。希望/绝望这一对矛盾，作为诸多矛盾的纠结所在，处于《野草》的核心，在《希望》一篇中有极尽曲折的集中展示。该文把长期纠缠于内心的希望和绝望之争作了一次追根究底的审视，逐一翻检出希望的几层悖论，并最终确立了以行动超越矛盾的姿态。

发源于希望与绝望之争的诸多矛盾，最后归结为一个现实的难题——生与死的抉择，这就是《过客》《死火》和《墓碣文》中对生与死的追问。无法解开的两难处境，是自我危机的扭结所在，似乎有新的生命的催促，使他必须对此作最终的解决。因此，《野草》不惜把矛盾激化，并推到无可逃避的死角，在极端的两难处境中拷问自我的真谛："影"徘徊于黑暗与光明之间，陷入无论怎样选择结局都是灭亡的两难处境；"我"以希望之盾抗拒空虚中的"暗夜"的袭来，但盾后面依然是空虚中的"暗夜"；及至终于孤注一掷以"肉薄"与"暗夜"决战，但最终发现"暗夜"其实并不存在；"我"终于启口向兄弟道出一直埋在心中的道歉，但弟弟的全然忘却，让忏悔者永远失去忏悔的对象，得不到宽恕；"死火"的结局是冻结和燃烧，两者都难逃灭亡；"墓中人""抉心自食""欲知本味"，但却落入"本味"永无由知的绝境……

从《影的告别》始，经《求乞者》《复仇》《复仇（二）》《希望》《雪》，一直到《过客》，这一组文章可视为《野草》的第一部分——追问意向固执地指向死亡：《影的告别》中，身心交瘁的"我"已厌烦了"徘徊于明暗之间"的状态，需要在"光明"和"黑暗"之间来一次最终的抉择，但选择的是"黑暗"和"虚无"；《求乞者》中的"我"选择了"用无所为和沉默求乞"，因为"我至少将得到虚无"；两篇《复仇》透露出强烈的绥惠略夫式的绝望；《希望》以青春逝去后的"肉薄"，作出了孤注一掷的选择；《雪》无意于美丽的"暖国的雨"和"江南的雪"，而盼望成为彻底的"死掉的雨"；到《过客》，这一意向终于化身为在荒野中向"坟"跟跄而去的"过客"。值得注意的是，匆忙向"坟"奔去的"过客"，给出了一个新的问题："老丈，走过那坟地之后呢？"

从《死火》到《死后》七篇，是第二组文章。七篇都是以"我梦见"开头，上穷碧落下黄泉的追问，深入到梦境之中，开始了更深沉的求索。"死火"，这一前无古人的意象，是生与死的矛盾组合，"死火"已死，被"朋友"的"温热"唤醒，从"死"出发，又面临两个选择：冻灭和烧完，虽然这两种结局都不过是死亡，但"死火"选择了"烧完"——近乎一种生存的死亡方式。值得注意的是，《过客》中向"坟"奔去的"过客"，已来到《墓碣文》中，面对自己的尸体和墓碑，阳面的碑文，交代了死者的精神履历与死因，阴面的碑文，则展现了惊心动魄的自我追寻："……抉心自食，欲知本味。创痛酷烈，本味何能知？……创痛之后，徐徐食之。然其心已陈旧，本味又由何知？……答我。否则，离开！……"

> **声音**
>
> 《野草》，可说是鲁迅的哲学。（许寿裳：《我所认识的鲁迅·鲁迅的精神》）
>
> 《野草》的主导思想倾向也是积极地反抗战斗，讽刺和批判；只是在积极的因素里面，有时有一些消极的空虚失望和黑暗的重压之感，这是作者思想的另一个侧面。（李何林：《鲁迅〈野草〉注解》）
>
> 赞颂韧性精神，严肃解剖自己，批判社会现实，这三个方面的内容就构成了这一束永不凋谢的小花的主要思想光彩。（孙玉石：《〈野草〉研究》）
>
> 在《野草》创作中，鲁迅为了达到含蓄蕴藉而又真切自然的艺术效果，便吸取了象征方法与写实方法的优点……幻想的意境，象征性的形象，充满真实的描写刻画，辛辣战斗的嘲讽，紧密结合，交相运用，使这些散文诗显得真实而又深邃。（孙玉石：《〈野草〉研究》）

鲁迅发出直抵死亡的追问，却最终发现，"本味"永无由知！像噩梦惊醒般的，《颓败线的颤动》中，老女人已经"颓败"的身躯，在绝望后，第一次出现了"颤动"，这无疑是生的"颤动"。在天人共振中，此前所有矛盾，在此汇集并得到重新整合。《颓败线的颤动》是《野草》的高潮，在以死揭穿自我的真相后，获得新生的《野草》主体又在新生中对以前的种种矛盾和问题进行了总结式的回顾和整合，使之告一段落。

《死后》也是一个关于死的噩梦，琐细诙谐的记述，不再那么峻急和紧张，在这里《野草》主体业已超越死亡的心态。自《这样的战士》始的最后五篇文章，转入生存主题，艰难的自我追寻终于落实到绝望的抗战的"这样的战士""真的猛士"、被爱人呵护的"腊叶"和具有顽强生命力的"野蓟"身上。在直奉战争的炮火声中，鲁迅写下了最后一篇《一觉》，飞机在掷下炸弹，作者却更真切地感到了生存——窗外的树叶、桌上的微尘、周边的书籍、青年的杂志……从来没有这样强烈地感觉到人间的真实和生命的实在，并最终凝结成一个卑微但有着顽强生命力的意象——"野蓟"。联系整个《野草》的意象的发展，可以发现，从开始的"无地""黑暗""虚无""绝望""坟""墓碣"和"荒原"，到最后的"腊叶"和"野蓟"，终于把艰难的自我追寻，凝定在坚强的生的意象上。

隔了一年多，身在广州的鲁迅把这些文章结集为《野草》，并写下了《野草·题辞》，像一个重获新生的人，发出了欢快的呐喊："过去的生命已经死亡。我对于这死亡有大欢喜，因为我借此知道它曾经存活。死亡的生命已经朽腐。我对于这朽腐有大欢喜，因为我借此知道它还非空虚。……但我坦然，欣然。我将大笑，我将歌唱。"

第三节　人生写实与浪漫抒情　郁达夫

人生写实　问题小说　乡土小说　浪漫抒情　自叙传　郁达夫　零余者

1920年代的小说创作，以文学研究会、创造社为代表，形成写实主义和浪漫主义两大潮流。写实主义小说家传承了《新青年》《新潮》作家群的传统，从各个角度触及当时的社会问题，以启蒙的精神、批判的笔触，表现了文学与现实的密切联系，催生了问题小说、乡土小说等侧重人生写实的小说流派，其作家多为文学研究会、未名社、语丝社成员。浪漫主义小说家深受狂飙突进时代精神的感染，标举自我情绪与性灵的审美表现，以独立不羁的叛逆姿态，在小说创作上另辟蹊径，这批作家以前期创造社为中心，也包括浅草、沉钟社、弥洒社的一些成员。

张全之
（上海交通大学）：
《沉沦》解析

一、人生写实小说

问题小说　问题小说是充满各种矛盾的社会现实和写实派作家热心于上下求索的产物，也是新文学启蒙精神和作家人生思考相结合的产物。

问题小说首先是发现问题、提出问题，举凡家庭之惨变、婚姻之痛苦、女子之地位、教育问题、劳工问题、儿童问题、青年问题、妇女问题、社会习俗问题、人生目的和意义问题，都是问题小说关注的对象。文学研究会中的作家大多倾向于这类创作。

冰心（1900—1999，原名谢婉莹，福建长乐人）以写作问题小说起步，表现了探究人生意义的热忱。《两个家庭》以对比的方法探讨家庭幸福和妇女在家庭中的责任问题。《斯人独憔悴》反映五四学生运动，显示了冰心从家庭的窗口审察社会问题的视角，揭露了旧社会旧家庭的不良现状。

庐隐（1899—1934，原名黄淑仪，又名黄英，福建闽侯人）的《海滨故人》以自叙传的手法写露莎和几位女同窗从聚首言欢到风流云散的过程，提出"人生是什么"的问题，表达了寻求人生意义和自我价值的忧郁苦闷心理，流露出强烈的女性意识和现代意识。

图1.10　《潘先生在难中》插图（丁聪作）

叶绍钧（1894—1988，字圣陶，江苏苏州人）集中关注教育问题，大部分小说以教育界、学校生活为题材，暴露旧中国教育界黑暗的内幕，并透过教育界把批判的矛头指向整个旧社会。茅盾评为："冷静地谛视人生，客观地，写实地，描写着灰色的卑琐人生的，是叶绍钧。"① 《潘先生在难中》（1925）（见图1.10）里的潘先生是一个带有浓

---

① 茅盾：《中国新文学大系·小说一集》"导言"，上海良友图书印刷公司1935年版，第22页。原文为"客观的地，写实的地"，疑误。

厚小市民气味的卑琐形象,软弱、自私、畏缩、空虚。《倪焕之》叙述一个有着崇高追求和美好理想的热血青年,抱着教育救国的宗旨,满腔热情地献身于自己的事业,却为社会恶势力所不容,遭遇"理想爱情"和"理想教育"均告破灭的双重危机,最后在苦闷、彷徨、软弱、动摇中走完了自己的人生道路。《倪焕之》被茅盾誉为"'扛鼎'的工作"。①

其次,问题小说作家试图以"爱"与"美"弥合社会矛盾,缝补人生裂隙,既表现了他们美好的社会理想和真纯的人生情怀,又说明了他们不乏幻想,解决问题的方法和途径是脆弱的。冰心的《超人》(1921)为种种社会问题开出了她的"药方"——"爱的哲学"。女性之爱让冰心的小说呈现出独有的格调,淡淡的忧愁,温柔的抒情和委婉的叙述,打动了当时许多青年的心灵。许地山(1893—1941,名赞堃,笔名落华生、落花生,籍贯广东揭阳,生于台湾)试图以"爱"和宗教解决社会问题,他的小说几乎都贯穿着一条爱情的线索,弥漫着宗教情绪。《命命鸟》讲述仰光一对青年男女——世家子加陵和俳优之女敏明——因爱情受到家庭反对,双双携手投湖殉情的故事,流露出明显的消极出世、重返极乐国土的宗教情绪。《缀网劳蛛》中的尚洁,被丈夫遗弃,后历遭劫难、流落异邦,但她以宗教的容忍心、苦

他的《潘先生在难中》一篇小说,写一个乡村教师在军阀混战中张皇失措的逃难情况,以及其苟安侥幸的心情,刻画小市民卑琐生活极为细致。但只是侧重于生活现象的描绘,对这种卑琐思想却批判得不够。(丁易:《中国现代文学史略》)

在那种无形的但却是十分强大的社会压力下,他们失去了独立思考按自己的是非判断和感情好恶行事的习惯,驯服地顺从周围世界已经成了支配他们思想和行为的不可抗拒的生活惯性。这不值得人们肯定,也不值得人们大张挞伐。他牺牲了人的尊严,也只不过为了换取菲薄的生存权和安全感而已,何况,这一切他也并未争取到。(任天石:《叶圣陶小说论》)

其实,潘先生的个人欲望和处境是否应该同情?其社会意识是否清醒?如何评价其行为与思想的矛盾?这一系列问题是有必要重新探讨的。(张福贵:《错位的批判:一篇缺少同情与关怀的冷漠之作》)

---

① 茅盾:《读〈倪焕之〉》,《文学周报》第8卷第20号(1929年5月)。

乐观处事待人,"许地山所关心的则是慈悲或爱这个基本的宗教经验,几乎在他所有的小说里都试着要让世人知道,这个经验在我们的生活中是无所不在的"①。

最后,温情的批判和哲理的沉思是问题小说的基本笔调。问题小说作家对作品中的主人公均表现出程度不一的同情,即使讽刺主人公,也是建立在同情的基础上;同时,他们往往将对社会问题的思考引向哲理的层面,形而上的气息比较浓厚。叶绍钧小说的突出艺术成就,在于他对灰色人生的冷静观察和客观描写,他看不惯主人公的怯弱、空虚、自私,不由得要刺它一下,但他理解其背后的黑暗现实制度,于是讽刺也显得温婉、醇厚,不失客观写实的基本风格。许地山把基督教的爱欲,佛教的明慧,近代文明与古旧情绪糅合在一处,把对人生的思考探究推到了哲学的、形而上的境界,希望从教义里"拈取一片",放进一个他自认为合理的人生观中。

二、浪漫抒情小说

新文学浪漫抒情一派的小说创作,以创造社为主体,表现了鲜明的时代精神:强烈的主观色彩和浓重的感情投影;追求个性解放、肯定自我价值的风气;对黑暗现实的不满和叛逆意识,对光明理想的憧憬和感伤苦闷、忧郁浪漫的情怀。

现在我将《张资平全集》和"小说学"的精华,提炼在下面,遥献这些崇拜家,算是"望梅止渴"云。那就是——△。(鲁迅:《张资平氏的"小说学"》)

张资平(1893—1959,字秉声,广东梅县人)被公认为"恋爱小说家",早期的小说基本取材于他对日本留学生生活的观察,有自然主义倾向。早期有《约檀河之水》《一班冗员的生活》《梅岭之春》《她怅望着祖国的天野》等有浪漫感伤气息的写实小说。《她怅望着祖国的天野》写中日混血女主人公秋儿虽经历了父亲去世、遗产被夺、遭受强暴、情人负心等诸般打击,于生存线上苦苦挣扎,但仍然不忘思念中国;叙述语言凄婉哀伤又不失热

---

① 夏志清著,刘绍铭等译:《中国现代小说史》,复旦大学出版社2005年版,第62页。

烈，表现了"宣泄个人的性苦闷和受经济压迫的痛苦"，为张资平早期的代表作。长篇小说《冲击期化石》取地质学的名字"冲积期化石"来表示人死后的遗骸，叙述主人公韦鹤鸣自幼丧母，寄人篱下，进教会学校读书却见闻教会的污秽，深感辛亥革命后官场和贵族的腐败龌龊，热恋酒楼歌女却遭到父亲阻拦，最后逃进中山寺。后来，张资平专写三角或多角恋爱小说，沉溺于性爱、肉欲的描写，其作品基本失去了社会意义。

叶灵凤（1905—1975，原名叶蕴璞，江苏南京人）受到精神分析学说的影响，描写两性恋爱，情节扑朔迷离，结构复杂多变，尤擅剖析恋爱中的女性心理，且有明显的现代主义特征。与创造社另一位擅长描写两性心理的作家白采相比，"一样是欢喜写性的变态心理，叶灵凤便和白采大不相同。白采所刻画的是主人公的性格，那种变态性格的描写是有迫人的力量；叶灵凤所注意的是故事的经过，那些特殊事实的叙述颇有诱惑的效果。所以白采的作品比灵凤的深刻，而灵凤的小说比白采来得有趣"①。《女娲氏之遗孽》采用内心独白+书信的方式，叙述已婚中年妇女对于青年男子的爱欲故事，作者没有集中塑造人物性格，而是着力描写爱欲诱惑的过程，以及诱惑所引发的周边环境的变化，从而展示人物的心理，"把妇人诱惑男子的步骤和周围对于他们的侧目都一步一步地精细地描写出来"②。

弥洒社、浅草社、沉钟社是三个典型的青年文学社团，是"上海却还有着为人生的文学的一群"，在艺术倾向上与前期创造社

这种浪漫抒情派的兴起，是与我国"五四"时期的社会变动和文学思潮相适应的。"五四"时期是我国新旧交替的一个伟大的历史时期。举凡过渡时期的作家，站在历史界碑之旁，负有革故鼎新的历史使命。他们回顾以往，对民族和社会的积弊感到哀伤和愤怒，瞻望未来，对朦胧的社会理想执意追求而又时时迷惘，这种双重的情绪之流在他们的灵台世界上表演着一曲抑扬顿挫的二重奏，使他们热烈而焦灼地追寻一个主观情绪的喷火口。（杨义：《中国现代小说史》第1卷）

---

① 郑伯奇：《中国新文学大系·小说三集》"导言"，上海良友图书印刷公司1935年版，第15页。

② 同上。

相呼应，为1920年代浪漫抒情文学推波助澜。弥洒社1922年成立于上海，由胡山源发起，成员有钱江春、赵祖康、唐鸣时、赵景深等二十余人，出版《弥洒》月刊6期，倡导"顺应灵感""无谓争论"的艺术观，1927年停止活动。

浅草社、沉钟社（浅草社为沉钟社的前身，有人称为"浅草—沉钟社"）的成员大致相近，有林如稷、王怡庵、陈翔鹤、陈炜谟、陈学昭、冯至、邓均吾、罗石君和杨晦等。

三、郁达夫

郁达夫（1896—1945，浙江富阳人，原名郁文，字达夫）有小说集《沉沦》《茑萝集》《迷羊》等。他是将作品当做作家的自叙传来写的，这正是他个人精神气质的直接体现，同时，也折射出中国近现代转型时期的时代特质。郁达夫敏感、自哀的性格特征，与他的童年生活经历密不可分，孤独、哀伤、敏感、忧郁的童年经验，成为郁达夫后来小说的基调。

郁达夫的《沉沦》（1921年10月出版，收入《银灰色的死》《沉沦》《南迁》三篇小说）是中国现代文学史上第一部短篇小说集，"它以凌厉的气势，揭起这种专写知识青年内心苦闷纷扰的浪漫抒情小说的旗帜"[①]。《沉沦》的出版轰动一时，毁誉参半，誉之者认为它真实地抒写了青年的时代病，开创了小说的新体式，标志着"自我小说"的兴起。（见图1.11）毁之者攻击它"诲淫"，是不道德、不端方的文学。《沉沦》以留日青年生活为题材，是"青年忧郁病的解剖"，奠

图1.11 沈从文曾说，郁达夫的名字当时"成为一切年青人最熟悉的名字了。……人人皆可从他的作品中，发现自己的模样"。

---

① 杨义：《中国现代小说史》第1卷，人民文学出版社1986年版，第546页。

定了郁达夫感伤抒情的基调。

《沉沦》 这是郁达夫早期小说的代表作。小说开始第一句话典型地代表了郁达夫这一时期小说的叙事风格和主人公的精神气质:"他近来觉得孤冷得可怜。他早熟的性情,竟把他挤到与世人绝不相容的境地去,世间与他的中间的介在的那一道屏障愈筑愈高了",这种孤独冷清、寂寞苦闷的情绪,既是主人公内心的深刻揭示,更是郁达夫这一时期小说风格的体现。主人公"他"是一个留日青年学生,他以青年所特有的热情,渴望并追求诚挚的友谊和纯洁的爱情,但"弱国子民"的身份,使他的这种热情时常遭到嘲弄和轻侮,加深了他内心的苦闷和忧郁,他倍感孤冷与空虚;为了排遣"灵"的追求导致的精神孤寂,主人公怀着"兔子似的小胆,同猿猴似的淫心",希望从"肉"的体验中,超脱精神的"沉沦"。然而,在偷窥了"伊扶"赤身裸体洗浴、偷听过草丛中男女私情之后,主人公到妓院酒馆偷尝禁果,毁灭了自己纯洁的情操,但他的孤冷、空虚不仅没有得到排解,反而愈来愈深,陷入了"灵"与"肉"双重沉沦。最后,主人公所渴望的纯洁爱情得不到丝毫满足,在精神极度失落中,又不堪忍受异族的欺凌,只能投海自尽,了却这"孤冷得可怜"的一生。小说结尾处"由己推人",归结主人公自杀的原因是祖国不够强大,发出"祖国啊祖国!我的死是你害我的!你快富起来!强起

我觉得"文学作品,都是作家的自叙传"这一句话,是千真万真的。(郁达夫:《五六年来创作生活的回顾》)

《沉沦》出世的影响不但在文坛上,在现今中国社会上,道德上的变动,我可以大胆的说一句是发自它的原动。今日公开的性的讨论,那神圣的光,是《沉沦》启导的;今日青年在革命上所产生的巨大的反抗性,可以说是从《沉沦》中那苦闷到了极端的反应所生的。虽然,《沉沦》并不是一部记述关于性的问题,革命心理的文字,然而那真实的情感的启示比《呐喊》那较明显的激动,尤其来得深远。(锦明:《达夫的三个时期》)

郁达夫早期短篇小说的另一个更为重要的特征,是他追求感情的满足,性欲的挫折不过是这种追求"忧郁症式的"表现。对这种自称"零余者"的孤独者来说,生活只不过是一次伤感的旅行,形影相吊的主人公漫无目的地浪游,寻找生活的意义。因此,郁达夫小说的特点是感情、观察和事件的自然展开,并没有压缩到首尾连贯的结构之中。(〔美〕费正清主编《剑桥中华民国史》第九章,李欧梵:"文学的趋势Ⅰ:对现代性的追求,1895—1927")

来！你还有许多儿女在那里受苦呢！"的呼声，表达了当时青年人深沉的时代郁愤。《沉沦》大胆描写了受新文化思潮洗礼而觉醒的现代知识青年"性的要求与灵肉的冲突"，以及由此而生的变态性心理，激起了强烈的社会反响。

1922年7月回国以后，郁达夫广泛接触国内生活，创作视野渐趋开阔，目光投向社会低层的被侮辱被损害者，小说的主题也逐渐由"性与死"向"生的苦闷"转变。《寒灰集》或写回国后生计的艰难、贫困和失业的痛苦，或写知识者和劳动者的同病相怜，或以历史故事糅进现实生活，表现出从抒写"性的苦闷"向诉说"生的苦闷"的转移。"深沉的爱国主义和人道主义……是奔腾在郁达夫全部生活和创作中的主流。"①《茑萝行》叙述妻子离去后，"我"陷入一片寂寥、愁思之中，在纷繁的回忆中深沉自省，人物内心纯真，叙述文笔透明。《采石矶》题记引杜甫的诗句"文章憎命达，魑魅喜人过"，叙述清代诗人黄仲则虽穷困郁闷，依然保持人格独立。《春风沉醉的晚上》叙述作为书生的"我"穷困潦倒，卖文糊口，精神萎靡，情调卑琐，烟厂女工陈二妹同样生活艰辛，但敢爱敢恨，性格坚韧，心灵纯洁；通过两相对照，作者反省了可怜文人的软弱无能，彰显了劳动女工的朴素与坚韧。

《过去》《迷羊》，形成了郁达夫创作路向的转折。《过去》叙述"我"和她偶遇于M港市，她是若干年前"我"在上海结识的四姐妹中的老三，当老二的美貌与活泼折磨"我"的时候，"她"总是在一旁默默无闻地给予"我"爱恋之心。现在偶遇于M港市，"我"明白了她的情愫，她却断然拒绝了"我"重新燃起的爱情。郁达夫将对女性身体的沉醉视为"过去"，小说中的空间移动性增强，不再局限于狭小的范围内，同时，自叙传式的叙述模式被打破。"从都市空间中的'身体'话语出发，重读郁达夫与上海有关的两篇小说——《过去》与《迷羊》，却能发现其表述与都市现代性中某种新的感觉结构，尤其是其中指涉'自我'、'身体'的部分有所交叉，更发生了很大的分歧，而这一分歧使得上述两篇小说的叙事结构很难贯彻'自叙传'的特点。"②

---

① 曾华鹏、范伯群：《郁达夫评传》，百花文艺出版社1983年版，第282页。
② 张屏瑾：《重读郁达夫的〈过去〉和〈迷羊〉》，《中国现代文学研究丛刊》2010年第4期。

《迟桂花》是郁达夫1930年代的精粹之作。从1930年代初移家杭州后，生活环境的变化使郁达夫的隐逸思想有所抬头，《迟桂花》以"迟桂花"为基本意象，以花喻人生境界，展示出"我"与翁家兄妹真诚持久的友谊。整篇小说具有浓浓的抒情意味，"处处写桂花的清香，这种花香飘散在灵秀的山水间，飘散在和谐的家庭气氛里，飘散在天真无邪的女性的笑声中，它象征着和谐与清新，象征着青春与幸福，其浓艳馨郁的气味仿佛能把人们的宿梦摇醒，把人们的灵魂涤净，具有一种沁人心脾的艺术魅力"①。

郁达夫小说艺术特色 郁达夫以个性鲜明、生动真切的"零余者"形象，将个性主义、自我表现等艺术原则和艺术手法带入中国现代文学创作，成为中国现代小说的奠基人之一。《南迁》《沉沦》《银灰色的死》以感伤忧愤的笔触，抒写了五四青年对人性解放的追求和人生哀怨，"他""伊人"、Y君、于质夫等主人公的心中都交集着个人和时代的积郁。这些"零余者"注重"人的价值"，追求自我实现，他们对爱情、事业有着纯正的情感，也会为这种纯真难以保全而自怨自艾；他们忧国忧民，面对民不聊生的现状而郁闷愁苦；他们失意时，往往会以一种玩世不恭、放浪形骸的方式表达反抗，而这种反抗方式与自我理想又产生深刻冲突，导致精神与身体双重沉沦。"零余者"形象表现了民族觉醒时期敏锐的青年审视自身和民族伤痕时所产生的幻灭感和危机感，以及他们追求个性主义与自我表现、自我反省的愿望。

自叙传小说是郁达夫对中国现代小说体式的突出贡献。郁达夫深受西方近代以来非理性主义哲学思潮的影响，崇尚破坏偶像，否定一切权威，张扬浪漫主义自我表现精神，追求个性自由和自我尊严，推崇卢梭勇于暴露个人私欲的《忏悔录》。他借鉴日本佐藤春夫、田山花袋、葛西善藏等的"私小说"理念和表现形式，参照俄罗斯小说中"多余人"的文学形象，创立了自叙传小说体式，丰富了中国现代小说的艺术世界。通过小说，我们可以清晰地看到作者个人出身、经历、个性、审美趣味乃至相貌的投影，主人公几乎没有一个不带有作者本人的身影或精神气

---

① 杨义：《中国现代小说史》第1卷，人民文学出版社1986年版，第566—567页。

质;这个具有强烈抒情色彩的叙述者,几乎贯穿着郁达夫的全部小说,构成一个以自我为原型、浸透着作者本人强烈主观色彩的"零余者"形象系列。作者深信透过对自我心灵的观照,也能折射大千世界,因为,深刻地表现人性,即能表现社会,而只有个人的情感体验,才最真切、最可靠。这是郁达夫的小说观,它也使郁达夫这种自我写真的小说别具真切感人的艺术魅力和丰富深广的艺术蕴涵。

凄清哀婉是郁达夫小说的情感基调。当外界的重压与内心的欲望发生剧烈冲突时,这种凄清哀婉就不免滑向感伤颓废的方向。郁达夫是一个心地单纯、气质敏感、颇重感情的人,在艺术创作中亦是如此,主人公孤独凄清的情怀、坦诚率真的暴露、感伤厌世的颓废,构成其小说情感基调。这种感伤的呼号与叹息,表达着作者的社会态度和对人生的悲剧情感,呼应着五四时代的社会心理氛围。郁达夫小说最引起争议之处,在于颓废的情绪和对色欲的描写。无论是《沉沦》中的自渎、窥浴,《秋柳》《寒宵》中的宿妓嫖娼,还是《茫茫夜》《她是一个弱女子》中的畸恋、同性恋……主人公的精神心理、言行举止都表现出颓废气息和世纪末情调。然而,"他的感伤颓废并非封建没落文人的感伤颓废,而是民族觉醒时期一个敏锐的知识分子审视自身的伤痕和民族的伤痕所发出的深长的哀叹,是他无力拯救民族伤痕,从而加深自身伤痕所产生的幻灭感和危机感,是'初丧了夫主的少妇'的悲鸣,而不是新逢外遇的荡妇的浪笑。这种哀叹有消沉也有悲慨,它是腐蚀剂,会给意志薄弱的青年带来精神危机,它也是刺激素,能令探索人生的青年磨锐感觉"[①]。因此,"在消沉的表象下隐伏着积极进取的本质因素"[②]。郁达夫小说对于青年性苦闷、性心理的描写,从思想意义上说,体现了强烈鲜明的反封建精神和个性解放的要求;从文学创作上说,则开辟了现代小说创作的新的题材领域,对现代小说的发展具有不可低估的价值。

散文化的小说结构和清新流丽的文笔,是郁达夫对中国现代小说艺术的又一贡献。郁达夫的小说多以抒情为中轴而轻视情节的营构,这造就了其小说的散文化倾向。《沉沦》《南迁》《茑萝行》《青烟》《一个人

[①] 杨义:《中国现代小说史》第1卷,人民文学出版社1986年版,第556页。
[②] 许子东:《郁达夫新论》,浙江文艺出版社1984年版,第166页。

在途上》《还乡记》等，几乎都没有以完整的情节为中心的结构框架，时间跨度一般都不长，常常是撷取生活长河中的片断，又若断若连，时有枝蔓，与传统的讲故事式的小说模式大相径庭。这些小说不是以情节为中心，而是以情绪为线索，依人物感情的

他的清新的笔调，在中国的枯槁的社会里面好像吹来了一股春风，立刻吹醒了当时的无数青年的心。他那大胆的自我暴露对于深藏在千年万年的背甲里面的士大夫的虚伪完全是一种暴风雨式的闪击，把一些假道学假才子们震惊得至于狂怒了。为什么？就因为这样露骨的真率，使他们感受着作假的困难。（郭沫若：《论郁达夫》）

波澜起伏结撰成篇，强化其抒情效果。叙述语言与其主观色彩、抒情倾向相契合，富有色彩与节奏，一如春水行云，流动感强。异国的苍空皎日（《沉沦》），古都的芦荡残照（《小春天气》），北方的晴天远山（《薄奠》），南方的湖山残雪（《蜃楼》），还有满山迟开的桂花的馥郁香气（《迟桂花》）……笔触所到，都显出清、细、真的特色。淡远的清愁配以清丽、流畅、自然、真挚的文词，摹写着主人公心灵的某种律动，有呼之欲出的情韵，既平淡无奇又跌宕多姿。

第四节　话剧的初创　田汉

学生演剧　戏曲改良　"爱美剧"　民众戏剧　国剧运动

一、中国话剧初创和文明戏

中国现代戏剧（话剧）是伴随着戏曲改良运动和向西方戏剧学习借鉴而发展的，经历了从搬演、仿制到创新融合的过程。

中国最早的新剧演出可追溯到19世纪末上海教会学校的学生演剧活动。据朱双云《新剧史》，1899年上海圣约翰书院就有校内学生的演剧活动，而且引发周边学校"踵而效之"。这可以视为中国话剧的开端。以比较完整的西方戏剧形态演出的，是中国留日学生演剧社团春柳社。曾孝谷、李息霜（李叔同）等一群中国留日学生1906年底在日本东京成立春柳社，旨在"研究新旧戏曲，冀为吾国艺界改良之先导"，并制定《春柳社演艺部专章》。1907年2月演出《茶花女》（第三幕）（见

图 1.12 1907 年,春柳社在日本东京演出《茶花女》,李叔同(左)饰玛格丽特。

图 1.12),6 月演出《黑奴吁天录》。辛亥革命爆发后,春柳社成员陆续回国,组建春柳剧场,开始了在国内的演剧活动,演出《家庭恩怨记》《不如归》《社会钟》《猛回头》《鸳鸯剑》等。陆镜若在上海组织新剧同志会,加之王钟声领导的春阳社、任天知领导的进化团演出《孽海花》《官场现形记》《新茶花》《血蓑衣》《东亚风云》《黄金赤血》《共和万岁》等剧,以及遍及南北的学生演剧,尤其是南开新剧团的演剧活动,形成了 20 世纪初年的新剧(又称"文明戏")演出景观。文明戏以写实的对话、动作替代传统戏曲的唱念做工,采用幕表制演出,并衍生出定型化的角色分配制,和为宣传鼓动而派生的"言论老生",令时人耳目一新。

第二阶段是戏剧改良。中国现代话剧在新思想启蒙与文化批判中获得了新的观念和新的前途。新文化运动的先驱者们以这个时代特有的反叛性思维方式和凌厉精神,对中国传统戏剧进行严厉批判和彻底颠覆。陈独秀、钱玄同、刘半农、胡适、周作人、傅斯年等纷纷投入对旧剧的讨伐之中。1918 年 10 月《新青年》专门辟出一期"戏剧改良号",以艺术进化论、西方人道主义精神和写实主义创作方法为思想武器,组成了对旧剧的猛力抨击。

同时,他们也为新剧的诞生进行理论建设和最初的创作尝试,翻译介绍外国戏剧理论和创作,如从莎士比亚、莫里哀、萧伯纳、王尔德、契诃夫到易卜生,以及唯美主义、表现主义、象征主义等现代流派。《新青年》推出"易卜生专号",刊登《娜拉》《国民之敌》《小爱友夫》三个剧本及介绍易卜生的文章。与当时文坛上的问题小说同步,一批从内容到形式都借鉴易卜生的问题剧应运而生,中国初期话剧中出现了众多易卜生式的戏剧作品和出走型戏剧人物。胡适于 1919 年 3 月发表的

《终身大事》是最早运用现代话剧的形式表现五四时代精神的剧作。

第三阶段是舞台实践。文明戏演员汪仲贤（艺名优游）与戏曲名角夏月润、夏月珊等人改编上演萧伯纳戏剧《华伦夫人之职业》，作为我国正式公演的第一部西式话剧，为戏剧舞台实践提供了经验。汪仲贤"非营业"的戏剧呼声，肇始了1920年代初期遍及南北各地的"爱美剧"运动。"爱美剧"是陈大悲以音意切合的翻译而成，"我们理想中的指导社会的戏剧家是'爱美的'（Amateur）戏剧家（即非职业的戏剧家）。爱美的戏剧家不受资本家底操纵，不受座资底支配"①。

1921年5月，由汪仲贤倡议，沈雁冰、柯一岑、陈大悲、徐半梅、熊佛西、欧阳予倩、郑振铎、汪仲贤等13人发起成立民众戏剧社。民众戏剧社高扬民众的、"为人生"的、"真的新戏"的旗帜，提倡写实的社会剧。新剧从热衷于表现问题或以问题编排戏剧，发展为描写社会现实、反映真实人生，宣传思想，着重发挥社会功能。代表人物和作品主要有：蒲伯英的六幕剧《道义之交》和四幕剧《阔人的孝道》，揭露讽刺上流社会虚伪的道义和孝道；陈大悲的《良心》《英雄与美人》《幽兰女士》《爱国贼》，熊佛西的《洋状元》《一片爱国心》《当票》，汪仲贤的《好儿子》，谷剑尘的《冷饭》，胡也频的《瓦匠之家》和郑伯奇的《抗争》等。

第四阶段为戏剧走向成型。一方面有许多戏剧组织出现，如朱穰臣任总干事的辛酉学社，何玉书、李健吾、封至模、陈大悲等成立的北京实验剧社，陈大悲、蒲伯英发起的新中华戏剧协社，和应云为、谷剑尘、汪仲贤、欧阳予倩、徐半梅等组成的上海戏剧协社。另一方面是成功剧目和优秀剧作家的出现，如田汉《咖啡店之一夜》《获虎之夜》《湖上的悲剧》《名优之死》等，洪深《赵阎王》等，王独清的《杨贵妃之死》和《貂蝉》、袁昌英的《孔雀东南飞》和欧阳予倩的《潘金莲》等。

洪深（1894—1955，字浅哉，江苏武进人）1922年春从美国留学回国，借鉴奥尼尔《琼斯皇》的戏剧手法编成《赵阎王》。该剧以大段的独白和心理幻觉描写表现人物的恐惧心理，第一次在中国话剧舞台上表

---

① 陈大悲：《戏剧指导社会与社会指导戏剧》，《戏剧》第1卷第2期，1922年2月。

演了表现主义的戏剧艺术。1923年秋，洪深由欧阳予倩、汪仲贤介绍加入上海戏剧协社，倡导男女合演，建立正规的排演制度，排演了《终身大事》《泼妇》《好儿子》《少奶奶的扇子》四剧。《少奶奶的扇子》不但显示了洪深的导演才能，而且为中国戏剧创造了中西合璧的典范。该剧根据英国剧作家王尔德的名作《温德米尔夫人的扇子》改编。洪深首先对原作做了较大的改动，沿用原作的故事情节，同时将人物的环境、个性、语言、习俗全部中国化，以适应中国观众的审美情趣；其次采用写实的演剧风格，演员表演自然细腻，舞台布景、灯光、道具力求写真，在中国戏剧舞台上首次运用硬片做布景，真窗真门，台上有屋顶，灯光依时间气氛而变换，以至当时观众为之惊叹。《少奶奶的扇子》的演出是中国第一次严格按照欧美各国演出话剧的方式，开新剧未有之局面，因而轰动全沪。

第五阶段是国剧运动。1925年留美学生余上沅、张嘉铸、闻一多等抱建设中华国剧之宏愿回国，试图发起一个爱尔兰文艺复兴运动式的国剧运动。他们在新月社同人的帮助下，商请教育部在北京艺术专门学校增设戏剧系，第二年又在徐志摩主持的《晨报副镌》上开设《剧刊》，倡导国剧运动，发表了有关戏剧理论、中外戏剧比较、舞台美术及表演技巧等各种文章约40篇。国剧运动的倡导者批评许多问题剧一味强调思想、道德和问题，将戏剧舞台当做演讲家的讲台，艺术人生，因果倒置，导致戏剧的艺术性丧失；他们还批评因学习西方而造成西方戏剧美学，特别是易卜生的写实剧蜂拥而至，致使戏剧的个性即民族性、主要是古典戏曲的写意性丧失。

但当时在新文化领域，学步西方的写实主义戏剧正如新潮初起，蓄势奔涌，立足本土、协调中西的国剧运动被认为游离于时代主潮，深受怀疑，应者寥寥，因而很快沉寂，只剩下一个"半破的梦"。

自从田郭等写出了他们底那样富有诗意的词句美丽的戏剧，即不在舞台上演出，也可供人们当作小说诗歌一样捧在书房里诵读，而后戏剧在文学上的地位，才算是固定建立了。（洪深：《中国新文学大系·戏剧集·导言》）

中国人对于戏剧，根本上就要由中国人用中国材料去演给中国人看的中国戏。（余上沅：《国剧运动·序》）

田汉（1898—1968，湖南长沙人，原名田寿昌）中学时代在辛亥革命的影响下编写出改良新剧《新教子》和《新桃花扇》。1916—1922年就读于日本东京高等师范，1918年加入少年中国学会。在日本他如饥似渴地学习各种西方文化，从莎士比亚、易卜生、托尔斯泰到歌德、王尔德、霍普斯曼等。回国后，新文化运动点燃了他文艺创作和改良社会的热情。1921年与郭沫若、郁达夫等筹组创造社，不久脱离创造社另组南国社。1924年创办小型文艺刊物《南国》半月刊。田汉以波希米亚的方式开展"在野地"的戏剧运动。他在艰难困苦中以极大的热情、才华和毅力献身于中国现代戏剧运动，是1920年代中国戏剧创作剧目最丰、成就最高的戏剧家（见图1.13）。

图1.13 田汉译王尔德《莎乐美》所配印的插图之一，比亚兹莱作。鲁迅在其画集"小引"中说："比亚兹莱向我们展示的是一个充斥了罪恶的激情和颓废格调的另类世界"，"有时他的作品达到纯粹的美，但这是恶魔的美，而常有罪恶底自觉，罪恶首受美而变形又复被美所暴露"。

1922年的独幕剧《获虎之夜》以写实主义手法描写一个"浮浪儿童爱上了一个富农的女儿"的悲剧，剧中黄大傻在伤痛和悲哀之中倾诉了对莲姑的一片痴情和自己的孤独感，最后绝望自尽。

《名优之死》（见

图1.14 《名优之死》剧照

图1.14）的构思最早源于田汉在日本受到波德莱尔散文诗《英勇的死》的启示，回国后又听说晚清名优刘鸿声晚景凄凉，一次在舞台上"长叹

一声就那么坐在衣箱上死了",因而决意写一篇以中国名伶之死为题材的脚本。《名优之死》讲述了正直刚强的京剧名老生刘振声和他沉沦堕落的弟子刘凤仙之间的故事。剧作以刘振声与刘凤仙在人生艺术道路上的分歧为主线,前台戏与后台戏互为烘托,人物个性丰满鲜明。

田汉本性上属于浪漫主义。他的戏剧作品中的主人公经常在灵与肉的冲突中苦苦挣扎,如《湖上的悲剧》中"心在这一世界,而身子……在另一个世界,身子和心互相推诿,互相欺骗";《咖啡店之一夜》中"不知向灵的好,还是向肉的好?"《灵光》中"想飞到个更高的灵之地带"。

以一个浪漫主义抒情诗人的敏感,来观察和体验人物内心的感情变化,并且善于宣染气氛,创造情调,使他的人物用热烈的词句倾吐他们的真情或用低沉的语调诉说他们的哀愁。他的作品以鲜明的抒情色彩,像诗一样激动着读者和观众的心。(陈瘦竹:《田汉的剧作》)

田汉强调创作要从内心出发,表现心灵的世界,如他后来所说:"热情多于卓识,浪漫的倾向强于理性,想从地底下放出新兴阶级的光明而被小资产阶级底感伤的颓废的雾笼罩得太深了。"① 田汉早期剧作里的主人公大多是波希米亚青年,即使是《南归》里浪迹天涯的流浪者,也弹着吉他唱着感伤的歌,一身诗人气质。他们大都年轻、正直、善良,怀抱着理想,热爱艺术,追求真诚的爱,然而他们又多是孤独的,受社会压迫,与家人分离,爱情生活遭遇不幸或磨难。在艺术家唯美的倾向中,飘零着人性之美、爱情之美和艺术之美。

1930 年 4 月,田汉发表《我们自己的批判》宣告"转向",应和着中国新文学在 1928 年之后的革命转型。1931 年 1 月中国左翼戏剧家联盟成立,田汉当选为主席,积极从事普罗戏剧运动。转向后的田汉,开始注重表现工农群众所遭受的压迫剥削,从社会解放的角度表现半殖民地半封建社会的阶级矛盾和阶级斗争,创作了如《梅雨》《一九三二年的月光曲》《洪水》等左翼戏剧。1930 年代田汉还创作了许多表现抗日救亡主题的戏剧,如为配合政治宣

---

① 田汉:《我们自己的批判》,《南国月刊》第 2 卷第 1 期,1930 年 5 月。

传的"急就章"《暴风雨中的七个女性》《乱钟》《扫射》《战友》等。他也努力追求在新的高度上的思想和艺术的平衡,三幕剧《回春之曲》因为回归到他所擅长的抒情风格而取得了较高的成就。1947年问世的话剧《丽人行》是田汉在1940年代戏剧创作的集大成之作。

第五节　诗体解放与诗美探寻　郭沫若　徐志摩

《尝试集》　人生派　浪漫派　象征派　湖畔诗社　新月社　郭沫若　徐志摩

魏建（山东师范大学）：
郭沫若的叛逆与童心

朱寿桐（澳门大学）：
郭沫若的人生体验与创作风格

1916年前后,留美学生胡适提出了"作诗如作文"的诗学观念,并尝试作白话诗,后来进一步倡导"诗体的大解放",要求"把从前一切束缚自由的枷锁镣铐,一起打破:有什么话,说什么话;话怎么说,就怎么说。这样方才可有真正白话诗"①。

胡适的《尝试集》（1920）是中国现代诗歌史上第一部白话诗集。在诗体上,《尝试集》中体现了诗体解放主张的自由诗,有鲜明的新旧转型时期的特点。

一、新诗流派

浪漫派诗歌　创造社诗人郭沫若、田汉、成仿吾、郑伯奇、邓均吾、

---

① 胡适:《尝试集·自序》,《胡适学术文集·新文学运动》,中华书局1993年版,第381页。

徐祖正、倪贻德等人，以西方个性主义思想为武器，接受了拜伦、雪莱、济慈、海涅、歌德、惠特曼、华兹华斯等西方浪漫主义诗人的影响，强调诗歌创作的灵感、激情与想象，主张诗歌形式的"绝端的自由绝端的自主"，创作了大量的现代浪漫主义诗歌。创造社浪漫派诗歌的精魂是破旧立新，中心内容是表现自我，传达了狂飙突进的五四时代精神。

"小诗"风　新文化运动高潮后，诗人们的感情由热而冷，感慨颇多，热衷于沉思，和叩问宇宙、世界、生命及现实人生的真谛，追寻自我价值与意义，体验思想的自由。在日本短歌、俳句和印度诗人泰戈尔《飞鸟集》的影响下，1921—1923年，"小诗"成为新诗坛上的宠儿，形成风靡一时的"小诗"热。"小诗"的特点是形式短小，或缘事抒情，或因物起兴，或寄情于景，以捕捉刹那间的感受与哲思，变对外部世界的客观描写为对内心感觉的主观表现，充分体现了人觉醒之后的内在困惑。确定"小诗"美学规范的是周作人、朱自清，代表诗人是冰心和宗白华。冰心的诗集《繁星》（1923年1月）、《春水》（1923年5月）往往以三言两语的警句式的清丽诗句，表现自己内省的沉思和灵感的顿悟，发掘事物所蕴涵的哲理意蕴。宗白华（1897—1986）有"小诗"集《流云》（1923年12月），跟冰心的比较起来，更多哲理的色彩。他是以哲学家的智慧、胸怀去把握自然乃至整个宇宙。他的"小诗"不以写景见长，而以表现哲理取胜。哲理"小诗"是宗白华对新诗的独特贡献。

湖畔诗社　1922年3月，潘漠华、冯雪峰、应修人、汪静之等在杭州成立湖畔诗社，出版四人的诗歌合集《湖畔》、《蕙的风》（汪静之）、《春的歌集》（潘漠华、冯雪峰、应修人三人合集）、《苜蓿花》（谢旦如）等。湖畔诗派是沐浴新文化时代精神成长起来的诗人，具有清新、自然、纯情、率真的特点，个性解放思想是他们诗歌创作的基石，他们将爱情、婚姻自由，几乎当做个性解放、自我完善的全部内容。

汪静之（1902—1996，安徽绩溪人）诗中率真的爱情表白无疑是对传统男女关系的反叛。在他看来，爱是人的正常情感，而非封建卫道者所言的兽性冲动，所以他才大胆地写爱欲："我昨夜梦着和你亲嘴，/甜美不过的嘴呵！"（《别情》）湖畔诗派的情诗，揭破了封建礼教的虚伪，展示了五四新人的青春人格与气质，体现了对女性人格、尊严、价值的尊重，对情爱自由的肯定，是真正的现代情诗。

新月派诗歌 1926年4月《晨报》副刊"诗镌"创刊，标志着新月诗派的形成。代表诗人是闻一多、徐志摩，重要诗人有朱湘、饶孟侃、孙大雨、杨世恩、刘梦苇、于赓虞、方令孺、林徽因、陈梦家、方玮德、邵洵美、卞之琳等。他们主张诗人应依据自己的审美理想，对自然形态的情感进行选择、修饰与规范，使其艺术化。新月派努力使新诗由散文化、自由化转向规范化："本质的醇正""情感的节制""格律的谨严"。"本质的醇正"是追求"言志"的内容与语言形式的和谐统一；"情感的节制"是反对诗歌中情感的泛滥，主张以理性节制情感；"格律的谨严"就是音乐美、绘画美、建筑美。陈梦家的《摇船夜歌》等诗中的主观情感，经诗人的想象，幻化成为具体可触的客观对象，蕴藉而含蓄。朱湘的《雨景》以"雨景"意象呈现感觉，用感觉传达情感，充满诗意。闻一多的诗歌实践了格律美的主张。

闻一多（1899—1946，原名闻家骅，湖北浠水人）是前期新月派的代表诗人和新格律诗理论的倡导者（图1.15）。从《红烛》到《死水》，闻一多诗性地呈现了中国现代知识分子深沉、激越的民族意识与爱国情感。《死水》通过对半殖民地半封建中国"恶之花"的"赞美"，以愤激之语表达了深切的爱国主义情感。从《红烛》到《死水》，诗人经历了由幻想到现实、由诗境到尘境的人生转变，诗中的爱国情感也由激越转为深沉。

闻一多对色彩非常敏感，特别擅长以富丽的辞藻勾勒线条，描绘形象，创造意境，使诗中有画，呈现出一种绘画美。《死水》以多种色彩描画出一幅"恶之花"，传达的是诗人对于社会人生

图1.15 1946年7月15日闻一多遭国民党特务暗杀后，版画家夏子颐在满腔悲愤中豢夜挥刀，刻就《闻一多木刻像》，当时有评论称此画"纯以中国风味的线条，充分把握对象的质量感，以简练的线条，正确地找住脸部肌肉解剖。这正是融化中西技法的最高成功"。

> **声音**
>
> 《死水》前还有《红烛》,讲究用比喻,又喜欢用别的新诗人用不到的中国典故,最为繁丽,真教人有艺术至上之感。《死水》转向幽玄,更为严谨;他作诗有点像李贺的雕镂而出,是靠理智的控制比情感的驱遣多些。但他的诗不失其为情诗。另一方面他又是个爱国诗人,而且几乎可以说是唯一的爱国诗人。(朱自清:《中国新文学大系·诗集·导言》)

的独特理解、认识与情感形式。《死水》做到了"节的匀称和句的均齐",呈现出鲜明的建筑美,视觉上给人一种建筑的立体美感。闻一多借鉴外国诗歌经验并依据汉语特点,认为对于诗歌来说,"节的匀称和句的均齐"是外在形式,节奏是内在血脉;而节奏的经营必须注意一行诗有几个音尺,其中有几个三字尺、二字尺;音尺的排列可以不固定,但每行的三字尺、二字尺数目应该相等。闻一多诗歌的押韵方式也是多种多样的,变化中有规律,使诗歌获取了一种内在的生命节奏。

闻一多对新诗绘画美、建筑美与音乐美的倡导与成功实践,使新诗走出了"绝端的自由"的散文化误区,为新诗发展提供了新的路径与经验。

浅草社诗歌 冯至(1905—1993,河北涿州人,原名冯承植,诗集有《昨日之歌》《十四行诗》等)是浅草社的代表诗人,曾被鲁迅誉为"中国最为杰出的抒情诗人"[①]。《昨日之歌》以歌吟友谊和爱情最为动人,表现了诗人对于人的哲思。《我是一条小河》以爱情为切入点,揭示了现实世界特别是人的存在的荒诞性,以及诗人对自由的渴望。《在郊原》《默》《蛇》等作品同样表现了诗人对于人的深沉思考,体现了新时代知识者对婚姻、幸福的认识由外在的制度层面进入了更为复杂的个体心理层面;在艺术上,则留下了德国浪漫主义诗歌影响的痕迹。

象征派诗歌 象征派代表诗人是李金发,重要诗人有王独清、穆木天、冯乃超、蓬子、胡也频、林松青、石民等。象征派诗人受西方现代哲学思想与艺术熏染,对五四运动落潮后的中国和个人命运深感迷茫,对启蒙理性失去信心,他们不再热衷于向大众启蒙,而醉心于自我独语和个人感觉世界,进行一种个人化的创作。由于对初期白话诗的散文化

[①] 鲁迅:《〈中国新文学大系〉小说二集》"导言",《鲁迅全集》第6卷,人民文学出版社1981年版,第242页。

深感不满,穆木天提出了"纯粹诗歌"的概念,要求诗人"找一种诗的思维术","要暗示出人的内生命的深秘",创作"表现败墟的诗歌"①,强调"色""音"在"纯粹诗歌"中的重要性。

李金发(1900—1976,广东梅县人,中国象征主义代表诗人,有诗集《微雨》《为幸福而歌》《食客与凶年》等)从波特莱尔、马拉美、魏尔伦的诗中感应到世纪末的病态美,学来了人生痛苦的摹拟和无名忧伤的沉吟,率先将西方象征主义的丑恶、死亡、虚无和恐怖的主题引入新诗。"歌唱人生和命运的悲哀;歌唱死亡和梦幻;抒写爱情的欢乐和失恋的痛苦;描绘自然的景色和感受"②,这四个方面构成了李金发诗歌的主要内容。他内心有着"一切的忧愁/无端的恐怖"(《琴的哀》),风给他"临别之伤感"(《风》),雨告诉他"游行所得之哀怨"(《雨》),生命成为"死神唇边的笑"(《有感》),只有美人与坟墓才是真实(《心游》)。艺术上,他重视象征与暗示,打破了真实描写和直抒胸臆的传统表现方式,寻找思想与情绪的客观对应物,《弃妇》《律》《雨》等诗,通过选择某一客观对应物以展示独特的心态与情感。诗中大量出现省略、跳跃、通感、远取譬和意象奇接,打破了正常的思维逻辑和语法习惯,诗风朦胧、晦涩而怪异,给新诗带来了一股奇怪而又新鲜的艺术潮流。

李金发先生却太不能把握中国的语言文字,有时甚至于意象隔着一层,令人感到过分浓厚的法国象征派诗人的气息。(刘西渭:《鱼目集——卞之琳先生》)

李先生的诗……以色彩,以音乐,以迷离的情调,传递于读者,而使之悠然感动的诗,不可谓非有力的表现的作品之一。(钟敬文:《李金发底诗》)

二、郭沫若

郭沫若在五四狂潮激荡下,受惠特曼《草叶集》豪放诗风影响,创作激情如火山爆发,进入诗创作的爆发期,《凤凰涅槃》《地球,我的母亲!》《天狗》《炉中煤》等都是这一时期写成的。1921 年 7 月,他参与

---

① 穆木天:《谈诗——寄沫若的一封信》,《创造月刊》第 1 卷第 1 期,1926 年 10 月。
② 孙玉石:《中国初期象征派诗歌研究》,北京大学出版社 1983 年版,第 75 页。

发起成立创造社。之后，他目睹国内惨状，理想破灭，创作诗文集《星空》（1923）。1923年，从日本毕业回国，参与创办《创造周报》《创造日》。1925年，经过五卅运动的严峻考验，开始较自觉地运用阶级观点分析中国形势。1926年写出《革命与文学》，它标志着郭沫若文学思想的巨大变化。1928年出版诗集《恢复》《前茅》，并于同年2月潜往日本，开始了长达十年的流亡生活。这期间主要从事中国古代社会史和古文字学的研究，并写了自叙传《我的童年》《反正前后》《创造十年》《北伐途次》等作品。

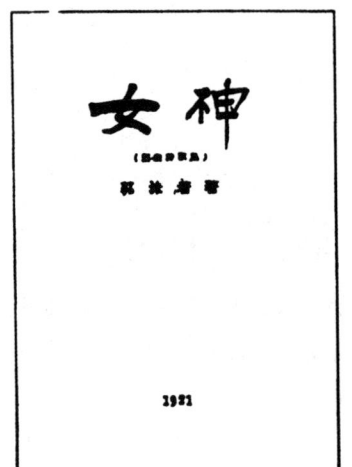

图1.16　《女神》书影，泰东图书局1921年8月初版

《女神》（见图1.16）是郭沫若的第一本诗集，全书包括《序诗》在内共有诗歌54首、诗剧3篇。这些诗写于1916—1921年，绝大多数创作于新文化运动高潮时期，即1919—1920年。闻一多称其真正反映了20世纪的时代精神。

《凤凰涅槃》是《女神》中的一首，典型地表达了郭沫若这一时期的创作主题：破旧立新——彻底的毁坏力和超凡的创造力。凤凰"集香木自焚"体现了彻底破坏旧世界的精神，而"复从死灰中更生"则是创造意志的写照；凤凰的新生是诗人对五四运动后中国的创造性想象。在《立在地球边上放号》中，他情不自已地咏道："啊啊！不断的毁坏，不断的创造，不断的努力哟！"《女神之再生》中，他借女神们高唱："我们要去创造个新鲜的太阳，／不能再在这壁龛之中做甚神像！"表现出强烈的创造意志。《匪徒颂》则对一切进行政治革命、社会革命、宗教革命等的"匪徒们"高呼万岁，实际上是对历史上具有进步意义的破坏力与创造力的赞美。他崇拜力，"力的绘画，力的舞蹈，力的音乐，力的诗歌，力的Rhythm哟！"（《立在地球边上放号》），表现出与中国传统中静穆、思无邪、温柔敦厚等人格理想截然不同的现代性格。

郭沫若的诗歌以浪漫主义为主调，象征是其精义。《女神》对现实的揭露、批判是以对未来的乐观想象与坚定信仰为基础和前提的，理想主义是其精髓。那火山般的激情、华丽繁复的语言、急遽的旋律、大胆的夸张，烘托、渲染了诗歌的浪漫激情。尤其是那奇异的想象，使诗人火山爆发式的情感以一种浪漫的方式释放出来，如他以宇宙为背景，想象自己站在地球边上放号（《立在地球边上放号》）；以神话为依托，将自己比做涅槃的凤凰，表现出令人神往的更生景象（《凤凰涅槃》）；把自己想象成气吞宇宙万象的天狗，以神化自我本质（《天狗》）；神思飞扬地描画缥缈的"天上的市街"，翱翔于神奇的太空，等等。借助这种奔放不羁、纵横驰骋的想象力，《女神》表现了五四时期那种冲破一切陈旧事物、推倒一切腐朽势力的力量。郭沫若喜欢象征主义诗人波特莱尔和魏尔伦的作品，受其影响，他自觉地将象征纳入浪漫主义的总体框架中，强化诗的精神底蕴。《女神》中那些充满激情与想象的诗篇，几乎都有象征意义，或象征某种精神，或象征某种情感，或象征某种愿望。

若讲新诗，郭沫若君的诗才配称新呢，不独艺术上他的作品与旧诗词相去最远，最要紧的是他的精神完全是时代的精神——二十世纪底时代的精神。有人讲文艺作品是时代底产儿。《女神》真不愧为时代底一个肖子。（闻一多：《〈女神〉之时代精神》）

我总认为新诗径直是"新"的，不但新于中国固有的诗，而且新于西方固有的诗；换言之，他不要做纯粹的本地诗，但还要保存本地的色彩，他不要作纯粹的外洋诗，但又尽量的吸收外洋诗的长处；他要做中西艺术结婚后产生的宁馨儿。

我要时时刻刻想着我是个中国人，我要做新诗，但是中国的新诗，我并不要做个西洋人说中国话，也不要人们误会我的作品是翻译的西文诗。（闻一多：《〈女神〉之地方色彩》）

郭沫若实现了诗体大解放的理想，实践了自由创造之精神。他的诗作句式错落有致，音韵铿锵有力，格式不拘，诗节不限，字数不定，音节自然，一切服从感情的倾泻，破除了古典诗体格律的严格束缚，做到了"绝端的自由绝端的自主"，体现了一时之创新，但这让他后来也受到批评。

三、徐志摩

徐志摩（1897—1931，浙江海宁人，原名徐章垿）是新月派的代表性诗人，也是中国新诗格律化的主要实践者和诗美的执着追求者；他有独特的生命体验和情感历程，诗风柔美秀丽、音节和谐、构思精巧。

英美文化熏陶 徐志摩 1915 年从杭州府中学毕业后，到上海、天津、北京等地求学，1918 年赴美国克拉克大学、哥伦比亚大学留学，先后攻读银行学和社会学，1920 年到英国剑桥大学学习。他在英美留学期间深受西方民主思想的影响，也受到欧美文学艺术的熏陶。1921 年开始进行新诗写作，流露出艺术至上的趣味。1923 年回国后，参加新月社等社团，1925 年自费排印《志摩的诗》，宣告正式登上中国现代诗坛，1927 年与胡适、梁实秋、邵洵美等成立新月书店，主编《新月》杂志，同时在上海光华大学、南京中央大学任教。1931 年因飞机失事身亡。

徐志摩是新月诗派的代表诗人，也是典型的现代自由主义知识分子，一生向往个人自由，崇拜哈代、托尔斯泰、罗曼·罗兰、泰戈尔、罗素、卢梭、尼采等人，他的理想是个人性灵的自由发展。他的四本诗集《志摩的诗》（1925）、《翡冷翠的一夜》（1927）、《猛虎集》（1931）、《云游》（1932），记载了一个现代自由主义知识分子的心路历程和人生理想。《再别康桥》是徐志摩对中国现代文学的突出贡献，作者将康桥视为生命中最重要的导师和启蒙者。带着对康桥美景的陶醉欣赏和深深眷恋，徐志摩为中国新诗贡献了"康桥意象"。

爱、自由与美的追求 徐志摩是沐浴于新文学与西风美雨之下、充满性灵情怀的诗坛浪子，其一生都在不断地践行性灵与爱情至上（见图 1.17）。在徐志摩看来，理想的爱情、婚姻意味着"良心之安顿""人格之自由""灵魂之救度"，他的大部分诗歌抒写了自己对爱情的渴望、想象，表达对爱情、自由、美的理解、向往与赞美。《雪花的快乐》以雪花自喻，雪花的追求即诗人对爱欲的向往，雪花的快乐是诗人对自由爱情的愉快体验。《我等候你》抒写的是爱的想望与痴情，将等待的焦急与深情形神兼备地传达出来："我守候着你的步履、你的笑语，你的脸你的柔软的发丝，守候着你的一切/希望在每一秒钟上枯死——你在哪里"，痴情的想望与音节的节奏相得益彰，难怪陈梦家说这首诗是徐志摩最好的抒情诗。《"起造一座墙"》想象爱情能够在现实生活中为自己"起造一座墙"，以维护人生自由。《沙扬娜拉》对日本女郎含情脉脉的娇羞美态的写真，既暗示了相思之苦，又表现了对女性的尊重。

爱情在他笔下是温柔甜美的，是人间痴情，但严酷的现实常使他的痴情受挫。《海韵》一面表现了女郎和诗人自己对于爱情的"单纯信仰"，一面则暴露了容不得恋爱的现实世界。《翡冷翠的一夜》中，诗人深深地感到"地狱"

图1.17　1923年4月泰戈尔访华，当徐志摩和林徽因陪同他出现在北京天坛欢迎会会场时，曾有人这样描述当时的情景："林小姐（徽因）人艳如花，和老诗人挟臂而行，加上长袍白面郊寒岛瘦的徐志摩，有如松竹梅的一幅三友图。"

般的现实使"娇嫩的花朵""难保不再遭风暴"。然而，诗人的可爱就在于他的痴情，他"是一种痴鸟"，"一种天教歌唱的鸟不到呕血不住口"。在他心中，爱是神圣的、忠贞的，"你放心走"，"凶险的途程不能使我心寒"，"我爱你！"（《你去》）；在"容不得恋爱"的世界，"我拉着你的手，/爱，你跟着我走；/听凭荆棘把我们的脚心刺透，/听凭冰雹劈破我们的头，你跟着我走，/我拉着你的手，/逃出了牢笼，恢复我们的自由！"（《这是一个懦怯的世界》）

诗人憧憬、崇拜大自然。徐志摩从小在明山秀水中长大，对自然有一种与生俱来的亲近感，童年时候就"爱在天穹野地自由自在的玩耍，爱在灿烂天光里望着云痴痴地生出一个又一个的幻想"，后来也多次呼吁人们"回到自然的单纯"。他曾说大自然是安顿人类灵魂最伟大的一部书，能使人的性灵迷醉。他那些抒写自然的作品，描绘了旖旎的山水景物，给人以美的享受。不过，它们大都并非单纯的风景诗，其中仍有

我的眼是康桥教我睁的，我的求知欲是康桥给我拨动的，我的自我的意识是康桥给我胚胎的。（徐志摩：《吸烟与文化》）

从晚霞到夕阳，从夕阳到星辉，从星辉到悄悄的夏夜，时序交代得井井有条。金柳、青荇、青草、彩虹，和斑斓的星辉，诗中的色彩与光芒十分动人，但听觉上却是一片沉寂，形成特殊的对照。论者常说徐志摩的诗欧化，从这首诗看来，并不如此，综观全诗，无论在情调上或词藻上，都颇有中国古典诗的味道。（余光中：《余光中说徐志摩的〈再别康桥〉》）

他的人生观真是一种"单纯信仰"，这里面只有三个大字：一个是爱，一个是自由，一个是美。……他的一生的历史，只是他追求这个单纯信仰的实现的历史。（胡适之：《追悼志摩》）

志摩是中国布尔乔亚"开山"的同时又是"末代"的诗人。

圆熟的外形，配着淡到几乎没有的内容，而且这淡极了的内容也不外乎感伤的情绪，——轻烟似的微哀，神秘的象征的依恋和感喟追求。（茅盾：《徐志摩论》）

他没有闻氏那样精密，但也没有他那样冷静。他是跳着溅着不舍昼夜的一道生命水。他尝试的诗体最多，也译诗；最讲究用比喻——他让你觉着世上一切都是活泼的，鲜明的。（朱自清：《中国新文学大系·诗集·导言》）

他的单纯的信仰。在五老峰前，他"饱啜自由的山风！"（《五老峰》）；以快乐的雪花表现精神的自由（《雪花的快乐》）；渴望"不朽的灵光""神明的火焰"永远跳动、不变（《那一点神明的火焰》）。大自然有时是他抒写爱、美与自由的场所，有时则是他自由性灵的化身，寄予着他的人生理想。大自然的单纯、和谐、秀美作为童年经验和成人想往，凝聚为徐志摩精神世界的一部分，影响了他的艺术选择和人生选择，也在很大程度上决定了他的诗歌风格。在与自然的亲和当中，徐志摩自觉实现了与中国传统诗歌文化精神的默契，把个人诗兴与文化传统融合在一起，完成了中国古典诗学理想的现代重构，显出一种浑然天成、圆润无隙的景象。在竭力以反叛传统创立自身品格的中国现代新诗史上，如此惬意的精神契合，如此精巧的文化重构，还是第一次出现。

新诗格律的追求　徐志摩是一位在艺术上不断追求创造性的诗人。他的诗歌大都想象力丰富，构思巧妙，意境新奇。《雪花的快乐》描画了晶莹美丽的雪花，翩翩地在半空里潇洒飞舞，朝着恋人清幽的住处努力飞扬的优美图景，生动地表现了诗人对于爱情和理想的执着追求。比喻是徐志摩常用的一种修辞手法，他诗歌中的比喻鲜明、贴切，且往往富有暗示性。《我等候你》将"我"等候她时的种种复杂情绪化为一系列独特的比喻：刚开始是"希望，在每秒钟上开花"，稍后是"希望在每一秒钟上枯死"；等待的人儿没来，"打死我生命中乍放的阳春"，希望落空时"每一次到点的打动，我听来是/我自己的心的/活埋的丧钟"，暗示出人生的无望与苦痛。

作为新月诗派的代表诗人，徐志摩的诗歌具有一种个性化的绘画美、建筑美、音乐美。诗中之画主要靠辞藻来描画，徐志摩诗歌的辞藻大都明丽，富有色彩感。《她是睡着了》《五老峰》《月下雷峰影片》《消息》《北方的冬天是冬天》等诗，以富有色彩感的语词，描绘诗人经验或想象中的某种情景，将之化为形象的画面，明丽或暗淡，灵动或静止，传达出诗人某种独特的情感。其代表作《再别康桥》每一节都是一幅迷人的图画，如第二节，康河边那被夕阳染成金色的婀娜多姿的垂柳，与波光潋滟中荡漾的艳影，构成了一幅迷人的康河晚照图；又如第五节，斑斓星辉倒映着的水面，随着小舟激起的潋滟柔波荡漾开去，是一幅充满诗情画意的星夜泛舟图，诗中有画，画中有情。

同闻一多一样，徐志摩重视诗歌的建筑美，但与闻一多诗歌形体过于整饬、缺少变化不同，他的绝大多数诗体是在变化中求整饬，在整饬中求变化，富有现代自由感。《悲思》《那一点神明的火焰》《落叶小唱》《为要寻一颗明星》等诗歌，都是典型的徐志摩式的单节参差不齐而各节形式基本相同的诗体。《再别康桥》全诗7节，每节4行，整齐匀称，但诗人为避免过于整齐而导致呆板，别出心裁地将每节的二、四行退后一格，且将每行的字数稍作增减，使全诗整齐中富有变化，呈现出参差错落之美。

音乐美是徐志摩诗歌艺术的重要特点。《海韵》《雪花的快乐》《半夜深巷琵琶》等诗，节奏鲜明，抑扬顿挫，具有音乐的旋律美。《再别康桥》每行均为两到三个节拍，二、四行押韵，且每节自然换韵，旋律轻柔、悠扬。大体而论，徐志摩诗歌的节奏轻柔舒缓，旋律和谐悠扬，表现了诗人情感与精神的自由。

第六节　性灵发现与散文勃兴　周作人

语丝社　朱自清　冰心　周作人　白马湖作家群

一、"绚烂极了"的1920年代散文

散文作为一种独立的文学文体，是在新文学中确立的。在中国古代，散文包括韵文之外的一切散体文章，所谓"非韵非骈即散文"。1917年，刘半农率先提出文学散文的概念："所谓散文，亦文学的散文，而非文字的散文。"① 1921年6月，周作人在《晨报副刊》发表《美文》，明确提出"美文"的概念，标示了中国现代散文的文体自觉。与观念的自觉相呼应，这一时期的散文创作也成就斐然。一时间名篇佳作迭出，形式多样，异彩纷呈，诸多作者确立了自己作为现代散文名家的地位。由于五四散文所取得的成就，它被公认为是颇能代表白话新文学运动实绩的一个方面。鲁迅后来就曾总结说，当时"散文小品的成功，几乎在小说戏曲和诗歌之上"②。甚至旧派小说家曾朴也认为："新文学成绩，第一是小品文字，含讽刺的，分析心理的，写自然的，往往着墨不多，而余韵曲包。"③

综观本时期散文，体式上有杂文的泼辣劲健，有抒情美文的诗意盎然，还有闲谈娓语的恬淡舒卷，也有以鲁迅《野草》为代表的跨文体的散文诗。书写风格上有鲁迅的犀利酣畅、嬉笑怒骂，也有周作人的冲淡闲适、简单中浸染涩味，有冰心的纯净清新，朱自清的漂亮精致，俞平伯的清隽淡远，丰子恺的平易中透出悲悯，也有郁达夫真率的感伤，梁遇春的"绅士风"，还有许地山的宗教色彩……其中不少作家甚至能游刃于多副笔墨，曲直浓淡皆成文章。在主要流派倾向方面，《新青年》"随感录"作家群致力于时政批评，犀利泼辣；"语丝文体"着意在讽刺

---

① 刘半农：《我之文学改良观》，《新青年》第3卷第3号，1917年5月。
② 鲁迅：《小品文的危机》，《鲁迅全集》第4卷，人民文学出版社1981年版，第576页。
③ 转引自阿英：《现代十六家小品》"序"，光明书局1935年版。

中融入俏皮、机智与幽默；文学研究会作家群呈现"为人生"的多样散文形态；创造社同人的写作则流淌率真的主观情愫；此外还有现代评论派的贵族气息、才情横溢。这些散文流派中，成员又多有流动交叉，形成主导性与多样性并存的局面。本时期散文的风貌、风采与风格，恰如朱自清所描述的，它是"绚烂极了"，"有种种的样式，种种的流派，表现着，批评着，解释着人生的各面，迁流曼衍，日新月异；有中国名士风，有外国绅士风，有隐士，有叛徒，在思想上是如此。或描写，或讽刺，或委曲，或缜密，或劲健，或绮丽，或洗练，或流动，或含蓄，在表现上是如此"。①

这是中国文学史上又一次散文盛况，是现代散文自身文体特性与革故鼎新的新文学潮流相遇合的结果。散文自由灵活，表达便利，特别有利于个人性的标举和张扬，与现代的"人"的觉醒、"人"的观念的发现与张扬之间有天然的契合。郁达夫在总结新文学第一个十年的散文创作时指出："五四运动的最大的成功，第一要算'个人'的发现。从前的人，是为君而存在，为道而存在，为父母而存在的，现在的人才晓得为自我而存在了。……现代的散文之最大特征，是每一个作家的每一篇散文里所表现的个性，比从前的任何散文都来得强。"② 是言志的，而非载道的，是个人的发现，而非尊君、卫道与孝亲的理念的尊崇。这种新的"人"的观念，构成了中国现代散文的灵魂，是现代的"散文的心"，也是推动其文体自觉并蔚为大观的创作面貌的内在动力。

以"个人的发现"为核心的现代散文精神，文体自觉意识，自由抒写、不拘一格的书写形式，融汇中西文学的汲取和转化，以及流派社团的竞起，是推动这一时期散文繁荣的原因所在，也构成了它的鲜明的历史特点。在中国现代文学史的第一个十年，中国散文家从现代的"人"的观念出发所作的创造，成为中国现代散文的艺术典范。

文学研究会作家群 在"为人生的文学"这一开放性的旗帜下聚集起来的文学研究会作家的散文创作，无论摄取人生的视野还是方式、风

---

① 朱自清：《论现代中国的小品散文》，《文学周报》第 345 期，1928 年 11 月。
② 郁达夫：《中国新文学大系·散文二集》"导言"，上海良友图书印刷公司 1935 年版，第 18 页。

格都是多样的,难以归为流派,可作散文作家群视之。其中最具特色并产生深远影响的当属朱自清与冰心,此外还有许地山、梁遇春、瞿秋白、庐隐等重要作家。

朱自清(1898—1948,原名自华,字佩弦,原籍浙江绍兴,生于江苏东海)的散文著作主要有《踪迹》《背影》和《你我》等。自谦为"大时代中一名小卒"的他在展示当时普遍的悲惨人生的同时,辅以寒冬暖阳般的温情,令人读来倍感温馨。《背影》是其中的典型。朱自清尤其擅长描写山水景物,寄情自然,情景交融。《荷塘月色》于荷香月色中寻找独立的精神空间,在静谧景色中获得暂时解脱的心境,游子的惆怅和美景的抚慰相映成趣。这种现实苦闷和纵情山水的反差在《"月朦胧,鸟朦胧,帘卷海棠红"》《绿》《白水漈》等文中都有淋漓尽致的展现。《桨声灯影里的秦淮河》中的秦淮河的桨声、灯影、暮霭和微漪,承载着穿越时空和心灵的哀伤。他的散文传承中国传统诗歌,讲究意境的营造,注重情感的表达。这些文章又是文人学者型的,彰显了受传统文化熏陶的新一代文人与民族传统文化之间的深厚渊源。

冰心本时期主要有散文集《往事》、通讯散文集《寄小读者》等。她的散文语言优美,诗意味浓,浸淫着女性作家独有的温婉细腻,述说内心情感柔和委婉,无刻意渲染却能直抵人心,颇受当时青年读者的拥戴。郁达夫曾评点她的风格是"意在言外,文必己出,哀而不伤,动中法度"。这种文风与冰心的创作思想息息相关,即她的"爱的哲学"——对母亲、兄弟、弱小者,对人类和自然的爱。这种爱又出于纯真的"童心"。冰心在《寄小读者·通讯一》中说到,若非"童心来复",她决不提笔。天真无邪的童心赋予她一种诗意的美好想象。冰心在《往事》和《寄小读者》中把诗情画意与哲理兼容,形成了她的"爱的哲学"。《寄小读者·通讯十》说母爱普遍地包围着一切:它包围着"我",连带着也"包围着一切爱我的人;而且因着爱我,她也爱了天下的儿女,她更爱了天下的母亲"。因而冰心对她的小读者说:"世界便是

她的诗似的散文的文字,从旧式的文字方面所引申出来的中国式(并不是固定的名词,只有说明她的句法不完全是欧化的)的句法,也引起广大的青年的共鸣与模仿,而隐隐的产生了一种"冰心体"的文字。(黄英:《谢冰心》)

这样的（由母爱）建造起来的！"不但人间，窗外的秋雨、玫瑰花的香气也都沐浴着自然母亲的爱，因而无声地赞美着它们的自然母亲。

梁遇春（1906—1932，福建闽侯人）的散文作品多收于《春醪集》，在《泪与笑》中也有几篇写于1920年代的文章。其文多谈人生哲理，博学敏思，文字"如星珠串天，处处闪眼，然而没有一个线索，稍纵即逝"①。这与他耽于书斋，视野狭窄，而年纪又轻、思想尚未充分成熟有关。但梁遇春又特别注重独立思考。《春醪集》是他的"醉中梦话"。虽然困惑、彷徨，然而他却用异常的执着，在悲苦、怀疑中追求一种有意义的、生气勃勃的、有色彩的人生。梁遇春被称为"中国的爱利亚"②（即英国散文家查尔斯·兰姆），他钟情于兰姆的随笔文体。纵意放谈时的活泼恣肆，正显示着年轻作者的勃郁英气。

白马湖作家群 1920年代在浙江上虞白马湖地区（春晖中学），夏丏尊、丰子恺、朱自清、朱光潜、刘大白、叶圣陶、俞平伯与李叔同等，由于人生追求与艺术旨趣相近，在散文创作中形成了一个白马湖作家群。这批作家的散文同白马湖的青山秀水相呼应，朴素清新，淡雅隽永，满贮温馨与韵味。他们大都推崇日本自然主义作家夏目漱石。

丰子恺（1898—1975，浙江桐乡人）本时期有散文集《缘缘堂随笔》。他的文笔素朴自然，于娓娓道来中寄托深沉的情感与思索，童心与佛心相融会，于疏淡中透出悲悯。散文名篇《给我的孩子们》讴歌孩子们的真人性，认为孩子即人性美、人性真的极致，最鲜活的人生艺术化的存在，鲜明对照出成人世界的病、伪与不自然。字里行间映现"心性本净"的佛理，亦折射出"以幼者为本位"之新人文精神，且皆以真情、至情为底蕴。有了至真之情、至深之思、至理之辨，也就有了他既富古典气息又具现代意味的人性的"惜春""留春"之笔。他洞悉于一切皆"空"，又于"空"中随性执着，于是成就了这篇情理交融的美文经典。

---

① 废名：《泪与笑》"序一"，开明书店1934年版。
② 郁达夫：《中国新文学大系·散文二集》"导言"，上海良友图书印刷公司1935年版，第11页。

二、在"自己的园地"书写性灵：周作人

图 1.18 周作人速写像（司徒乔作）

周作人（见图 1.18）在南京求学期间接受西方科学和民主思想，尝试文学创作。1906 年赴日求学期间，与其兄鲁迅一起筹办《新生》杂志，译《红星佚史》《劲作》等，并合译《域外小说集》。五四前后加入《新青年》，在《新青年》《每周评论》等杂志上发表《人的文学》《平民文学》《思想革命》等论文。1920 年筹办文学研究会，起草文学研究会宣言，倡导艺术为人生的宗旨。1924 年与孙伏园等创办《语丝》周刊。在日本人侵略中国期间变节附逆，出任伪职。华北沦陷时期在敌伪报刊发表文章数百篇。1945 年因汉奸罪被捕，后判刑，1949 年交保释放。晚年定居北京，翻译希腊文学与日本文学，出版《鲁迅的故家》《鲁迅小说里的人物》《鲁迅的青年时代》等著作。

1920 年代是周作人散文创作的旺盛期。结集出版的散文集有《自己的园地》（1923）、《雨天的书》（1925）、《泽泻集》（1927）、《谈龙集》（1927）、《谈虎集》（1928）、《永日集》（1929），另有诗和散文诗合集《过去的生命》（1929）等。这个时期周作人散文呈现浮躁凌厉与平和冲淡的双轨性特征：谈时事的杂文浮躁凌厉怒目金刚，而杂感、读书随笔及他称之为"美文"的艺术性散文，则平和冲淡。《谈虎集·序》说："我这些小文，大抵有点得罪人得罪社会，觉得好像是踏了老虎尾巴，私心不免惴惴，大有色变之虑，这是我所以集名谈虎之由来。"敢于批评人、指责社会，显示周作人凌厉的一面。而最能表现他散文个性的却是另一面，即他称之为"美文"的小品散文。

周作人小品散文的特点是平和冲淡。《吃茶》《谈酒》《乌篷船》《故乡的野菜》等名篇所写的都是平常的事、平常的生活，然而作者在平常之中却品味出一番情趣。如《吃茶》，"喝茶当于瓦屋纸窗下，清泉

绿茶，用素雅的陶瓷茶具，同二三人共饮，得半日之闲，可抵十年尘梦"；《乌篷船》，"你坐在船上，应该是游山的态度，看看四周物色，随处可见的山，岸旁的乌桕，河边的红蓼和白苹、渔舍，各式各样的桥，困倦的时候睡在舱中拿出随笔来看，或者冲一碗清茶喝喝……夜间睡在舱中，听水声橹声，来往船只的招呼声，以及乡间的犬吠鸡鸣，也都很有意思"；《谈酒》，"喝酒的趣味在什么地方？……照我说来，酒的趣味只是在饮的时候"。

本时期的现代散文诗经典，是鲁迅写于1924—1926年的《野草》（1927）。

周作人的理智既经发达，又时时加以灌溉，所以便造成了他的博识；但他的态度却不是卖智与炫学的，谦虚和真诚的二重内美，终于使他的理智放了光，博识致了用。（郁达夫：《中国新文学大系·散文二集·导言》）

在理论上彻底放弃了对于国家、民族、社会、人民的……责任感，还原为纯粹的个体，把五四时期已经提出的"救出你自己"的个人本位主义原则发展到极端。（钱理群：《周作人传》）

第二章
1930年代：新文学丰创期

第一节　人文主义的深化与左翼的兴起

人文主义文学　左翼文学　人学观

如果说新文学初创的十年（1917—1927）是现代文学激情初放和文化孕育的阶段，那么1928—1937年则是新文学收获的黄金时期。从1928年开始，无产阶级革命运动潮流介入文学，新文学的队伍在"革命"和"人性"的旗帜下不断分化组合。一方面，新文学精神的秉承者在创作与理论两方面继续探索、发展，个性主义、人道主义、"人的文学"等人文主义思潮不断深化；另一方面，左翼革命文学思潮与创作的强劲兴起，使得现代文学日益带上政治色彩。在整个1930年代的现代文学领域，人文主义文学思潮和左翼文学思潮相互角逐又相互融合，形成了新文学自由发展的历史时期。

在这两种文学主潮下，涌动着多元而复杂的"人"的观念与文学话语，其中主要存在着三种人学思想和文学观念：新文学人文主义人学观、左翼革命文学的阶级-革命的人学思想与文学话语、近现代通俗文学所持守的比较世俗化的人学观。这三种人学思想与文学观念在社会变革的大潮下相互对话、冲突、交流与交融，形成了多种倾向竞相发展的格局。蒋光慈、丁玲、叶紫等人的小说，显示了左翼无产阶级革命文学创作的勃勃生机。自由主义、民主主义作家也以优秀的作品丰富和活跃着文坛，与左翼文学一起构成了1930年代文学的两条基本线索；其中最具先锋性的是现代派诗歌和新感觉派小说。这一时期许多作家的创作更加成熟，个人风格开始形成，涌现出了一些里程碑式的杰作。

1930年代中国社会的大变动，引发与激化了知识分子在传统农业文明与现代工业文明、东方文明与西方文明之间选择的矛盾与困惑。反映在文学与审美层次上，产生了这一时期左翼、京派、海派三大文学派别（潮流）之间的对峙与互渗。左翼作家以马克思主义和辩证唯物主义为指导思想，对封建的传统农业文明与资本主义工业文明以及西方殖民主义同时展开批判，将文学作为以夺取政权为目标的无产阶级革命的工具。海派是1930年代以上海为中心的东南沿海城市商业文化与消费文化畸形繁荣的产物，依托于文学市场，既享受着现代都市文明，又感染着都市文明病。对都市文明既留恋又充满幻灭感的矛盾心境，使海派文学更接近西方现代派艺术，有着较为自觉的先锋意识，追求艺术的变与新。京派是以北京等北方城市为中心的一批学者型的文人，他们既贴近底层人民的生活，又在现实主义的创作中融入浪漫主义；既反对从属于政治，也反对文学的商业化，体现了一种对文学的理想主义追求。三大文学派别（潮流）创造了不同的文学景观。1930年代文学题材空前广泛，既有茅盾式的运用社会分析理论剖析中国社会的小说，又有沈从文、老舍式的批判社会、探究人性的小说，也有海派作家对都市文学的新创，以及蒋光慈等人对革命文学的倡导，呈现出丰富多元的特征。

一、人文主义文学思潮的深化

经过十数年的引进与吸收，人文主义文学张扬而激越的姿态开始在1930年代文坛转变为学理的沉潜深入和创作的深刻体现。在理论资源的开拓方面，这一时期的翻译、介绍西方文艺美学思想的工作颇有成绩。新月派理论家梁实秋在二三十年代坚持人文主义文学思想，并且因其与左翼文艺思想的抵牾而产生影响；与之相近且与左翼文艺思想有较大距离的，还有朱光潜、沈从文等人。他们共同的特点是对西方的文艺思潮有一个通观，较多地了解世界文艺，与本土传统文化之间的贯通也超出当时一般知识分子的水平。他们本质上是承传了新文学的人文主义思潮，与当时左翼革命文学家所理解的政治革命的需求有一定距离。在创作实践方面，老舍、巴金、曹禺、沈从文、李劼人、茅盾诸小说家，林语堂、何其芳、戴望舒、卞之琳、丁玲（早期）、新感觉派等多种创作实绩，都鲜活地体现了新文学思潮在1930年代的深化与收获。

在文艺思想理论方面，引人注目的还有梁实秋借用西方新古典主义文艺思想反思、清理新文学创作，追溯人文主义的中外历史根源的新人文主义文艺思想；有朱光潜运用西方现代表现派美学、结合中国本土文学的"谈美"与建构的文艺心理学学说；有胡秋原、杜衡的自由主义文艺思想，他们坚持艺术自由论、反对艺术宣传政治，主张"文学与艺术，至死也是自由的，民主的"，"艺术虽然不是'至上'，然而决不是'至下'的东西。将艺术堕落到一种政治的留声机，那是艺术的叛徒"。① 这些源于欧美的理论概括与自我反思，同当时盛行的苏联、日本的拉普、纳普革命写实主义机械反映论有质的区别，也不同于同时期以阶级斗争论为核心的左翼理论。

二、左翼文学运动的兴起

1930年代左翼文学运动的兴起与其说是一种文学思潮，不如说是一场以文学为手段的革命运动，它以组织化的文学活动推动了文坛格局的变化。尽管它当时未能提供更多的有文学价值的作品，但是在1930年代和后来的文学历史发展中产生了重要作用和深远影响。

1928年开始的无产阶级革命文学运动（普罗文学），有着特定的历史背景和原因：早期共产党人对革命文学的倡导；社会的急剧变革使激进的小资产阶级作家（创造社、太阳社成员）首先被卷进了革命的潮流，充当无产阶级文化的代表；来自国际无产阶级文学运动（"红色30年代"）的影响，诸如苏联文学、日本左翼革命文学，西方的辛克莱、巴比塞、德莱塞等人的作品；激进、前卫的青年作家相对集中于主要作为外国租界的上海，因此也具有了组织革命文学队伍的空间。

---

① 胡秋原：《阿狗文艺论》，《文化评论》创刊号，1931年12月。

无产阶级革命文学的基本理论主张是由后期创造社和太阳社成员首先提出的。革命文学的倡导者接受了当时盛行的苏联拉普、日本纳普等左倾文艺思潮影响,倾向于把文学作为政治传声筒,甚至激进地认为无产阶级文学的形式是不可避免地要接近口号标语。这些看法或夸大文艺的作用,或忽视文艺的特征,或主张作家世界观的突变。他们否认无产阶级革命文学运动之于新文学革命的继承关系,把新文化运动以来的小资产阶级作家当做革命的对象。在由后期创造社创办的《文化批判》创刊号上,冯乃超发表《艺术与社会生活》一文,把鲁迅、茅盾、叶绍钧、郁达夫、张资平都当做"社会变革期中的落伍者"①加以批判。鲁迅因此写了《"醉眼"中的朦胧》《我的态度气量和年纪》等文予以反击。1929年冬,在上海的中共江苏文委负责人出面,要求双方停止论战,加强团结。党组织安排当时刚从日本回来、未介入双方论战的沈端先(夏衍)来联络双方。冯乃超、沈端先、冯雪峰与鲁迅出席了以"清算过去和确定目前文学运动底任务"为目的的座谈会。商谈的结果是停止论战、成立中国左翼作家联盟(简称"左联")。鲁迅与冯乃超、冯雪峰等人参加了左联的筹备工作。

中国左翼作家联盟 1930年3月2日,鲁迅、冯雪峰、柔石、沈端先、冯乃超、李初梨、彭康、蒋光慈、钱杏邨、田汉、阳翰笙等四十余人出席了左联成立大会,地点在上海的窦乐安路233号(见图2.1)。当时尚在日本的郭沫若、茅盾、郁达夫都列名参加。会上通过了由蒋光慈、冯乃超、冯雪峰等根据苏联拉普和日本纳普的纲领制定的左联理论纲领和行动纲领。鲁迅在会上作了《对于左翼作家联盟的意见》的讲话,对无产阶级革命文学倡导期的

图2.1 左联成立大会旧址,现上海多伦路201弄2号。

---

① 《文化批判》第1号(1928年1月)出版"批判鲁迅"特辑,《太阳月刊》(3月号)发表钱杏邨批评鲁迅的长篇论文《死去了的阿Q时代》,杜荃(郭沫若)的文章骂鲁迅为"封建余孽""双重反革命",《创造月刊》(第2卷第5期,1928年12月)发表批评茅盾的文章。

经验教训作了深刻的总结,强调了"左翼"作家很容易成为"右翼"作家的危险性。他在讲话中还针对中国无产阶级文学运动一开始就暴露出来的宗派主义、小团体主义的弱点,号召左联在"目的都在工农大众"的共同目标下扩大联合战线,"造出大群的新的战士"。①

左联主要进行了以下文学活动:

一、创办刊物。左联的刊物包括创刊于左联成立前的《创造月刊》《文化批判》《太阳月刊》,和左联成立后的《拓荒者》(蒋光慈主编)、《萌芽》月刊(鲁迅、冯雪峰主编)、《十字街头》(鲁迅主编)、《北斗》(丁玲主编)、《文学月报》(姚蓬子、周起应主编)、《光明》半月刊(洪深、沈起予编辑)以及秘密发行的《文学导报》(创刊号名《前哨》)等。

二、对马克思主义文艺理论的译介,对社会主义现实主义的提倡。冯雪峰等翻译介绍了列宁的《托尔斯泰——俄罗斯革命的明镜》(今译《列夫·托尔斯泰是俄国革命的镜子》)、《论新兴文学》(即《党的组织和党的文学》的主要段落);鲁迅翻译介绍了《苏俄的文艺政策》、卢那察尔斯基的《艺术论》《文艺与批评》、普列汉诺夫的《艺术论》。左联成立后,瞿秋白从俄文版翻译了马克思主义经典的文艺理论著作,批评了初期无产阶级文学作品中的"主观主义的理想化"和"革命浪漫蒂克"情绪。

三、推进文艺大众化运动。左联成立后,设立了文艺大众化研究会,并在1931年左联执委会决议《中国无产阶级革命文学的新任务》中,将"文学的大众化"作为建设无产阶级革命文学的"第一个重大问题"。

四、左联的文学思想,集中体现为对无产阶级现实主义、社会主义现实主义创作方法的提倡。

在1930年11月召开的国际革命作家联盟第二次作家代表会议上,中国左联被吸收为联盟成员,与在该联盟中起主要领导作用的拉普建立了直接的组织联系。左联执委会决议《中国无产阶级革命文学的新任务》(1931年11月通过)中明确提出:"在方法上,作家必须从无产阶

---

① 鲁迅:《对于左翼作家联盟的意见》,《鲁迅全集》第4卷,人民文学出版社1981年版,第233—238页。

级的观点，从无产阶级的世界观，来观察，来描写。作家必须成为一个唯物的辩证法论者。中国无产阶级革命文学的作家，指导者及批评家，必须现在就开始这方面的艰苦勤劳的学习。"①

直到1933年，受苏联对拉普的清算和对社会主义现实主义创作方法的讨论的影响，左联对现实主义理论的认识有所调整。1933年11月，周起应（周扬）在《现代》杂志发表了《关于"社会主义的现实主义与革命的浪漫主义"》一文，第一次向国内介绍、阐发社会主义现实主义创作的基本原则，要求文艺创作者从现实的革命出发，真实地历史地具体地描写现实。他指出，真实性是不能缺少的前提，应"在发展中、运动中去认识和反映现实""把为人类的更好的将来而斗争的精神，灌输给读者"。②文章中的这些原则既吸收了"社会主义的现实主义"中有利的一面，也决定了其日后无法从根本上摆脱左倾机械论的束缚，极大地影响了左翼无产阶级文学的创作。

1935年"一二·九"运动爆发，在全民族救亡运动的推动下，左联解散，由周扬、郭沫若等提出了"国防文学"口号。在这个口号中，左翼作家仍不能免除左倾幼稚与宗派主义情绪，这突出表现在他们与"民族革命战争的大众文学"口号的论争中。后一口号是鲁迅与冯雪峰、胡风为补救"国防文学"的不足而提出的。在两个口号下，左翼作家表现出了较为突出的宗派主义情绪。鲁迅为此抱病写了《论我们现在的文学运动》《答徐懋庸并关于抗日统一战线问题》，主张两个口号并存，并解释了抗日统一战线内部的关系："我以为文艺家在抗日问题上的联合是无条件的，只要他不是汉奸，愿意或赞成抗日，则不论叫哥哥妹妹，之乎者也，或鸳鸯蝴蝶都无妨。但在文学问题上我们仍可以互相批判。"1936年10月，鲁迅、郭沫若、巴金、冰心、周瘦鹃、林语堂等联合发

---

① 中国左翼作家联盟执行委员会决议：《中国无产阶级革命文学的新任务》，《文学导报》第1卷第8期，1931年11月15日。
② 周扬文章指出：这是"为大众的文学"，"具有易为大众所理解的明确性和单纯性"。文章还指出浪漫主义为社会主义现实主义所包容，社会主义现实主义是在"不同的创作方法和倾向的竞争中去实现的"。周起应（周扬）：《关于"社会主义的现实主义与革命的浪漫主义"——"唯物辩证法的创作方法"之否定》，《现代》第4卷第1期，1933年11月。

表了《文艺界同人为团结御侮与言论自由宣言》，标志着新形势下文艺界开始了统一战线的筹建。

左翼文学现实主义，朝着政治化、社会化、理想化方向完成对"五四"现实主义传统的继承和超越的历史使命，为中国新文学开辟一条新路。（林伟民：《左翼文学："五四"现实主义传统的背离与超越》）

左联自1930年年初成立，到1936年初经当时共产国际领导指示自动解散，在这几年中，提倡和实践无产阶级革命文学，对中国现代文学的发展产生的影响是深入而持久的。左联在政治上，受到当时左倾路线的影响，搞了不少"左"的政治活动；组织上，存在着宗派主义、关门主义的缺点，把作家团体当成政党组织；文艺理论上，照搬当时苏联文学运动和理论，有明显的教条主义倾向；文学创作上，存在着轻视艺术规律，公式化、概念化的倾向。总体而言，左联在文学运动方面的声势影响要大于其创作践行的功效。

第二节　小说流派与群落的竞起　丁玲　沈从文

普罗小说　社会剖析派　东北作家群　京派　新感觉派　丁玲　沈从文

吴福辉（中国现代文学馆）：
京派与海派文学

王中忱（清华大学）：
丁玲

一、1930年代小说流派

经过激越而张扬的新文学蓄积，1930年代迎来了中国现代小说的成熟、繁荣。社会、历史的巨大变动与西方异质文化的激烈碰撞，促进了"人"的观念和文学思维方式的变化，也为长于叙事的小说文体提供了广阔的发展空间。

1930年代小说对"人"的发现和对人生的关注,赓续了新文学的启蒙—人文精神。他们对于激变时代的人性、人的内心世界、人与人、人与社会的复杂关系有了许多新的看法与体察。① 同时,作家立足于本土现实,广泛借鉴、多方择取中外文学资源并加以贯通,是1930年代小说走向成熟的关键。各种西方的文艺理论和文学作品纷纷进入中国作家的视野,拓展了小说的题材和表现空间。这既表现在对时代变化中的城乡各阶层的广阔社会历史内容的书写上,也表现在对人物命运、道德、情感变迁、心理世界的刻画上。

在1930年代中国社会大变动的背景下,现代都市与传统农村的对立、冲突与互相渗透,引发与激化了知识分子在传统与现代、西方文明与东方文明之间如何选择的矛盾与困惑,这也反映在各自不同的关于"人"的观念与文学观上。1930年代文坛出现的左翼普罗小说、社会剖析派小说,在马克思主义学说的影响下,突显人的社会性和阶级性;新感觉派小说在西方现代主义(精神分析学、意识流、表现主义等)和都市商业文化影响下,更多地关注人的感官、直觉、潜意识、性等非理性的方面;京派则坚守新文学人文主义精神,认同人的自我价值、个性主义等理念,持自然人性观、人道主义与启蒙精神。它们的并存与互争,共同充实、丰富、拓展了新文学世界。

左联青年作家群 这个作家群由普罗文学之后逐渐崭露头角的一批追求进步的青年作家组成。这个青年小说家群体成员众多,成绩显著、影响较大的主要有柔石、丁玲、张天翼、艾芜、沙汀、叶紫等。柔石的《为奴隶的母亲》以深沉的忧愤描写了故乡罪恶的典妻习俗,满怀同情地塑造了一个被侮辱与被损害的劳动妇女春宝娘的形象。张天翼创作的一大批讽

作品在恋爱中使"革命"显得浪漫,在革命中使"恋爱"找到出路,字里行间充满着革命的浪漫蒂克的情调,它们或者以革命战胜恋爱,或者因恋爱拖累革命,或者革命和恋爱比翼齐飞,意识突变的人物无不有"翻筋斗式"的英雄之嫌。(杨义:《中国现代小说史》)

在浓厚的浪漫虚无主义情调里套上一套革命的乐观主义肤浅公式。(夏志清:《中国现代小说史》)

---

① 比如,茅盾由《蚀》《野蔷薇》《虹》到《子夜》的创作转向,典型地说明了小说家对"人"的发现与小说创作的关系。

刺小说表达了反虚伪、反庸俗、反彷徨的讽刺主题，在别具一格的喜剧世界里展示了社会众生相，塑造了众多栩栩如生的讽刺性人物形象。艾芜的短篇小说集《南行记》以他漂泊期间的所见所闻为素材，叙述了边疆异域特殊的下层生活，刻画了有各种各样命运的流民形象，包括偷马贼、强盗、烟贩子、流浪汉等；艾芜从他们的灵魂中挖掘出美好、闪光的一面，这形成了他作品中人物的特殊的复杂性。叶紫的代表作《丰收》和茅盾的《春蚕》、叶圣陶的《多收了三五斗》一样都以"丰收成灾"为主题，展示了农民的觉醒与斗争，突出表现农村的阶级对立和阶级压迫，这对以后的农村题材小说产生了影响。

社会剖析派作家 这些作家以马克思主义社会科学理论为指导，继承并发展了文学研究会"为人生"的现实主义精神，在创作方法上建立起了新的革命现实主义文学模式。他们自觉将小说艺术与社会科学相结合，在大规模地、全景式地再现中国社会、表现各个阶级动向的同时，侧重以科学理性精神从经济角度对中国社会性质、社会生活进行剖示。在文学观念方面，强调对社会现实进行细密的观察，注重在宏大的结构中对历史性题材作客观的描绘，善于在典型环境中塑造具有复杂性格和悲剧命运的典型人物。茅盾是社会剖析小说的开创者，他在 1930 年代创作的《子夜》《春蚕》《林家铺子》等作品提供了该派小说的最初范型。在茅盾的影响和示范下，吴组缃、沙汀等青年作家也开始了社会剖析小说的创作。

东北作家群 这个群体形成于 1930 年代中期，是在特定的历史背景下出现的一个具有地域性的作家群体。"九·一八"事变后，东北各地相继沦陷。一批不愿做亡国奴的东北青年作者纷纷流亡关内的上海、北平等地，他们怀着对故乡的深切思念、对日本侵略者的仇恨创作小说，以粗犷的风格把这片黑土地上的生生死死和不屈的灵魂移到了纸上。这一创作群中比较著名的有萧红、萧军、端木蕻良、骆宾基、舒群、罗烽、白朗、李辉英等，尤其以萧红的影响为大。

萧红（1911—1942）的《生死场》在一幅"九·一八"事件前后东北农村生活的图景中，描写了王婆、金枝、二里半、赵三等东北农民在"生死场"上的挣扎。鲁迅称誉它"力透纸背"地表现出了"北方人民的对于生的坚强,对于死的挣扎"①。

京派小说 这一派作家是指 1930 年前后新文学中心南移上海后继续在北平(北京)活动的一个自由主义作家群。其主要阵地有《骆驼草》《大公报·文艺副刊》《水星》《文学杂志》等。京派小说家在艺术观念上标举健康与纯正,反对"文以载道"的浅陋,在一个充满变化的时代里,执意拉开与现实政治的距离,去关注纯朴、原始的乡村世界,寻找和挖掘那里永恒不变的人性美、人情美。虽然他们没有放弃对城市生活的描写,但这种描写常常是作为乡村生活的对立面而被纳入叙述框架之中,因而其意义往往不是自足的,而是从反面突显了乡村的价值。他们在文化思想上继承了新文学改造国民性的传统和人学思想,表现民族品德的消失与重造的主题,并试图以此去探索中国应当如何重新另造。他们在强调文学的独立性和审美性、自觉保持与现实政治的距离的同时,也表现出了与社会剖析派小说不同的具有另一种性质和丰厚意蕴的文化诉求。在审美趣味上,京派小说家崇尚和谐,鼓吹情感的节制与艺术技巧的恰当。为了实现情感的节制,京派理论家朱光潜提出了"心理距离说",沈从文则主张"情绪的体操"。这形成小说情感的内敛和理性的节制,具有乡野的自然平和质朴之美。京派小说还讲究艺术技巧,追求题材的新鲜、结构的多样和文字的明净,注重氛围渲染和风情描写,具有圆熟静穆的诗美和牧歌情调,为现代抒情小说的发展做出了重要的贡献。

在京派小说家中,沈从文的成就和影响较大,其他代表性作家还有废名、萧乾、芦焚等。废名(1901—1967,原名冯文炳)收在《桃园》《枣》等集中的短篇小说和长篇小说《桥》,以朴讷简约的诗化语言和散文化的笔法,描写了故乡黄梅优美的田园风光,显示出荡漾在乡村朴野之间的平和的人性美,具有冲淡、典雅、宁静的情趣和意境。《桥》是废名用素朴的芦笛精心吹奏出来的一支平淡而悠远的田园牧歌。它以程小林和史琴子的情感历程为线索,上篇写童心的无邪、民情的淳朴、风物的美丽,下篇写十年后两人因琴子的妹妹细竹的长成而引起的微妙的感情关系,也仍然显得毫无挂碍、一无机心。废名小说淡化故事情节,不

---

① 鲁迅:《萧红作〈生死场〉序》,《鲁迅全集》第 6 卷,人民文学出版社 1981 年版,第 408 页。

追求结构的完整,精心构建诗境和画境,善于提炼语言,并在白话中糅进一些文言成分,使文字显得古奥简练,富有韵味和涩味。

新感觉派 这是活跃于1920年代末期至1930年代前半期的一个现代主义小说流派。它是在以横光利一、片冈铁兵等为代表的日本新感觉派和法国都市主义文学的影响下发展起来的,所以又被称为"都会主义小说"。新感觉派的主要阵地有《无轨列车》《新文艺》《现代》等刊物,主要作家有施蛰存、刘呐鸥、穆时英,此外还有黑婴、徐霞村、叶灵凤等。新感觉派小说表现了半殖民地大都市形形色色的日常现象和世态人情,侧重展现都市生活的畸形与病态,从而提供了另一类型的都市文学。它促进了现代都市文学的发展,丰富了现代小说的表现方法。

施蛰存(1905—2003)是新感觉派中创作成就较高的作家。他融合弗洛伊德精神分析学说创作的小说,主要收于《将军底头》《梅雨之夕》和《善女人行品》三本集子中。施蛰存曾热心译介奥地利心理分析小说家施尼茨勒(又译显尼志勒)的作品,他翻译这些小说,还努力将心理分析移植到自己的作品中去。他的心理小说中的二重人格描写、变态性心理解剖、人物内心意识流动之表现等艺术手法,显然都来自施尼茨勒。他使用心理分析方法开掘人物的潜意识和隐意识领域,表现人物的变态心理和梦幻心理,引出了本我(性本能)与超我(道德)尖锐冲突的主题。《将军底头》写种族和爱的冲突。小说主人公唐代将军花惊定奉命征讨吐蕃,途中遇一美女,遂成为其情欲对象,但军纪、道德压抑着他的情欲,他带着这一矛盾挥刀上了战场,后在战斗中被杀了头,还策马回到他心爱的姑娘身旁。小说重点展现的是情欲与道德的冲突,带有一定的神怪、魔幻色彩。更充分地体现施蛰存心理分析小说特点,也有较强的社会意义的,是收在《梅雨之夕》和《善女人行品》中描写现实生活的作品。《春阳》中的婵阿姨年轻时为了钱财同

京派小说体式较为醇正,他们把东方情调的诗情画意融合在乡风民俗的从容隽逸的描绘之中,形成一种洋溢着古典式的和谐和浪漫性的超越的人间写实情致。(杨义:《中国现代小说史》)

他们趋向农村或少受教育分子或劳力者的生活描写,而诚实的重要还在题材的新鲜,结构的完整,文字的流丽之上。(林徽因:《文艺丛刊小说选题记》)

丈夫的牌位拜堂，但对情欲的渴望仍然留在她心底，小说对封建道德摧残人性、金钱关系异化人性进行了比较深刻的揭露。1936年施蛰存出版《小珍集》，运用心理分析方法描写上海附近区域发生的各种怪现象，表现出回归现实主义的倾向。

新感觉派小说在结构、形式、方法、技巧等方面有所创新，刻意捕捉那些新奇的感觉、印象，并把主体感觉投诸客体，使感觉外化，把来去匆匆的印象组成了感觉流。他们把都市风景分解得七零八落、光怪陆离，创造出具有强烈主观色彩的"新现实"。通感现象在新感觉派小说里每每出现，如"钟的走声是黑色的"，"她的眸子里还遗留着乳香"，"我听得见自己的心的沉重的太息"，等等。穆时英《上海的狐步舞》等借鉴西方意识流手法来结构作品；《街景》等时空颠倒，没有贯穿始终的情节和人物，场景组切迅速，具有跳跃性。在人物刻画上，新感觉派运用弗洛伊德精神分析学说，注重开掘和表现人的非理性、潜意识和变态心理，这方面以施蛰存较为深入。

丁玲（1904—1986），湖南临澧人，原名蒋伟，又名蒋炜，字冰之，主要作品有《梦珂》《莎菲女士的日记》《一个人的诞生》《水》《夜会》和《意外集》，中篇《一九三〇年春上海》以及长篇小说《韦护》《母亲》《太阳照在桑干河上》等。丁玲的小说创作不但忠实地记录了一个青年知识女性的心灵历程和追随时代的踪迹，还典型地反映了20世纪二三十年代中国现代文学从文学革命到革命文学的转型以及稍后革命文学自身的发展（见图2.2）。

《莎菲女士的日记》 这篇小说因对现代女性的人生困境和心理矛盾的深刻开掘，而成为早期同类作品的代表作。主人公莎菲是丁玲早期所塑造的叛逆、苦闷的青年知识女性形象系列中最成功、突出的典型。莎菲在新文化个性主义浪潮的冲击下背叛封建礼教，大胆走出家门，她渴望纯真的爱情，要求"享有我生的一切"。作品着重刻画的是莎菲在性爱上的矛盾心理，她痛苦的挣扎不免带上浓重的悲怆情调和病态色彩，也因此成了"心灵上负着时代苦闷的创伤的青年女性的叛逆的绝叫者"①。作品以大胆直率的描写,通过她在爱情追求上的复杂矛盾的心理和行为,展示了她的叛逆、病态的性格:一方面,她欣赏苇弟的善良忠厚,但又不满于他的平庸怯懦;另一方面,她倾慕南洋阔少凌吉士的漂亮仪表和高雅风度,但又鄙视他市侩主义的卑劣灵魂。在两个男性中,她没有选择前者,也没有选择后者。这里有她对灵(即自我个性)的坚守,也有灵肉分离后对肉(即性爱)的追求,但性爱的诱惑最终没有使之泯灭灵的光辉。从这个意义上来说,"莎菲女士是'五四'以后解放的青年女子在性爱上的矛盾心理的代表者"②。莎菲的矛盾和苦闷,是经历过新文化个性主义思想洗礼的觉醒青年在时代低气压下陷入彷徨状态的真实写照,因而折射出深刻的内涵;其对爱情追求的失落中所蕴含的也是对整个社会的绝望的情绪。小说以第一人称日记体的形式,饱含感情地对女主人公的内心世界作了深入细腻的揭示,显示了作者心理描写的出色才能。《莎菲女士的日记》显然受到了法国现实主义文学(尤其是福楼拜的《包法利夫人》、莫泊桑的《一生》等作品)对现代社会虚伪文明的批判、对女性命运的深切关注、对爱玛式女子的描写以及心理剖析技巧的启发,也受到了歌德的《少年维特之烦恼》感伤型浪漫主义抒情风格的影响。

1929年,丁玲的创作发生变化,其早期小说中的个性主义主题开始为集体主义的革命主题所替代,也即是说,她的"人"的观念发生了变

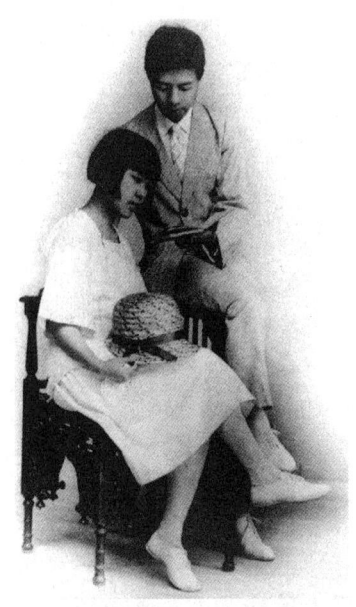

图 2.2 丁玲与胡也频的合影。1924年,丁玲在北平结识了胡也频,此时她正为弟弟的夭折而痛苦,胡得知后,用纸盒装满玫瑰,写下字条:"你一个新的弟弟所献。"

---

① 茅盾:《女作家丁玲》,《文艺月报》第1卷第2号,1933年7月。
② 同上。

化。她力图拓宽视野,突破自身情绪宣泄的局限,创作了以革命者为主人公的长篇小说《韦护》。由于丁玲对革命者的生活并无深刻的了解,致使韦护的形象不够丰满,并且故事本身也陷入恋爱与革命冲突的陷阱里去了。

1931年秋,丁玲在《北斗》杂志上发表了短篇小说《水》。它以当年发生的16省大水灾为题材,描写了农民与水灾和官府作殊死搏斗的情景,场面壮阔,笔触粗犷,突现了觉醒、抗争的农民群像,被左翼作家赞为显示了作者对于阶级斗争的正确的坚定的理解。

二、沈从文:"湘西世界的精心构筑者"

沈从文(1902—1988,湖南凤凰县人,原名沈岳焕)主要作品有《神巫之爱》《虎雏》《都市一妇人》《月下小景》《八骏图》《新与旧》等,中篇小说《边城》,长篇小说《长河》等。他出身于行伍世家,小学毕业后入伍,辗转于湘川黔边境和沅水流域。1922年受新文化运动余波之影响,他只身离开湘西来到北京,升学未成,开始学习写作。此后开始在《晨报副刊》《现代评论》《小说月报》等报刊上发表作品。1928年在上海与胡也频、丁玲合编文学刊物《红黑》。1930年起,先后在武汉大学、青岛大学任教。同年9月接编《大公报·文艺副刊》,扩大了京派文学的影响。抗战爆发后任西南联大教授,胜利后为北京大学教授,并主编《大公报》《益世报》的文学副刊。

> **声音**
> 我要表现的本是一种"人生的形式",一种"优美,健康,自然而又不悖乎人性的人生形式"。我主意不在领导读者去桃源旅行,却想借重桃源上行七百里路酉水流域一个小城小市中几个愚夫俗子,被一件人事牵连在一处时,各人应有的一分哀乐,为人类"爱"字作一度恰如其分的说明。(沈从文:《〈从文小说习作选〉代序》)

在文学的湘西世界中,沈从文正面表现了未被现代都市文明扭曲的人生形式。这种人生形式的极致,便是所谓神性。在他的美学观中,神性就是爱与美的结合,这是一种具有泛神论色彩的美学观念。把健全的人生形式放到带原始特征的文化环境中去表现,这是作者的睿智,也是作者的无奈。《柏子》《会明》《灯》《丈夫》等篇,在展现乡下人性格特征的同时,对湘西乡村儿女的人生悲喜剧进行了价值重估。这些作品中的乡下人，其道德风貌、人生形式与过去的世界紧密相连，俨然出乎原始的文化环境，他们热情、勇敢、忠诚、正直、善良，德行品性纯洁高尚，合乎自然。但是，与此相伴随的理性的愚昧又使他们无法适应现实环境，无法把握自己的命运，从而导致其精神悲剧。在对乡下人生存方式的重估中，《萧萧》通过对童养媳萧萧这个人物形象的塑造，探讨了人对自身悲剧命运的毫无知觉。在失身怀孕之后，萧萧面临的是将被沉潭或被发卖的命运，只是因为偶然，才幸免于难。作品结尾处，萧萧的大儿子又在迎娶年长他六岁的媳妇，萧萧却懵懵懂懂地抱着新生儿，浑然不知生命的悲喜剧正在轮回。

《边城》 这是沈从文的代表作，也是支撑他所构筑的湘西世界的柱石。作家将理想的人生形式和古拙的湘西风情有机结合交融起来，在边城明净的底色中，把自我饱满的情绪投注到边城子民身上，描绘了乡村世界中的人性美和人情美，着重塑造了作为爱与美化身的翠翠这一人物形象。翠翠在茶峒的青山绿水中长大，大自然既赋予了她清明如水晶的眸子，也养育了她清澈纯净的性格。她天真善良，温柔恬静，在情窦初开之后，便矢志不移，执着地追求爱情，痴情地等待着情人，不管他何时回来，也不管他

> **声音**
>
> 就是想借文字的力量，把野蛮人的血液注射到老迈龙钟、颓废腐败的中华民族身体里去，使他兴奋起来、年轻起来，好在20世纪舞台上与别国民族争生存权利。（苏雪林：《沈从文论》）
>
> 忽略或否认人在阶级社会所处的不同经济政治地位及其在人物身上的影响，亦即抹去人的思想上的阶级烙印，阉割人性中极重要的阶级性因素，结果人物也势必变成完全脱离社会现实的抽象的人，纯粹自然的人。（吴立昌：《论沈从文笔下的人性美》）
>
> 沈从文自觉地使自己的创作既从五四流行思想的影响下脱出，又由30年代的普遍空气中脱出，他的创作不属于五四反封建的启蒙文学，也不属于30年代兴起的联系于社会革命运动的关于阶级对抗的左翼文学。（赵园：《沈从文构筑的"湘西世界"》）

能不能回来。翠翠人性的光华，在对爱情理想的探寻和坚守中显得分外娇艳灿烂。结尾处所状白塔下绿水旁翠翠伫立远望的身影，散发出熠熠动人的人格力量。作品中其他人物如老船工的古朴厚道，天保的豁达大度，傩送的笃情专情，顺顺的豪爽慷慨，作为美好道德品性的象征，都从某一方面展现了理想人生形式的内涵。即使当年向翠翠母亲求爱而遭

拒绝的杨马兵也是那样热诚质朴，在老船工去世以后，主动承担起照应翠翠的责任，品性非常高洁。他们虽然个性有别，但却"各自有一个厚道然而简单的灵魂"，"他们心口相应，行为思想一致。他们是壮实的，冲动的，然而有的是向上的情感，挣扎而且克服了私欲的情感。对于生活没有过分的奢望，他们的心力全是用在别人身上：成人之美"。① 在那里，善良厚道的人们之间的关系也是非常简单的，一言以蔽之，就是一个爱字，其中包括两性之爱、祖孙之爱、父子之爱、邻里之爱，而没有任何的机心、阴谋、私欲和倾轧。

作为这些人物的活动背景，作者还浓墨重彩地渲染了茶峒民风的淳厚。古拙的湘西风情既是健全的人性形式借以寄托的不可或缺的背景，又是这一理想本身的有机组成部分。小说开头三章集中笔力描绘了湘西风物景观和风俗习惯。幽碧的远山、清澈的溪水、溪边的白塔、翠绿的竹篁、河里上下行的船只、河边的吊脚楼、原始古朴的碾场等湘西特有的山水风物，为人物的活动提供了一个世外桃源式的生活环境；端午赛龙舟、捉鸭子比赛和高山丛林中男女对歌定情等民俗活动，以及边地所特有的婚嫁礼仪、信仰习俗，都呈现出未受现代文明浸染的古风犹存的边城文化氛围。它们既为故事的发展、人物的刻画作了铺垫，使人性美和人情美的展示有了一个相应的环境，又使边城茶峒拥有了自己独特的文化品格。小说用整整三章介绍湘西风情，使我们充分感受到了边地的安静和平、淳朴浑厚。在作了充分的静态描述之后，才在整体谐和的文化氛围中，较为集中地描写了一个美丽得令人忧愁的爱情故事。京派批评家李健吾称它是"一部 idyllic（田园诗的，牧歌的——引者）杰作""一颗千古不磨的珠玉"，认为它"一切是谐和"，"一切准乎自然"，"细致，然而绝不琐碎；真实，然而绝不教训；风韵，然而绝不弄姿；美丽，然而绝不做作"，对于"在现代大都市病了的男女"是"一付可口的良药"。②

他的小说呈现出一种温柔淡远的牧歌情调。在题材的选择上，他不愿写"一摊血一把眼泪"，而喜欢用微笑来表现人类痛苦。他最擅长描

---

① 刘西渭（李健吾）：《〈边城〉与〈八骏图〉》，《文学季刊》第 2 卷第 3 期，1935 年 9 月。
② 同上。

写的是富有牧歌情调的爱情，如《雨后》《三三》《边城》等。在描写这类题材时，他从"人与自然的契合"的泛神论思想出发，故意淡化情节，以清淡的散文笔调去抒写自然美。如《边城》对西水岸边的吊脚楼、茶峒的码头、绳渡、碧溪的竹篁、白塔等都作了细致的描绘，精心勾画出一幅湘西风景图和风俗画。加上作者在描写时又喜欢用一种温柔的笔调，创造出独特的审美意境，酿就了小说的清新、淡远的牧歌情调。这种牧歌情调是对应于其理想的人生形式的。沈从文深知理想的人生形式只能存在于理想之中，现实中这种朴素的人性美正在日渐泯灭，因此在歌唱这些牧歌的同时，又有一丝沉郁，一缕隐痛，一点伤感。

追求小说的抒情性，是沈从文小说的特色。他常常直接把主体情绪投注到人象和物象之中，使之带上鲜明的情绪色彩；或者借助于记梦和象征曲折地表达主体的情感评价，酿造浓郁的抒情性。《边城》更是一种整体的象征。不但白塔的坍塌和重修分别象征着古老湘西的终结和新的人际关系的重造，而且翠翠的爱情波折和无望等待从整体上也构成了人类生存处境的象征。

第三节　风格多样的长篇体式　老舍　茅盾　巴金

长篇小说　《骆驼祥子》　《子夜》　《家》

王中忱（清华大学）：茅盾

1928—1937年是中国现代长篇小说迈向成熟的十年。社会现实正在发生巨大变动，既加速了城市的现代化进程，动摇了广大内地农村的传统宗法制度，也刺激了人们的思维方式、"人"的观念的巨大变化，为文学提供了一个比较自由多元的文化空间。如果说注重个性解放的1920年代文学，突出的是抒情，关注广阔社会生活的激变与现代人的群体蜕变的1930年代文学，则表现为叙事文体的繁荣，尤其是能够容纳较为广阔的社会历史内容的长篇小说的勃兴。长篇小说尤其是三部曲作品的大量涌现，是1930年代小说作家的创作气魄和实力的见证。其中有茅盾的《蚀》三部曲、"农村三部曲"(《春蚕》《秋收》《残冬》)、巴金的"激流三部曲""爱情三部曲"、李劼人的"大波"系列(《死水微澜》《暴风雨前》《大波》)等,讲述现代中国阵痛、蜕变、新生的时代故事。这些中篇、长篇名作体现了现代小说的成熟。如茅盾的《蚀》《子夜》,巴金的《家》,老舍的《离婚》《骆驼祥子》,沈从文的《边城》,萧红的《生死场》等。这些长篇小说叙事博采古今,融汇中西,有相当高的水准。这一时期的代表作家有老舍、茅盾、巴金、李劼人等。

一、老舍:城市世态的民族化表现

老舍(1899—1966,北京人,满族,原名舒庆春,字舍予)主要作品有《老张的哲学》《赵子曰》《二马》《猫城记》《离婚》《牛天赐传》《骆驼祥子》等。老舍通过对市民日常生活全景式的描写来展开他对市民命运的关注和文化批判。他以广阔的视野,栩栩如生地描绘了一个充满三教九流、五光十色的城市世态,构筑了一个新旧之交时期的市井世界(见图2.3)。

图2.3 丁聪作《老张的哲学》插图。

"老舍"是作家在1926年出版《老张的哲学》时首次使用的笔名,"舍予"前添了"老"字,后面则去掉"予"字,"老"并不表示年龄,而是一贯、永远的意思,"老舍"即一贯、永远地"忘我"。

《骆驼祥子》 这是老舍1930年代长篇小说创作的代表,也是他作为职业写家的第一炮。小说重点描写了一个来自农村的淳朴农民在遭遇现代城市强势文化时,虽不断与命运搏斗,但却一步步走向道德堕落,最终酿就了人性的悲剧的过程。作者围绕着祥子的命运,刻画了他肉体被摧垮、心灵被扭曲的历程,写出了其中人生悲剧、家庭悲剧和心灵悲剧的多重性。

首先是外在的社会压力,一步步将祥子逼向悲剧的深渊。军阀的混战,社会的动乱,大兵、孙侦探的抢劫,车厂长刘四的榨取,给祥子带来了灾难;杨先生、杨太太的侮辱,夏太太的引诱,陈二奶奶的迷信愚弄，也给祥子带来了极大的痛苦，损害了他的身心。对于从乡村来城市谋生的祥子而言，这些压力，逐渐摧毁了他的身体与希望，他虽苦苦挣扎但终归在绝望中堕落成走兽。

其次是婚姻、家庭的悲剧。当祥子陷于困顿之中，虎妞用欺骗的手段，逼他成婚。祥子感到自己娶了一个压榨他但也会帮他的母老虎。与虎妞建立家庭、共同生活，是他从一个自由的农民加速"市民化"的被侵蚀的过程。虎妞难产而死，他又无力与小福子成立家庭，加速了人生希望的毁灭。

最后是祥子个人的心灵悲剧。他从农村来到都市，较多地保留了农民良好的性格品质；他坚持走个人奋斗的道路，却无法改变自己的命运，一步步走向无望与堕落。他不想别人，不管别人，只关心他的车；他对现实缺乏认识，盲目冒险而使自己丢了车；他和同行车夫争生存权，干了一些抢座儿的丑事；他不合群，常为没能交个朋友而感到孤独、苦恼；他把一次次的灾难看成是自己的命不好，他认了命；他盲目地反抗，以戏弄的手法对付他人。祥子作为农民，有自私褊狭、愚昧麻木的一面，这种小生产者的思想弱点，与市民社会的传统文化心理弱质合流，最终导致他成了"个人主义的末路鬼"。有论者从社会学角度认为，"小说的全部内容告诉人们：只有一场真正的社会革命，才能改变祥子和他的伙伴的悲惨命运。可是作家恰巧在革命面前站住了"，"不懂得什么是劳动人民走向解放的正确道路"。① 但总体看来，"个人主义"是祥子自身存在的生存逻辑和思维方式，是造成祥子心灵悲剧或性格悲剧的一个重要维度。它在一个深广的社会历史悲剧的基础上直逼人性深处，表现了"要由车夫的内心状态观察到地狱究竟是什么样子"② 的主题。

虎妞在小说中也是一个典型的悲剧形象。她的性格是在她与刘四和祥子之间的复杂关系中突显出来的，具有明显的二重性：一方面，她沾染了家庭传给她的好逸恶劳、善玩心计和市侩习气等缺点，缺乏教养，

---

① 樊骏：《论〈骆驼祥子〉的现实主义》，《文学评论》1979 年第 1 期。
② 老舍：《我怎样写〈骆驼祥子〉》，《老舍文集》第 15 卷，人民文学出版社 1990 年版，第 206 页。

粗俗刁泼；另一方面，她被父亲出于私心而延宕了青春，心中颇有积怨。她对爱情与幸福的追求长期被压抑，心理也因之变态。在她与祥子的婚姻问题上，她诱骗祥子步步就范，婚后又强横地表达对丈夫的"疼爱"和好意。她以畸形而又充满世俗味的心理作派，追求自己正当的或非分的、好意的或无耻的目的。虎妞对祥子不能说没有一些感情，也不能说这种感情都是虚伪的，祥子也得到过她的关心——一种虎妞式的、近乎粗野的"疼爱"；而更多的，是她那种畸形的、祥子接受不了的性的纠缠与索取。这是完全从她自身的需要出发，对祥子心灵与肉体两方面的摧残。因此，她和祥子一样，也是一个社会悲剧与性格悲剧叠加的形象。

把虎妞引进祥子的生活圈子，描写了他们感情上生活上的纠葛，把这作为祥子的悲剧性结局的另一个重要原因，这显示出老舍对于城市贫民生活的丰富知识，对于他们内心深处的痛苦的细致理解。……在这里，阶级与阶级的对立，阶级与阶级的压迫，不是表现为政治上的迫害或者经济上的剥削，而是表现为深入人物身心的摧残和折磨。祥子不仅不能获得自己所追求的，甚至无法拒绝自己所厌恶的。（樊骏：《论〈骆驼祥子〉的现实主义》）

虎妞这样的一个形象，恰恰是中国现代文学史上最有光彩的女性形象。她没有经过男性眼光的过滤，是一个血肉分明、活力四射的生命的原生态。（陈思和：《〈骆驼祥子〉：民间视角下的启蒙悲剧》）

　　老舍还创作了一系列的短篇小说，收入如《赶集》（1934）、《樱海集》（1935）、《蛤藻集》（1936）等。《月牙儿》描写母女两代相继被贫困生活所迫沦为暗娼的悲剧。老舍为女主人公遭遇最惨的几个片断捕捉住适合情感表现的象征物"月牙儿"。"月牙儿"始终伴随着女主人公，成为她悲苦命运和内心凄哀情感的象征。《断魂枪》以近代社会的急剧变迁为背景，描写神枪沙子龙的思想失落和精神悲凉。小说生动地表现了时代的变迁截断了沙子龙的英雄生涯，使他感到愕然、困惑、悲凉，寄寓了作者对历史不可逆转的理性判断，以及对五虎断魂枪不传乃至失传的审美忧伤与惋惜。故事讲述生动，人物描绘精致，结构严谨，处处可以立得住。《柳家大院》以第一人称"我"讲述一个大杂院里公公和小姑虐待小媳妇致死的故事，作家在讲述这一故事时，始终贯穿着"'文明'是三孙子"的思想意蕴，表现作者对半封建半殖民地市民社会愚昧、荒唐的生命形态的否定。

老舍小说的艺术成就　老舍的小说创作既有对市民文化的审视和批判，又在文体创新和小说语言方面具有自身鲜明的艺术特征。

老舍的作品中充满浓郁的京味儿。老舍生在北京，长在北京，聚集了浓郁的北京生活经验与市民凡俗生活中的场景韵致，创造出一幅幅真实可感的富有古城风味的世态风俗图。他描绘古都北京的大杂院、小茶馆、狭窄的胡同和热闹的庙会，各种山水名胜、胡同店铺基本上用真名，汇聚起来共有240多处。北京的自然景观在老舍笔下成了一张张色彩鲜明的图画，充满了诗意。他对北京特有的风俗民情的描绘，像繁缛的规矩礼节，办婚丧大事的讲排场图阔气，"洗三"的兴师动众，"有钱的真讲究，没钱的穷讲究"的生活方式，还有一些节令习俗，等等，都为其作品增添了深厚的北京味。京味还表现在他创造了一个形象鲜明的市民王国。老舍注重描写大杂院、贫民窟里的市民人物，车夫、艺人、暗娼、巡警、教员、职员、拳师、土匪、游手好闲的八旗子弟和为非作歹的洋奴汉奸等，五行八作，应有尽有。这些生活在古都北京这样一个宗法色彩比较浓郁的环境中的市民们，是地地道道的"老中国的儿女"，他们的生命形态大多是痛苦地活着，委屈地死去。老舍把20世纪的庶民文学推到了高峰，同时，也为后代的京味小说创作提供了艺术典范。他善于运用精确流畅的口语，将北京方言进行提炼，通俗易懂而又凝练，俗白中有着精致的美。语言风格是俗白、凝练、纯净、生动而又风趣幽默。

二、茅盾：社会剖析的史诗性追求

茅盾（1896—1981，浙江省桐乡县乌镇人，原名沈德鸿，字雁冰）主要作品有《蚀》三部曲、《子夜》《林家铺子》、"农村三部曲"、《腐蚀》《霜叶红似二月花》《锻炼》和剧本《清明前后》等。他是现代文学第二个十年中富有代表性的作家，承续了新文学"为人生"的现实主义精神，并在左翼文学的前提下，建立起革命现实主义的文学模式，开启了一个新的文学时代。

1921年1月，茅盾出任《小说月报》主编，并参与发起文学研究会，还从事外国文学的翻译和介绍工作。同年，在上海成为中国共产党最早的党员之一。1925 年五卅运动期间,茅盾参加了这场运动的组织工作,并发表长篇论文《论无产阶级艺术》。1926 年 1 月,从上海奔赴广州,投身于国共合作领导的国民革命,后辗转武汉、江西。1927 年"四·一二"事变后,茅盾被南京国民政府通缉,在苦闷情绪中开始了文学创作。

20 世纪 30 年代,茅盾小说是左翼文学创作的重镇。他的《子夜》《林家铺子》、"农村三部曲"等作品,确立了左翼文学创作的范式——社会剖析小说。《林家铺子》以 1932 年"一·二八"战争前后因日本侵略和腐败政治而日益凋敝的江南小城镇为背景,叙述江南某小镇林家杂货小店倒闭的过程,细致传神地刻画了林老板的生活境遇和委曲心态。《春蚕》《秋收》《残冬》被称为"农村三部曲",作家在一幅具有浓郁的江南水乡风土人情味的风俗画中,通过农村"丰收成灾"的故事,揭示了帝国主义的跨国资本对中国农民的榨取,描述了新一代农民被迫萌生的反抗意识。这些作品,不按照一般短篇小说截取生活片断的写作程式,而是把人物放在相对长的时段上从容叙述。小说虽然描写的是江南的一个小镇,实际上它是当时中国社会的一个缩影。这些作品注重在社会经济和阶级矛盾冲突中刻画人物的复杂性格与丰富的心理活动,展示人物命运,成为 1930 年代社会剖析小说的代表作。同属农村题材系列的短篇小说《水藻行》(1937),塑造了一个身体健壮、性格乐观、蔑视恶势力、不受封建伦理束缚的农民形象。在这篇作品里,农村社会的阶级矛盾退为背景,人的生理状态与伦理观念的冲突成为主要内容。这在同时期的左翼小说中颇见异色。

我那时打算用小说的形式写出以下三个方面:(一)民族工业在帝国主义经济的压迫下,在世界经济恐慌的影响下,在农村破产的环境下,为要自保,使用更加残酷的手段加紧对工人阶级的剥削;(二)因此引起了工人阶级的经济的政治的斗争,(三)当时的南北大战,农村经济破产以及农民暴动又加深了民族工业的恐慌。

这三者是互为因果的。我打算从这里下手,给以形象的表现。这样一部小说,当然提出了许多问题,但我所要回答的,只是一个问题,即是回答了托派:中国并没有走向资本主义发展的道路,中国在帝国主义的压迫下,是更加殖民地化了。(茅盾:《〈子夜〉是怎样写成的》)

声音

这是中国第一部写实主义的成功的长篇小说。带着很明显的左拉的影响。……然而应用真正的社会科学,在文艺上表现中国的社会关系和阶级关系,在《子夜》不能够不说是很大的成绩。(瞿秋白:《〈子夜〉和国货年》)

构成《子夜》与"五四"小说的第一个区别,也即《子夜》范式的第一个特点的是小说呈现出的政治意识形态的明晰性、系统性,从小说的功能方面说,它大大地强化了文学的意识形态的论辩性。中国小说的政治意识形态性和党派性的传统是从《子夜》开始得到确立的。(汪晖:《关于〈子夜〉的几个问题》)

在我看来,茅盾对《子夜》基本情节的构思过程,就是他的艺术个性和情感记忆逐渐参与决策的过程。那个最初激起他创作冲动的抽象命题,一旦进入他实践这冲动的具体过程,就无法再维持那种至尊的地位。它若有灵,一定会气愤地发现,当茅盾正式写下《子夜》的第一行词句时,它已经处在他感性经验的强有力的挟持当中了。(王晓明:《惊涛骇浪里的自救之舟——论茅盾的小说创作》)

茅盾在创造吴荪甫这个人物时,绝不是把他作为一个"反动工业资本家"来处理的。相反地,他是在塑造一个失败的英雄,一个主要不是由个人的失误而是由历史和社会条件所必然造成的悲剧的主人公。(乐黛云:《〈蚀〉和〈子夜〉的比较分析》)

《子夜》(1933)是茅盾优秀的社会剖析小说,也是左翼文学的标志性成就。瞿秋白说:"一九三三年在将来的文学史上,没有疑问的要记录《子夜》的出版。"[①]

《子夜》通过对民族资本家吴荪甫等人物的刻画,展示了1930年代初上海社会生活的广阔画卷,史诗性地再现了中国民族工业在帝国主义、买办资产阶级、统治阶级重压下的悲剧命运。整个小说描述了一个复杂多元的世界。一是上海公债市场风云变幻的经济文化世界,包括冯云卿从农业经济向公债市场的转变,吴荪甫和赵伯韬之间的金融斗法,"多头""空头""交割"等公债交易,俨然是一部表现上海金融资本运营世界的百科全书,折射出一系列的人性特征与城乡经济状况。吴赵之间的勾结和斗法,是作者叙述公债市场斗争的主线,也体现了对传统小说中道魔斗法情节的传承。二是现代中国都市的情欲话语世界。这是一个类似于《红楼梦》中大观园的情欲世界,它既与经济文化世界相互融合,又与通俗小说中的世俗人性话语相通。三是来自底层纺织工人和共产党领导的斗争的世界。三个世界体现了作家自觉追求巨大的思想深度与广阔的历史内容的史诗风格。

---

① 瞿秋白:《〈子夜〉和国货年》(续),《申报》1933年4月3日。

《子夜》中，民族资本家吴荪甫是上海工业界的巨头，有发展民族工业的雄心。他开办裕华丝厂，联合孙吉人等资本家成立益中公司，兼并其他八个小厂，体现了一种"法兰西资产阶级"的性格特征和冒险精神，并且一度能够沉着干练地和买办阶级赵伯韬周旋斗法。这是他强大、自信、有抱负、有手腕的一面；另一方面却是他的贪婪、专断、自私与残酷以及内心深处的软弱、空虚。他与赵伯韬等各个资本家之间矛盾重重；骄横残酷地处理工人运动和双桥镇农民暴动；在家庭内部，他秉持家长制作风，与妻子貌合神离，奸污女仆。在公债交易市场上，他受到买办金融资本家赵伯韬的打压；双桥镇的农民暴动，则摧毁了他在家乡经营的产业。他苦心经营的丝厂工潮迭起，处心积虑组建起来的益中公司又因为产品滞销而破产，最终在公债市场的角逐中失败。作家把吴荪甫置于错综复杂的社会关系中：有买办资本家和民族资本家之间的生死搏斗，有农民的破产与暴动，有市民阶层的情欲躁动，有知识分子的苦闷和毫无出路，有民族意识的初步觉醒与爱国运动的最初发动。所有这些社会关系如同一面面镜子，透过吴荪甫的悲剧命运，准确而完整地折射出整个大时代的丰富性与复杂状态。小说辩证细致地描写了他在走向失败过程中的挣扎与抵抗，充分反映了民族资产阶级企图发展民族资本主义，摆脱买办阶级和帝国主义的压迫的幻想，并最终走向失败的历史悲剧。茅盾对吴荪甫等人复杂性格的刻画无疑是对以往单一化的性格描写的突破，但同时，作家对这个人物性格复杂性的过于明确化、理性化的把握与表现，也带来争论。

从小说结构上看，整个作品的情节发展紧凑，时间跨度小，而人物众多，作者采用了开门见山和盘托出的手法，一开始就在吴老太爷的丧礼上把几乎全部的重要人物都推上前台，组成复杂的人物关系网络，并设下因果关系的伏笔，从而构成了"网状结构"。作为一个自觉的长篇小说家，茅盾追求宏大而严谨的结构布局，把好几个线索的头绪，同时提出然后来交错地发展下去，在结构技巧上竭力避免平淡。小说以吴老太爷来到上海起笔，以吴老太爷的猝死引出众多的人物，拉开了小说叙述的序幕，颇有《红楼梦》中林黛玉进贾府一段的写法之妙，随后各种矛盾全面铺开；第5章到第8章写吴荪甫在三条战线上同时作战，最后以胜利告终；第9章至第12章，写吴、赵斗法，第13章至第16章写工人运动,把吴荪甫置于两面作战的困境之中,充满了外在的紧张,并逐渐推向高潮;第17章至第19章,写吴荪甫背水一战,最后以他的失败结束。小说情节安排张弛有序,多种矛盾同时出现、互相纠缠,既有利于多侧面地展开主人公的多重性格,又便于揭示各种矛盾的内在联系和相互影响,使小说的结构形式与所要反映的纷繁复杂的内容取得了某种一致性。这种适宜于表现纷繁复杂生活的蛛网式的密集结构,为中国现代长篇小说写作提供了新的景观。

茅盾在《子夜》中展现的细腻的人物心理刻画和浓郁的油画色彩风格,也历来为人所称道。

三、巴金:青年抗争情绪的悲剧书写

巴金(1904—2005,原名李尧棠,字芾甘,四川成都人)代表作有《灭亡》、"激流三部曲""爱情的三部曲"、《寒夜》、散文集《随想录》等(见图2.4)。巴金出生于四川成都一个封建官僚家庭。五四运动后,受新思潮影响,积极参加反封建的社会活动。1923年离家赴上海、南京求学,1927年赴法国留学。巴金最初的志向是要献身于社会革命事业,

图2.4 谭权书作巴金木刻像。"我写,只是因为我的感情之火在心里燃烧,不写我就无法得到安宁。"——1987年巴金在《巴金文学创作生涯六十年展览》请柬上给青年作家李辉题写的话。

曾经被无政府主义激进的思想所吸引,翻译克鲁泡特金等无政府主义者的著作,向往俄国民粹派,还直接参与过无政府主义的运动。巴金的主导面是一个反专制的理想主义者。但政治活动的失败、理想的失落又使他陷入痛苦和矛盾,转向以文学来宣泄自己的感情,于是有了处女作《灭亡》(1928)。后来连续发表的作品都带有这种情绪格调,很快在当时寻求进步的青年读者中间激起很大的反响。他的小说大都写旧家庭的崩溃以及青年一代的叛逆反抗。前期作品带有无政府主义的色彩,但巴金把革命民主主义的内核裹藏在无政府主义的外衣之

中，引人注目的是其中叛逆与追求的躁动情绪。作为一个敏感、单纯、热情而富于诗人气质的小说家，巴金把创作作为自己生活的有机部分，坦诚地记录和描写自己的生活经验，表达对生活的独特理解和追求。他总是满怀激情地描写和讴歌青春，抒发青年人的时代苦闷，他的作品被称为那个时代的"青春之歌"。

巴金长于写作长篇小说。这些小说，一类是正面描写青年、革命者所从事的社会斗争，如长篇《灭亡》《新生》和"爱情的三部曲"等；另一类是揭示封建旧家庭残害青年的罪恶及其走向崩溃的命运，以"激流三部曲"中的《家》为代表。

"激流三部曲"　《家》写于1931年，最初在上海《时报》上连载，原题为《激流》，1933年出版单行本时改名为《家》。巴金在《〈激流〉总序》中声称："在这里我所欲展示给读者的乃是描写过去十多年的一幅图画，自然这里只有生活底一部分，但已经可以看见那一股由爱与恨，欢乐与受苦所组织成的生活之激流是如何地在动荡了。""激流三部曲"以对人的激情思考与其鲜明的时代性激动了一代又一代青年读者。

"激流三部曲"所反映内容的时间跨度是1919年至1924年，当时中国正处于一个动荡的历史转折期，小说背景是当时中国还很闭塞的内地——四川成都。第一部《家》集中展现了专制大家庭制度的典型形态。在高老太爷统治下，这个家庭充满着虚伪和罪恶，各种矛盾在潜滋暗长，逐步激化。就在这一背景下，作品描写了高氏三兄弟的恋爱故事。高觉慧与婢女鸣凤构成了第一个悲剧事件；高觉新与钱梅芬及瑞珏构成了另两个悲剧事件。这几个悲剧事件虽然原因各异，但在一个基本点上是共同的：他们都为追求幸福的爱情而和传统礼教及专制制度发生了不可调和的矛盾，从而导致了他们的悲剧命运，特别是，他们的不幸都与高老太爷直接间接地相联系着。鸣凤的故事在全书中起着重要的作用，她的死激化了家庭内部的矛盾，直接唤醒了它的第一个叛逆者——高觉慧。鸣凤的死与觉慧的叛逆是这个家族盛极而衰的转折点。在觉慧的影响与帮助下，高觉民起而抗婚，并取得了胜利，进一步暴露了专制主义色厉内荏的虚弱本质。随着全家至高无上的"君主"——高老太爷的死亡，各种腐朽的东西统统明朗化、公开化了，原先隐匿着的各种矛盾冲突统统爆发出来。于是，一方面是专制势力蛀虫般的对高家的腐蚀，另一方面是以觉慧、觉民为代表的对高家统治原则的公然反抗，它们都在同时加速进行着，构成了一把向着相反方向撕裂的钳子，把高家温情脉脉的情感纱幕撕得粉碎。

三部曲的第二部《春》，主要描写淑英抗婚以及与之相对的蕙表妹的悲剧事件。《春》不是表现为对美好婚姻的追求以及这一追求实际上不可能实现的矛盾，而是表现为不合理的、丑恶的婚姻制度对妇女的摧残以及作者对专制婚姻制度的控诉与批判。淑英和蕙一样，受父母、上司之命，要与自己从未见过的、声名狼藉的男人完婚，不敢反抗的蕙患病致死，而淑英则在觉民、觉慧的帮助下，逃出了专制家庭的囚笼。《春》表现了妇女解放的主题。

三部曲的最后一部《秋》，表现了旧家庭分崩离析、"树倒猢狲散"的结局。这主要是通过对高家第二代、第三代的道德加速腐化以及整个高家已后继无人的描写显示出来的。作品把注意力放到第三代的命运上，描写了周枚与高淑贞的悲剧以及觉英、觉群的堕落。在这里，着重抨击了专制主义假手传统礼教腐蚀、摧残青少年的罪恶。随着第二代家长克明的死亡，整个大家庭的重担已经找不到任何人来承担了，因为就连觉新也起来反抗了。《秋》着重揭示了专制主义精神支柱的崩溃。

在"激流三部曲"所塑造的众多人物形象中，高觉慧是一个"新人"的典型。他从朴素的对劳动者的爱和对封建制度的恨出发，走向改良主义和民主主义，最后又走向社会斗争。作者通过对这个人物思想发展过程的描写，表达了自己对"新人"与新时代的思考。觉慧的形象是活生生的，富有真实感的，他身上的那些长处和短处都是那个时代的先进青年所特有的。他爱国，追求科学与民主，不信神，反对专制主义。他平时不乘轿子，爱上婢女鸣凤，归根结蒂是追求自由的。他最后离家出走前的心情也是十分真实的，他和高老太爷在思想上虽属不同的营垒，但毕竟是祖孙关系，恋恋不舍的心情正表现了他丰富的人性。觉慧这一形象揭示了巴金对人的思考：只有反叛才是个性解放的唯一出路，逃离家庭仅仅是第一步而已。觉慧是20世纪初在现代新思潮冲击下由五四运动首先唤醒的中国青年人，是封建主义大胆、勇敢的叛逆者，也是满怀热情的、可爱的革命者。觉慧作为高家的第一个掘墓人，是高公馆内这股汹涌"激流"的原动力。

"激流三部曲"同时也塑造了一个在专制主义重压下软弱与病态的灵魂——高觉新。这个贯穿全书的中心人物形象，进一步反映了巴金对于"人"的深刻思考。觉新的典型意义在于，他的软弱动摇的性格正是专制主义及家族制度造成的，他的人生悲剧集中反映了这种制度对健康人性的戕害。觉新原先是一个相貌清秀、聪慧好学的青年，思想进步，心地善良、正直、忠厚，应该说是很有前途的。但是他却因长辈的意志而把人生断送了。他的聪明才智被用来做三亲六故的婚娶、丧葬、陪客、庆典的主持或帮手，不得不依着长辈的意志躬行他所反对的那一切。宗法专制家庭结构决定了觉新作为长房长孙必须承担起维护这个家庭的任务。现实和理想的冲突，造成了他性格的两重性。作品正是通过描写觉新人格的分裂来控诉这种大家庭制度对人的摧残。觉新形象也表现出在专制主义重压下我们民族的懦弱苟且的国民性。鲁迅曾对这种性格生成的原因有过精辟的论述。他认为根源在于等级制度和传统思想的毒害，这两者结合起来成为强大的政治力量和思想统治力量。觉新所处的环境，上边有冯乐山、高老太爷，还有克明、克安、克定等长辈，他们像高高的金字塔重重地压在他的头上。专制观念，这是觉新无法克服的又一道障碍，他每次总是自告奋勇地把头往绞索中伸去。他事事退让的心理就在这种环境里形成了。

在"激流三部曲"中，巴金在塑造觉新这个形象时，很注意挖掘其内心的复杂性。从表面来看，觉新只是个动摇的人物，实际上他内心里却经历着新旧两种观念的激烈冲突。巴金把这种冲突写成是民族心理积淀在现代民主思想冲击下的痛苦挣扎，体现出了历史的深度。为了写好人物的心理活动，作者还让觉新大段倾诉自己的情感，并用了很多富有人情味的细节，衬托出人物心境。巴金也十分注意表现觉新的人性美，对他与瑞珏在不幸中相濡以沫的爱情的描写构成了作品中极为动人的篇章。觉新作为中国新文学史上"多余人"的代表，其艺术魅力是不容低估的。

"激流三部曲"的艺术成就表现在多个方面。首先，它结构宏伟且精于构思。巴金比较擅长以"三部曲"的形式反映波澜壮阔的社会生活画卷。其中,以觉慧和鸣凤的恋爱以及觉新与瑞珏、梅芬之间的纠葛为主线,以场面串连故事,使得小说既规模浩大又有条不紊,诸如《家》中的学潮、过年、军阀混战、鸣凤之死,《春》中海儿之死、蕙的婚礼、淑英出走,《秋》中梅的婚礼、蕙的安葬直至大火、分家,作者把这些大大小小的事件联结在一起,通过场面的描写把各种人物聚拢来,再往下一个事件推去。前后场面常有所呼应,形成作品的完整性。巴金小说的这一成就深受我国古典小说《红楼梦》的启发,法国作家左拉的影响也较为明显。

> **声音**
>
> 巴金唤醒了读者一种勇迈向往之情,但缺乏叫读者认识这现实之复杂画面底艺术形象和艺术机能。留给读者的,是一种激情,而不是识力。这显出巴金底软弱了。(巴人:《略论巴金的〈家〉三部曲》)
>
> 巴金在塑造这些人物的时候,往往一方面以人物美的外形来打动读者,另一方面更以美的心灵来引起读者强烈的共鸣。这种美的心灵并不在于有多高的社会理想,有多宽广的政治胸怀,有多崇高的精神境界,不,它只是表现于一点:最强烈最无私的爱。(汪应果:《巴金论》)

其次,注重发掘人情美与抒情化的人物塑造方法。"激流三部曲"中的人物有名有姓的有60多位,他们性格鲜明,面目殊异。巴金塑造这些人物形象,不似茅盾写人重在多侧面表现,也不似老舍重在形神兼备地塑造人,而是重在传情,重在刻画人物的心灵美、人性美。巴金笔下的人物,性格比较单纯,但这是丰富的单纯,是外形和内心高度统一的单纯。以鸣凤、瑞珏和梅芬这三位女性为例,作品让她们都和"梅花"发生联系——鸣凤在梅园采梅,瑞珏爱画梅,梅表妹则以梅为名,从而表现她们"质本洁来还洁去"的梅花品格。又着重展示她们生动而富有特征的一面,比如纯洁刚烈的丫头鸣凤,温顺驯良的梅芬,善良厚道的瑞珏。三位女性有一个共同点,即在最困难的时候也总是想到别人,想到对方,这表达了巴金毕生以求的一个"爱"字。这与巴金偏爱屠格涅夫的作品有关。巴金与屠格涅夫在人生态度、艺术旨趣方面有许多相似之处,他比较多地吸收了屠格涅夫抒情小说的艺术经验,独具一格的抒情正是巴金作品的艺术魅力所在。

最后,激情化的青春型写作。在"激流三部曲"中,巴金写出了新一代青年的成长过程，最能触动青年读者的内心。他的写作倾向于单纯、热情、坦率，情感汪洋恣肆，语言流水行云，整体上具有一种青春的冲击力，很容易在诗意化的激情中唤起青年人的共鸣。但语言不加咀嚼，少锤炼，不求深刻隽永，在激情四射的青春情绪的流动中显得真诚有余，而历史感不足。

第四节　现代话剧的成熟　曹禺

写实主义戏剧思想　左翼戏剧　夏衍《上海屋檐下》　《雷雨》和命运悲剧　蘩漪　《日出》与陈白露　心灵的艺术　曹禺戏剧的贡献

朱栋霖（苏州大学）：
经典《雷雨》：
从话剧到苏州评弹

现代戏剧——话剧，是一种来自西方的新艺术形式，它的发展是缓慢的，其主要成员是崇尚现代艺术的知识者与青年学生，活跃于大、中学的校园。中国话剧艺术的成熟有待于这种外来艺术与本土文化的融合。

一、左翼戏剧

左翼戏剧从上海发动，呼应着上海方兴未艾的无产阶级革命文学运动（普罗文学）。当时在上海的中共地下党员沈端先（夏衍）等人策划于1929年6月5日成立艺术剧社，参加者有冯乃超、郑伯奇、陶晶孙、钱杏邨、孟超、叶沉、许幸之、刘保罗、屈文（司徒慧敏）、朱光、石凌鹤、陈波儿、王莹等人，社长郑伯奇。艺术剧社第一次提出"无产阶级戏剧"（"普罗列塔利亚戏剧"）的口号，开始了中国共产党对现代戏剧运动的直接领导，意在使中

普罗列塔利亚是现代负有历史使命的唯一的阶级。一切艺术都应该是普罗列塔利亚艺术……中国戏剧运动的进路是普罗列塔利亚演剧。（郑伯奇：《中国戏剧运动的进路》）

戏剧要以唯物论的立场、无产阶级的目的意识，阐明社会的矛盾，引导大众发生一种革命的热情来反抗奋斗，而达到革命的目的。（叶沉：《演剧运动的检讨》）

国现代戏剧运动从个性主义潮流转向无产阶级革命运动。艺术剧社编辑出版了《艺术》月刊、《沙仑》月刊（夏衍、冯乃超主编）和《戏剧论文集》，宣传"普罗列塔利亚戏剧"主张，还于1930年3月上演反映工人与资本家斗争的独幕剧《阿珍》（冯乃超、龚冰庐）。

无产阶级戏剧运动推动了上海话剧界的向"左"转。田汉于1930年4月发表《我们的自己批判》，批判南国社的小资产阶级感伤倾向。之后他改编梅里美小说《卡门》为革命色彩的话剧，鼓吹革命。

1930年8月，在沈端先等人策划下，以艺术剧社为中心，联合辛酉、摩登、南国社等戏剧团体，成立中国左翼剧团联盟，后又改组为以个人名义参加的中国左翼戏剧家联盟（简称"剧联"）。这是继左联之后的又一个左翼文艺组织。左翼剧社有大道剧社、光华剧社、春秋剧社、蓝衫剧团等。

二、1930年代戏剧创作

本时期的主要剧作家有田汉、洪深、曹禺、熊佛西、李健吾、袁牧之、宋春舫等。田汉创作了《梅雨》《月光曲》等反映工人生活的剧作，宣传社会政治斗争，已消退了他在南国社时期形成的个人风格。熊佛西在河北定县实验"农民戏剧"。1920年代以介绍西洋戏剧著称的宋春舫创作了独幕喜剧《一幅喜神》（1932）、三幕喜剧《五里雾中》（1936），他的喜剧在幽默中富含机智与精巧，艺术上比较讲究。王文显创作了三幕喜剧《委曲求全》（1929年演出）、《梦里京华》（1927年演出），于幽默中透出讽刺的锋芒与尖酸辛辣的嘲弄。他的戏先以英语在美国演出，然后以中文在国内出版。他是清华大学西洋文学系主任，后以戏剧家名世的李健吾、曹禺、张骏祥、杨绛、陈铨等都先后在清华该系就读。沉钟社的杨晦于1933年发表五幕历史剧《楚灵王》。袁牧之擅写喜剧，《一个女人和一条狗》《寒暑表》等构思巧妙，幽默机智，轻松活泼。丁西林、宋春舫、袁牧之受康格里夫、米林、王尔德等英国世态喜剧的影响，其剧作幽默中富俏皮机智；王文显、李健吾、杨绛剧作中的讥嘲讽刺则较多受影响于莫里哀、萧伯纳等人。洪深、欧阳予倩、田汉被称为

"中国话剧的三个奠基人"①。

洪深在1930年代开始接受左翼革命文艺思想,后参加左翼剧团联盟,并创作了当时颇有影响的左翼剧作"农村三部曲",包括独幕剧《五奎桥》(1930)、三幕剧《香稻米》(1931)、四幕剧《青龙潭》(1932)。"农村三部曲"以作者熟悉的江南农村为背景,展示了20世纪二三十年代农民的苦难遭遇,以及他们从苦难中逐渐觉醒,与封建势力、帝国主义势力进行自发斗争的情况。独幕剧《五奎桥》结构完整严密,戏剧冲突逐渐展开,波澜迭起,在冲突进入高潮时立即收结。剧中农民李全生、周乡绅的形象给人印象较深。"农村三部曲"显示洪深创作思想已从《赵阎王》时的关注社会问题转向关注政治宣传。

夏衍(1900—1995,原名沈乃熙,字端先)是继田汉、曹禺之后,中国现代戏剧史上又一个有影响的剧作家。他最初写的两个剧本《赛金花》和《自由魂》是历史剧。

1937年夏衍创作了以现实生活为题材的剧作《上海屋檐下》(三幕剧),将笔触伸向上海市民社会的一角。这个剧本的三幕戏以同一个舞台场景——上海弄堂房子的一个横剖面——展示了一幅幅悲凉、无奈的人生画图:灶披间住的是小学教师赵振宇夫妇,赵收入低微、生活困难,但他是个乐天派,他的妻子却狭隘自私,牢骚满腹。亭子间住的是黄家楣夫妇,黄家楣是靠父亲典房、卖地培养出来的大学生,如今患了肺病,失业在家,一筹莫展,连款待一下从乡下来的老父、尽一点孝心都做不到;为了生活,常和妻子发生口角。前楼上住的施小宝为生活所迫,做了流氓的情妇。阁楼上住的是老报贩"李陵碑",因思念儿子而精神失常。客堂间住的是小职员林志成;他的好友匡复因投身革命被捕入狱,在白色恐怖下他承担起养活匡复妻女的责任,并与匡妻同居了;匡复出狱后,他感到无地自容。这一群生活在都市角落里的平凡的小人物,丧失了人的价值感和生活的意义,只是在痛苦地维系着非人的生存。作者写的是几乎无事的悲剧,透过五户人家灰暗的生活和"人生的零碎",暗示出时代的风貌。

从《上海屋檐下》开始,夏衍摆脱片面强调政治宣传的倾向。他遵

---

① 夏衍:《悼念田汉同志》,《收获》1979年第4期。

循真实性的原则,选取平凡人物和日常生活;他不追求曲折离奇的情节和尖锐激烈的矛盾冲突,而是自然、平实地再现生活的本来面目,透过这琐细生活的一端,让人看到形形色色的社会众生相。夏衍善于刻画戏剧人物的内心世界,流露出含蓄深沉的抒情特色。他用简洁、朴素的对话来展示人物复杂的情感、心理变化,用无言的动作、典型的细节,来透示人物心灵的秘密。《上海屋檐下》中的黄家楣夫妇,在老父面前互相责备、抢白,又互相安慰、相濡以沫的复杂情感,通过简洁的对话、黄家楣无言地抚摸妻子肩膀等动作,表现得感人至深。黄父临走时悄悄留给孙儿的几块血汗钱,也是剧中传神的细节之一。

夏衍的戏剧讲究结构艺术。《上海屋檐下》在同一时间、同一地点,将五户人家的故事同时展开,五线并进。五股生活流,纵的线索层次分明,脉络清晰,但又有横线相连结,像蛛网般纵横交织。虽然五线并行,但还是有主次的,匡复、林志成、杨彩玉三人的爱情纠葛为结构主线,另外四条线索交错缠绕,相辅相成。

1930年代中期,田汉《回春之曲》、曹禺《雷雨》《日出》《原野》、李健吾《这不过是春天》、夏衍《上海屋檐下》的成功,标志着中国现代话剧的成熟。

三、曹禺和《雷雨》《日出》《原野》

曹禺(1910—1996,祖籍湖北省潜江县,原名万家宝)是一位为中国现代戏剧的发展做出了杰出贡献的剧作家(见图2.5)。《雷雨》《日出》的出现,标志着从西方引进的中国现代话剧艺术的成熟。

1922年曹禺进入南开中学。1925参加南开新剧团,先后演出过《压迫》(丁西林)、《玩偶之家》《国民公敌》(易卜

图2.5 1933年夏,曹禺从清华大学毕业时留影。曹禺后来曾告诫女儿,要写出伟大的作品,第一,必须有一个高尚的灵魂。卑污的灵魂是写不出真正的人会称赞的东西的。第二,万不能失去童心。第三,要超越功利。

生)、《织工》(霍普特曼)等剧,改编并参演了《财狂》(莫里哀《吝啬鬼》)、《争强》(高尔斯华绥作,与张彭春合作改编),这使他懂得了舞台。1930年,升入南开大学,旋又转入清华大学西洋文学系。1933年大学毕业,同年完成了四幕悲剧《雷雨》。

之后他接连发表了《日出》(1936)、《原野》(1937),显示出富有魅力的戏剧风格与悲剧艺术才华,以及刻画人物内心世界、描写戏剧冲突的卓越能力。《雷雨》《日出》在当时的中国剧坛产生了巨大影响,为中国现代戏剧的成熟做出了决定性贡献。

曹禺于1936年应聘到南京的国立戏剧专科学校任教。抗战爆发后,他随剧专辗转到重庆,后又到四川江安。1938年他与宋之的合作改编抗战剧《黑字二十八》(又名《全民总动员》),1939年创作《蜕变》,1940年创作《北京人》。1942年,他离开国立剧专到重庆,据巴金小说改编了话剧《家》。

《雷雨》 发表于1934年,是20世纪中国话剧的经典之作(见图2.6、2.7)。这是一部杰出的现实主义的家庭悲剧。作者以悲悯情怀,通过血缘伦常纠葛与情欲冲突,探索人性的复杂与人的命运。

图2.6 周朴园:跪下,劝你的母亲。
《雷雨》第一幕,北京人民艺术剧院1954年演出。周朴园由郑榕饰演,繁漪由吕恩饰演,周萍由苏民饰演。

图2.7 周朴园:你来干什么?
侍萍:不是我要来的。
北京人民艺术剧院1979年演出《雷雨》,周朴园由郑榕饰演,梅侍萍由朱琳饰演。

> 🔊 **声音**
>
> 他从他当时的认识出发，把批判的重点特别放在对周朴园的冷酷、专横和伪善的揭露上。剧作的主要冲突的设立，人物关系的配置，都是以此为基准的。……侍萍与周朴园的冲突，都只在第二幕稍稍接触了一下，侍萍甚至很少有与周朴园斗争的意思。蘩漪与周朴园的冲突则不然。它贯穿全剧，始终存在。单是面对面的正面冲突，在四幕之中就有四次之多。而且每一次冲突的结果，都是他们的关系发生了变化，都加速了剧情的发展。（钱谷融：《〈雷雨〉人物谈》）
>
> 《雷雨》构思的独特性与结构的复杂性更表现为：剧本是通过蘩漪与周萍的冲突来反映与推动蘩漪与周朴园的冲突的，并且以这组冲突来勾联上述两条线索；尤其在戏剧结构上，是以蘩漪与周萍的冲突为中心来组织全剧事件，决定其他矛盾发展，推动总的戏剧情节进展的。……因此，曹禺不从三十年前侍萍与周朴园的旧事写起，不从十八年前蘩漪初进周府写起，也不从三年前蘩漪与周萍恋爱写起，而从蘩漪发现周萍另有所欢、正想甩掉自己去矿上之际落笔，戏剧开头几个场面的总目的就是引出并一再强调这个全剧矛盾的焦点。（朱栋霖：《曹禺的戏剧创作》）
>
> 在话剧的经典演出中，蘩漪被塑造成在绝望中抗争、爆发的悲剧女性，她的阴鸷忧郁、她的歇斯底里在这个定型中被渲染得淋漓尽致。这个形象定型的理论支撑是强调《雷雨》主题的反封建意义，蘩漪是现代中国的"娜拉"，是"反封建的斗士"。……周朴园与梅侍萍的关系被强化为阶级压迫与阶级斗争，周朴园与蘩漪的冲突被政治化为反封建斗争，蘩漪就是为了反对周朴园作为封建家长的专制独断，周萍之于蘩漪也是资产阶级纨绔子弟所为。蘩漪在挣扎，但挣扎是表象，痛苦是她的内心，她因为无爱、痛苦而挣扎、爆发、歇斯底里。苏州评弹《雷雨》塑造的蘩漪是一个在痛苦压抑中挣扎、渴求爱的女性。（朱栋霖：《经典〈雷雨〉：从话剧到苏州评弹》）

这部四幕话剧集中于一天时间（上午到午夜两点钟），两个舞台背景（周家客厅、鲁家住房），从周朴园家庭内、外各成员之间前后30年的错综纠葛深入进去，写出了专制家庭中人性的悲剧。故事被安放在长达30年的背景上展开，戏剧冲突建构在历史的积累与酝酿中，从历史发展的过程探索人性的复杂与人的生存的悲剧。

周朴园这个人物处于《雷雨》双重戏剧结构的中心。这个人物形象的复杂性，在他对妇女与家人的态度中被揭示得淋漓尽致。对待妻子蘩漪等人的态度，支配着周朴园在剧中的主要动作。戏剧通过周朴园威逼蘩漪喝药这个典型的动作，让人们看到他作为家长的威严。他在剧中的贯穿动作就是维持家庭的秩序，"我的家庭是我认为最圆满，最有秩序的家庭"，但这就形成了对他人精神意志的压抑。曹禺在剖析周朴园的灵魂时，始终把他作为一个"人"来写，写他与侍萍年轻时的真情，写他深深的内疚与沉痛的回忆。剧终，当侍萍再次出现在周家客厅里，经历了一天人世沧桑的周朴园以沉痛的口吻命令周萍去认生母，并向侍萍忏悔。作者的这一笔曾受到不断的批评和指责，实际上这里正体现出人物心灵深处的丰富性。这是周朴园形象塑造成功的奥秘。

蘩漪这一悲剧灵魂中响彻着受到新文化个性解放思想影响的一代妇女的抗议与追求的呼声。在这个悲剧女性身上，闪现出曹禺艺术才华的独特光辉。剧作家对蘩漪倾注了深厚的同情，他是怀着诗人的充沛激情塑造了这个挣扎于爱欲的痛苦中的现代女性形象。若问蘩漪在剧中的贯穿动作，她与周朴园、她与周萍的冲突的内在源起，请看第四幕中蘩漪的自白：

> 声音
>
> 《雷雨》对我是个诱惑。与《雷雨》俱来的情绪蕴成我对宇宙间许多神秘的事物一种不可言喻的憧憬。这种全剧始终闪示的"隐秘"，就是"宇宙里斗争的'残忍'和'冷酷'"。在这斗争的背后或有一个主宰来管辖，这主宰，希伯来的先知们赞它为"上帝"，希腊的戏剧家称它为"命运"，近代的人撇弃了这些迷离恍惚的观念，直截了当地叫它为"自然的法则"。而我始终不能给它以适当的命名，也没有能力来形容它的真实相。因为它太大，太复杂。我的情感强要我表现的，只是对宇宙这一方面的憧憬。……并没有明显地意识着我是要匡正、讽刺或攻击什么。也许写到末了，隐隐仿佛有一种情感的汹涌的流来推动我，我在发泄着被压抑的愤懑，毁谤着中国的家庭和社会。然而在起首，我初次有了《雷雨》一个模糊的影象的时候，逗起我的兴趣的，只是一两段情节，几个人物，一种复杂而原始的情绪。（曹禺：《雷雨·序》）
>
> 作者看出了大家庭的罪恶和危机，对家庭中的封建势力提出了抗议，一个沉痛的，有良心的，但却是消极的抗议。……反封建是这剧本的主题，那么宿命论就成了它的 Sub-text（潜在主题）。（周扬：《论〈雷雨〉和〈日出〉》）

> 蘩漪 （向冲，半疯狂地）你不要以为我是你的母亲，（高声）你的母亲早死了，早叫你父亲压死了，闷死了。现在我不是你的母亲。她是见着周萍又活了的女人，（不顾一切地）她也是要一个男人真爱她，要真真活着的女人！
>
> （揩眼泪，哀痛地）我忍了多少年了，我在这个死地方，监狱似的周公馆，陪着一个阎王十八年了，我的心并没有死；你的父亲只叫我生了冲儿，然而我的心，我这个人还是我的。（指萍）就只有他才要了我整个的人，可是他现在不要我，又不要我了。

繁漪　（失去母性，喊着）我没有孩子，我没有丈夫，我没有家，我什么都没有，我只要你说：我——我是你的。

　　这是繁漪之歌，是这位中国现代娜拉的心灵宣言！

　　剧中，繁漪在双重的悲剧冲突中走完她心灵的全部历程。作为一个追求自由的女性，繁漪在家庭生活中陷入了周朴园的精神折磨与压抑；周萍背弃爱情的行径，又使这位要求摆脱压迫的女性遭受抛弃，陷入绝望。而周萍的卑怯灵魂也是由周朴园直接造成的。双重的打击与痛苦，使繁漪成为一个有着忧郁阴鸷性格的女性，从她那颗受尽蹂躏的心灵中终于升腾起不可遏压的情欲的力量。《雷雨》独特的戏剧构思在于，将繁漪与周萍的戏剧冲突作为结构全剧的主线。她在剧中的贯穿动作是抓住周萍不放。戏剧着力表现她不顾一切地追求周萍，不顾一切地反抗与报复，对生活与爱欲热切渴望。精神觉醒与所爆发出来的力量，在"最残酷的爱和最不忍的恨"①的交织中，使她的内心向变态发展。爱变成恨，倔强变成疯狂，这是作者独特而深入的发掘。繁漪绝望中的反抗，充满着一个被压抑女性的血泪控诉，表现出对专制势力及其道德观念的勇敢蔑视与反叛。她反驳周萍："我不反悔"，"我的良心不叫我这样看"。作者要赞颂的是繁漪反叛旧道德的勇气。她的"雷雨"式的欲望激情摧毁了专制家庭秩序，也毁灭了自己。这一悲剧形象，是曹禺对现代戏剧的一大贡献，深刻地传达出反专制与个性解放的主题。

　　在繁漪悲剧的形成中，周萍是重要因素，但造成他人悲剧的周萍，自己也是个悲剧，尽管他的悲剧不同于繁漪。专制家长总是按照自己的意志用软硬兼施的手段控制与铸造子弟的灵魂。周萍空虚、忧郁、卑怯、矛盾的灵魂始终被笼罩在周朴园精神统治的阴影中。这是一个在专制主义环境里，人的灵魂被压抑的悲剧。在剧中年轻的周冲身上，寄寓着作者的憧憬。他的死亡，既是对专制势力的控诉，也流露出曹禺这位探索人性问题、寻求人生出路的艺术家面对社会现实的苦闷、悲愤、茫然之情。

　　当剧作家把鲁侍萍引进周公馆，重提30年前旧事，而四凤又在重演母亲的悲剧，这就从历史的角度揭露了女性所受的欺凌，以及人性的悲

---

① 曹禺：《雷雨》"序"，文化生活出版社1936年版，第8页。

哀。曹禺运用他刻画悲剧女性形象的优异才能，描写侍萍这个善良妇女精神上所遭受的不堪忍受的重重打击。周朴园的遗弃给她带来了一生的不幸。她唯一的希望是千方百计避开过去悲剧的重演，带女儿离开周家。可是她最后一线的人生希望仍然受到毁灭性打击。她受着宿命论的影响，悲愤恐惧，被逼上人生尽头。

《雷雨》让罢工工人鲁大海出现在董事长周朴园面前，将中国1920年代劳资斗争的风云席卷进周朴园家庭内部，父子之间展开了一场对立阶级的斗争，意在将鲁大海与周萍同时置放在其生父面前，显示人性与社会的复杂及命运的无奈。在剧本的初版中，鲁大海的结局是走向渺茫。曹禺在1951年开明书店出版的修改本中，改为鲁大海决心回到矿上重新发动工人斗争。

年轻时的曹禺接受了易卜生等西方个性主义、人道主义思想的影响，同时也受到基督教思想的影响。另外，《雷雨》还受到古希腊悲剧与美国剧作家奥尼尔的现代悲剧的影响。在该剧1934年的初版本序幕、尾声中，鲁妈、繁漪两人都发了疯，周公馆成了教会医院，周朴园成了基督徒，他去看望这两个病人。曹禺透过现实世界的错综复杂来思考人生与人性，运用鲜明独特的戏剧艺术手法来表现自己对人生、人性的感受与思考。剧中人物的血缘纠葛与命运巧合因此更真实、深刻地反映了人性的复杂与人生的残酷，悲剧的结局引人思索。青年曹禺本人思想的复杂性、探索意识与不确定性，及其作品的现实主义魅力的深刻性，使《雷雨》呈现出多义性，蕴含着多种阐释的可能。《雷雨》问世后，不断有种种解读。周扬针对当时某些粗暴的批评，指出这部作品有反封建的意义，他的这一看法，决定了之后批评界对《雷雨》反封建主题的社会学阐释。

《日出》　1936年，曹禺发表了又一部现实主义力作——四幕剧《日出》。《日出》揭示了现代都市中上层社会与下层社会之间"损不足以奉有余"的不合理现象，剖析了人的复杂与异变，探索了人生出路问题。如果说《雷雨》着力表现封建专制主义对人性的压抑与扼杀，《日出》则着重剖析金钱化社会中人性的迷失。

剧作围绕着银行家潘月亭与李石清斗法的三个回合展开，对上流社会内部勾心斗角的丑态进行了淋漓尽致的描写，暴露了潘月亭的心狠手辣与狡诈虚弱，出色地塑造了一个拼命向上爬而终于被摔下来的银行秘书李石清的形象。对李石清的不择手段、卑污虚伪、奸诈逢迎的描写，体现出作者对他灵魂的剖析与批评的深度。作者塑造这个艺术形象的最成功之处在于，他痛楚而悲悯地揭示了李石清复杂的内心、卑污的灵魂内还未完全消尽的人性与自我认识，以及金钱的诱惑如何腐蚀人、扭曲着人性。

《日出》以陈白露的休息室与翠喜的卧房为舞台场景，分别连接两类社会生活；通过方达生寻找小东西的过程，来展示社会最底层人们的苦难遭遇。翠喜为生活所迫，操着皮肉生涯。小东西最终还是逃不出金八的魔爪，只能悬梁自尽。曹禺为了写出这类人的生活现实，曾冒着危险深入其中观察、了解，他发现像翠喜一样的人有着金子似的心。

陈白露处于舞台中心，她的悲剧形象是剧本的灵魂。她内心的悲剧性冲突搭起了《日出》戏剧冲突的基本骨架。陈白露曾是"天真可喜的女孩子"，但是灯红酒绿的刺激，锈蚀了她纯洁的灵魂，使得她与诗人的遇合以分手告终，她无力飞翔，再次投入金丝笼。她在拒绝方达生的挽救时，似乎玩世不恭、傲慢自负，但却又不由自主地泄露了自己内心的痛苦。她为出卖了自己的美丽与青春、断送了人生希望而痛苦。在方达生面前，她发现了自己的"孩子时代"，也发现了自己的悲剧，产生了"竹均"与"白露"的内心冲突。"旧我"——她内心中"人"的要求、意志，要突破"新我"顽强地表现。第三幕，陈白露尽管没有出场，但翠喜、小东西的遭遇同陈白露的命运遥相呼应，并且这一幕的结果直接导致陈白露的希望与追求落空。第四幕一开始，陈白露已是泪流满面，陷入了深深的绝望与痛苦。她从小东西的遭遇终于明白无法掌握自己的命运，诗人的形象又一次出现在她眼前，唤醒了她的"竹均"意识。而历史的隐痛同时也被血淋淋地挑了出来，她明白腐朽的寄生生活使她陷入深坑已无力自拔，终于断然结束了自己的生命。陈白露怀着向往"日出"之心而死。曹禺刻画了陈白露的心灵悲剧，实现了人性剖析与社会剖析的深刻结合。这是剧作家继蘩漪形象之后，为中国现代戏剧创造的又一杰出艺术形象。

《原野》　曹禺在第三个剧本《原野》（三幕剧）中将对人性的剖析进一步向深处开掘。《原野》是一个在专制宗法思想影响下农民复仇者的心理悲剧。

在《原野》中，曹禺通过塑造仇虎这位因杀人而承受着心灵分裂的痛苦的悲剧英雄形象，完成了一次对人性深度的探索。这受到莎士比亚悲剧《麦克白》的影响。第三幕中，作者对仇虎在森林中逃跑时的幻觉的描写，则是吸收了美国剧作家尤金·奥尼尔《琼斯皇》中的表现主义艺术手法。《原野》问世后，褒贬毁誉不一。1980年代，《原野》被搬上银幕与舞台，获得广泛赞誉。

曹禺的戏剧创作在1940年代达到新的高度，这一时期他创作了《北京人》与《家》。

《北京人》　三幕剧《北京人》以曾家的经济衰落为串联全剧矛盾冲突的线索，也是戏剧冲突发生的具体背景，着力反映出专制主义精神统治对人的吞噬，以及人们在这种精神统治下对新生活的追求。曾文清与愫方是曹禺倾心塑造的两个艺术形象。曹禺细致深入地塑造了愫方这位女性形象，让她受苦受难的灵魂在周围的黑暗中闪烁出光辉。

曹禺是一位充满激情的作家。独特而炽热的审美情感决定了他创作的艺术风貌："雷雨"式的沉闷压抑和汹涌激荡。这使得他的戏剧创作具有情感与形象的直觉性特点，在戏剧世界留下了鲜明的痕迹。

曹禺戏剧艺术的成就与特色　曹禺是卓越的悲剧艺术家，能深入剧中人的内心世界，或表现人物与人物之间的心灵交锋，或刻画剧中人内心的自我交战。《北京人》在隐约闪烁、迂回曲折的冲突中展开人物心灵内错综复杂、严重尖锐的搏击。在他们平淡的看似无心的言词中，有心灵的刀枪你来我去。

因此曹禺的戏剧语言富有心灵动作性与抒情性。《雷雨》与《原野》中的人物由于各怀着深仇宿怨，语言的进攻性尤其强烈，情感的巨大冲击力使得剧作呈现出紧张激荡的浓郁风格。

曹禺戏剧对我国现代话剧作为一种文学样式的成熟起了决定性作用，奠定了这一新生样式在我国现代文学、现代戏剧史上的地位。《雷雨》

《日出》《北京人》高度满足了话剧作为舞台艺术所提出的关于人物、冲突、结构、语言等方面的要求,成为我国话剧创作的典范。

第五节　现代诗学的标志　戴望舒

象征主义　后期新月派　现代派　中国诗歌会　臧克家　戴望舒　卞之琳

骆寒超（浙江大学）：戴望舒的创作个性

1930 年代,诗歌潮流呈现两种趋向,即"向内转"（回到自身）与"向外转"（面向社会）,这时期的诗人,"面对着狰狞的现实,投入积极的斗争,使他们中大多数人没有工夫多作艺术上的考虑,而回避现实,使他们中其余人在讲求艺术中寻找了出路"①。传承 1920 年代新诗艺术主潮与探索的,是新月派后期诗人和现代派诗人。他们传承了新文学以来"人"的发现,张扬个性主义与人道主义的传统,专注于主体精神世界的抒写,继续执着于新诗艺术美的追求。

一、1930 年代诗歌流派

新月派（后期） 在 1927 年以后的活动由北京转移至上海,主要创作力量是徐志摩、陈梦家、梁宗岱、林徽因、方玮德、卞之琳等人,被称为后期新月派。后期新月派诗人主张纯粹的自我表现和为艺术而艺术,执着的艺术追求和唯美的艺术观使他们在艺术上取得了重要的成就。后期新月派相较于前期新月派可以概括为两个方向的变化:一是向内朝着更为隐幽的精神领域开掘,显示了与世界现代主义思潮的合流;二是向外的扩展,部分新月派诗人跳

主张本质的醇正、技巧的周密和格律的谨严,差不多是我们一致的方向,仅仅是一种方向,也不知道那目的离我们多远!（陈梦家:《〈新月诗选〉序言》）

---

① 卞之琳:《戴望舒诗集》"序",四川人民出版社 1981 年版。

出前期坚执的"小我",显示出走向社会现实的新倾向,这集中表现在他们生活视野的扩大和作品题材的拓展。象征主义的纯诗理论使后期新月派超越了前期新月派的古典含蓄,显示出明晰的现代象征主义诗歌的特征。

现代派 1932年5月,施蛰存创办文艺刊物《现代》(见图2.8),所刊诗歌的思想、风格、题材,都并不一致,但其中相当多的诗都包含着先锋意识,当时就有评论称其为"现代派"。现代派诗人的代表性诗集有《望舒诗稿》(戴望舒)、《鱼目集》(卞之琳)、《汉园集》(何其芳、卞之琳、李广田三人合集,故有"汉园三诗人"之称)、《预言》(何其芳)等。现代派诗人受益于法国象征主义的纯粹诗歌观念,注重表现"现代生活"和"现代情绪",

图2.8 关于"不是诗"的指责,主编施蛰存当时断言:"《现代》中的诗是诗。而且是纯然的现代的诗。它们是现代人在现代生活中所感受的现代的情绪,用现代的词藻排列成的现代的诗形"——一口气用了五个"现代",足见其态度之坚决。

强调诗的辞藻和形式要充分自由地表现诗人的情思,认为没有脚韵的诗,只要作者写得好,在形似分行的散文中,同样可以表现出一种文字的或诗情的节奏。现代派诗人群主要由两部分人构成,一部分是由时代的峰巅跌落下来的弄潮儿,血腥的屠杀绞杀了他们心中绚烂的长虹;一部分是刚走出学院围墙、满怀愤世或梦幻之情的沉思者,他们未曾经历革命浪潮即已跌进梦一般寂寞的深谷。不同的思想心态和审美价值取向,决定了他们创作内容的基本走向,即疏离于社会公众主题,更多聚焦于内心世界,抒写自我的情绪与感觉。

何其芳(1912—1977)把这时期自己写诗的道路称为"梦中道路",他的《预言》《季候病》《再赠》等诗,对美丽的梦的寻求和对爱情的念想纠缠在一起,带着热情的甜蜜和透明的忧郁。

中国诗歌会 1932年9月由左联诗歌组发起组织的中国诗歌会于上

海成立，主要发起人有蒲风、穆木天、杨骚、任钧等，并创办《新诗歌》旬刊。中国诗歌会注重诗歌的现实性、提倡诗歌的大众化。穆木天在《发刊词》中倡导诗歌应当与音乐结合在一起，而成为民众歌唱的东西，使诗歌普及到群众中去。他们创作长篇叙事诗，如蒲风《茫茫夜》《摇篮曲》、杨骚的《乡曲》、穆木天的《守堤者》、王亚平的《十二月的风》等，"在底层的新的文化运动的意义上，这简直可说是新诗的再解放和再革命"①。

现实主义诗歌 以臧克家、田间等为代表的诗人，坚持现实主义的创作原则，注重反映中国的乡土社会生活，又能注意吸收现代主义的艺术表现方法。

臧克家（1905—2004，山东诸城人）诗集有《烙印》《罪恶的黑手》《自己的写照》《运河》等。臧克家用冷峻中带有热情的笔触，写出中国农民的深远的苦痛和坚忍、仇恨与不平，为新诗反映农村生活开辟了天地，《烙印》《老马》《当炉女》《难民》等为代表作。面对现实生活中的险恶和苦难，臧克家以倔强的精神，沉着而有锋棱地去迎接磨难，这种"坚忍主义"形成了他"不肯粉饰现实，也不肯逃避现实"的清醒的现实主义。他注重吸收古典诗歌凝练含蓄的特点，苦心于词句与用字的锤炼，"想给新诗一个有力的生命"②。臧克家被称为"农民诗人"。

全面抗战爆发后，1930年代前期和中期两大诗潮的对峙，仿佛一夜间陡然消失，几乎所有的诗人都唱起了民族解放的战歌。中国新诗进入又一个阶段。

二、戴望舒

戴望舒（1905—1950，浙江杭州人）诗集有《我底记忆》《望舒草》《望舒诗稿》《灾难的岁月》等。"九十余首所反映的创作历程，正可说明'五四'运动以后第二代诗人是怎样孜孜矻矻地探索着前进的道

---

① 茅盾：《叙事诗的前途》，《文学》第8卷第2期，1937年。
② 臧克家：《〈烙印〉再版后志》，开明书店1934年版，第103页。

路。"① 戴望舒的新诗既映现了1920—1940年代的历史风云,也包含着一代知识分子曲折的思想历程,还记载着中国现代主义诗歌从幼稚到成熟的成长道路。

戴望舒的成名作是发表于1928年8月的《雨巷》,典型地反映了一代知识青年苦闷、幻灭、彷徨而又对理想充满期盼的复杂心态,他因此被称为"雨巷诗人"。《雨巷》的诗句长短错落,音调和谐,节奏低沉徐缓,多次使用复沓手法,增强了诗歌的抒情气氛,美化了诗歌的韵律。叶圣陶称赞这首诗是"替新诗底音节开了一个新的纪元"②。戴望舒的新诗创作,经历了从早期浪漫主义的感伤抒情到成为现代派代表诗人的发展过程。

戴望舒是一位富有艺术自觉意识的诗人,他将民族风格、个人特征和名副其实的现代风味融为一体,"上接我国根深柢固的诗词传统这种工夫的完善,外应(应或拒)世界诗艺潮流变化这种敏感性的深化,而再也不着表面上的痕迹"③。他带着中国晚唐温庭筠、李商隐那一路诗的影响进入诗坛,又接受了法国浪漫派和象征派作品的影响。他的诗作在表现内在灵魂的深度与传达的适度的隐藏方面,体现着民族性很强的带有东方特征的现代审美原则与艺术追求。《雨巷》善于将中国古代诗词意境与西方象征主义诗学理念相融合,创造出一种既属于中国,又具有现代性的新的意象,诗中那个"丁香一样的/结着愁怨的姑娘",本取自南唐中主李璟的诗句"丁

不必一定拿新的事物来做题材(我不反对拿新的事物来做题材),旧的事物中也能找到新的诗情。

旧的古典的应用是无可反对的,在它给予了我们一个新情绪的时候。(戴望舒:《望舒诗论》)

他底诗,曾经有一位远在北京(现在当然该说是北平)的朋友说,是象征派的形式,古典派的内容。这样的说法固然容有太过,然而细阅望舒底作品,很少架空的感情,铺张而不虚伪,华美而有法度,倒的确走的诗歌底正路。(杜衡:《望舒草·序》)

---

① 施蛰存:《戴望舒诗全编·引言》,见梁仁编《戴望舒诗全编》,浙江文艺出版社1989年版。
② 杜衡:《望舒草·序》,《现代》第3卷第4期,1933年。
③ 卞之琳:《戴望舒诗集》"序",四川人民出版社1981年版。

香空结雨中愁",戴望舒借鉴艾略特的《荒原》、魏尔伦、兰波诗歌的音乐性,经过雨巷、油纸伞等意象的加入,营造出了一种比李璟的"伤春"更为深沉的氛围,达到抒发现代情绪情感的目的,实现了古典意境的现代转换,体现出东方的审美意蕴。

戴望舒认为诗是诗人隐秘灵魂的泄漏,创作动机"是在于表现自己与隐藏自己之间"。他运用象征、隐喻的意象与曲折、隐藏的手法,委婉地展现主观心境,把情绪和意绪客观化。这种表达方式使得戴望舒诗歌从情绪、意象到语言都具有朦胧美。《印象》连用七个意象组合成一个虚幻缥缈的境界,来暗示某种缥缈恍惚的记忆和绵延不绝的寂寞,情思隐约,意境深邃。《古神祠前》运用扩展性的流动意象,"我多少的思量"开始是一只蜘蛛,接着变为生出翼翅的蝴蝶,后又化作一只云雀,最后忽而幻化成一只翱翔于青天的鹏鸟,意象随着诗人的潜意识流动,暗示生命的缥缈不定、无从捉摸,表现诗人蛰伏在心底的惆怅、怨思越来越广。这类诗歌打破了传统写实主义诗歌的表达方式,把不确定的复杂的主题和情绪隐含在朦胧的形象里,以简单的形式蕴涵着多层次的丰富内容。

从《我底记忆》后,戴诗追求全感观或超感观的意象,通过通感、隐喻等方式,形成出神入化的奇幻之美,它是全感观与超感观的胶结,给读者以新鲜的感觉。戴望舒诗歌摆脱了音乐的束缚,运用自然进展的现代口语,服从于诗人情绪展开的内在节奏,创造了具有散文美的现代自由体诗。这种诗"在亲切的日常说话调子里舒卷自如,锐敏、精确,而又不失它的风姿,有节制的潇洒和有工力的淳朴。日常语言的自然流动,使一种远较有韧性因而远较适应于表达复杂化、精微化的现代感应性的艺术手段,得到充分的发挥"①。

1937年抗战全面爆发后,戴望舒投身于民族解放斗争,诗的内容和格调发生了明显变化,《元日祝福》(1939)以后的诗作,关注国家民族的命运,在民族苦难中审视个人的不幸,回荡着强烈的爱国主义激情,格调由前期诗歌的幽玄、枯涩转变为明朗、雄健。《我用残损的手掌》吸

---

① 卞之琳:《戴望舒诗集》"序",四川人民出版社1981年版,第5页。

取了法国超现实主义诗人艾吕雅、苏拜维埃尔等的影响，创造出了一个新的艺术境界，表达了对山河破碎的切肤之痛，对抗战后方的向往和礼赞。

第六节　犀利、幽默与独语　　鲁迅　林语堂　何其芳

鲁迅杂文　林语堂幽默小品　何其芳《画梦录》

　　1930年代的现代散文虽比不上1920年代创生期那样有风格多样的创造，但也出现了一些具有强烈文体意识的散文作家，他们的理论和创作进一步推进了现代汉语散文文体的成熟，丰富了现代散文发展的可能性。

　　林语堂在上海创办《论语》《人间世》和《宇宙风》，提倡幽默和性灵，并创作了一些小品文。林氏的主张和创作反映了大时代复杂环境中试图固守自我立场的知识分子的努力。丰子恺的小品文则基于个人的信仰背景，站在情感与信仰的交叉点，对人生与社会作有情、有信的观照，他对佛教义理的熟悉，也为他提供了进一步打破自我、面向社会的契机。鲁迅以坚定而卓越的杂文创作，在1930年代的动荡时世中影响着越来越多的年轻作家，形成了被称为"鲁迅风"的杂文传统。瞿秋白也是杰出的杂文作家，政治领袖的视野、理论家的雄辩和文艺家的才情结合在一起，使得他即便只是在繁忙的工作之余偶一为之，也自卓然成家。他在1930年代初化名发表的十几篇杂文，被鲁迅收进自己的《伪自由书》《准风月谈》和《南腔北调集》中，后人竟难以辨认。追随"鲁迅风"的杂文作家有唐弢、徐懋庸和聂绀弩等人，唐弢有《推背集》《海天集》，徐懋庸有《打杂集》《不惊人集》，他们的杂文都体现了鲁迅杂文的影响。值得一提的是一些具有新的散文文体意识的年轻作家的出现。何其芳在创作新诗的同时，致力于一种纯粹散文的探索，《画梦录》就是这一探索的结晶。因其对独立、纯粹的散文艺术的探索，何其芳1937年荣获《大公报》文艺奖金。丽尼和陆蠡也是致力于艺术散文创作的年轻作者，丽尼有《黄昏之献》《鹰之歌》，陆蠡有《海星》《竹刀》，都专心于对内心世界与文体之美的展示。缪崇群是长期从事散文创作的作

者,其《晞露集》等六本散文集善于在娓娓叙说中品味平凡人生的酸甜苦辣。同时,1930年代的小说家、诗人甚至学者在业余也都有大量的散文创作。郁达夫1930年代钟情于山水游记的写作,寄忧患于山水放达之中,散发着不可多得的艺术才情。朱自清、郑振铎、李健吾的旅欧游记则提供了更加多样的题材。茅盾、巴金、老舍、沈从文、萧红、朱光潜等人多姿多彩的散文创作,也都为1930年代散文的丰收做出了独到的贡献。因时代需要和左联的提倡,散文体的报告文学在1930年代也有较大发展。

一、鲁迅杂文:作为行动的文学

鲁迅的杂文创作以1927年为界。前期从1918年至1926年,这一时期创作的杂文集有《坟》《热风》《华盖集》《华盖集续编》。前期杂文从进化论出发,以个性主义和人道主义为武器,对陈陈相因的普遍性的社会现象和文化心理进行了深入剖析,对专制文化、传统伦理道德、意识形态进行了攻击,对懦弱、卑怯、保守的国民劣根性进行了深刻的批判,如《随想录》《我之节烈观》《我们现在怎样做父亲》《春末闲谈》《灯下漫笔》等。

杂文几乎成为鲁迅后期唯一的文学武器。他这一时期的杂文集有《而已集》《三闲集》《二心集》《南腔北调集》《伪自由书》《准风月谈》《花边文学》《且介亭杂文》《且介亭杂文二集》和《且介亭杂文末编》,以及《集外集》《集外集拾遗》。

后期杂文的内容主要有:一、1928年初与创造社、太阳社关于"革命文学"的论争,如《"醉眼"中的朦胧》《我的态度、气量和年纪》在与创造社、太阳社的论争中既针锋相对,又晓之以理。二、加入左联后与新月派有关文学的"阶级性"和翻译问题的论争,对"民族主义文学"

至于他的随笔杂感,更提供了前不见古人,而后人又绝不能追随的风格,首先其特色为观察之深刻,谈锋之犀利,比喻之巧妙,文笔之简洁,又因其飘溢几分幽默的气氛,就难怪读者会感到一种即使喝毒酒也不怕死似的凄厉的风味。当我们见到局部时,他见到的却是全面。当我们热衷于掌握现实时,他已把握了古今与未来。要了解中国全面的民族精神,除了读《鲁迅全集》以外,别无捷径。(郁达夫:《鲁迅的伟大》)

"自由人"及"第三种人"和论语派等的批评,对左联内部左倾路线和宗派主义的反击,如《"硬译"与"文学的阶级性"》《"民族主义文学"的任务和运命》《论"第三种人"》《答徐懋庸并关于抗日统一战线问题》等,与诸多思潮和倾向展开了论战。三、对于国民党当局的批评,如《魏晋风度及文章与药及酒之关系》在嬉笑怒骂中对当时的白色恐怖进行影射;《文章与题目》等对于当局的不积极抗日的行径进行了巧妙辛辣的揭露和针砭;《为了忘却的纪念》揭露其迫害左翼作家的暴行。四、对1930年代以上海为中心的半殖民地商业社会及其文化现象的观察与批判,如《流氓的变迁》《上海文艺之一瞥》《"吃白相饭"》《阿金》等,在对社会现实中复杂现象的剖析里显出独到的判断。五、晚年对于中国思想、文化和社会的审视与清理,《题未定草》(一至九)、《"文人相轻"》系列等,对现实与历史随手拈来,寄深切忧患于娓娓而谈之中;《现代史》《推背图》《吃教》《"京派"和"海派"》《从帮忙到扯淡》《隐士》《说"面子"》《文坛三户》则点到为止,每于平常中见真相,于现象中见本质。六、对晚年生存状态与情感世界的记录与展示,《死》《女吊》是鲁迅最后时日与病魔战斗间隙的随感,直言不讳,强劲奇崛,迸发出最后的生命异彩。

二、林语堂:幽默与性灵

林语堂(1895—1976,福建龙溪人,原名林和乐、林玉堂)是一个具有较多特殊性的现代文人(见图2.9)。一是他的基督教家庭与教育背景。他出生于一个虔诚的基督教牧师家庭,17岁入上海圣约翰大学文科,深受基督教教育的影响。二是留学背景复杂,思想驳杂,早期与以留日派为主的《语丝》派

图2.9 林语堂曾说:"口含烟斗者是最合我意的人,这种人都较为和蔼,较为坦白,又大都善于谈天。我总觉得我和这般人必能彼此结交相亲。"

> **声音**
>
> 盖小品文，可以发挥议论，畅泄衷情，可以摹绘人情，可以形容世故，可以札记琐屑，可以谈天说地，本无范围，特以自我为中心，以闲适为格调，与各体别，西方文学所谓个人笔调是也。（林语堂：《〈人间世〉发刊词》）
>
> 生存的小品文，必须是匕首，是投枪，能和读者一同杀出一条生存的血路的东西。（鲁迅：《小品文的危机》）
>
> 林语堂生性戆直，浑朴天真，假令生在美国，不但在文学上可以成功，就是从事事业，也可以睥睨一世，气吞小罗斯福之流。《翦拂集》时代的真诚勇猛，的是书生本色，至于近来的耽溺风雅，提倡性灵，亦是时势使然，或可视为消极的反抗，有意的孤行。周作人常喜引外国人所说的隐士和叛徒者混处在一道的话，来作解嘲；这话在周作人身上原用得着，在林语堂身上，尤其是用得着。（郁达夫：《中国新文学大系·散文二集·导言》）

知识分子交往密切，并曾与具有留学英美背景的《现代评论》派笔战，后期又归于英美自由主义立场。三是曾徘徊于周氏兄弟之间，如果说1920年代曾追随鲁迅，1930年代则亲近周作人。

林语堂对1930年代散文的影响，不仅在散文创作上，更在散文观念上。1932年9月始，他先后创办《论语》半月刊、《人间世》和《宇宙风》半月刊，提倡"幽默""性灵"与小品文，在其影响下，1933年被称为"幽默年"，1934年被称为"小品年"。林语堂1920年代将英文的humour翻译成"幽默"并开始提倡，1930年代重拾这一话题，将"幽默"与"讽刺""滑稽"区别开来，指向一种"冷静超远"的人生态度。[①] 林语堂认为"如果中国人明白幽默之意义及其在吾人生活上之重要，国中的景象就不会如目前这样了"[②]，可见其"幽默"是有现实针对性的。他又将"幽默"与传统的"性灵"联系起来："性灵就是自我"，"盖欲由性灵之解脱，由道理之参透，而求得幽默也"[③]。以"幽默"与"性灵"这两个观念为基础，林语堂在《发刊〈人间世〉意见书》中提倡"以自我为中心，以闲适为格调"的小品文理念。他不可能忘怀现实，但他对距离的强调，与左翼文

[①] 林语堂：《论幽默》，《林语堂名著全集》第14卷，东北师范大学出版社1994年版，第12、17页。

[②] 林语堂：《〈笨拙〉记者受封》，《林语堂名著全集》第14卷，东北师范大学出版社1994年版，第162页。

[③] 林语堂：《论文》，《林语堂名著全集》第14卷，东北师范大学出版社1994年版，第155页。

学观产生了摩擦，《太白》和《芒种》两份左翼杂志，曾就此问题与林语堂展开论争，批评其与时代脱节的倾向。鲁迅认为，在"皇帝不肯笑，奴隶是不准笑的"时代，是不会有"幽默"的。①

　　林语堂的散文是其性灵的显现。具有以下几个特征：一是文化比较与批判的学者视角。林语堂在知识和经验上都熟悉中西文化，又有文化比较与批判的启蒙视角，不仅能在一些大的议题上展开中西文化的对比，而且常常能从某一细小处透出文化比较的眼光。相较而言，1930年代的林语堂，比起他在1920年代的西化立场，更加宽容和多元。后期文化立场的中国化，与其说是向本土文化的复归，不如说是独特的身世背景所造成的西化心灵对中国文化的青睐。二是立论奇诡，但非标新立异，而是能冲破俗见敞开心态。三是学识丰富，旁征博引，在娓娓道来中阐明观点。收入《我的话》中的《论幽默》（上下编），就是为了向国人推介陌生的"幽默"而写的长文。在这篇长文中，林语堂中外古今，旁征博引，"幽默"的真谛，在大量的引证中自然见出。四是取材广泛，无所不谈，所谓"宇宙之大，苍蝇之微"，皆能随手拈来，涉笔成趣。

---

① 鲁迅：《"论语一年"——借此又谈萧伯纳》，《鲁迅全集》第4卷，人民文学出版社1981年版，第570页。

第三章
1940年代：战时背景下的文学嬗变

1931年9月18日，日本在中国东北蓄意发动侵华战争。1937年7月7日，日本挑起卢沟桥事变，全面侵华。1945年8月15日，日本无条件投降。中国人民经历了长达14年的抗日战争。从1945年8月开始，中国共产党领导中国人民又经历了推翻国民党反动政府的解放战争。新的历史条件下的民族危机与政治分裂，使中国社会分割为国统区、沦陷区和解放区（根据地）。尽管有着共同的民族与时代关切，尽管探索现代性的主题并未改变，但不同区域间社会、文化环境的巨大差异，以及与之紧密联系的作家们的文学价值观念与书写方式的差异，导致了中国文学的方向性分化，呈现出不同于以往的特点。

第一节　战争状态与文学的区域分化

文学区域分化　孤岛文学　现实参与　人道主义深化　智性审美因素　雅俗互动　民族形式　主观战斗精神

一、文学的区域分割与流动

在动荡、苦难与危机的大背景下，民族、时代与个人三个命题——三种文学精神的激荡、互渗与转换，驱动着1940年代中国文学的生成与发展。这一时期，整体上形成了国统区（包括抗战时期的沦陷区）和解放区（抗战时期称根据地）两大文学和文化体系。国统区文学是本时期中国文学的主体，基本延续了1930年代的多元化状态，并在民族危机的大背景下继续发展；解放区文学或称延安文学则在无产阶级革命政治主导下显示出新的面貌。

战争带来的文化力量的迁徙流动与重新布局，打破了新文学以来形成的以京沪为中心的文学格局。在原来的文化中心上海，依托于既有的文化积累和较为成熟的市民社会环境，雅俗合流的文学动向尤为鲜明。从1937年11月上海沦陷至1941年12月太平洋战争爆发，一部分作家寓留于上海租界，在类似孤岛的环境中从事文学创作，历史上对此有"孤岛文学"之称，其中最为活跃的是戏剧运动。在国民政府的临时政治中心重庆、成都地区，由于国共合作的政治背景，容纳了多种不同倾向的文化与文学力量，参与现实、争取民主的现实主义文学占据创作主流。以昆明西南联大为中心，则又形成了一个与政治意识形态相对疏离的文学中心，这里以一批青年诗人的现代主义诗学探索而引人注目（见图3.1）。由于战争和国内政治局势的动荡，1930年代后期和1940年代中期，大量内地文化人士两次南迁香港，使得香港也成为一个文学重镇。此外，在作家的流徙过程中，桂林在1942—1944年间集聚了大量的文化与文学力量。茅盾当年即观察到："像抗战以前的上海那样的文艺中心，今天事实上已经不存在。事实，今天的中国文坛已经形成了好几个重心点，重庆是一个，而桂林、延安、昆明、金华，乃至上海，

图3.1　1937年抗日战争全面爆发后，北大、清华、南开先迁至湖南长沙，组成国立长沙临时大学，次年4月又西迁昆明，改称国立西南联合大学。

也都是其中之一。"①

以延安为中心的根据地和解放区,是一个独特的文学区域。其文学力量的构成,除早期苏区文艺骨干和在根据地成长起来的文学新人外,还有从国统区来的左翼作家和文学青年。这里展开了战时背景下高度集中的文学规划与实践,文学写作被要求贯彻一种明朗、乐观的理想主义精神与信念。以1942年毛泽东《在延安文艺座谈会上的讲话》为指导,文学的政治功能和阶级属性被鲜明地强调,文艺从属并服务于政治成为文学指导方针。由于注重文艺对以农民为主体的工农兵的普及,传统民间文艺形式成为一种重要文化资源并因此受到重视。与此同时,新文学以来形成的强调个人书写、注重表现个性、张扬人道主义精神的"人的文学",则被视为异端而开始遭到否定。

二、以深沉悲郁为主调的审美流向

国统区文学是本时期中国文学的主体,形成了以深沉悲郁为主色调的开放的审美格局,家国社会的担当意识与个体性的体验、内省相结合,对现实的参与精神与超越意识同时存在,既呈现出干预现实的责任感与勇气,又有深入内心的哲理性沉思;既有与时代洪流相结合的文化探问,也有现代都市人的沧桑与无奈,以及知识分子的自我省察与反思。

现实的参与 这一时期,民族和民主是文学参与现实的两大主题。从参与方式和状态来看,经历了两个阶段,即抗战初期的高亢激愤阶段,与1940年代以后趋于深沉凝重、呈现多样化的阶段。全面抗战爆发后,作家们普遍自觉地以强烈的民族意识回应着救亡的时代主题。1938年3月27日,中华全国文艺界抗敌协会(简称"文协")在武汉成立,各方面的文艺界人士广泛参与,文化统一战线形成,1930年代的左翼革命文学、自由主义文学以及其他文学派别实现了汇流。1938年5月,文协会刊《抗战文艺》创刊(见图3.2),至1946年5月终刊,共出版73期。文协成立时提出"文章入伍、文章下乡"的口号,号召作家们以笔代枪,参与到民族独立战争中。"尽量鼓起民众抗战的情绪,唤起民族

---

① 茅盾:《抗战期间中国文艺运动的发展》,《中苏文化》第8卷第3、4期合刊,1941年4月。

意识，鼓吹民族气节，描叙抗战实况"①，成为文学的中心任务和作家们的共同诉求。抗战初期，街头剧、活报剧、朗诵诗、通讯、报告文学以及通俗文艺等能够快捷参与和配合民族解放战争的文学形式异常活跃。这时，文学在凸显战斗性和时代性、张扬爱国主义激情的同时，也暴露出公式化、概念化的倾向。随着抗战进入相持阶段（以1938年武汉失守为起点），以及皖南事变（1941）后国内政治局势的复杂化，高昂激愤的社会情绪开始落潮，作家们开始更冷静地观察和思考危机重重的中国与人生，文学的表现趋于深刻与多样。如郭沫若当时所描述的："随着战争的长期化，人民情绪渐渐镇定了下来，艰苦的战斗既削弱了廉价的乐观，而战果的批判与胜利条件的检讨，也必然导引着作家们回复到本来的静观与反省，使得他们在现实体验既经饱满之后，不得不站在更高一段的据点来加以整理、分析、批评、提炼、构成，因而在作品方面便驯致了某种程度的广度、深度、密度的同时增加。"②

图3.2 《抗战文艺》"发刊词"提出："要把整个的文艺运动，作为文艺的大众化的运动，使文艺的影响突破过去的狭窄的智识分子的圈子，深入于广大的抗战大众中去！"

人文主义深化 民族与个人的苦难往往是孕育杰出文学的土壤。战争带来的动荡促使作家们更深入地体察"人"的存在。中国新文学的人文主义传统在这一时期进一步发展，呈现出沉郁、沧桑与焦灼相交织的审美色调。在20世纪二三十年代已经成名的一些作家那里，沉潜出堪称圆熟的艺术创作。巴金的《寒夜》通过对黑暗社会现实的总体观照，透视小人物的悲辛，冷静客观地剖析病态的灵魂。老舍的《四世同堂》则在民族苦难与危机的大背景下，深刻地反思中国民族性格的痼疾、家族

---

① 张申府等：《抗战以来文艺的展望》，《自由中国》第2期，1938年5月10日。
② 郭沫若：《新文艺的使命——纪念文协五周年》，《新华日报》1943年3月27日。

图3.3 《七月》1937年10月复刊,第1期辟有"鲁迅先生逝世周年纪念特辑",刊名用鲁迅的笔迹,封底载两幅图,上为"鲁迅先生在休息的时候",下为"敌人炮火下的墓地"。

伦理的结构以及北平市民文化。在更年轻一代的作家那里,与战争带来的漂泊流寓的人生际遇相联系,个体性的体验、追忆小说成为一个突出的文学现象,这方面既有路翎《财主底儿女们》那样激愤振荡的心灵史诗,也有萧红《呼兰河传》那样凄婉幽长的抒情,以及师陀《果园城记》那样冷暖交织的怀旧。新诗领域,在艾青的影响下,以胡风为中心形成的七月派是这一时期影响较大的诗歌流派(见图3.3)。一批年轻的诗人用燃烧的主观精神"突入"生活,在他们看来,"在'必然的'法则里,人底力量是决定的东西"①。他们以激荡的情感力量将诗与人民、时代紧密结合,将民族精神与民族自信力的热血注入到对"人"的探索中。

第二节　解放区的文学方向与实践　赵树理

工农兵文艺　解放区小说模式　《荷花淀》　《小二黑结婚》《李有才板话》"新评书体"

一、延安文艺整风与《在延安文艺座谈会上的讲话》

全面抗战爆发后,大量知识分子、作家奔赴延安。1936年,初来延安的丁玲创办了根据地第一个文艺团体"中国文艺协会"。1937年11月,更大范围的延安文艺界组织"陕甘宁特区文化救亡协会"(简称

---

① 胡风:《自然主义倾向底一理解》,《胡风评论集》(上),人民文学出版社1984年版,第389页。

"文协")成立,出版有《边区文艺》《文艺突击》等刊物。1938年9月,根据地第一个文艺联合会性质的文艺团体"陕甘宁边区文艺界抗战联合会"成立(简称"文抗"),1939年5月改名为"中华全国文艺界抗敌协会延安分会",主办有《大众文艺》《中国文艺》《谷雨》等刊物。延安的另一重要文艺机构是1938年4月成立的鲁迅艺术学院(1940年代曾先后改名为"鲁迅艺术文学院""鲁迅文学院",简称"鲁艺")(见图3.4),副院长周扬主持日常工作。周扬后来说,当时的延安文艺界有两派,一派以"鲁艺"为代表,包括何其芳,"当然是以我为首",主张歌颂光明;另一派以"文抗"为代表,"以丁玲为首",主张暴露黑暗。①

当时还出现了一股具有知识分子的批判精神、主张文学的真实性与独立

图3.4 《延安鲁艺校景》木刻,力群1941年作。桥儿沟有一座哥特式教堂,是延安唯一的石结构的西式建筑。1940年代,其礼拜堂成为鲁艺的大礼堂,其他建筑为学生宿舍。鲁艺的学生住在"洋房"而非窑洞里,这在当时延安的学校中是独一无二的。

性、对革命队伍内部存在的问题和群众落后意识进行暴露和批评的文艺潮流。这方面主要有丁玲的小说《我在霞村的时候》《在医院中》和杂文《我们需要杂文》《三八节有感》,以及罗烽的《还是杂文的时代》、艾青的《了解作家,尊重作家》、萧军的《纪念鲁迅:要用真正的业绩》和《论同志之"爱"与"耐"》、王实味的《政治家·艺术家》和《野百合花》等杂文。丁玲主张发扬"为真理敢说,不怕一切"的精神;艾青称作家不是娱人的"歌妓"或"百灵鸟",领导者要"给艺术创作以自由独立的精神";王实味则认为政治家"偏于改造社会制度",文艺家"偏于改造人的灵魂",二者是"相辅相依的",并提出"大胆地但适当地揭破一切肮脏和黑暗,洗清它们,这与歌颂光明同样重要,甚至更重要"。

---

① 赵浩生:《周扬笑谈历史功过》,《新文学史料》1979年第2期。

延安文艺整风运动　1942年2月，中共开展党内整风运动，清算以王明为代表的"右倾"教条主义。整风很快延展至文艺界，"利用整风运动来检查文化人的思想，检查我们对文化人的工作"。1942年5月2日至23日，中共中央在党内整风运动的基础上召开了延安文艺座谈会。座谈会第一、第三次全体会议上，毛泽东分别作"引言"和"结论"的发言，后以《在延安文艺座谈会上的讲话》（以下简称《讲话》）为题发表于1943年10月19日《解放日报》。《讲话》既是党所领导的革命文艺运动的历史经验的总结，同时也是规划革命文艺发展方向、构建无产阶级革命文化与文学形态的纲领性文件。在战时环境中，《讲话》具有集中思想、统一认识的重大意义，有力地推进了解放区文艺的革命化，加强了文艺为党所领导的无产阶级革命斗争服务的作用，并开辟出一个持久、宏大的工农兵文艺的历史潮流。长期以来，《讲话》成为党制定和实施各种文艺政策的指导思想，不仅对当时的解放区文学具有重大指导作用，也对后来中国文学的历史发展产生了深远的影响。

《在延安文艺座谈会上的讲话》立足革命斗争的历史与现实并着眼未来，从宏观政治的角度系统阐述了革命文艺的方向与方式问题。《讲话》的理论核心与出发点，是从阶级与革命的"人"的观念出发，解决革命文艺"为什么人"和"如何为"的问题。毛泽东说："什么是我们的问题的中心呢？我以为，我们的问题基本上是一个为群众的问题和一个如何为群众的问题。"[①]"群众"是指构成无产阶级革命主要力量的工人、农民和士兵，其中占绝大多数的是农民。由此《讲话》明确提出文艺的"工农兵方向"，"首先是为工农兵服务"。在"如何为"即服务的方式方法上，由服务对象的接受水平与趣味决定，主张"向工农兵普及"和"从工农兵提高"的结合，而第一位的是普及。因此为老百姓所喜闻乐见的传统民间文艺样式，作为一种文化资源受到特别重视，成为新文学认真学习和借鉴的对象。

在保障文艺为工农兵服务方针的落实上，如何处理作为知识分子的作家、艺术家与群众的关系，是一个重要的问题。《讲话》以由阶级归属所判定的革命性为依据，也鉴于革命文艺与群众结合尚不充分的历史

[①] 这里所引《讲话》文字，均据人民出版社1991年版《毛泽东选集》（第3卷）所载《在延安文艺座谈会上的讲话》。

与现实状况，认为知识分子必需深入群众、向工农兵学习，以转变其阶级立场、思想与感情。新文化运动以来形成的知识分子作为大众的启蒙者的文化身份被颠覆。《讲话》指出："知识分子出身的文艺工作者，要使自己的作品为群众所欢迎，就得把自己的思想感情来一个变化，来一番改造。没有这个变化，没有这个改造，什么事情都是做不好的，都是格格不入的。"在这里，毛泽东还以自己的经验为例现身说法，提出知识分子改造完成的标志：只有"感情起了变化"，才实现了"由一个阶级变到另一个阶级"。

在文艺与政治的关系上，《讲话》指出："在现在世界上，一切文化或文学艺术都是属于一定的阶级，属于一定的政治路线的。为艺术的艺术，超阶级的艺术，和政治并行或相互独立的艺术，实际上是不存在的。"并明确提出"以政治标准放在第一位，以艺术标准放在第二位"的评判原则。作为"整个革命机器中的'齿轮和螺丝钉'"，即"无产阶级整个革命事业的一部分"的"无产阶级的文学艺术"，成为文学发展的目标与理想。由此出发，《讲话》批判了"人性论""文艺的基本出发点是爱，是人类之爱"的文艺观念。"写光明和黑暗并重""从来的文艺的任务就在于暴露"以及"还是杂文时代，还要鲁迅笔法"等被视为"糊涂"观念而受到批评。延安文艺整风中，丁玲等的文章受到批判，王实味还被冠以"反革命托派奸细分子"的罪名，后来被错误处决。

以毛泽东发表《讲话》为标志，解放区文艺整体进入了高度统一的一体化阶段。延安文艺整风的方式与态度，即以政治标准评判文艺思想与创作，对于后来中国文学的发展产生了深远的影响。

二、在"工农兵文艺"的旗帜下

"工农兵文艺"方向　"工农兵文艺"是由毛泽东在1942年延安文艺整风中正式提出的，这实际上也是长期以来中国共产党所领导的无产阶级革命文艺运动的主要实践方式。在这一文艺方向的指引和规范下，解放区（根据地）文学整体上呈现出与现实革命斗争紧密结合，力求通俗化，强调对民间形式、传统形式的利用和改造，主动适应以农民为主体的基层群众的欣赏习惯、趣味和接受水平的特点，成为战时中国一个独特的区域性文学存在。以"诉苦"和"欢唱"相结合的方式展开鼓动、宣传,则是解放区文学的基调。

戏剧与通讯 由于动员和教育群众的需要,戏剧成为受到特别推重的文艺种类。除了大量独幕剧、活报剧等轻便灵活的小型话剧外,融合歌舞表演的传统戏剧形式更因为群众的喜闻乐见而特别活跃。其中既包括对传统戏曲进行推陈出新的旧剧改造,也包括利用民间形式的小歌剧以及民族新歌剧的创演。

1942年10月10日,延安平剧研究院成立,毛泽东专门给剧院的题词"推陈出新",成为旧剧改造的指导方针。1944年初的新编京剧《逼上梁山》(杨绍萱、齐燕铭执笔)依据阶级斗争思想来演绎水浒故事,创新性地处理了林冲的个人英雄行为和群众革命运动的关系,被毛泽东誉为"旧剧革命的划时期的开端"。1944年的《三打祝家庄》(李纶、任桂林、魏晨旭执笔),则根据毛主席关于三打祝家庄故事的分析,描写梁山农民起义军攻打城市战争中的策略斗争,主题被认为是对抗日战争后期的政治形势具有重大的指导意义。该剧因此也具有巩固了平剧革命的道路的历史意义。

在陕北民间秧歌基础上加工的《兄妹开荒》(王大化、李波执笔)(见图3.5),风格清新活泼,欢快诙谐,歌唱劳动生产,是较早出现的颇受欢迎的小歌剧作品。同样以秧歌为基础并吸收京剧、话剧等各种形式的大型新歌剧《白毛女》(贺敬之、丁毅执笔),则以农村姑娘喜儿的悲喜命运,表现农民与地主之间的尖锐阶级斗争,揭示出"旧社会把人变成鬼,新社会把鬼变成人"的主题,成为贯彻《讲话》精神、创造新的民族形式的重要代表之一。当时有较大影响的新歌剧还有《兰花花》《刘胡兰》《王秀鸾》《赤水河》等。

由于对配合革命斗争的及时性和直接性的强调,

图3.5 《兄妹开荒》剧照。1943年2月9日,毛泽东在观看这出秧歌剧演出时,连连点头,称赞说:"这还象个为工农兵大众服务的样子!"

新闻通讯在当时是被当做一个文艺部门来看待的,而且成为与戏剧相并立的两项中心工作之一。① 当时的政策极大推动了通讯报告一类文体的写作。其中较有影响的报告文学集有《一面光荣的旗帜》(白朗)、《英雄的十月》(华山)、《环行东北》和《光明照耀着沈阳》(刘白羽)等,主要是书写战争和部队生活,歌颂光荣事迹,及时反映胜利,高扬革命英雄主义精神。在解放区文艺实践中,新闻性与文学性相结合作为一种具有特别政治意义的写作方式被强调,这对于中华人民共和国建立后散文的发展产生了重要而特别的影响。

民歌与叙事诗 重视民间形式的利用和改造,甚至将其视为唯一的合法性文学资源,是解放区文学的一个突出特点,这直接塑造了解放区诗歌的民谣化特征。首先是注重运用比兴手法和民间口语,朴素自然,活泼流畅。其次,为了达到通俗明了、让农村读者易懂的效果,诗的叙事功能被特别突出和强化,在"诉苦""翻身"的叙事中解说革命道理、抒发阶级感情,成为解放区诗歌思维的模式。

解放区诗歌的突出现象是群众写诗的活跃。一类是短篇的新民歌,内容上主要是"诉苦"和"翻身",如《赵清泰诉苦》《翻身歌唱》等,风格流畅明快,具有质朴的生活气息。其中也常常歌颂伟大革命领袖,最有名的是陕北农民李有源写的《移民歌》(又名《毛主席领导穷人翻身》),民歌第一段就是《东方红》的前四句歌词。再一类是快板诗。"如果说文艺是一种阶级斗争的武器,那么,快板诗歌正是这种武器中的刺刀和手榴弹。……从它的群众基础上看,能够掌握快板诗歌这种武器的人最广泛,指战员们很喜欢运用这一武器进行思想战,因为快板诗最容易普及发展。"② 写有诗集《运输队长蒋介石》的战士诗人毕革飞的这段话,适用于包括快板诗在内的各类群众诗创作。

在深入群众、与工农兵相结合的过程中,专业诗人的写作也普遍追求民谣化,这尤其体现于长篇叙事诗的繁荣。李季的叙事长诗《王贵与

---

① 1943年11月7日中共中央宣传部发布的《关于执行党的文艺政策的决定》指出:"在目前时期,由于根据地的战争环境与农村环境,文艺工作各部门中以戏剧工作与新闻通讯工作为最有发展的必要与可能,其他部门的工作虽不能放弃或忽视,但一般地应以这两项工作为中心。"(《解放军日报》1943年11月8日)

② 毕革飞:《谈快板诗创作的点滴经验》,《解放军文艺》1951年第1期。

李香香》采用信天游的民歌形式，叙写一对觉悟的农村青年的革命与爱情故事，传达阶级斗争与人民翻身解放的主题思想，是当时备受推重的一部作品，郭沫若和陆定一都曾为之作序。"《王贵与李香香》的出现，无疑的，是中国诗坛上一个划时期的大事件……它给我们提供了人民文艺创作实践的方向"①，该诗香港版"后记"中的这段话，代表了它被认定的历史价值和意义。张志民的《死不着》《王九诉苦》、阮章竞的《漳河水》、严辰的《新婚》、李冰的《赵巧儿》等也都是当时较为重要的叙事诗。

三、"新农村故事"与"新英雄传奇"

反映党领导下农民翻身解放的新生活和革命武装军事斗争，是解放区小说的两大题材，由此也分别形成了"新农村故事"与"新英雄传奇"两种基本的小说写作模式。

图3.6 "赵叔从来都是一种打扮：头上戴一顶蓝布人民帽，身穿一套蓝布制服，脚上穿一双家制黑布鞋，衣服还经常是皱皱巴巴的，一点也不挺括，这一身打扮哪像一个作家呀？简直就是一个活脱脱的老农呀！"——老舍女儿舒立回忆中的赵树理。

抗战时期党在根据地实行减租减息政策，抗战胜利后又在解放区开展了土地改革运动，农民被动员和组织起来发展生产、参加革命斗争。反映农民翻身解放的新生活、农村翻天覆地的大变革，成为此时此地小说创作的主要内容。其中较突出的有两类。一是以赵树理（见图3.6）等解放区土生作家为主的乡土通俗型，其短中篇小说最有特色。其中除了以赵树理为中心的马烽、西戎、束为等山药蛋派作家外，康濯也是较重要的一位。他的风格、取材和赵树理有所接近，通俗平易，多通过家庭生活观察农民精神心理的变化，表达新旧变迁的主题，他的《我的两家房东》是一时的名篇。

---

① 周而复：《〈王贵与李香香〉后记》，《北方文丛》第1辑，香港海洋书屋1947年4月。

第二类农村小说是丁玲、周立波等从国统区来的左翼作家所代表的社会写实型,以反映土地改革的长篇引人瞩目。与赵树理侧重讲故事、评书体的传统叙述形式相比,左翼作家等运用的现代小说体式,显然更适应于反映大规模的社会变动,深广揭示复杂的阶级关系与矛盾。丁玲1946年的《太阳照在桑干河上》是最初出现的写土改运动的长篇,1951年获苏联斯大林文学奖二等奖。小说气势宏大,运用阶级分析的观点,写出了土改运动背景下中国农村复杂的阶级关系与斗争。在华北一个叫暖水屯的普通村庄里,地主、富农、中农、贫农、革命战士与干部在社会身份之间呈现差别,又因家庭婚恋关系错综复杂地绞结在一起,呈现出犬牙交错、互相渗透的局面。而且每一个阶层的成员,对待革命的心理态度、应对变化的策略也各不相同,层次分明地显示出变革中的历史与社会复杂性。小说在透视人性、刻画心理的深度和敏锐性上超越了当时的同类作品,是作家自身艺术优势与新的时代内容、时代精神相结合的产物。延安文艺整风之前,丁玲曾写有备受争议的《在医院中》(1942),以年轻女医生陆萍的眼光,透视并批判了解放区革命阵营中的小生产者习气和官僚作风,表现出一个具有现代思想和意识的知识分子与新的环境、体制的不协调、不相融。《太阳照在桑干河上》显然是作家接受了《讲话》精神洗礼之后,自觉融入新生活的结果。

周立波的《暴风骤雨》也是反映土改斗争的一部代表作品,1951年获苏联斯大林文学奖三等奖。"《暴风骤雨》在思想性方面,在反映现实的深度方面,较之《太阳照在桑干河上》是有逊色的。"[1] 这主要表现在作家站在阶级分析立场对于农村复杂社会关系的"提纯"与"规范"。在东北元茂屯这个村庄里,地主与农民之间敌我阵线分明,每一个营垒内部也高度一致。这显然更符合当时的思想、政策的要求,但却把生活本身的复杂性给简单化了。自然而然的,小说在人心人性的纵深发现方面是不足的。《暴风骤雨》的优长在于生活气息的浓郁与鲜活,"善于描摹农村日常生活的动态,甚至没有忘记在现实生活中间存在的那许多幽默的有趣的细节,而且这一切都出之于单纯、明快、简洁的语言形式"[2]。

---

[1] 陈涌:《丁玲的〈太阳照在桑干河上〉》,《人民文学》1950年第11期。
[2] 同上。

孙犁（1913—2002，生于河北省安平县，原名孙树勋）综合"新农村"与"新英雄"两种视角，书写战争背景下农村生活的新变化。他主要不表现激烈的斗争，而是在平凡中发现美好心灵的闪光，站在新的时代精神的角度挖掘农民尤其是农村女性的人情美和人性美，形式上多采用淡化情节的散文式结构，以清新明净的语言，在舒卷自然、娓娓道来的抒情笔调中谱写一篇篇富有诗意美的小说。白洋淀水乡湖光芦影的风景画、风俗画描写与新时代劳动妇女的精神美相映照，使他的小说呈现出荷花出水般的清新明丽，给泥土气和硝烟味甚为浓重的解放区文学平添了一缕馨香和润泽。孙犁因此成为与赵树理并立的最有特色的两位解放区小说家之一。《荷花淀》是最能体现孙犁小说特色与风格的名篇。小说开篇展开了一幅月下白洋淀恬淡自然的风情画，然后笔锋一转，丈夫（水生）回来了，他"第一个举手报了名"，明天就要上战场了。女人的手指微微颤动了一下，苇子划破了手，她有几分嗔怪，几分担忧，虽难舍难分，但在家事国事之间又一定要做出取舍。女人理解男人的心，男人也理解女人的为难。这是战火硝烟中的儿女情长，只有不动声色中的淳朴牵挂与毅然绝决……女人的心到底还是放不下，她和同伴竟然以送衣裳为借口贸然去找丈夫。丈夫在打捞敌人的枪支弹药时还不忘追捞来一盒子饼干，丢在女人们的船上："不是她们是谁，一群落后分子！"这里有革命战士的觉悟，又有白洋淀男儿爽直的真情。

四、"文摊文学家"：赵树理

赵树理（1906—1970，山西省沁水县人，原名赵树礼）主要作品有《小二黑结婚》《李有才板话》《李家庄的变迁》以及1949年后的《登记》《三里湾》《"锻炼锻炼"》等。赵树理曾说："我不想上文坛，不想做文坛文学家。我只想上'文摊'，写些小本子夹在卖小唱本的摊子里去赶庙会，三两个铜板可以买一本，这样一步一步地去夺取那些封建小唱本的阵地。做这样一个文摊文学家，就是我的志愿。"[①] 将"文坛"与

---

① 李普：《赵树理印象记》，《长江文艺》第1卷第1期，1949年6月。

"文摊"相区别,体现了赵树理对新文学在很大程度上与农民相隔膜的历史状况的反省,他要追求另一种文学道路,即采用农村读者所乐于接受的形式,反映他们的生活变化,他们的希冀、要求、思想情感与心理。

赵树理将自己的文学志趣成功付诸实践,创造出一种可称之为"新评书体"的乡土通俗小说样式,用清新活泼、散发着泥土气息的生活化语言,真实细腻地展现了新的变革时代里中国农民的生活与精神世界。这不仅使他成为解放区文学最杰出的代表,也在整个中国现代文学史上显出独特的光彩。赵树理小说的适时出现,应和了党在解放区推行的文学路线,很快引起了重视,并被视为实践《讲话》精神、体现"工农兵文艺"方向的代表,"文摊文学家"历史性地成为一个文坛的典范。①

《小二黑结婚》(1943)是赵树理的成名作,也是现代文学史上的短篇小说名篇(见图3.7)。小说通过一对农村"小字辈"争取婚姻自主的故事,描写了中国农村新旧变革中新生力量与愚昧落后观念及反动封建势力间的冲突,揭示了农民翻身解放的历史必然性与复杂性。小二黑和小芹是小说着力刻画的"新人"形象,他们对婚恋自由的勇敢追求突破了父母的旧观念,也战胜了以

由于《小二黑结婚》、《李家庄的变迁》等作品出版,正值延安整风和毛泽东《在延安文艺座谈会上的讲话》发表期间,把赵树理小说归结为政治运动和《讲话》指导的结果,似乎也就顺理成章了。换句话说,肯定赵树理的艺术成就,毋宁是一份关于艺术理念的政治宣言。(董之林:《关于"十七年"文学研究的历史反思》)

图 3.7 《小二黑结婚》插图一幅

---

① 周扬1946年撰文将赵树理称为"一位具有新颖独创的大众风格的人民艺术家",并从党的文艺方向的高度指出其历史意义:"'文艺座谈会'以后,艺术各部门都得到了重要的收获,开创了新的局面,赵树理同志的作品是文学创作上的一个重要收获,是毛泽东文艺思想在创作上的一个胜利。我欢迎这个胜利,拥护这个胜利。"《论赵树理的创作》,《解放日报》1946年8月26日。

金旺、兴旺兄弟为代表的农村封建恶势力的破坏，但这主要不是出于1920年代娜拉式的个性解放，而是新社会里的民主平等意识，体现了时代的变化。二诸葛和三仙姑作为老一代农民形象，是"新人"的陪衬，却也成为小说中最富特色和艺术魅力的人物。二诸葛凡事总要看一看阴阳八卦，谈一谈黄道黑道，他因为"命相不合"反对小二黑的婚事，还给小二黑收了个童养媳，并请区长"恩典恩典"，是愚昧迂腐意识的代表。三仙姑不仅装神弄鬼，而且好闲贪懒，喜欢搽脂抹粉，甚至还和女儿有点争风吃醋，那张脸好像"下了霜的驴粪蛋"，是刘家峧一道独异的风景。作家用乡间的传统眼光对三仙姑投以许多的嘲弄，却也写活了一个乡间女子的微妙心理。《小二黑结婚》风格清新质朴，充满喜剧色彩，读来趣味盎然，又不失观察生活的细致和深入，具有很好的寓教于乐的效果。1943年9月在华北新华书店出版后，半年间销行三四万册，创出了新文学作品在农村流行的新纪录。

中篇《李有才板话》（1943）也是赵树理的早期代表作之一，标志着他"问题小说"意识的确立。小说围绕村政权改选和减租政策施行，展开农民和地主间的复杂斗争，并对革命工作中的群众路线和主观主义、官僚主义展开辨析。地主恶霸阎恒元的老奸巨猾，县农会主席老杨的稳健务实，以及章工作员的浮泛教条，这些描写体现了作家对农村现实工作的艰巨性和复杂性的深刻了解。劳苦辛勤、忍辱负重又满脑子等级观念的老秦，充满民间机智、有乐观精神的李有才，以及成长中的农村新人小顺、小元等，则体现出赵树理对中国农民的历史性的理解与坚定信念。

在艺术上赵树理并不属于"五四"传统。他来自农村，操着农民的语言并且把自己看成是他们的传声筒。……他学习民间表达方法的天赋，令他无论如何也算是中国文学语言的一个重要革新者。他的农民形象显著地区别于"五四"代表者。他强调的不是苦难，而是乡村中人们的活力。（〔德〕顾彬：《二十世纪中国文学史》）

新评书体　赵树理胜于一般革命文艺工作者的地方，是其"文摊文学家"的自觉意识与出色才华，他没有将问题小说流于简单的说教或宣传，而是充分适应着农民读者（也包括基层干部）的阅读习惯和欣赏趣味，作品里充满鲜活的口语、浓郁的生活气息、幽默轻快的笔调。在中短篇小说领域,赵树理是现代文学史上堪称文体家的一位。他深受我国传统小说和民间说唱艺术的影响,并将其创造性地加以改造,写出了一种被称为新评书体的新小说样式。其特点主要有四:一、结构上讲究完整性、连贯性和戏剧性,有头有尾,环环相扣。二、写人物注重行动性,让人物在自己的语言和行动中鲜活起来,少展开静止的心理刻画。三、将描写融于叙述,但不像传统评书那样大力渲染小趣味,而是力求节奏更快一些,以适应现代的阅读需求。四、运用经过提炼的生活化语言,有田间讲古、炕头谈心般的亲切感。

第三节　都市、消费与文学的现代性　　张爱玲　钱锺书

《华威先生》　《寒夜》　《呼兰河传》　张恨水　路翎　《倾城之恋》　《金锁记》　"参差的对照的手法"　"现代智者小说"　方鸿渐

一、艰难时世中小说的丰富流向

社会与文化反思小说　渗透着民族意识的家庭小说的崛起,是1940年代最突出的文学现象之一。20世纪二三十年代在现代个性解放思潮的驱动下,中国作家一次次书写冲出家庭、重造自我的高歌,

锺正道
(台湾东吴大学):
张爱玲的电影梦

但到了1940年代,战乱的现实促使他们重新审视罹难的国与家。在大家与小家、民族意识与家庭意识难以两全的状态下,以"家"为视角展开社会与文化反思,成为一部分小说家自觉而又饱含着痛楚的艺术选择。由所表现的历史与现实内容的深广所决定,长篇小说成为这类创作的主要形式。除了具有代表性的老舍、巴金的本时期创作外,比较重要的有路翎的《财主底儿女们》(前半部),展现了苏州巨室蒋捷三家族在风雨飘摇时代里的分崩离析。

《四世同堂》是老舍历时五年完成的史诗性巨构,共百万字。第一部《惶惑》、第二部《偷生》写于抗战时期,第三部《饥荒》在1940年

代后期赴美期间完成。小说以北平城小羊圈胡同祁家为中心，展开1937年"七七"事变至1945年日本投降八年间北平市民生活的广阔画卷，展现古都人民国破家亡的苦难历史与不可征服的民族魂。这是一部具有深刻民族文化自省意识的大书。小说中写道："在这样一个四世同堂的家庭里，文化是有许多层次的，象一块千层糕。"祁老者是宗法制家庭的长者和尊者，战乱中谨小慎微地固守家门，维系家族的秩序与法规，抗战结束后，他的生活理想依然未变。第二代祁天佑是有气节的，但只能在凌辱中沉河自尽。第三代的分化，显示出旧式家庭在大转折、大动荡时代里分崩离析的必然。瑞全刚烈果敢，最终辍学从戎；瑞丰浮滑不肖，是"洋派青年"，也是市民中的败类；长孙瑞宣"好象是新旧文化中的钟摆，他必须左右摆匀，才能使时刻进行得平稳准确"，瑞宣是作家着墨最多的人物，体现着衰退的北平市民文化与传统家族文化在现代新潮冲击下的震荡与矛盾。小说在深刻透视家族文化的沉滞与市民阶层的国民劣根性，求索民族积弱的根由的同时，也凛然表现出不可摇撼的民族文化的精魂：杀身成仁的气节与骨气。在"想做奴隶而不得"的时代里，祁老者最后迸发出捍卫尊严的正义；醉心于诗书花草的老夫子钱默吟也"是会为一个信念而杀身成仁的"；祁瑞宣经历了长期的"惶惑"与"偷生"后，最终投身抗日宣传；那些城市贫民也用各种方式显示着自己的硬骨头。与此形成鲜明对照的，则有国难中出卖灵魂、"有奶便是娘"的汉奸冠晓荷，以及粗鄙不堪、俗不可耐的大赤包。《四世同堂》是一幅北平社会的全景图，街头巷尾，三教九流，头绪繁多，多向辐射，却又组织得浑然一体、舒卷自如，体现了老舍小说在艺术上走向宏大圆融的精进。

　　巴金此时已经渡过了热情奔放的"激流"阶段，笔调转为冷静深沉，在一贯的抒情性风格中注入了忧郁的沉思。本时期最富感染力的作品是中篇《憩园》（1944）和长篇《寒夜》（1946）。

　　不同于"激流三部曲"和《憩园》透析时代变迁中大家庭的崩塌，《寒夜》谛视寒悲时世中小家庭的磨毁。小说主人公汪文宣和曾树生是上海某大学教育系的毕业生，都有过"教育救国"的理想追求，他们在个性解放的现代信念下组建了没有婚礼的新式家庭。但艰辛的生活磨灭了汪文宣的理想与锐气,他成为一个懦弱平庸、为着一碗饭卖命的小职员,在社会上谨小慎微,在家庭里也被妻子看不起,无休止的婆媳矛盾更令他身心交煎。当重庆街头传来抗战胜利的消息时,他郁愤地死去。曾树生也是一个悲剧性的人物,但她的身上更显人性的复杂。这个曾经

《寒夜》是牢牢植根于日常生活中的创作。读者在目击男主角一步步走向身心交瘁的境地时,简直不忍卒读。因为和一般中国家庭生活太过逼肖,所有柔和、伤痛的场面,遂具备了动人的力量。凭着这一小说,巴金成为一个极出色的心理写实派小说家。……《秋》是巴金所写的表达愤怒最好的小说,《寒夜》则是他创作的最伟大的爱的故事。因为爱能够超越愤怒,代表了较为广泛的了解,《寒夜》的成功,因此更见高超,更见成熟。(夏志清:《中国现代小说史》)

热情洋溢的新派女性,在内遭遇到家庭的寒酸、婆婆的鄙夷、丈夫的孱弱无能,在外又不过是为了生计而陪笑的洋行"花瓶"。她努力想恪守人妻人母之道,却又看不上儿子那未老先衰的模样;她备受压抑而又不甘,只能混迹于灯红酒绿来填充空虚的内心,后来随情人远走兰州,无果而归,寒夜里却已经找不到丈夫与故家。《寒夜》笔调蕴藉绵密,是一部关于小人物、小家庭的悲凉史诗,那种身心的煎熬与磨杀,那种庸常灰色人生中无力的挣扎,那种"寒夜"里的凄凉悲郁,力透纸背、感人肺腑。而小说结尾处借曾树生之耳让读者听到的街谈巷议——"胜利了两个多月,什么事都没有变好,有的反而变坏","我们没有发过国难财,却倒了胜利楣"——则透露出作家对现实的忧患意识。

讽喻、剖析小说 张天翼是一位具有杰出讽刺才华的左翼作家,早在抗战前,就以《包氏父子》等名世。他那时形成的在"重写阿Q"[①]方向下剖析国民性、刻画小人物的艺术才华,在新的危难现实里再次焕发艺术的光彩。1938年的《华威先生》由一幅幅人物剪影的速写连缀而成,塑造了一位"包而不办"的抗战文化小官僚的典型。华威匆忙游走于各个抗战会场与团体,到处插一腿,强调"要认定一个领导中

---

① 张天翼在《我怎样写〈清明时节〉的》一文中说:"我们时常会遇到阿Q这种人。现代中国的作品里有许多都是在重写着《阿Q正传》。"《文学》月刊第6卷第1期,1936年1月1日。

图 3.8 张天翼《速写三篇》书影

心",甚至连妇女界战时保婴会也不放过,这是打着抗战幌子追逐私利、扩张个人权欲的丑类,折射出国难当头背景下沉渣泛起的复杂社会现实。在当时昂奋激越的社会氛围里,张天翼暴露黑暗的辛辣犀利的笔法,显得相当的"不合时宜",一度引起社会与文坛的轩然大波。不过,华威身上无孔不入、无缝不钻的权力欲望,却是中国漫长专制历史所形成的官本位文化心理的鲜明折射,由此来看,这部应时而发的小说的魅力将不会因时过境迁而黯淡。《华威先生》前后,作家还写有《谭九先生的工作》和《"新生"》,后一并收入《速写三篇》(见图 3.8)。《"新生"》刻画一个战乱中苟安又怀着不灭的艺术梦的知识分子,在对人性的犀利解剖中融入抒情笔调,显示出作家讽刺艺术的丰富性。

家乡川西北农村的乡风民俗、积弊痼疾是孕育沙汀小说艺术的生活土壤。1940 年的《在其香居茶馆里》是其短篇代表作。小说在一个"吃讲茶"的世俗场面里,让小镇各色人等轮番上场,意在揭开国统区兵役的黑幕,暴露大后方基层的弊政。主要人物是联保主任方治国和粮绅邢幺吵吵,他们围绕邢二少爷服兵役事件各怀鬼胎地展开斗骂,直至大打出手,一个要讨好上级,一个要包庇儿子,最后两人因获悉县长更黑的通吃两边而哑然收场。小说在乡土气息扑面的生活场景中,让两个丑类展开自我暴露的窝里斗,斗到不可开交处又戛然而止,构思上颇有果戈理讽刺戏剧《钦差大臣》之妙。1940 年代中后期,沙汀有长篇"三记":《淘金记》《困兽记》《还乡记》。

人生体验小说 从抗战全面爆发至 1940 年代末,上海经历了三个时期,即孤岛时期(1937 年 11 月 12 日至 1941 年 12 月 7 日)、沦陷时期(1941 年 12 月 8 日至 1945 年 8 月 14 日)和光复时期(1945 年 8 月 15

日至 1949 年 5 月 27 日）。1940 年代的上海是中国现代小说史上一个特别的历史空间，虽经战乱，但文脉不断。其中最突出的当推张爱玲，与之呼应的则有苏青、施济美等，共同开拓出雅俗共赏的女性写作新路向。① 苏青的代表作是自传体长篇《结婚十年》，以浅白流利却并不俚俗的笔调，讲述女性涉世的甘苦，具有浓郁的世俗气息和人情味道，刻画女性心理尤为直率透彻，一度成为畅销书。

左联时期的"东北作家群"成员这时也在开拓着新的艺术天地。1940 年 12 月完成的《呼兰河传》是萧红的长篇代表作，以细腻的抒情笔调展开童年的回忆，在"城与人"的叙说中寄托深婉忧郁的乡愁与思考。她笔下的那个北方小城宁静美丽，又好像蒙了尘、打着盹儿，单调而沉滞。这里没有惊心动魄，只是静静上演着一出出平凡的人生悲喜剧，打开一幅幅乡土民情风俗画。在各色风土人物的吃睡劳作、嬉乐哀哭和生生死死间，有麻木和愚昧，有无情的冷漠，也不乏默默的执着与坚韧，平凡的美丽与善良，其中固然寄寓着国民性剖析的痛切，然而这痛切又弥散在怅惘无奈的喟叹之中，一如蒙了尘的生命的永恒。《呼兰河传》体现了作家文体探索意识的自觉，正如茅盾当年所言，它"不像是一部严格意义的小说，而在它这'不像'之外，还有些别的东西——一些比'像'一部小说更为'诱人'些的东西：它是一篇叙事诗，一幅多彩的风土画，一串凄婉的歌谣"②。1941 年萧红还写下了自己最好的短篇《小城三月》，以儿童"我"的视角，在三月春色的掩映中，吟叹一曲传统东方女性爱情被窒息的生命悲歌，笔调凄婉动人。一往情深的长短悲吟，确定了萧红在现代"小城文学"和"回忆体诗化小说"领域的重要地位。

漂泊者小说　渗透着痛楚的激情、思悟与智慧，是战时中国漂泊者小说的艺术之三极，这类小说分别以路翎、冯至和钱锺书的创作为代表。钱锺书在孤岛时期往来于上海和后方，沦陷后又困居沪地，他创作于这

---

① 华北沦陷区的梅娘也是当时颇受瞩目的女作家，主要作品是所谓"水族系列"，即中篇《蚌》、短篇《鱼》和中篇《蟹》，都是写大家庭里女性的困境与命运、欲望与抗争，笔触细腻舒展，颇得大众读者欢迎。

② 茅盾：《论萧红的〈呼兰河传〉》，初刊于《文艺生活》1946 年 12 月号。1947 年 6 月，上海寰星书店新版《呼兰河传》时，收该评论为序。

时的长篇小说《围城》，以机智的现实讽喻引人注目，而从深层空间结构与意蕴来看，则是更内在地展开着人生漂泊行旅中的"围城"体验与哲思。

路翎（1923—1994，生于江苏苏州，原名徐嗣兴）主要作品有长篇《财主底儿女们》、中篇《饥饿的郭素娥》（见图3.9）以及1949年后的《洼地上的"战役"》等。路翎是七月派最重要的小说家，在整个现代文学史上，也因为其高强度的心灵搏斗的艺术而成为极具特色与个性的一位。路翎首先引起文坛瞩目的，是对于矿区苦难生活与人物悲痛心灵的开掘，这以短篇集《青春的祝福》和中篇《饥饿的郭素娥》为

图3.9 《饥饿的郭素娥》封面。那迎风昂首的健壮女子，嘴唇微启，仿佛诉说、期待着什么……

代表。在作家笔下，这时出现了具有鲜明个性印记的两类人物："农民型工人"和"流浪者型工人"①。作家显然更倾心于放荡不羁甚至散发着野性的后者，这体现出他所竭力寻求的"人民底原始的强力"。诸如逃难流落至矿区的郭素娥，从肉体到精神都陷入极度的"饥饿"，却又健壮而狂野。她所狂恋着的流浪工人张振山，狞猛强悍，乖戾暴烈，他对郭素娥的爱也注满欲望。如果说路翎的中短篇是搅动着心灵的巨浪，长篇《财主底儿女们》则奔泻出精神的狂潮。这部曾被称为"中国的《约翰·克里斯朵夫》"的小说，上半部描写苏州巨富蒋捷三家族的分崩离析，下半部重点展现第二代蒋纯祖的漂泊颠沛生活与心灵挣扎历程。企图"在自己内心里找到一条雄壮的出路"的纯祖，孤傲叛逆，处处碰壁。他经历过浮士德式的灵与肉的自我交战，在城市参加革命工作又不能忍耐"左"的教条，到民间去又痛苦于死水般的沉滞愚昧。这是一个孤独的叛逆者、挑战者，以困兽犹斗的姿态去"独战众数"，却什么也

---

① 杨义：《中国现代小说史》第3卷，人民文学出版社1998年版，第172页。

不能改变。路翎对于人物悲怆心灵的深层拷问近乎残忍,大起大落,波澜震荡,不乏陀思妥耶夫斯基式心理小说的味道。抗战胜利后,路翎的创作更多集中于农村和农民题材,延续着他"突进"生活、"扩张"自我的风格,而视角更集中于揭示中国农民所受的精神奴役的创伤。

都市浪漫传奇小说　在1940年代,写出契合大众趣味的流行小说而又不循旧派通俗文学老路的,是徐訏和无名氏。他们的创作被称为"现代罗曼司",以浪漫传奇、都市气息、时髦趣味以及异域情调风靡一时。徐訏曾在孤岛时期留居上海,无名氏是光复期上海文坛的重要作家,他们以与张爱玲、苏青等女性作家不一样的都市写作,共同构成了新一代海派文学的绚彩流光。

徐訏(1908—1980),1936年以中篇《鬼恋》成名,1943年出版长篇小说《风萧萧》,该小说曾名列当年全国畅销书之首。在徐訏的理解中,小说是书斋的雅静与马路的繁闹融合的艺术,因此他的小说具有汇合雅俗两极、文人气与大众趣味相兼的特点。《风萧萧》是将多角恋爱与间谍战相混合的浪漫传奇,其中又有对生命价值及人性与情欲复杂性的严肃探索,不乏哲理意味。徐訏的小说在好看好读的同时,又注重象征暗示与心理探索,善写缥缈幽深的梦境,常见弗洛伊德式的精神分析与潜意识挖掘,展示出通俗与先锋两翼共振的特色。

二、人生安稳中的心灵苍凉:张爱玲

张爱玲(1920—1995),原名张煐,原籍河北丰润,生于上海,出身晚清巨宦世家,早年父母离异,父亲是旧派纨绔子弟,母亲则为留学欧洲的新派女子。她中学就读于上海圣玛利亚女校,毕业后考取伦敦大学,因欧战改入香港大学。1943年,23岁的张爱玲在周瘦鹃主编的《紫罗兰》上连续发表《沉香屑　第一炉香》和《沉香屑　第二炉香》,引起文坛关注。1944年出版了最能代表其艺术个性与特色的小说集《传奇》,同年还有散文集《流言》和长篇连载《连环套》出版,一举成为当时上海文坛最走红的作家。1955年到美国,1956年与剧作家赖雅结婚。在美期间,张爱玲写了《南北一家亲》《南北喜相逢》《小儿女》《六月新娘》等电影剧本,1974年完成英译《海上花列传》,1977年出版了考据著作《红楼梦魇》，1993 年完成家族传记性作品《对照记》。1995 年 9 月 8 日中秋节，房东发现张爱玲已病逝于洛杉矶西木区公寓，终年 75 岁。2009 年，张爱玲的遗作长篇小说《小团圆》在尘封三十余年后出版，再次引发广泛关注。

现代生活日常性的审美发现 《传奇》卷首题词说："书名叫传奇，目的是在传奇里寻找普通人，在普通人里寻找传奇。"所谓"普通"指饮食男女一类的日常生态，而寻找"传奇"则是要发现其中蕴含着的人性恒常与浮世苍凉。张爱玲的寻找在现世生活体验与历史沧桑的交融中展开，即在新旧文化冲突与现实动荡的历史环境中，通过言情，通过两性关系与家庭关系中的人情风俗，来表现城市男女于虚伪之中有真实，于浮华之中有素朴的日常人生与人性真实。诸如《沉香屑》中的葛薇龙、《茉莉香片》中的聂传庆、《金锁记》里的长安、《倾城之恋》中的白流苏和范柳原、《红玫瑰与白玫瑰》中的佟振保等等，有挣扎、痛楚和不甘，但又只能委身于现实中。他们的希冀超越不了现实，只是被小小的梦想、欲望或虚荣所驱动，其人生大多具有悲剧性，但称不上被毁灭，而是缓缓地一点儿一点儿沉下去。张爱玲有意疏离新文学的精英立场，和左翼革命文学的激进追求判然相别，也同刘呐鸥、穆时英等老一代海派作家炫示都市生活奇观的创作面貌截然不同，她对于现代生活的日常性的审美开掘，构成了中国现代文学历史发展中一种新的审美动向。

人性幽冥与隐秘心理的探寻 张爱玲是中国现代文学史上独具个性的女性作家。与 1920 年代女性作家大多从个性解放角度讴歌爱情的文学书写不同，在她的笔下，女性在面对"谋生"与"谋爱"的选择时，生存始终被放在第一位。在现实的生存境遇面前，爱情只能成为幻梦。"谋爱"是张爱玲笔下人物本然内在的渴求，"谋生"又是其不得已的必然选择。爱的幻梦在"谋生"的庸常过程中渐渐褪去美丽的色彩，少女心被妇人性所侵蚀，却又有几许真心犹存。新文学以来形成的灵肉冲突书写模式，在张爱玲笔下被改写为以世俗人性为底色的复杂心理版图。她对世俗生活有着异乎寻常的敏感体验，深入地探寻了在情欲中挣扎浮沉的男男女女的心理。她对都市世情的描摹与对女性命运的观照不是通过外在的社会化视角，而是深入到女性心理的纵深地带，洞幽烛微地呈现出令人唏嘘、感伤的内在现实，呈现出男女婚恋挣扎与情欲倾轧过程中人性心理的幽冥变化，及其中的种种隐秘与复杂。

《金锁记》是一个病态社会与家庭的悲剧，也是人物心灵被物欲所驱遣直至畸形的人性悲剧，充分体现了张爱玲对于世俗生活和女性心理的特别敏感与通彻体悟。小说写麻油店老板的女儿曹七巧嫁进了高门大户，可丈夫是个害骨痨的废人，她在身心欲望都不能满足的压抑中爱上丈夫的弟弟姜季泽，曾经主动暗示他，但姜季泽至多捏一下她的脚就止乎礼了。曹七巧终于熬到丈夫、婆婆都死了，得到了一大笔遗产和她想要的家庭地位。这时，荡尽了钱财的姜季泽又来接近她。当发觉这个自己曾心动过的男人只是来算计她的钱时，曹七巧暴怒地溅了他一身的酸梅汤。到这里，小说拉开了一个套上了黄金枷锁的女人的悲剧序幕。真正惊心动魄的悲剧开始上演了——身心扭曲的曹七巧开始残忍地磨杀自己的儿女。她嫉妒儿子长白的婚姻，千方百计地折磨儿媳妇，让他们无法有正常的夫妻生活。女儿长安也是不断地被羞辱、被控制，她的青春在鸦片瘾中一点点黯淡下去。留洋回来的中年男子童世舫爱上了长安，重新点燃了她生的希望，她努力为他戒了烟。但曹七巧最后以"一个疯子的审慎与机智"，用她那"四面割着人像剃刀片"似的"平扁而尖利的喉咙"，在童世舫面前轻描淡写地把女儿说成了个戒戒抽抽的鸦片鬼。这个30年来"戴着黄金的枷"的女人，"用那沉重的枷角劈杀了几个人"，同时也劈杀了自己的人性。她熬成了黄金的主人，也扭曲为黄金的奴隶。

《金锁记》的魅力，不仅在于客观上呈现出的深刻的社会与道德批判，更重要的是女作家以倾向于自然主义的态度，对女性心理与人性展开感性体悟与理性追问时所达到的通彻。一碗打翻的酸梅汤溅走了姜季泽，也滴落了几十年煎熬中卑微却又只能如此的爱的梦——"酸梅汤沿着桌子一滴一滴往下滴，像迟迟的夜漏——一滴，一滴……，一更，二

她写人生的恐怖与罪恶、残酷与委曲，读她的作品的时候，有一种悲哀，同时是欢喜的，因为你和作者一同饶恕了他们，并且抚爱那受委曲的。饶恕，是因为恐怖，罪恶与残酷者其实是悲惨的失败者，如《金锁记》的曹七巧，上帝的天使将为她而流泪，把她的故事编成一支歌，使世人知道爱。（胡兰成《评张爱玲》）

更……一年，一百年。真长，这寂寂的一刹那。"曹七巧在烟榻上与长白吞云吐雾，狡黠地咀嚼儿媳的床笫隐私；她杀戮了女儿长安一生的幸福；这都是令人恐怖的心理扭曲与病态，其实又是她对儿女的最残忍的爱的表现。她的近乎孱弱病态的儿女，是她一生处心积虑、步步为营、煎熬了自己全部青春而留存的唯一可靠的私产。在她的意识里，任何女人都不能占有她的儿子，她也不信任任何男人，哪怕是自己女儿所爱的男人，就如同她决绝地斩断自己对姜季泽最后的温情幻梦一样。曹七巧以杀戮一般的淡淡闲谈来毁灭长安一生幸福的瞬间，是小说故事的高潮，而真正内在情感的高峰，却是之后她一个人静静独处时，"摸索着腕上的翠玉镯子，徐徐将那镯子顺着骨瘦如柴的手臂往上推，一直推到腋下"。这时，曹七巧"自己也不能相信她年轻的时候有过滚圆的胳膊"，落下的一滴眼泪，也懒得去揩拭，"由它挂在腮上，渐渐自己干了"。小说在不动声色之中把一个俗世女子的生命风干耗尽的过程一点一滴地写了出来。张爱玲用"花凋"来命名她的一部小说，其实，她绝大多数小说都是写"花凋"的故事——年轻的女性在如花般年纪却凋零了生命的光彩。薇龙、曼桢、翠远、小寒、紫薇、长安、二乔、四美、家茵，她们的少女时代是伴随着无助、伤害、焦虑的……张爱玲不断解构着爱情神话，让她们中的很多人直接跨入世俗庸常的妇女生活。曹七巧的一生，又何曾不是"花凋"，而且是恶之"花凋"，冷酷，残忍，却又令人唏嘘。

以苍凉为底色的现世人生悲剧　　张爱玲曾说，她不是"采取善与恶、灵与肉的斩钉截铁的冲突那种古典的写法"，而是用能"衬出人生的素朴的底子"的"参差的对照的写法"来写。这源自她对于人生的独特体验和理解："时代是这么沉重，不容那么容易就大彻大悟。这些年来，人类到底也这么生活了下来，可见疯狂是疯狂，还是有分寸的。"所以她的小说里，几乎"全是些不彻底的人物。他们不是英雄，他们可是这时代的广大的负荷者。因为他们虽然不彻底，但究竟是认真的。他们没有悲壮，只有苍凉。悲壮是一种完成，而苍凉则是一种启示"。[①] 通过一

[①] 张爱玲：《自己的文章》，《流言》，北京十月文艺出版社 2009 年版，第 185—186 页。

些"没有悲壮,只有苍凉"的不彻底的人物,把沧桑的历史感、切实的现世感与现代都市的日常人生和心灵相融会,这是张爱玲小说最主要的审美取向与特色,也形成她以苍凉为底色的独特的悲剧感——不是表现为走向顶点的激烈冲突状态,而是在一个个黯淡、哀挽的平凡故事里,以既悲观又享乐的态度去体味现世人生的悲欢与苍凉。她把自己笔下世俗庸常的男女,置于新旧交杂的社会与战乱动荡的时局中,呈现他们在种种诱惑中的惶惑,种种经营中的虚无,种种追求中的无可附着。

《沉香屑 第一炉香》是张爱玲发表的第一篇小说,表现的是曾经纯洁的女学生葛薇龙最后如何堕落到"不是替乔琪乔弄钱就是替梁太太弄人"的过程。来香港求学的上海小姐葛薇龙,本来是清高孤傲的,却渐渐在姑母梁太太所安排的洋场交际生活中沉溺,沦为那个富孀吸引男人的诱饵。这两代女子间,彼此算计又相互依赖,互相排斥着又互相认同、理解着。葛薇龙不是没有自省,却又无法摆脱物质享乐与虚荣的诱惑。她自明于自己的被利用,但却又在被利用的过程中一点点释放出固有的女人性。这就像那霉绿斑驳的铜香炉里点燃的沉香屑,袅袅香烟,一旦飘起来就收不回去了。小说流露出的情感态度是悲观而又无可奈何,但这主要不是来自理性的价值否定,而是有一种感性的理所当然弥漫其中。

中篇《倾城之恋》展开的是出身于式微世家的白流苏与华侨富商子弟范柳原间的情感纠葛。被丈夫离弃多年的白流苏,经历过许多人事炎凉,既孤傲清高又有着小女人的心计。妹妹相亲时她故意吸引范柳原的眼光,后又不断施展小手段来吊住他的心,只为谋取安稳的人妻生活。不过,范仅是一时沉迷于她身上传统东方女性的情调,要她做"金屋藏娇"的情人。就在他们互相算计、多少有些错了位的迎躲拉扯之间,战火燃起,二人只能一起避难,这时彼此发现谁也离不了谁,种种认真的算计和真真假假都自然地被抛却了,他们俩最终登报结婚。小说所呈现的,正是张爱玲式的"传奇"与"普通人"的双向寻找——既困守又享受于生活的日常性,这是人生的底色。在此之上,交织融会着"逝者如斯"的古典沧桑意味与文明末世的现代历史感。

三、《围城》

钱锺书（1910—1998，文史专家钱基博之子，江苏无锡人，字默存，号槐聚）主要学术著作有《谈艺录》《管锥编》《七缀集》等（见图3.10）。"作为一个中外文史学养渊博精深的著名学者，文学创作只不过是他的余艺。这种'边缘效应'，使他能以从容裕如，凭借着自由的心态和充溢的才气，出入于人生和创作之间。"[①] 他的小说，除长篇《围城》，还有短篇集《人·兽·鬼》。

图3.10 钱锺书、杨绛夫妇合影。在《记钱锺书与〈围城〉》一文中，杨绛介绍："锺书周岁'抓周'，抓了一本书，因此取名'锺书'"；她还说："我认为《管锥编》《谈艺录》的作者是个好学深思的锺书，《槐聚诗存》的作者是个'忧世伤生'的锺书，《围城》的作者呢，就是个'痴气'旺盛的锺书。"

《围城》的多重意蕴 首先引人注目的是《围城》鲜明的讽喻批判色彩、它对于抗战背景下知识分子群体的描摹刻画，因此有"新儒林外史"之称。小说在欧风东渐、华洋交杂的文化背景与战乱的社会背景之下描画知识界的众生相，以及他们的卑琐、迂腐、空疏与虚伪无聊。这里有买假文凭回国陷入彷徨失路的方鸿渐，有后来从事私货贩卖的留法女博士苏文纨，有外表小鸟依人、内里工于心计的女助教孙柔嘉，有外形木讷、内心龌龊的假洋博士韩学愈，有实为竖子俗物的"新古典主义"诗人曹元朗，有逃难时在大铁箱里一半装卡片一半装准备高价倒卖的西药的市侩教授李梅亭，有表面道貌岸然却实为酒色之徒的伪君子高松年……还有三闾大学内部的人事纷争，排挤、倾轧、打击、拉拢与利诱，是官场化、商场化了的中国知识界的缩影。以方鸿渐为代表的留洋学生归国后的茫然无着，则隐含着作家对于转型期中国文化危机与困境的反省。那些西化了的中式读书人，中国化了的西方文明样本，以及裹着现代洋装的传统身影与人心，构成一幅华洋交杂、斑

[①] 杨义：《中国现代小说史》第3卷，人民文学出版社1998年版，第474页。

驳错乱的文化、历史与社会图景。

除了讽喻批判和文化审视，《围城》又是一部富有哲理意味的漂泊者小说。小说初版序言说："在这本书里，我想写现代中国某一部分社会、某一类人物。写这类人，我没忘记他们是人类，只是人类，具有无毛两足动物的基本根性。"小说关于"人类基本根性"的探索，聚焦于对"围城"式的人生困局的揭示，这主要通过方鸿渐的人生漂泊行旅来展开。方鸿渐留法回国后，从上海孤岛取道浙西、赣南，流落至湖南三闾大学，最后又经香港、桂林转回沪地。一路颠簸，先落空于鲍小姐的肉感诱惑，又周旋于苏文纨，以及与唐晓芙间的一见钟情，他在家乡百无聊赖，在三闾大学被倾轧，与孙柔嘉结婚后则陷入小家庭的泥沼。他不

《围城》的题旨并不是要表现英国的古话或法国谚语所谓"围城"这个说法的真理性。最重要的，《围城》写出了作者的压抑与愿望。《围城》所写的并不是什么抽象的人的婚姻生活，而是一种婚姻生活；所写的不是婚姻矛盾的普遍性、共性，而是特殊性。作者所写出来的，是他自己对于婚姻的体验和压抑。作者并不要写一部教训众生之作，而是在写自己的自叙传、血泪书和忏悔录。但由于作品特殊的讽刺风格，使得它的本意被掩盖了。（蓝棣之：《现代文学经典：症候式分析》）

断渴求走出"围城"，可是从海外到国内，从社会到家庭，从朋友到同事，从欲望到爱情，从理想到现实，却不断地一次次陷入"围城"，出来了又进去，似乎永远走不出。他在每一个人生驿站，如法国邮轮、上海孤岛、内地大学、婚恋家庭，都是彷徨无主、无所归宿的，可谓处处"围城"。方鸿渐回国后从上海出发又复归上海，在南半个中国兜了个圈，整体上这也构成一个大大的"围城"。在"围城"里企图"破围"，又怎能不处处"被围"呢？小说将人生状态、地理空间与精神空间相互映照、阐发，在讽喻现实的同时又具有哲理性的反讽意味，传达出关于存在困境的深切人生体悟。这就是作者借小说人物之口从英国谈到法国的古老谚语时所点明的："结婚（即人生——引者按）仿佛金漆的鸟笼，笼子外面的鸟想住进去，笼内的鸟想飞出来"，"（结婚）是被围困的城堡，城外的人想冲进去，城里的人想逃出来"。

《围城》的独特风貌 《围城》的魅力，离不开它的夹叙夹议、取喻设譬、犀利隽永、旁逸斜出又涉笔成趣的语言特色。诸如讽刺方鸿渐

买的假文凭"仿佛有亚当、夏娃下身那片树叶的功用，可以遮羞包丑"；当他在县省立中学演讲时说到只有鸦片和梅毒在中国社会里长存不灭时，则使记录的女生"涨红脸停笔不写，仿佛听了鸿渐的最后一句，处女的耳朵已经当众失去贞操"；至于假洋鬼子张先生，"说话里嵌的英文字还比不得嘴里嵌的金牙，因为金牙不仅妆点，尚可使用，只好比牙缝里嵌的肉屑，表示饭菜吃得好，此外全无用处"……连珠妙语，活画出华洋交杂、新旧交迭时期的文化与社会乱象。对于孙柔嘉——"孙小姐长脸，旧象牙色的颧脸上微有雀斑，两眼分得太开，使她常带着惊异的表情；打扮甚为素净，怕生得一句话也不敢讲，脸滚滚不断的红晕"——则在对人物的羞怯沉默的画像中暗含揶揄嘲弄的态度。当然，妙趣横生的小说语言的深处，始终流淌着一种深沉凝重的悲剧感。这就如小说结尾处，家里祖传的老钟响起来，却慢了五个钟点，与它同时错位了的还有方鸿渐和孙柔嘉的心思——"这个时间落伍的计时器无意中对人生包涵的讽刺和怅惘，深于一切语言，一切啼笑"。

《围城》在犀利俏皮中不乏睿智沉思，在笑趣盎然处又见悲凉底蕴，在描摹世相百态时融入知识才学，在关切现实的同时又渗透着文化辩难与哲性体悟。

第四节 感应时代的历史剧

抗战戏剧 历史剧 郭沫若 《屈原》 《虎符》 浪漫史剧

一、战时戏剧

1937年7月，上海戏剧界、电影界近百人参演三幕话剧《保卫卢沟桥》，拉开了抗战戏剧的大幕。上海戏剧界救亡协会成立了13支救亡演剧队伍（第十、十二队驻守上海，其他各队奔赴前线、农村和内地）。战前以城市为中心，以市民、学生、知识分子为主要观众，以细腻描摹生活、深邃刻画心理为主要内容的话剧，向时事化、大众化方向倾斜。

街头剧、活报剧、茶馆剧、朗诵剧、游行剧、傀儡剧、灯剧等轻型、通俗、灵动的戏剧形式，在全面抗战初期呈现出了波澜壮阔之势。它们及时表现抗战现实，传扬抗战思想。譬如"好一计鞭子"（短剧《三江好》《最后一计》《放下你的鞭子》）就是当时盛演的三个短剧。

重庆雾季演剧活动（11月至次年5月间，因大雾弥漫，敌机不能来轰炸而成为演戏良机），和上海孤岛戏剧，成为抗战时期中国的两个戏剧活动中心，迎来了中国话剧的黄金时代。田汉、洪深、曹禺、夏衍、郭沫若、阳翰笙、阿英、于伶、陈白尘、宋之的、吴祖光、李健吾、杨绛、杨村彬、姚克、费穆、黄佐临等戏剧家寻找到了一个在峥嵘岁月中支撑起"政治与艺术"的平衡点，现代戏剧之花勃然怒放。

阿英（1900—1977，即钱杏邨）四幕剧《碧血花》（1939）以桐城名士孙克咸与明末秦淮名妓葛嫩娘的爱情经历为线索，生动地表现了主人公舍身为国、不屈不降的崇高精神。剧本结尾处葛嫩娘"断舌、嚼血、喷面"的英勇就义行为尤为鼓舞人心。四幕剧《海国英雄》（1940）中，郑成功是主角。同期创作的历史剧《洪宣娇》（1941）试图以太平天国革命成长与毁灭的过程来隐喻国民党制造"皖南事变"的行径。五幕剧《李闯王》（1944）以宁武关战役始，以奉天玉和尚（李闯王）坐化终，舒展开一幅历史画卷，将李闯王矛盾复杂的内心世界逐步呈现出来。曾经叱咤风云的李闯王最终只能无奈地栖迟于青灯古佛间，将未尽之心愿消解于暮鼓晨钟。

陈白尘（1908—1994）以擅写讽刺喜剧著称。抗战期间，他创作了《魔窟》《乱世男女》《结婚进行曲》等多幕剧和总称为"后方小喜剧"的一组独幕剧。抗战胜利前后，以《岁寒图》和《升官图》为标志，陈白尘的喜剧创作出现了一个高峰，他将"笑的艺术"打磨到了极致。三幕正剧《岁寒图》（1945）歌颂坚贞自守的英雄黎竹荪，是一首悲壮深沉的知识分子"正气歌"。完稿于1945年的三幕讽刺喜剧《升官图》围绕两个强盗的升官梦展开。在梦中，他们冒充知县和秘书长，把持了县务会议。通过他们与各局长的接触，暴露出各级官僚的腐败糜烂气。这些腐败官僚或买卖壮丁，或霸占民房，或拿捐款放债，或克扣教师工资，将整个县城弄得乌烟瘴气。哪知省长大人比他们更为贪婪可恶,在设法弄到一批金条和美女之后,便宣布视察完毕,而此时从壮丁中逃回来的真知县则被当场枪毙。最终愤怒的群众把他们统统抓了起来。《升官图》借助梦境呈现出了一段国民政府统治时期营私舞弊、蝇营狗苟、沆瀣一气却又不乏彼此挑衅、撩拨和争斗的荒唐史,淋漓尽致地展现了官僚集团内部寡廉鲜耻的权钱黑幕。剧本用夸张、变形、漫画化等讽刺手法,来展示丑角们罪恶的灵魂,产生了良好的戏剧效果。该剧构思、场景、技巧和风格都借鉴了果戈理的讽刺喜剧《钦差大臣》。

吴祖光(1917—2003)的五幕剧《风雪夜归人》(1942)于若淡若疏、简练抒情中写成了一个沉痛隽永的人生寓言。该剧以浪漫主义手法描写了京戏名伶魏莲生和官僚宠妾玉春之间的一段爱情故事,以两个边缘人物对自我价值审视、拷问、觉醒与追求的心理变化过程,来展现个人追求自由和幸福生活的合法性与本真性价值。新文学的爱情主题在他的剧作中获得了浪漫主义的、诗意的表现。

活跃在1940年代上海剧坛的历史剧作家中,擅写清宫史的杨村彬与姚克也颇具影响。他们的代表作四幕剧《清宫怨》(1942)当年在上海公演,观者赞誉鹊起。《清宫怨》延展了《光绪亲政记》的戏剧内容,对光绪皇帝和珍妃的爱情的描写有独到的视角与感悟。"历史家所讲究的是往事的实录,而戏剧家所感兴趣的只是故事的戏剧性和人生味"[①],剧作穿透人物形象外表而渗入内心,直逼人物灵魂。"大选""辱妃""梦猿""政变""舟盟"等场景以简劲、典雅、优婉的笔调,以性格化、生活化、诗化风格而成为戏剧诗意抒情的典范。《清宫怨》于1948年由香港永华影业公司改编、制作为电影《清宫秘史》,朱石麟导演,舒适饰光绪皇帝,周璇饰珍妃。

由费穆、顾仲彝等导演、根据同名小说改编的话剧《秋海棠》《浮生六记》,曾在1940年代的沪上剧坛创下连演四百余场的纪录,使得现代话剧在1940年代又一次掀起高潮。

---

① 姚克:《清宫怨》"独白",世界书局1947年版。

与此同时，一些江南地方剧种走进时为孤岛的上海大都市。来自浙江嵊州的越剧，来自古城苏州的评弹，产自申江本土的沪剧，来自苏北盐城一带的淮剧，在上海都市文化的影响和周边江南文化氛围的熏陶下，吸收昆曲、京剧和话剧、电影的艺术手法，很快成长、发展为具有江南地域和都市文化特色的地方戏曲剧种。越剧的缠绵悱恻婉转优美，沪剧的潇洒婉转俗中显雅，苏州评弹的优雅细腻韵味醇厚，淮剧的浓浓乡土味，都在雅俗融合中显示出具有江南水乡魅力的现代地方剧种特色。为了适应上海市民观众的审美心理和新的文化习俗，他们（她们）或编创新剧或改编整理传统剧目，形成了多姿多彩的艺术流派，为中国戏曲留下了一大批经典剧目。如越剧有《梁祝》《一缕麻》《香妃》《凄凉辽宫月》《白蛇传》《沙漠王子》《血手印》《浪荡子》《祥林嫂》，沪剧有《杨乃武》《碧落黄泉》《啼笑因缘》《上海屋檐下》《魂断蓝桥》，等等。

二、郭沫若历史剧

抗日战争全面爆发以后，郭沫若从日本回国，在周恩来直接领导下从事抗日救亡运动。他以历史事件和人物为题材，借古讽今，从1941年12月，至1943年春，先后创作了《棠棣之花》《屈原》《虎符》《高渐离》《孔雀胆》《南冠草》六部大型历史剧。郭沫若将历史事件与现实精神巧妙结合起来，以对历史人物的再创造来表达他对于自身所处时代的忧愤。

所谓历史剧，从本质上说是艺术家凭借舞台从事主体与历史、现实之间的对话。郭沫若是一位著名的历史学家，又是一位浪漫主义诗人，一位有独特创作风格的剧作家。他对历史事件与人物往往有自己的独特理解和看法，作为一位浪漫主义诗人，他的历史剧创作也有自己处理题材与现实关系的独特方法。作于抗战时期的《屈原》等剧将浪漫主义历史剧与席勒式的政治剧结合起来，形成了他独具风格的历史剧创作。他取材于古代的人和事，但都

历史研究是"实事求是"，史剧创作是"失事求似"。史学家是发掘历史的精神，史剧家是发展历史的精神。……古人的心理，史书多缺而不传，在这史学家搁笔的地方，便须得史剧家来发展。（郭沫若：《历史·史剧·现实》）

面对现实说话。他说:"我主要的并不是想写在某些时代有些什么人,而是想写这样的人在这样的时代应该有怎样合理的发展。"① 通常认为,反侵略、反投降、反分裂、反独裁,彰扬历代志士仁人为国家和民族的利益而英勇斗争,不怕流血牺牲的悲剧斗争精神,是郭沫若历史剧的共同主题。正如他自己所说:"历史还须得再向前进展,还须得有更多的志士仁人的血流洒出来,灌溉这株现实的蟠桃。因此聂嫈、聂政姐弟的血向这儿洒了,屈原、女媭也是这样,信陵君与如姬、高渐离与家大人,无一不是这样。'杀身成仁,舍生取义',是千古不磨的金言。"②

《屈原》是当时最有影响的戏剧之一。剧本写于1942年1月,正是震惊中外的"皖南事变"之后。郭沫若将这时代的愤怒,复活在屈原的时代里,用讽喻的方法,揭露、抨击了国民党政府的统治。屈原的形象,寄托着作者的理想。

以《虎符》为代表,郭沫若历史剧的现代人文主义精神以新的内涵焕发出时代色彩。五幕历史剧《虎符》讲的是战国时期信陵君窃符救赵的故事。剧中夺取兵权和驰援赵国等情节都被置于幕后,而以窃符为重心,通过对如姬不惜以王妃之尊付出生命的代价窃符这一事件的开掘,揭示出生命的崇高意义。如姬是一位有担当,有勇气,有智谋,有良心,而且不怕死的人,她为"仁义"的事业献出了自己的生命,彰显了生命的意义。如姬的墓前独白与"匕首颂",是全剧"生是奋斗"的思想的表现。郭沫若认为"战国时代,整个是一个悲剧时代","是人的牛马时代的结束",是"大家要求着人的生存权"的时代。③《虎符》反复张扬"把人当成人"这一

我写这个剧本是在一九四二年一月,国民党反动派的统治最黑暗的时候,而且是在反动统治的中心——最黑暗的重庆。……因而我便把这时代的愤怒复活在屈原时代里去了。换句话说,我是借了屈原的时代来象征我们当前的时代。(郭沫若:《序俄文译本史剧〈屈原〉》)

---

① 郭沫若:《献给现实的蟠桃——为〈虎符〉演出而写》,《郭沫若全集》第19卷,人民文学出版社1992年版,第342页。
② 同上。
③ 同上书,第341—342页。

"仁义"思想,如姬也因具有这一思想而被作者看作"时代之先驱者"①。

这一思想也不同程度地表现在郭沫若的其他五部历史剧中。《高渐离》(五幕历史剧,原名《筑》)取材于《史记·刺客列传》,描写了荆轲刺秦王失败后,其友高渐离不畏秦王淫威继续行刺的故事。

郭沫若的历史剧以历史事实为依据,但不拘泥于历史。这是他作为一个浪漫主义诗人的本色。"剧作家的任务是在把握历史的精神而不必为历史的事实所束缚","他可以推翻历史的成案,对于既成事实加以新的解释,新的阐发,而具体地把真实的古代精神翻译到现代"。② 根据剧情和表达主题的需要,他遵循"失事求似"的历史剧创作原则,往往适当改动历史事实,虚构相关的人物和事件。

郭沫若是个感情激越充沛奔放的浪漫主义诗人,他的历史剧和他的诗一样,有浓烈的诗意与优美的抒情,他的戏剧也像是悲壮、激越、优美的抒情诗,富有浪漫主义色彩。他的历史剧有浪漫主义诗剧的特征。他的创作主体与他所挚爱的历史人物交流沟通、融为一体,他作为浪漫主义诗人的触感与热情,惯会突进剧中人物的心灵,一如他所赞赏的歌德创作诗剧《浮士德》的情形一样。他是屈原的研究者、崇拜者,他写《屈原》,认为屈原"就是我"。"雷电颂"既是屈原在剧中可能发出的心声,更是郭沫若对于当下黑暗现实的诅咒与对理想未来的渴望;他是借屈原之口,吐自己的胸中块垒。《屈原》一剧是以屈原情感的发展来构思全剧与结构剧情的。③ 在政治理想难以实现并失去自由的情况下,屈原满腔的愤怒和爱国的激情,借助"雷电颂"作了尽情的喷发。"雷电颂"是一首气势磅礴、高亢激越的诗,称这是屈原与郭沫若这两位浪

---

① 郭沫若:《虎符·写作缘起》,《沫若文集》第 3 卷,人民文学出版社 1957 年版,第 457 页。

② 郭沫若:《我怎样写〈棠棣之花〉》,《沫若文集》第 3 卷,人民文学出版社 1957 年版,第 168 页。

③ 郭沫若:"第三第四两幕的作用,都为的是要结穴成这一景。在第二幕中一度高潮了的愤懑,借第三幕的盲目的同情——而其实等于侮辱,来加以深化。在第四幕中借诗歌的力量本已有可能陷入陶醉而得到解脱,又借着南后与张仪的侮辱而更加深化。这深深的精神伤害,仅仅靠着骂了张仪是不能够平复的。而在骂了张仪之后,终竟遭了缧绁,我是存心使他所受的侮辱增加到最深度,彻底踩躏诗人的自尊的灵魂。这样逐渐叠进到雷电独白。"《〈屈原〉与〈厘雅王〉》,《郭沫若全集》第 6 卷,人民文学出版社 1986 年版,第 409—410 页。

漫主义诗人会心的合奏曲,一点也不为过。在《虎符》中,郭沫若对如姬这一形象的倾慕与投入,推动他以全副心智塑造了一位贤淑、智慧、刚毅的女性形象。剧中"墓前颂"与"匕首颂"这两首诗,是如姬的诗,更是郭沫若诗心与激情的结晶。

第五节　凝目现实与诗学的综合　艾青　穆旦

诗学的综合　七月诗派　九叶诗派　沉思的诗

骆寒超
(浙江大学):
穆旦的创作道路

与现实呈现密切的联系,是本期诗歌、散文的显著特点。前者包括抗战诗和政治讽刺诗那样直接的形式,也体现在艾青以及七月、九叶两大诗派的精神底蕴中;后者则表现为报告文学这种次散文文体的活跃,以及杂文的写作。不同于散文艺术上的相对平淡,新诗到1940年代进入了一个新的发展阶段,深深扎根于民族历史和现实的土壤,在多样化的艺术融合中探索着现代民族诗歌的道路。在诗学层面上,富有现代意义的综合与汇通,对诗的智性审美因素的挖掘和探索,显现出中国诗人新的创造力。

一、与现实紧密相联的诗潮

朗诵诗和街头诗运动　抗战前期,出现了大量抗战诗歌、诗集,形式多是短诗,以宣言式的战斗呐喊和议论,表达昂奋的民族情绪和时代气氛,适应着现实性、战斗性的要求,却难免空泛,缺少了诗的审美内涵。1938年前后,武汉、重庆等地兴起朗诵诗运动热潮。高兰是当时国统区诗歌朗诵运动的主要推动者和创作者,他的《我的家在黑龙江》《哭亡女苏菲》等诗作形式自由,并融入了戏剧中抒情独白的某些特点,在当时深受欢迎。解放区也开展了轰轰烈烈的街头诗运动,并成立了战鼓社等。这些街头诗大多是通俗易懂、短小精悍、押韵顺口、易写易诵的政治鼓动诗。田间、柯仲平、光未然等还于1938年8月7日在延安发动了街头诗运动日,当天大街小巷写满了街头诗。光未然以创作朗诵诗和歌词见长,作品主要有雄健磅礴的《黄河大合唱》组诗等。朗诵诗运动和街头诗运动推动了新诗形式与语言向通俗化、散文化发展。

田间(1916—1985)在全面抗战开始前有《未明集》《中国牧歌》《中国农村的故事》等,表现出进步的思想倾向和对农村现实的关切。抗战爆发后,他创作了一系列鼓点式的战斗诗篇,结集为《给战斗者》和《抗战诗抄》等。他善以精短有力的诗句表现战斗激情,鼓点式的节奏,雄壮的声势,与时代精神正相契合,被闻一多赞为"时代的鼓手"。解放战争时期,田间有叙事长诗《戎冠秀》和《赶车传》(第1部)等,原来的艺术个性大为减弱。

七月诗派 七月诗派是一个现实主义抒情诗流派,以胡风主编的《七月》(1937年9月创刊)和《希望》(1945年1月创刊)等刊为主要阵地,代表诗人有鲁藜、绿原、阿垅、曾卓、芦甸、孙钿、化铁、方然和牛汉等。他们深受胡风理论的影响,坚持现实主义原则,标举"主观战斗精神",要求作者"突进"到现实生活中,表现出主客观的密切融合;他们强调艺术性而不作唯美的追求,主张在生活和斗争中去发现诗意,创造诗美。诞生和成长在民族灾难动荡的年代,他们的艺术世界充满深重的忧患意识和浓烈的郁愤情绪,凝结着对民族与人民的深厚感情和深切关注。邹荻帆的《走向北方》、阿垅的《琴的献祭》等,流贯着一股苍凉悲壮的气息。胡风的《为祖国而歌》、阿垅的《纤夫》、孙钿的《行程》等,凸现出强劲的生命感和力度。他们以个性鲜明的歌唱,表达了普遍的时代情绪和群众的心声。

二、艾青:"土地"与"太阳"的忧郁歌者

艾青(1910—1996),原名蒋正涵,字养源,号海澄,浙江金华人,全面抗战开始前的诗作大都收入诗集《大堰河》和《旷野·马槽集》;全面抗战开始创作进入成熟与高潮阶段,有《北方》《他死在第二次》《旷野》等集,以及长诗《向太阳》和《火把》。"我从你彩色的欧罗巴/带回了一支芦笛。"(《芦笛》)艾青在西方象征派、印象派的熏陶下走上诗坛,创作伊始就表现出与世界现代艺术的联系;同时他又没有忘记

自己是"大堰河"的"儿子",一开始就为多难的土地和贫苦人民深情歌唱。艾青诗在现实主义、浪漫主义和现代主义的互相吸收、融合方面取得的艺术成就特别丰富。

"土地"和"太阳"意象 "土地"和"太阳"以及与此相关的意象,是艾青诗的主导意象。"土地"凝聚了他对祖国和人民最深沉的爱,对民族危难和人民疾苦的深广忧愤。"为什么我的眼里常含泪水?因为我对这土地爱得深沉……"(《我爱这土地》) 真实而朴素的诗句,道出诗人内心深处永恒的"土地"情结。艾青吃农妇"大堰河"的奶长大,深深"感染了农民的忧郁",这强化了他对土地怀有的永恒的忧患感。《北方》中的诗,如《雪落在中国的土地上》《北方》《乞丐》《复活的土地》等,真切深沉地表现了古老土地的苦难和复活,以及那些普通农民、士兵的生活和斗争。发表于1933年的成名作《大堰河——我的褓姆》以真挚虔诚的赤子之心,赞美养育自己的"大堰河",为她一生凄苦的命运抒发悲愤与不平。倾注对被侮辱受损害的劳动者特别是农民的关怀,是艾青"土地"意象象征义延伸的归结点。他终生为土地而深沉歌唱,同时也终生对"太阳"热情礼赞,执著地讴歌着太阳、光明、春天、黎明和生命,表现出对理想和美好生活的热烈向往与不懈追求。《向太阳》(1938)以"我"奔向太阳作为"太阳"系列意象推延的线索,"太阳"既是为反抗日寇侵略而全民觉醒、奋起救亡的伟大时代的象征,更是人类不朽的进取精神的象征。在艾青的诗作里,"太阳"意象和"土地"意象互相映衬,格调不同又和谐统一,意味着现实与理想的交汇,也意味着民族感情与现代世界进步思潮的统一。

艾青的忧郁 艾青诗中一再回荡着忧郁的调子,哪怕是歌颂光明的诗如《向太阳》等,也总交织着忧郁悲怆之情。1929—1932年初,艾青赴法留学,在巴黎度过了三年"精神上自由,物质上贫困"[①] 的生活。杜衡曾认为,"在这个'男盗女娼'的欧罗巴的土地上,那大堰河的单纯的少年开始把灵魂分开了两边"[②] "但是悲哀和忧郁对于艾青来说是难

---

① 艾青:《艾青诗选》"自序",人民文学出版社1979年版。
② 杜衡:《读〈大堰河〉》,《新诗》第1卷第6期,1937年3月10日。

以拂去的，一方面他从农民那儿感染了忧郁，另一方面，他从欧洲带回的芦笛里就有忧郁。忧郁对于艾青是气质性的，是他的特色，他的魅力和他的力量所在"①。"我耽爱着你的欧罗巴啊，/波特莱尔和兰波的欧罗巴。"(《芦笛》)象征主义先驱波德莱尔对中国现代诗坛影响颇广。忧郁的情绪、叛逆的心理成为东西方两位诗人心灵的契合点。但艾青的忧郁不是波德莱尔式的空虚和对现代资本主义社会的绝望，他的情感中总贯注回荡着崇高之美，这反映着民族的悲剧性境遇，又有升华和超越。

三、"现实、象征和玄学的综合"：九叶诗派　穆旦

九叶诗派　1940年代中后期，围绕《诗创造》(1947年7月创刊)和《中国新诗》(1948年6月创刊)等刊，聚集了以辛笛、陈敬容、杜运燮、杭约赫(曹辛之)、郑敏、唐祈、唐湜、袁可嘉、穆旦(查良铮)为代表的一群青年诗人，他们是"自觉的现代主义者"②，同时追求现实主义与现代主义的结合。1981年九人诗合集《九叶集》出版，于是有了"九叶诗派"之称。

九叶诗派以现实精神为内核，传达了中国人民诅咒黑暗、渴望光明的时代情绪，同时又深受20世纪西方文化的熏陶和影响，感受到新文学诞生以来各种思潮的交汇和西方最新文学思潮的冲击，因此文学观念、诗歌理想更具综合性和现代性。他们主张"人的文学""人民的文学"和"生命的文学"的综合，既反对逃避现实的唯艺术论，也反对扼杀艺术的唯功利论，追求现实和艺术之间恰当的平衡。他们与现代主义最直接、深刻的联系，是对人的精神世界的关注。郑敏的《时代与死》赞颂生命的永恒，表现"生"和"死"的价值和意义；陈敬容的《划分》抒写对生命的不可捉摸的感觉；辛笛的《识字以来》、穆旦的《活下去》、唐祈的《三弦琴》等，也都是通过深层精神体验来完成对人类命运的种种探索。他们也常流露悲观失望的情绪，但理想并未破灭，虽然现实黑暗沉沉，却是在和"全人类的热情汇合交融/在痛苦的挣扎里守候／一个

---

① 蓝棣之：《正统的与异端的》，浙江文艺出版社1988年版，第266页。
② 唐湜：《诗的新生代》，《诗创造》第8期，星群出版公司1948年版。

共同的黎明"（陈敬容《力的前奏》）。他们还以诗为武器突入现实，通过揭露和批判，着力于打破现存的社会秩序，并期待着新世界的到来。没有陷入痛苦不能自拔，而是在黑暗面前刚健自信，九叶诗派的精神境界与西方现代主义诗人判然有别。

九叶诗派在艺术上反对浪漫主义诗风，致力于新诗的"现代化"建设和"感受力的革命"，旨在使诗成为"现实、象征和玄学的综合"。诗作有强烈的现实感甚至政治内容，又富于超越性的形而上沉思；在艺术表现中感觉意象很丰富，但又呈现鲜明的"思想知觉化"的知性特征，往往将深切的个人感受以非个人性的客观化方式表现出来。陈敬容的《鸽》："暗红色的旧瓦上/几只鸽子想飞/又停下了/折叠起灰翅膀伫望"，这暗示象征着人生前行途中的徘徊观望。象征使主体情感得到升华，也使意象的内涵进一步扩大。郑敏的《金黄的稻束》中"金黄的稻束"象征着"疲倦的母亲"，也象征着"历史"，这个意象令读者从平凡的现实感升华到更为广阔的历史感。九叶派语言清晰准确，诗意朦胧含蓄，诗歌语言因此更有韧性和弹性，丰富了中国新诗语言的表现力。如"列车轧在中国的肋骨上/一节接着一节社会问题"（辛笛《风景》），"人与人之间稀薄的友情/是张绷紧的笛膜：吹出美妙的/小曲，有时只剩下一支嘶哑的竹管"（杭约赫《复活的土地》），自由联想式的意象组合省略了意象间的锁链，采用意象暗示而非情绪直陈，这样的表达体现了诗人们的现代诗学追求。当然他们也有不足之处，比如一些诗句过分欧化，有些诗片面追求形式等。

穆旦（1918—1977，原名查良铮，浙江省海宁人）在1940年代出版了诗集《探险者》《穆旦诗集》《旗》等，代表作有《赞美》《被围者》《诗八首》等（见图3.11）。在九叶派中，穆旦的诗作风格最浓烈且最有成就，诗风冷峭沉雄。1940年代他与郑敏、杜运燮并称西南联大"三星"。他"是中国最早有意识地采取叶慈、艾略特、奥登等现代诗人的部分表现技巧的几个诗人之一"[①]。作为一位自觉的现代主义者，他同时又具有强烈的民族意识。现代主义者所关心的人生困境问题，中华民

[①] 杜运燮：《穆旦诗选》"后记"，人民文学出版社1986年版，第148页。

> **声音**
>
> 《诗八首》是属于中国传统中的"无题"一类的爱情诗。但是,在这里,我们看不到一般爱情诗的感情的缠绵与热烈,也没有太多的顾恋与相思的描写。他以特有的超越生活层面以上清醒的智性,使他对于自身的,也是人类的恋爱的情感及其整体过程,作了充满理性成分的分析和很大强度的客观化的处理。
> (孙玉石:《解读穆旦的〈诗八首〉》)

图 3.11　1938 年在昆明的穆旦

族的苦难与希冀,在他的诗作中交叠出现。穆旦的许多诗都致力于展现自己内心的自我搏斗和种种痛苦而丰富的体验,"我们做什么?我们做什么?/呵,谁该负责这样的罪行:/一个平凡的人,里面蕴藏着/无数的暗杀,无数的诞生"(《控诉》)。

在穆旦对生命意识的自觉感悟与理性沉思中,又交织着对人类命运、历史沉浮和民族忧患的沉思,这使他的诗以痛苦的丰富和感情的严峻著称。《在寒冷的腊月的夜里》《赞美》等诗表现了他对黑暗现实的忧愤和对大时代的内在感应。生命体验的庄严感、历史厚重感、现实人生的时代感的结合,使他的诗具有了有中国特色的现代主义精神品格。

第四章
1950—1970年代：国家体制下的文学状态

第一节　新的政治空间与文学的规范化

当代文学新规范　"双百"方针　社会主义现实主义　典型　题材

1949年10月1日中华人民共和国成立，中国社会进入一个崭新的历史阶段。中国共产党所领导的人民民主专政的社会主义国家体制，塑造了中国文学存在与发展的政治和社会文化环境，深刻地影响着中国文学现代化的历史进程。1950—1970年代，中国大陆地区的文学在阶级—革命文学规范制约之下，以高度的体制化形态呈现出与20世纪上半叶迥然不同的面貌。与此同时，中国台湾、中国香港等地的文学，则由于不同的社会制度和文化环境，走上了别样的发展道路，追求审美现代性的精英文学和消闲、消费性的通俗文学同步演进，与中国大陆的文学构成鲜明的分野。在新的历史时代，中国文学发生了空间裂变，形成了新的文学历史格局。

1949年之后的中国文学，约定俗成被称为"当代文学"。当代文学是至今仍处于嬗变中的中国现代文学的一个组成部分。从文学史分期的角度看，"当代文学"这一概念并不仅仅是在目前、当下的单纯时间意义上使用的，而是一个具有复杂的意识形态性与知识性关涉的概念。尤其是在1950—1970年代的大陆地区，对文学的"当代"命名意味着特定的预期与规约,即由社会政治的主导力量所引导的、为无产阶级政治服务的社会主义文学的想象与规划。这种想象与规划的实践展开,是以对20世纪上半叶中国新文学的现代传统的清理为起点,并通过1949年之后的一系列文学运动,即持续的文学规范化过程展开的。

一、当代文学:清理传统,厘定方向

第一次全国文代会 1949年7月2日至19日在北平召开的中华全国文学艺术工作者代表大会(即第一次文代会),对于中国当代文学的历史发生具有重要的意义(见图4.1)。此次会议上,茅盾和周扬分别就国统区文学和解放区文学所作的总结报告,具有在政治意义上清理文学传统、划分文学等级、明确文学方向的作用。茅盾的报告严正批评了1940年代国统区文学的"缺点",即"低回感伤的情绪""个人的趣味""纯文艺"的追求以及"人道主义的思想情绪"等,指出这些都是"受着资本主义没落期的文艺思潮的影响"的表现。①

图4.1 第一次文代会纪念章,上面是毛泽东和鲁迅的头像。

周扬关于解放区文学的报告《新的人民的文艺》,则与茅盾的报告形成了鲜明的对比。他以高昂的激情与不容怀疑的自信阐明:"解放区的文艺是真正新的人民的文艺",这体现在创作上"象潮水一般地涌进"的"新的主题、新的人物",由"与工农群众相结合"而产生的"新的语言",以及"和自己民族的、特别是民间的文艺传统保持了密切的血肉关系"的新的形式等。周扬的报告通过总结解放区文艺经验与成就,明确宣布了由《在延安文艺座谈会上的讲话》所规定的中国文学的发展方向:"毛主席的《在延安文艺座谈会上的讲话》规定了新中国的文艺的方向,解放区文艺工作者自觉地坚决地实践了这个方向,并以自己的全部经验证明了这个方向的完全正确,深信除此之外再没有

---

① 茅盾:《在反动派压迫下斗争和发展的革命文艺》,洪子诚主编:《中国当代文学史·史料选:1949—1999》(上),长江文艺出版社2002年版,第164页。

第二个方向了,如果有,那就是错误的方向。"①

此后,在近30年的时间里,中国大陆地区文学整体上沿着政治高度统一的方向发展。统一的政治方向,是通过确定并落实文学规范与文学秩序而形成的,这包括组织机构、出版与流通、文学教育等多方面媒介、体制的构造,而最具示范作用和影响的,是以思想斗争形式展开的文学、文化批判运动。这种持续的以干预灵魂、思想改造、情感提纯、道德驯化为目标的政治运动,强有力地规约着中国当代文学的内涵与形式。其指导原则与方针,是毛泽东在战争年代形成的以阶级分析为基础的敌我关系理论。"谁是我们的敌人?谁是我们的朋友?这个问题是革命的首要问题。"② 这一在1925年提出并予以明确论证的革命根本问题,后来成为一种实践性很强的思维方式与方法,被长期、广泛、严格地应用于包括文学在内的中国社会各领域。它在1950—1970年代的展开,则是基于1949年3月毛泽东对于1949年之后政治、社会形势作出的估计与判断:"在拿枪的敌人被消灭以后,不拿枪的敌人依然存在,他们必然地要和我们作拼死的斗争,我们决不可以轻视这些敌人。如果我们现在不是这样地提出问题和认识问题,我们就要犯极大的错误。"③ 于是有了后来的反右派、反修正主义、"千万不要忘记阶级斗争",直至"无产阶级文化大革命"。与之相呼应,这也成为构造、实施文学规范与文学秩序的具体思维方式和实践方法,而且逐渐内化为一种社会性心理情感态度。

无产阶级的、革命的人学观 主导1950—1970年代中国文学的是阶级—革命的人学思想:视阶级性为人的本质,以阶级分析的方法判别人的身份、地位与人性,并站在无产阶级的革命立场来完成对于"人"的种种文学想象。它试图终结五四以来中国文学对于"人"的多样化探索,以及持续近半个世纪的多种人学观念及不同类型的文学书写之间的交流、对话、碰撞与激荡。

---

① 周扬:《新的人民的文艺》,《周扬文集》第1卷,人民文学出版社1984年版,第513页。
② 毛泽东:《中国社会各阶级的分析》,《毛泽东选集》第1卷,人民出版社1991年版,第3页。
③ 毛泽东:《在中国共产党第七届中央委员会第二次全体会议上的报告》,《毛泽东选集》第4卷,人民出版社1991年版,第1427页。

二、新的文学规范与文学秩序

以重大事件或重要政策为标志，1950—1970年代中国文学规范与文学秩序的构造过程大体可分为四个阶段。1949—1955年是第一阶段。这是自新民主主义社会向社会主义社会的过渡时期，党的工作重点是实现生产资料的所有制改造，同时展开知识分子思想改造运动。其间与文学界直接相关的重要文化事件，有1951年关于电影《武训传》的讨论和对萧也牧等人小说的批评，1954年批判俞平伯《红楼梦研究》与"胡适派资产阶级唯心论"，1955年清查"胡风反革命集团"。1956—1962年是第二阶段。在这个比较曲折的时期里，主要有1956年提出"双百"方针，1957年文艺界开展反右运动，1958年文艺"大跃进"与提出"两结合"创作方向，以及1961—1962年间文艺政策的短暂调整。从1962年9月提出"千万不要忘记阶级斗争"开始，至1966年"文革"发生前，是第三阶段，这也是第四阶段即"文革"的先导。

"双百"方针 从1956年开始到1962年，中国当代文学规范与文学秩序的建构进入了第二个阶段。以文艺界反右运动为标志，这一时期在更大规模上推进了文学的一体化进程。1956年5、6月间，中央提出"百花齐放，百家争鸣"方针。之后一年多的时间里，当代文学创作界和批评界出现了一定程度的"解冻"过程和新异色彩。这不仅体现在理论上出现了对现实主义、写真实的讨论，对人情、人性、"文学是人学"的思考等，也体现在"干预生活"口号下出现的直面现实矛盾的小说、特写、杂文与戏剧，

实行百花齐放、百家争鸣的方针，并不是削弱马克思主义在思想界的领导地位，相反地正是会加强它的这种地位。

这六条标准中，最重要的是社会主义道路和党的领导两条。（毛泽东：《关于正确处理人民内部矛盾的问题》）

但是对一般老知识分子来说，现在好像还是早春天气。他们的生气正在冒着，但还有一点腼腆，自信力不那么强，顾虑似乎不少。早春天气，未免乍暖乍寒，这原是最难将息的时节。……对百家争鸣的方针不明白的人当然还有，怕是个圈套，搜集些思想情况，等又来个运动时可以好好整一整。……"明哲保身""不吃眼前亏"的思想还没有全消的知识分子，想到了不鸣无妨，鸣了说不定会自讨麻烦，结果是何必开口。（费孝通：《知识分子的早春天气》）

以及把笔触伸向人情、人性，探索人的内心复杂性的一批创作。作为一项文化政策，"双百"方针具有明确的限度和前提：第一，在阶级社会里，文学艺术和科学工作毕竟要成为阶级斗争的武器。第二，"百花齐放，百家争鸣"，是人民内部的自由，这是一条政治界线，政治上必须分清敌我。

文艺界反右派运动　　"大鸣大放"为期不长。1957年6月8日，《人民日报》发表社论《这是为什么？》，并接连发表由毛泽东亲自撰写的社论《〈文汇报〉在一个时期内的资产阶级方向》《〈文汇报〉的资产阶级方向应当批判》，号召"组织力量反击右派分子的猖狂进攻"，"打退资产阶级右派的进攻"，

图4.2　"反右派"的标语出现在1957年国庆游行的队伍中。

之后在全国迅速展开了声势浩大的反右派运动（见图4.2）。这一场并非仅仅针对文艺领域的阶级斗争，最终指向包括文艺领域在内的知识分子队伍以及具有知识分子特征的人群。全国先后有55万人被定性为政治上的右派，成为新时代里无产阶级的"新的敌人"。文艺领域的右派定性，与他们在"双百"情势下的相关言论及创作有关联，也与他们的历史联系在一起（像丁玲、冯雪峰、艾青等人在这期间的遭遇）。被打成右派的，有冯雪峰、丁玲、陈企霞、艾青、吴祖光、钟惦棐、傅雷、陈梦家、孙大雨、穆旦等一批成名作家，有王蒙、刘绍棠、从维熙、张贤亮、高晓声、流沙河等文坛新人。他们或接受批判斗争，或被开除公职，或被下放劳动改造。中国作协于1957年7—9月连续召开25次党组扩大会议，痛批"丁陈反党集团"（包括冯雪峰）。周扬在《人民日报》发表《文艺战线上的一场大辩论》（1958年2月28日）一文，对文艺界的反右斗争作了总结。当初在"双百方针"鼓励下出现的一些探索性作品和文艺观点，被打成"反党反社会主义大毒草""修正主义文艺理

论"。巴人、王淑明、钱谷融等人被批判为宣扬"资产阶级人性论"。《文艺报》特辟"再批判"专栏(1958年第2期),由毛泽东亲自撰写编者按语,重新发表王实味、丁玲、萧军、罗烽、艾青等写于延安时期的《野百合花》《三八节有感》《在医院中》《论同志之"爱"与"耐"》《还是杂文时代》等作品,进行再批判。

1962年9月,毛泽东在党的八届十中全会上提出千万不要忘记阶级斗争;还指出利用写小说搞反党活动,是一大发明。1963年12月12日、1964年6月27日,毛泽东先后写下两个批示,表达对1949年之后文艺创作及理论领域的否定性评价。

1964年文艺界再度整风,狠抓意识形态领域的阶级斗争,批判修正主义,抵制帝国主义、修正主义的和平演变阴谋和防止资本主义复辟。小说《三家巷》《苦斗》(欧阳山)、《赖大嫂》(西戎)、《陶渊明写挽歌》(陈翔鹤)等,电影《北国江南》《林家铺子》《不夜城》《兵临城下》《逆风千里》《抓壮丁》《早春二月》《舞台姐妹》,新编历史剧《李慧娘》(孟超)、《谢瑶环》(田汉)、《海瑞罢官》(吴晗)等多部作品被批判。这一时期,哲学社科界配合中共中央批判苏联修正主义,在国内批判"合二而一"论、"时代精神汇合"论,对资产阶级人性论、"真实论""有鬼无害"论、"写中间人物"论、"题材问题"进行批判。同时提倡文学"写十三年"。这一时

1963年12月12日的批示:

各种艺术形式——戏剧、曲艺、音乐、美术、舞蹈、电影、诗和文学等等。问题不少,人数很多,社会主义改造在许多部门中,至今收效甚微。许多部门至今还是"死人"统治着。不能低估电影、新诗、民歌、美术、小说的成绩,但其中的问题也不少。至于戏剧等部门,问题就更大了。社会经济基础已经改变了,为这个基础服务的上层建筑之一的艺术部门,至今还是大问题。这需要从调查研究着手,认真地抓起来。

许多共产党人热心提倡封建主义和资本主义的艺术,却不热心社会主义的艺术,岂非咄咄怪事。

1964年6月27日的批示:

这些协会和他们所掌握的刊物的大多数(据说有少数几个好的),十五年来,基本上(不是一切人)不执行党的政策,做官当老爷,不去接近工农兵,不去反映社会主义的革命和建设。最近几年,竟然跌到了修正主义的边缘。如不认真改造,势必在将来的某一天,要变成像匈牙利裴多菲俱乐部那样的团体。(毛泽东:《关于文学艺术的两个批示》)

期，有小说《艳阳天》（浩然）、《风雷》（陈登科），戏剧《千万不要忘记》（丛深）、《年青的一代》（陈耘等）、《霓虹灯下的哨兵》（沈西蒙等）、《丰收之后》（蓝澄）、《夺印》（原为扬剧，李亚如、王鸿等），诗歌《重返杨柳村》（陆棨）等一批宣传阶级斗争的作品产生。1964年6月北京成功举行京剧现代戏观摩演出大会，《红灯记》《芦荡火种》《奇袭白虎团》《智取威虎山》《杜鹃山》《节振国》《苗岭风雷》《黛诺》等一批革命现代京剧登台亮相。1965年11月10日，上海《文汇报》发表姚文元文章《评新编历史剧〈海瑞罢官〉》，预示一场更大的政治风暴即将到来。

第二节　革命叙事与探索生活的边缘

农业题材　革命历史小说　《创业史》　《红旗谱》　《青春之歌》　"干预生活"　《组织部来了个年轻人》

刘复生（海南大学）：
从《创业史》到《平凡的世界》

朱栋霖（苏州大学）：
心读经典：《百合花》

中华人民共和国成立后的最初17年（1949—1966）中，因反映社会主义革命和社会主义建设的叙事的需要，小说创作成为很重要的一个文学品类。

"十七年"小说创作的指导思想是毛泽东文艺思想，贯彻着《在延安文艺座谈会上的讲话》的精神；强调文艺为无产阶级政治服务，为工农兵服务；要求文艺创作歌颂新的政治体制，宣传新的意识形态，反映新中国的革命与建设，以社会主义现实主义作为文艺创作的最高准则，以社会主义的观点、立场来表现革命发展中的生活的真实。"为政治服务""工农兵英雄人物""社会主义现实主义""典型化""本质""阶级性""革命性",是本时期文艺创作的关键词与中心话语,指导与规约着本时期文艺创作的两个核心观念是:以阶级—革命论为核心的人学观念,以"为政治服务"为核心的文学观念。

在这一理论与体制的规范下,被指为从"旧社会"过来的作家群发生了分流。受1920年代新文学影响的作家,因原先的小说叙述方式无法配合新时代的要求,有的放弃了写作,如茅盾、老舍、巴金、冰心、沈从文、钱锺书、张恨水因各种原因离开了文坛,徐訏、张爱玲去了中国香港、美国。左翼作家中,丁玲、萧军、路翎等在1950年代受到批判,创作被强行中止。张天翼只从事儿童文学创作,已不再有《包氏父子》那样的讽刺艺术特征,艾芜、沙汀的创作风格也无以为继。来自延安等解放区的革命作家成为"十七年"小说创作的中坚力量。得到体制认可的解放区作家赵树理、周立波、刘白羽、杨朔、草明、孙犁、欧阳山、柳青、周而复、马烽、康濯等人,成为贯彻毛泽东文艺路线的代表。1949年之后走上文坛的还有一批青年作家,他们大都参加过革命战争或来自生产斗争第一线,只是文化素养相对较浅。比如杨沫、杜鹏程、吴强、梁斌、峻青、冯德英,以及李準、王汶石、王愿坚、茹志鹃、刘绍棠、王蒙、陆文夫、邓友梅、高晓声、方之、林斤澜、刘真、李乔、胡万春、玛拉沁夫等,给"十七年"当代文坛灌注了新鲜血液。

"十七年"小说创作基本中断了20世纪上半叶在相当程度上展开过的现代探索,呈现出复归传统的现实主义状态与面貌。在内容上,农业与革命历史题材占据重要地位。工农兵是革命的主导力量,因而在小说中塑造工农兵形象,被要求作为人物形象塑造的中心任务来对待。这一时期,具有典范或样板意义的小说家,最初是赵树理,然后是浩然,两位农民作家的相似境遇,透示出历史与文化变迁的必然性。城市生活与文化、知识分子的精神生活尤其是他们的情感等个体性世界,在这一时期属于小说题材的边缘与危险地带。美学上,这一时期小说的主导风格是阳刚、明朗与粗犷、豪迈。

一、想象新时代的农村

农民是中国革命的主要依靠力量。关于"中国的革命实质上是农民革命"、革命文化即"大众文化"、"实质上就是提高农民文化"的思想，从战争年代延展到社会主义建设时期，这决定了以农民、农村和农业为对象的创作成为当代中国文学的中心任务之一。一方面，深入农村成为中国当代作家不可推卸的政治责任与使命；另一方面，由于新时代很多作家来自农村，他们自觉地把书写农村、表现农民生活作为展现自己艺术才华的主要方式。关于农村生活的小说成为本时期文学图谱中最为厚重的篇章之一。

1949年以来，侧重表现农村生活的代表性作家主要有赵树理、周立波、柳青、马烽、李準、王汶石、浩然等。在作者身份构成上，既有从解放区来的资深作家，也有中华人民共和国成立后成长起来的新生力量；此外，来自国统区的沙汀、骆宾基等，也在探索着乡土经验的新表达。从取材的地域分布来看，北方农村生活成为这一时期农村小说的主要艺术资源和表现对象。这与中国革命斗争的发展、解放区的地理分布等历史因素有着直接的关联。当时有两个比较突出的作家群体。一个是以赵树理为中心的山西作家群，包括马烽、西戎、束为、孙谦、胡正等，历史上对此有"山药蛋派"之称。马烽的重要作品有《我的第一个上级》《老社员》《三年早知道》等。另一个是以柳青、王汶石为代表的陕西作家群。王汶石主要有《风雪之夜》等。此外，周立波结合家乡湖南的乡情民风所展开的创作，也表现出较鲜明的地域特色。

这一时期，农村不再是流寓的城市知识分子寄托乡情的载体（如1920年代的乡土文学），更不是与现代文明相隔绝、疏离的凝滞、落后的存在，或是未被现代思想侵染的精神净土（如沈从文、废名在1949年之前所塑造的文学世界）。这时的农民，是作家、知识分子们学习的对象。这一切，决定了当代农村小说有明朗向上的审美基调，鲁迅式的沉郁凝重、沈从文式的田园牧歌都已经不合时宜。与现实阶级斗争的严酷和复杂性相联系，在凸显正面力量和正确方向的前提下，表现出一种特殊的严峻和紧张，是农业题材小说的主要特征。

与"农村"被置换为"农业"的话语逻辑相一致,此时关于城市的文学书写也以表现工业建设为中心。新时代工业建设的伟大事业吸引了很多作家。《铁水奔流》(周立波)、《五月的矿山》(萧军)、《百炼成钢》(艾芜)、《乘风破浪》(草明)、《在和平的日子里》(杜鹏程)等,是这方面的主要收获。受制于观念的规约与生活积累的薄弱,此类创作没能取得较大的成绩。周而复的《上海的早晨》(第一、二卷分别出版于1958年和1962年,1980年出齐四卷)是本时期为数不多的都市题材长篇小说,在反映改造资本主义工商业的重大历史变革的同时,也涉及对都市环境、资本家的日常生活与经济活动,以及城市主体的历史置换的描写。

赵树理是作为《讲话》精神的文学创作实践典范走进当代的。早在20世纪40年代,他就被周扬称为"是一个在创作、思想、生活各方面都有准备的作者,一位在成名之前已经相当成熟了的作家,一位具有新颖独创的大众风格的人民艺术家"[①]。1949年后,赵树理延续着自己扎根农村生活而形成的问题小说意识,淳朴自然、通俗晓畅的写作风格,以及立足于朴素的道德情感来观察农村新旧变化的艺术视角。1950年在《说说唱唱》上发表的《登记》,是赵树理1949年后的第一篇小说。这部作品以新婚姻法颁布为背景,用轻快幽默的笔调,讲述了两对农村青年男女在登记结婚过程里所遭遇的波折,显示出时代更迭中农村新旧观念之间的矛盾冲突。小说寄托了赵树理对于农村进步趋势的理解,但他也意识到进步又不可避免地面临着种种阻力。不过,在他笔下,阻力并不呈现为剑拔弩张式的紧张,落后的观念固然存在,但表现出来也只是一点小私心、小算计。深入到农民生活的深处,揣摩他们的人情和心理,对的,热情肯定,不对的,批评中也抱一份同情和理解,追求一种朴素真切又不失幽默感的风格,这是赵树理观察和表现农村、农民的独特方式,也是他的审美个性所在。1958年的《"锻炼锻炼"》是赵树理又一部影响较大的作品。这篇以农业合作化为表现对象的小说,读来最吸引人

[①] 周扬:《论赵树理的创作》,原载1946年8月26日《解放日报》,引自《周扬文集》第1卷,人民文学出版社1984年版,第486—487页。

的地方，首先是它的极具生活气息的喜剧色调，这尤其表现在作家对两个落后妇女"小腿疼""吃不饱"的描写中。不过，《"锻炼锻炼"》的喜剧色彩背后，也有一种难以言传的忧愤。这时的赵树理已经认识到，合作化所带来的并非只是一片光明。这部小说是以曲笔写真话的产物。作家的情感相当复杂，一方面他对"小腿疼""吃不饱"的懒惰自私投以严厉的批评，另一方面在内心深处对她们又有一些理解和同情。在他笔下，代表先进力量的杨小四等人为了改进生产秩序进行整风活动固然有其合理性，但其中也不免有诱罪整人的意味。这样的写法是基于赵树理从生活得来的认识。他认为，这个现象在一定程度上显示出革命干部没有把群众当成"人"来看待。《"锻炼锻炼"》和相似倾向的《赖大嫂》（西戎）后来被作为描写"中间人物"的标本受到批判。

> **声音**
>
> 难道这就符合农村现实吗？难道这就是农村妇女的真实写照吗？……作者所持的态度是错误的。……与其说作者在歌颂这种类型的社干部，倒不如说是对整个社干部的歪曲和污蔑。（武养：《一篇歪曲现实的小说——〈锻炼锻炼〉读后感》）

《创业史》 柳青（1916—1978）的《创业史》（1960）是当代农业题材小说的新的标志性作品。关于创作意图，作家说："这部小说要向读者回答的是：中国农村为什么会发生社会主义革命和这次革命是怎样进行的。回答要通过一个村庄的各阶级人物在合作化运动中的行动、思想和心理变化过程表现出来。"小说描写了陕西渭河平原下堡乡的蛤蟆滩互助组的建立、巩固和发展历程。小说第一部通过活跃借贷、买稻种和分稻种、进山割竹子、新法栽稻等事件，逻辑严密地组织起错综的矛盾线索。柳青的叙事逻辑主要是依据当时合作化的政策文件，某种程度上是依据政策逻辑，来形象地演绎农村中各阶层人物之间的关系。《创业史》呈现出农村中无产阶级与资产阶级两种思想、两个阶级、社会主义与资本主义两条道路的斗争。作者把这场斗争的对立面设置为三股力量：一是以富裕中农郭世富为代表——农村中走资本主义道路的自发势力；二是反动富农姚世杰——暗藏的阶级敌人（站在郭世富背后施展阴谋破坏合作社）；三是郭振山——党内走资本主义道路的代表人物。青年农民、共产党员梁生宝代表无产阶级的先进分子，带领高增福等贫雇农走"共同富裕"道路。

蛤蟆滩的互助合作实践，柳青认为，"是以毛泽东思想为指导思想的一次成功的革命，而不是以任何错误思想指导的一次失败的革命"①。《创业史》问世后，得到了广泛好评，评论界普遍认为，这是一部反映农业合作化的史诗性、纪念碑式的创作，"是一部深刻而完整地反映了我国广大农民的历史命运和生活道路的作品，是一部真实地记录了我国农村在土地改革和消灭封建所有制以后所发生的一场无比深刻、无比尖锐的社会主义革命运动的作品"。关于典型人物的塑造，《创业史》"在众多的正面人物当中，写得特别出类拔萃的，是英雄人物梁生宝的形象"，他身上显示出"一种崭新的性格，一种完全是建立在新的社会制度和生活土壤上面的共产主义性格正在成长和发展"。②能否深广地反映历史和现实的本质，并创造出体现时代发展必然性的英雄人物形象，是衡量社会主义现实主义文学成功与否的最高标准。

《创业史》严格按照阶级分析、两条路线斗争的观念来提炼主题、组织材料、设置人物关系、安排情节发展，这是当时它成功的保证。但柳青没有把阶级分析简单化，他在政治框架中比较充分且自然地融入了浓郁的生活气息、鲜明细腻的人物刻画。关于这部小说，当年曾有评论指出："梁三老汉比梁生宝写得好，概括了中国几千年来个体农民的精

如今，对于合作化运动的得失，人们的看法已经与柳青写书的那个时期有所不同。……但是即使如此，我们读起这部书，也不能不为它的凝重的风格与深厚的内涵，为它传达出来的历史的严峻感，它的对于中国农民的挚爱与忧思，它对于中国农村中国土地的忠诚与眷恋，它的脚踏实地的坚实，它的掘地三尺的深入开挖，它的人物刻画的力度以及它的艺术上的惨淡经营一丝不苟精益求精力透纸背而感动，而叫绝，而发出会心的微笑与深长的叹息。如果柳青不是拘泥于既定的农业合作化政策方针，如果他更能大胆地反映生活的与历史的真实，他本来可以创作出怎样的伟大作品！[王蒙：《感受昨天——中国新文学大系（1949—1976）小说卷序》]

柳青对现实的把握过多依赖时代政治的规范，悉心领会"上级指示"则转移或替代了独立思考，结果导致《创业史》出现众所周知的内在矛盾：既表现了生活真实又存在概念化和部分虚假的问题。（李运抟：《中国当代文学与伪现实主义》）

---

① 柳青：《提出几个问题来讨论》，《延河》1963年第8期。
② 冯牧：《初读〈创业史〉》，《文艺报》1960年第1期。

神负担。"① 在梁生宝身上存在着"三多三不足"的局限性："写理念活动多，性格刻划不足（政治上成熟的程度更有点离开人物的实际条件）；外围烘托多，放在冲突中表现不足；抒情议论多，客观描绘不足。'三多'未必是弱点（有时还是长处），'三不足'却是艺术上的瑕疵。"② 作家柳青对此做出了激烈的回应："我要把梁生宝描写为党的忠实儿子。我以为这是当代英雄最基本、最有普遍性的性格特征。"③ 不言而喻，"党的忠实儿子"梁生宝的英雄特质是在与他的养父梁三老汉的对比中产生的，是通过对自己养父的精神与实践的叛逆实现的。文学与文学史的复杂性在于，当"旧农民"形象鲜活而丰满时，"新的英雄"形象难免显得黯淡。如果说梁三老汉这个形象在艺术上更加丰满，而梁生宝的形象却失之平面的话，那么这样的一个对比结果关涉的不仅仅是作品本身，而是在更深的层面上意味着，当特定政治观念被艺术化（比如梁生宝这个社会主义"新人"形象就是政治观念艺术化的结果）以后，它也将在艺术化的过程中被相当程度地消解，甚至被颠覆。

二、讲述革命历史的方式

近代以来中国经历了前所未有的巨大振荡与变革，尤其是 1949 年以后中国社会进入了一个不同于以往的新时代，这决定着历史书写将成为当代文学中一个具有特殊意义的话语空间。其中，居于中心地位的是对革命历史的讲述。中华人民共和国是怎样建立起来的，中国革命是怎样在党的领导下曲折艰难地走向胜利的，中国人民如何参与了这样的历史进程，他们身上发生了怎样深刻的历史变化……关于这些问题的文学表达，不仅关涉那些亲历了历史转折的作家们的自我缅怀，同时也是一种证明和标示：中国走上社会主义道路具有无可争议的历史必然性。

以长篇为主的革命历史小说，是当代文学中影响较大、成就较高的一类文本。从书写方式上看，革命历史小说主要有两种类型。一是以表现历史容量的广阔性、时代精神的纵深感为主要目标，呈现宏大叙事形

---

① 邵荃麟 1960 年 12 月在《文艺报》组织的会议上的发言，引自《文艺报》编辑部：《关于"写中间人物"的材料》，《文艺报》1964 年第 8、9 期合刊。
② 严家炎：《关于梁生宝形象》，《文学评论》1963 年第 3 期。
③ 柳青：《提出几个问题来讨论》，《延河》1963 年第 8 期。

态的革命史诗小说,代表作品有《红旗谱》(梁斌)、《红日》(吴强)等;另一类则是如《林海雪原》(曲波)、《铁道游击队》(知侠)、《野火春风斗古城》(李英儒)、《敌后武工队》(冯志)、《烈火金钢》(刘流)等的革命传奇小说,这类小说较多吸收传统演义小说的叙述方式,通俗活泼,可读性强,以曲折跌宕的故事情节和脸谱化的人物塑造见长。除此之外,像《青春之歌》(杨沫)那样自叙传色彩鲜明的革命小说,叙述人物个体成长的历程与革命洪流的紧密结合,也可视为革命史诗小说的一种特殊类型。

革命历史小说在短篇方面较有影响的,有王愿坚、峻青、孙犁、茹志鹃等的创作。

(茹志鹃作品)常常是生活激流中的一朵浪花,社会主义建设大合奏里的一支插曲……既然描写生活中的重大复杂的斗争题材不是她的所长,她就选取斗争中的一朵浪花、一支插曲而由小见大,在这类素材里施展她的创作能力。而这也就影响了作品的风采和调子。豪迈奔放、粗犷不羁的色彩很少,而委婉柔和细腻而优美的抒情却成为她作品的基调。(侯金镜:《创作个性和艺术特色——读茹志鹃小说有感》)

作家有责任通过作品反映生活中的矛盾,特别是当前现实中的主要矛盾……为什么不大胆追求这些最能代表时代精神的形象,而刻意雕镂所谓"小人物"呢?……塑造具有共产主义品质的英雄形象,已经被提升为文学的首要任务了……我热切地盼望着在你的作品里听到雄浑的时代的脚步声,看到共产主义战士光辉的塑象。为我们这英雄的时代高唱更多更美的赞歌吧!(欧阳文彬:《试论茹志鹃的艺术风格》)

由于篇幅的限制,这类短篇小说多采用片段式的写法,进行一种历史化的思想或情感表达。王愿坚的《党费》和峻青的《黎明的河边》等通过对艰辛革命岁月的回忆,对富有英雄主义色彩的革命事迹的讲述,教育人们不要忘记过去,珍惜今天的幸福生活。在风格上,峻青主要呈现英雄主义的浪漫,王愿坚则追求凝练含蓄。孙犁、茹志鹃在一定程度上表现出注重个体化抒情的"小叙事"风格。1949年之后孙犁延续着自己的诗化抒情特色,但没有能超越"荷花淀"时期的创作水平。

茹志鹃的主要作品有《百合花》《静静的产院》《春暖时节》《如愿》等。《百合花》以清新俊逸、细腻委婉的笔调,精巧缜密的构思,阐述了军民鱼水相亲的庄严革命主题。她在取材上往往从小处着眼,勾画有意味的人物、生活侧影,细致深入地探索人物的思想情感与心理变化，在普遍追求宏大严肃风格的文学时代，她的创作是文坛上难得的一缕清新的风。

《红旗谱》 无论是在当时还是后来，梁斌（1914—1997）的《红旗谱》（见图4.3）都被视为一部具有标志性意义的小说，是社会主义现实主义的经典之作。《红旗谱》由三部长篇构成：《红旗谱》《播火记》《烽烟图》。小说以大革命失败前后的历史为背景，通过燕赵大地上两家农民三代人的命运与斗争，围绕"反割头税"和"保定二师学潮"两个中心事件，书写了当时农村与城市革命运动、阶级斗争的阶段性历史过程。作者通过塑造朱老忠这个人物形象全面而历史性地揭示了农民与革命之间深刻、必然的联系，朱老忠的人生历程体现了农民必然走向革命的历史过程，他的性格发展史，就是中国农民从自发到自觉的革命性的发展史。"他从单枪匹马的复仇进步到去找寻党的领导、依靠党的力量，从个人敢怒敢骂、能说能打的反抗走向有组织、有计划、有明确目标的斗争，从一个'慷慨悲歌之士'发展成为一个金刚钻般坚强的布尔什维克。"① 小说最富文学色彩的篇章，主要在于对朱老忠"个人主义英雄主义"即传统性、"旧时代"一面的描写。他在"反割头税"斗争中入党以后，性格却陷入了平面化。在小说内部，历史发展（性格成长）的过程与历史结果（性格长成）之间，前一面不自觉地占据了艺术表现的上风。

图4.3 1960年《红旗谱》被搬上银幕。导演凌子风，崔嵬饰演朱老巩、朱老忠两个角色。

《青春之歌》 如果说，《红旗谱》形象地论证了农民——革命的主力同盟军——与革命之间天然的血缘联系的话，杨沫（1914—1995）的《青春之歌》（1958）（图4.4）则是演绎知识分子——革命的非主流力

---

① 冯牧、黄昭彦：《新时代生活的画卷——略谈十年来长篇小说的丰收》，《文艺报》1959年第19期。

量，如何走向革命的曲折而必然的道路。与朱老忠的性格发展的逻辑相类似，《青春之歌》的叙事是通过对林道静的青春成长史的呈现来展开的。小说采用左翼革命文学的"革命+恋爱"模式，把林道静的情感生活与革命性成长融合在一起，通过她与"胡适派"分子余永泽、共产党人卢嘉川和江华之间的爱情抉择，形象地昭示了中国现代知识分子应走的正确人生道路：从小资产阶级个人主义改造成无产阶级革命战士。在《青春之歌》中，早期革命文学中那种带有一定个体色彩的"革命浪漫蒂克"作风，被涤荡得较为干净，取而代之的是站在当代思想高度上形成的对革命的严肃信念与坚定信仰。

图4.4 《青春之歌》1959年作为建国十周年献礼片，拍了上、下集电影，轰动全国。主演谢芳一举成名，电影中林道静走路的姿态被称为"道静步"，成为全国女青年、女学生仿效的对象。

在林道静的青春成长过程中，她始终是一个被启蒙的对象。首先是"骑士兼诗人"余永泽用资产阶级、小资产阶级的文化和生活情调迷惑了她，并占有了她的身体；进而是"精神导师"卢嘉川以革命的思想把她从精神泥潭中拉出来，并赢得了她的爱情；接着是江华在实践中培养她成为坚定的革命者；林道静最终完成了身体与心灵的全面脱胎换骨。余、卢、江皆为北大学生，这固然与杨沫早年曾寓居北大有关，但更深一层的用意在于，北京大学是新文化运动的中心，是现代中国知识分子的摇篮。余与卢、江之间的分野，实际上显示出新文化运动高潮之后中国知识分子的分化，即以胡适为代表的自由知识分子与左翼革命知识分子这两个不同的阵营。余永泽选择的是追随胡适，卢嘉川和江华则走向了马克思主义，走向了党。余永泽灌输给林道静的是一套个人主义、爱情至上的

> 声音
>
> 它是对于生存境遇、对于人生抉择、对于一种"活法"、对于一个女青年的心灵史的生动展现。它是历史，也是躁动着痛苦着却也希冀着的青春的诗篇。[王蒙：《感受昨天——中国新文学大系（1949—1976）小说卷序》]

观念，他向林道静介绍的易卜生《玩偶之家》是宣扬资产阶级个性解放的经典；而卢嘉川借给林道静的是革命书籍，诸如列宁的《国家与革命》、高尔基的《母亲》等。二人看道静时的眼睛也是不同的：余永泽是一双"亮晶晶的小眼睛"，而卢嘉川则是"聪明英俊的大眼睛"。作家通过林道静的思想与情感变化，鲜明地标示出中国知识分子应该走哪一条路，同时借批评、否定林道静、余永泽的个性主义（个人主义），批判、否定了五四以来所提倡的个性主义思想。在1949年之后的共和国文学中，这是对新文化运动时期呈现的精神价值和历史方向作出了新的评判，呈现出知识分子的具有历史必然性的道路选择。

《青春之歌》在表现小资情调时期的林道静和作为革命者的林道静之间，艺术落差很明显，小说的后半部失去了动人的情感力量，显得过于概念化和平铺直叙。这跟《创业史》中出现的"梁三老汉比梁生宝更生动"的问题，《红旗谱》中朱老忠"性格成长"与"性格长成"之间的艺术失衡问题，有相似的性质，这里是"成长的青春"与"长成了的青春"之间的矛盾。这种普遍性的文学史现象，显示出"十七年"文坛思想与艺术、一元化理念与文学审美想象之间的矛盾关系。

三、探索生活的"边缘"

与主流意识形态紧密配合，反映重大的时代主题，是20世纪50—70年代文学的整体面貌。不过，由于文学自身天然存在的艺术特征，尤其在思想文化规范相对松动的一些特殊时段里，部分文学创作与主流意识形态之间也呈现出一定程度的游离，个人化的体验和思考有所活跃，试图对当代生活做出别样的叙述。这类创作比较集中地出现在1956—1957年的"百花时代"和1960年代初的"调整"时期，主要表现为在"干预生活"口号下揭示社会矛盾，书写人情人性，以及依托历史人物故事曲折地表达个体思考。

《组织部新来的青年人》 揭露社会矛盾、批评社会的阴暗面，是"百花文学"中醒目的一支，诸如《明镜台》（耿龙祥）写新社会里的人与人不平等的矛盾与人际关系的冷漠，《改选》（李国文）锋芒直指官僚主义、形式主义，另外还有《爬在旗杆上的人》（耿简）、《田野落霞》

（刘绍棠）、《被围困的农庄主席》（白危）等。其中，王蒙的《组织部新来的青年人》是特别优秀的一篇（见图4.5）。它细密深刻地刻画了体制与人的关系，是1950—1970年代创作中不多见的能够凭借文学性穿越时代的作品。小说虽然是针对现实问题而写，但在揭示既有问题的同时并未简单地给予问题以答案。这不是一篇一般性的问题小说，而是一部"提问题"的小说。"问"而不"答"的《组织部新来的青年人》，呈现出特别的美学蕴藉与思想穿透力。

《组织部新来的青年人》最引人注目的地方，首先在于透过年轻人林震懵懂而单纯的眼光，塑造了刘世吾、韩常新等极具精神深度的当代官僚形象。用作家自己的话说，刘世吾作为与林震对立一方的主要人物，"着重写的不是他工作中怎样'官僚主义'（有些描写也不见得宜于简单化地列入官僚主义的概念之下），而是他的'就那么回事'的精神状态"①。刘世吾和韩常新都是典型的体制中人，熟悉了体制的运作方式和规律，并与之融为一体，消泯了自我，也钝化了体制向前运动的动力，或可称之为"体制病患者"。饶有意味的是，刘世吾对于自己的状态相当地清醒，甚

图4.5 青年王蒙。《组织部来了个年轻人》最初发表时，《人民文学》编辑部作了改动，原稿中朦胧模糊的情爱因素被加强，并改题为《组织部新来的青年人》。

至感到倦怠，但倦怠感并不会改变什么，他倦怠得懒得从倦怠的现实中起身，只是偶尔读一点文学书籍，调剂一下自己疲惫麻木的心灵。曾经热情投身的事业，一点一点地锈蚀着他的灵魂，把他磨成了生命的空壳。当时曾有评论称，刘世吾患上了"一种不可避免的'职业病'"②。值得进一步思考的是，"职业"与"病"之间的关系是怎样的？病象如此，

---

① 王蒙：《关于〈组织部新来的青年人〉》，《人民日报》1957年5月8日。
② 唐挚：《谈刘世吾性格及其他》，《文艺学习》1957年第3期。

病因何在？这是小说中发人深省的提问。

林震是作为被吸纳进体制的"外来者"来描写的。他对新的职业充满了神圣的憧憬，踌躇满志地走进自己的新生活，但却接连碰壁，这让他感到惶惑。满怀理想、容不下空气里的一粒灰尘的林震，是一个进入了体制，却无法融入其中的人。他与年长些的赵慧文构成了小说中的另一个人物系列。年仅22岁、"生命史上好像还是白纸"的林震，究竟会成为另一个赵慧文，孤独、清高、无助、不服输又无可奈何，还是当"有了功勋""有了创造""有了冒险""也有了爱情之后"，成为新的韩常新，直至再一个刘世吾？这是小说留下的又一个难解的问题。

从刘世吾到韩常新，再到赵慧文和林震，小说在组织部这个不大不小的世界里，构筑了一个相当复杂的"围城"式困局。不过，这里没有城外人，人人都在城里，人人都被禁锢，有的人习惯了禁锢（如刘世吾），有的人在禁锢中获取成就感（如韩常新），有的人曾经挣扎过却已经无力（如赵慧文），还有的人试图改造这围城却处处碰壁（林震）。"我们，党工作者，我们创作了新生活，结果，生活反倒不能激动我们……"套用刘世吾的这句话，《组织部新来的青年人》这篇"干预生活"的小说所表达的，其实是"生活对人的干预"，一种高度僵化的体制生活对人的灵魂、人的个体生命的干预。

在1956—1957年间，直面生活中的矛盾与书写人情、人性在文学中是一体两面的。现实中存在的种种问题乃至阴暗面，所伤害的不只是具体的工作，在更深的层面上，往往造成人性的压抑。因此，问题小说必然要触及人情、人性的话题。当时的写人情、人性的小说，比较集中在对爱情婚恋问题的思考上。爱情是人类最美好最富生命本真意义的情感之一，也是人性最微妙、最丰富的一种凝聚，是文学的永恒的母题，但在1950—1970年代，这却是一个颇具禁忌性的话题，个人的情感生活常被理解为是与革命工作、集体观念相对立的，作家在表现情感生活时稍不留神，就有可能滑入"资产阶级思想感情"一类的陷阱。早在1951年就发生过对萧也牧小说《我们夫妇之间》的批判。该小说由于一定程度地展开了知识分子身份的丈夫与工农出身的妻子之间的情感关系的复杂性,被认为是表现了"反人民的态度""新的低级趣味"①,即"留在小市民,留在小资产阶级中的一些不好的趣味"②。在 1950 年代中期,由于扑面而来的开放和松动氛围,在"百花时代"的"非主流"文学中,描写个人情感生活的笔墨有所增加。这些小说大致有两类。

第一类小说中,情感故事是作为一个平台或者说载体,作家通过它来表达两种不同的思想观念、生活态度乃至阶级立场的冲突。如《在悬崖上》,虽说笔调较为细腻,但概念化的劝诫痕迹相当浓重,小说所要表达的是,爱情问题"是最能考验一个人的阶级意识,道德品质"的。《红豆》更显婉曲。小说用倒叙的笔法讲述了一段曾经"迷失"却又相当缠绵动人的爱情故事。在北平解放前夕,女大学生江玫爱上了自己的同学齐虹。齐虹信奉个人本位的自由观念,这与江玫倾向于革命的立场不能相容。二人的决裂是必然的。小说以绵密的笔调写出了江玫抉择的痛苦,揭示了她情感与理智、生活与理想之间复杂的矛盾。这篇小说的思想其实相当"纯正",但有时,就像女主人公一样,一个人的思想和感

怪不得有些读者和观众说,现代文艺作品中的爱情描写,大致可以分为下列几类:见面就谈发明创造式的爱情,扭扭捏捏、一笑就走式的爱情,"我问你一个问题:你爱我不?"式的爱情,由于工作需要而屡误佳期式的爱情,三过家门而不入式的爱情……就连这样的缺乏爱情的爱情描写,也往往是为了调剂作品的枯燥,作为"水分"而加上去的。(黄秋耘:《黄秋耘自选集·谈"爱情"》)

在整个描写中表现出了浓厚的不健康的思想感情,使读者读后不是从这个故事里取得力量,得到鼓舞,而是被感染上作者本人的那种留恋过去,怨恨今天的情感。……《红豆》这篇小说从它的基调到题目,都没有能很好地、正确地表现出它所描写的生活,却宣传着一种与我们格格不入的,甚至完全相反的思想情感。(文美惠:《从〈红豆〉看作家的思想和作品的倾向》)

作者并未站在工人阶级立场上来描写小资产阶级知识分子的心理状态。一当进入具体的艺术描写,作者的感情就完全被小资产阶级那种哀怨的、狭窄的诉不尽的个人主义感伤支配了。……作者没有比江玫站得更高,看到过去江玫的爱情是一种小资产阶级的爱情,是毫不值得留恋和惋惜的。(姚文元:《文学上的修正主义思潮和创作倾向》)

---

① 冯雪峰:《反对玩弄人民的态度,反对新的低级趣味》,《文艺报》第 4 卷第 5 期,1951 年。该文发表时署名"李定中"。

② 丁玲:《作为一种倾向来看——给萧也牧同志的一封信》,《文艺报》第 4 卷第 8 期,1951 年。

情未必是统一的。作家与她笔下的人物一样，由于对"情"的眷恋和专注，致使小说冲淡而且逸出了既定的"正确"思想。

第二类爱情书写更纯粹，美好的感情本身成为小说表现的中心。这类小说主要有陆文夫的《小巷深处》、丰村的《美丽》，以及路翎的《洼地上的"战役"》等。《美丽》通过当事人回溯性的对话，讲述了一个婚外情的故事。作者以当时并不多见的勇气，用一种同情的口吻，从第三者的角度叙述了一段出位的爱情。那种无声的沉重和隐忍，折射出在那个时代里追求个体幸福的艰难。《小巷深处》以苏州古城为背景，描写一个经过改造的妓女的新生活，和她的爱情的波澜。感染于苏州独特的风土和气韵，小说写得曲折幽深，清新动人。创作《红豆》的宗璞曾说，她"在写作时遵循两个字，一曰'诚'，二曰'雅'"。这也是陆文夫小说的审美个性所在。《小巷深处》《红豆》以及稍后茹志鹃发表的《百合花》等，是 20 世纪五六十年代一批特别富有审美特质的小说。它们在以宏大壮丽为主流的文学时代里，守护了一种可贵的小说诗学：不虚饰，不拔高，少附会，纯净动人，婉约细腻，精心营构意象、提炼诗意。

第三节　配合现实与话剧的民族化探索　《茶馆》

民族化剧诗　《茶馆》的悲剧性　《蔡文姬》　"第四种剧本"

在 20 世纪 50—70 年代，戏剧被纳入体制化的组织生产，处在日益严格的规范化过程中。戏曲领域，在延安时期"旧剧革命"的基础上，以政治评价为中心，以"推陈出新"方针为指导，1951 年 5 月 5 日，中央人民政府政务院颁布了《关于戏曲改革工作的指示》（通称"五五指示"），全面实施改人、改制、改戏的"旧剧改造"。话剧则因其艺术形式本身反映现实、阐发革命政治观念的特殊优势，而备受重视。新兴的歌剧，在艺术上探索着民族化的道路，在思想情感上则高度革命化。《红霞》《洪湖赤卫队》《刘三姐》《红珊瑚》《江姐》等是最具影响的歌剧作品。包括戏曲、话剧、歌剧在内的戏剧整体上成为与形势、政策紧密配合的一种文化实践方式。这很大程度上限制着创作者的艺术想象与表现空间，一些杰出的戏剧创作者难以发挥自身的艺术个性与优势。中华人民共和国成立之初，曹禺热情洋溢地写了《明朗的天》，与他之前的创作相比，有了很大的转变。对于戏剧这种综合性舞台艺术来说，由它的"写剧—演剧—观剧"的三度创造所决定，观念的现实转化需要经过更多的环节，在较为复杂的流动性的对象化过程中，往往不可避免地遭遇耗散或冲淡。观念的规训与艺术的想象之间，总有着难以弥合的距离。《茶馆》《关汉卿》《蔡文姬》等优秀话剧作品的出现，以及传统戏曲越剧《梁山伯与祝英台》《红楼梦》《西厢记》、黄梅戏《天仙配》、昆剧《十五贯》、评剧《刘巧儿》、京剧《白蛇传》等的编演，在民族化剧作的艺术探索中取得了相当的成就。

一、独幕剧与"第四种剧本"

在1950年代，主要在1953—1957年间，独幕剧曾是话剧领域最为活跃的艺术种类，其创作数量之大，群众参与程度之高，是前所未有的，这成为中国戏剧史上独有的"群众戏剧"高潮。究其原因，既是由于独幕剧形式轻快灵活，易于掌握，便于推广，特别适于配合和开展宣传教育工作，也是当时借鉴、推广苏联文艺工作经验的结果，它的形式的便利，契合和满足了当时广大民众的文化与娱乐需求。独幕剧内容广泛，诸如表达对旧社会的痛恨，倾吐翻身的喜悦，歌颂新人新事，反映农村的阶级斗争，等等。这些创作难以避免地存在着公式化、概念化、思想肤浅、人物苍白、冲突简单化等不足，但其中灌注的饱满、朴素、真挚的情感却是可贵的，一定程度上真实反映了特定年代里广大民众的情感和精神状态。剧作家吴祖光后来曾总结评价说："在这些独幕剧里，流露出作者心地的天真，创作态度的赤诚，以及他们对现实的真情实感，很少有'职业编剧'的味道，因而它们是很动人的。"① 其中较突出的主要有两类。一是恋爱、婚姻、家庭题材，注重表现新时代新社会中女性的觉醒成长与情感心理，以《妇女代表》《刘莲英》为代表；二是干预

---

① 吴祖光：《中国新文学大系1949—1976·戏剧卷》"序"，上海文艺出版社1997年版，第5页。

生活、批判现实的讽刺喜剧，影响较大的是《新局长到来之前》。

1956—1957年，与其他诸多文艺样式的"异动"相一致，戏剧界也涌起了一股不大不小的"干预生活"的潮流。这些剧作，虽说艺术的锤炼尚不充分，却也在"群众戏剧"的大背景中，显示出知识分子创作的不同眼光和追求，成为"百花文学"中醒目的一丛。这类剧作主要有杨履方的四幕剧《布谷鸟又叫了》、岳野的五幕剧《同甘共苦》、海默的四幕剧《洞箫横吹》，还有赵寻的《还乡记》、鲁彦周的《归来》、王少燕的《葡萄烂了》等。这些作品风格清新，书写人情人性，张扬人道主义精神，大胆突破禁区、干预生活，曾经引起很大关注。它们突破了"工人剧本""农民剧本""部队剧本"充斥剧坛的状况，因此曾被称为"第四种剧本"[①]。

"第四种剧本"是具有鲜明时代特点的社会问题剧。《同甘共苦》和《洞箫横吹》都以农业合作化为背景，前者通过一位农民出身的领导干部的婚姻家庭的聚散离合，探索伦理道德与情感问题；后者大胆批判官僚主义、揭露社会阴暗面。《布谷鸟又叫了》具有清新自然的喜剧风格。主人公童亚男是一个富有青春活力、热爱生活、独立自主、满怀理想的农村新女性，她像布谷鸟一样自由欢唱、不甘屈服，体现着新时代的思想观念，焕发出自己的青春生命力。"第四种剧本"在稍后的反右运动中大都遭到批判，《洞箫横吹》被指为"恶毒地歪曲"农村合作化运动、"恶毒地挑拨了农民与党之间的关系"；《布谷鸟又叫了》则被定性为宣传"资产阶级个人主义思想"。

二、历史剧

由于与特定的文化背景与政策导向有直接联系，历史剧成为20世纪五六十年代戏剧中颇为活跃的一个方面。1950—1970年代，话剧历史剧主要有田汉的《关汉卿》和《文成公主》、郭沫若的《蔡文姬》和《武则天》、曹禺的《胆剑篇》等。历史剧集中出现于1960年前后，与1950年代中后期文学界"干预生活"的现实精神的受挫，是有深层联系的。

[①] 黎弘：《第四种剧本——评〈布谷鸟又叫了〉》，《南京日报》1957年6月11日。

这些历史剧在艺术上共同的特色是饱满的诗情、浓郁的诗意，和鲜明的民族化风格。这首先体现在剧作家的剧本创作中，又经过表、导演的二度创作得以拓展、深化和具象化。郭沫若、田汉等，或者本就是优秀的诗人，或者从来不乏诗人气质，他们身上的浪漫、热烈、奔放和情感的深沉、细腻赋予了剧作以诗美。郭沫若曾在《〈蔡文姬〉序》中说："我写这个剧本是把我自己的经验融化了在里面的"，"蔡文姬就是我！——是照着我写的"。① 他还对田汉说，"您今年六十，《关汉卿》是很好的自寿"②。这是诗人戏剧家创作主体的自我投入，同时又是历史题材、历史人物本身所蕴涵的诗的精神、气质、性格、情怀和血性对于创作主体的激发和召唤。这一时期的话剧历史剧中的优秀之作，是剧作家的诗人的性情、才华，与北京人艺演剧学派的表演、导演艺术相融合，同时又在中国历史生活本身的深厚底蕴的滋养下，共同创造出来的民族化戏剧诗。

中华人民共和国成立后，田汉共创作了三部历史剧，分别是《关汉卿》《文成公主》和《谢瑶环》。此外他还改编了《白蛇传》《西厢记》（均为京剧本）。他的历史剧为当代戏剧做出了杰出贡献。尤其是《关汉卿》（1958），是田汉戏剧创作的最高成就，也是当代戏剧的经典之作。

这个情结（"Violin and Rose"情结，系田汉早期剧作《梵峨璘与蔷薇》剧名）的内核是对自由、民主、光明的追求，是"人道主义"之火的燃烧。……那种强烈的正义感，那种不可征服的是非之心，那种"为民请命"的斗争精神，最后都要在"Violin and Rose"的情结中被赋予一种"情"的力量，被升华为撞击灵魂的东西，否则就难以与普通的公案戏区分开来。（董健：《田汉传》）

田汉站在当时的时代背景中，采用"六经注我"的方法，塑造了自己心目中的关汉卿形象：不仅是风流才子、杂剧班头，也是一位刚正不阿、为民请命、具有浩然正气的艺术家。田汉认为，"为民请命"的精神不仅在当时具有进步意义，即使在今天也有一定的积极作用。所以他的《关汉卿》便以"为民请命"作为该剧的主题。这个主题是以对关汉卿响当当的"铜豌豆"精神的描写

---

① 郭沫若：《蔡文姬》"序"，文物出版社1959年版。
② 郭沫若1958年5月2日致田汉信，《田汉文集》第7卷，中国戏剧出版社1983年版，第358页。

来体现的。"为民请命"可谓该剧的政治主题,"铜豌豆"精神则是关汉卿的性格主题,这两个主题凝聚起来体现在《窦娥冤》的创作及其遭遇中。关汉卿的形象也是在围绕《窦娥冤》的创作、演出和修改的斗争中完成的。权臣阿合马威胁他"不改上演,要你的脑袋!"他毫不屈服:"宁可不演,断然不改!"最后锒铛入狱,以一曲《蝶双飞》表达自己的心志:"将碧血,写忠烈,作厉鬼,除逆贼,这血儿啊,化作黄河扬子浪千叠,长与英雄共魂魄",充分展现了关汉卿"蒸不烂、煮不熟、捶不扁、炒不爆"的"铜豌豆"精神。剧中的朱帘秀也是不畏权贵、富有正义感的妇女典型,她是关汉卿的恋人,也是他的益友。戏中戏的手法,是此剧结构上的鲜明特色。剧中穿插了《窦娥冤》的创作、排演过程,戏里戏外相映照,强化了剧作的思想表达与艺术性。

田汉是中国现代话剧艺术的重要开创者之一,他也很熟悉传统戏曲艺术。他于1955年正式出版的京剧剧本《白蛇传》(先前已参演1952年全国戏曲观摩大会),灌注着"爱和美"的浪漫情怀与精神,抒写真情真性,具有浓郁的抒情诗剧色彩。《关汉卿》的题材,为剧作家全面展现自己的艺术才华、探索话剧的民族化提供了便利。剧中,田汉采用了"话剧加唱"的手法,这是他开辟的颇受观众欢迎的话剧创作的新风气。

三、《茶馆》:当代话剧舞台艺术经典

1949年以后,小说家老舍以剧作家的身份出现在文坛上,他的剧作《方珍珠》《龙须沟》《一家代表》《生日》《春华秋实》《青年突击队》《西望长安》《红大院》《女店员》《全家福》《神拳》等,大多是在"配合政策""赶任务"中写出来的。1956年8月,老舍在北京人民艺术剧院把自己写的新剧本朗诵给曹禺、焦菊隐、赵起扬、欧阳山尊、夏淳等人听,大家一致认为第一幕第二场最精彩。曹禺、焦菊隐建议老舍索性写一个茶馆的戏。①

---

① "老舍听了以后最初是有惊无喜,只是习惯性地反应一下:'那就配合不上了。'这句话很快在北京文艺圈小范围内传开了,成了当时经典的内部名言。"陈徒手:《老舍:花开花落有几回》,《读书》1999年第2期。老舍"配合不上"的焦虑折射出当时文艺创作者的特殊处境。

《茶馆》（见图 4.6）在艺术构思上使用侧面透露法。老舍在介绍他如何构思《茶馆》一剧时曾说："我不熟悉政治舞台上的高官大人，没法子正面描写他们的促进与促退。我也不十分懂政治。我只认识一些小人物。这些人物是经常下茶馆的。那么，我要是把他们集合到一个茶馆里，用他们生活上的变迁反映社会的变迁，不就侧面地透露出一些政治消息么？"① 以小见大，以个别表现一般，他考虑的是主题与典型环境之间的关系。在《茶馆》中老舍既没有选取某个特殊的家庭，也没有选取某个特殊的地域，而是别出心裁地选择了北京一个普普通通的大茶馆。这个选择看似平

图 4.6 《茶馆》第一幕，曾被曹禺誉为"古今中外剧作中罕见的第一幕"。
《茶馆》剧照，焦菊隐导演，北京人民艺术剧院演出。

> **声音**
> 老舍先生是一个很有气节的人。他把气节当作文人最重要的一件事，他认为一个文人没有比气节更重要的了，所以最后他的死是一种气节的表现。在王掌柜身上他赋予了很多这样的东西。我觉得王掌柜之死很大程度上是老舍之死。（舒乙：《〈茶馆〉是怎样诞生的》）

常，却是《茶馆》成功的关键。由于"埋葬三个旧时代"、揭示"只有共产党能够救中国，只有社会主义才能救中国"的主题是通过侧面透露的方式展开的，借以侧面透露的正面载体又是茶馆"小社会"中的小人物的生活变迁，《茶馆》与当时流行的正面突出、直截了当、高亢昂扬的颂歌就显出了很大的不同。它以忧患与沉郁的悲喜剧美学，显示出老舍独特的艺术个性。

老舍对于小人物的书写总是充满了人情味，笔端蘸满了感情。从生活本身习得的个性又铸就了老舍饱含忧患的气质。在《茶馆》中，王利发、秦仲义和常四爷都是过着平民生活的旗人，他们身上多多少少都留存着贵族的气质，他们在物质生活上落魄，却在精神世界里始终坚持着

---

① 老舍：《答复有关〈茶馆〉的几个问题》，《剧本》1958 年 5 月号。

希冀。王利发固然委曲求全，骨子里却是不服输的；秦仲义身上有傲然耿直，他有维新救国的梦；常四爷有点顽固，却又刚强、倔强，"我是旗人，旗人也是中国人哪！"他的话铿锵有力。大戏落幕前，三个老人又聚到裕泰茶馆，把捡来的纸钱撒向天空自我祭奠，这是荒诞的滑稽，又是悲凉的困惑，是无奈的调侃，更是绝望的挣扎。常四爷"虽年过七十，可是腰板还不太弯"，王利发最后的自杀也表现出应有的气节。作为旗人的老舍对自己的民族文化有着既批判又眷恋的复杂情感，作为文人的老舍在他笔下的人物身上渗透了无奈中的自尊。

《茶馆》是话剧民族化的典范，它的典范性首先体现在活的"老北京"，浓浓的北京味儿，地道的中国人，深沉的历史感。它突破了西方话剧的一贯写法，也没有走上戏曲化的道路，而是创造出一种独具"中国风"与现代性的话剧形式，创造出新的民族化剧诗形态。第一是"人多事繁"、散点透视的戏剧结构，第二是"非冲突化"的戏剧思维，第三是"开口就响"的戏剧语言，成为《茶馆》历来为人所称道的三个独特的创造。老舍精心选择人物某几个最能体现其思想性格的闪光点，进行简洁的刻画。不重整体介绍，而重棱角的表现。更为重要的，《茶馆》是饱含着老舍的悲悯和忧患之情的作品，没有那么深沉的情感的投入，作家的笔下不可能包容那么多辛酸、卑微、无奈、颓唐和惊恐，与不能湮灭也不肯放弃的骨气、韧劲以及小心翼翼的呵护。"主情性"是《茶馆》最重要的艺术核心，情感整合了《茶馆》"人多事繁""非冲突化""开口就响"的外在形式。《茶馆》是通过以情带事、事中含情的叙情方式展开的，在情感的流动中写人记事。

首先是情感的节奏。三幕戏是在人来事往中色调不断黯淡的过程。第一幕是生意兴隆、色彩浓郁的热烈，第二幕是民不聊生、纷乱压抑的惨淡，第三幕是自我祭奠、凄惶悲凉的灭寂，整体上构成"改良、改良，越改越凉"直到"冰凉"的线索。这种"下楼梯"式的节奏最后又有一个反弹。三个老人的自悼看似一派灰飞烟灭，内里却有着类似鲁迅的"于无所希望中得救"的味道，是一种"绝望的抗战"，但它不是集聚的，而是趋于弥散的，呈现出无奈而微缈的色彩。

其次是情感的层次。《茶馆》以"埋葬"的方式写"挽歌"，也以

"埋葬"来求取"新生"。王利发作为茶馆主人和茶馆世界兴衰的见证者,老舍让他不断地有所希冀,又不断地在他希冀的同时赋予他希冀破灭的无可奈何。常四爷也是每况愈下,虽然他始终有所秉持,但他所秉持的又不断被嘲弄和否定。这种微缈的趋上的情感和沉重的下落的情感不断交织,后者把前者一点一点、一滴一滴地拉下去,直至湮灭。

最后是情感的色调。《茶馆》是有一定喜剧性的悲剧,悲是主调,笑是穿插其间的音符。悲喜融合、"含泪的笑"本质上都是悲剧性的,《茶馆》也不例外。但它有自己的独特性。其一,一般戏剧中的悲都体现正价值,笑联系负价值,而《茶馆》却"笑中有正"。典型的代表是松二爷。老舍并非嘲弄他的自慰自欺,而是带一点儿欣赏的眼光,从松二爷的性格中提炼出隐隐的生命中的较劲儿和小心呵护的人生的梦。老舍是把松二爷的"体面"作为人物的"气节"来体现和书写的。这和鲁迅写阿Q不一样,鲁迅是用启蒙的视角向下看,所以他写得比较彻底,老舍则带着同情与之平等交心,所以更含温情。其二,《茶馆》的悲中也常常含笑(见图4.7)。曾怀实业救国理想的秦二爷在第三幕上场,发出的是自嘲:"应该劝告大家,有钱就该吃喝嫖赌,胡作非为,可千万别干好事!告诉他们,秦某人七十多岁才明白这点儿小道理!他是个天生来的笨蛋!"常四爷最后的话也是挖苦:"我爱咱们的国呀,可是谁爱我呢?"他们和王利发的自我祭奠在悲怆中也是荒诞滑稽的。所以,尽管说其中有点"于无所希望中得救"的味道,但这味道又被它的形式所冲淡,最终还是无望。因为掘出了这样一个不见底的深渊,老舍所倾注的追怀和凭吊愈发显出沉重。一般的荒诞是主"理"的,老舍的荒诞则是含"情"的。

图4.7 《茶馆》剧照(第三幕):三个老人的自我祭奠。于是之饰王利发,郑榕饰常四爷,蓝天野饰秦二爷。

老舍曾说:"我并不想提倡悲剧,它用不着我来提倡。两千多年来它一向是文学中的一个重要形式。它描写人在生死关头的矛盾与冲突,它关心人的命运。它郑重严肃,要求自己具有惊心动魄的感动力量。因此,它虽用不着我来提倡,我却因看不见它而有些不安。"①

四、"样板戏"

在"文革"时期,文艺领域出现了"样板戏"运动。1967年5月,为了纪念《讲话》发表25周年,京剧《红灯记》《沙家浜》《智取威虎山》《奇袭白虎团》《海港》,芭蕾舞剧《白毛女》《红色娘子军》,和交响音乐《沙家浜》在北京会演。5月31日,《人民日报》发表社论,八部作品被正式确定为"革命文艺的优秀样板",统称"八个样板戏"。

"样板戏"的产生,是长期以来激进的政治文艺思潮达到顶点的产物,是以革命性、阶级斗争学说为核心的社会主义新文艺构造与设计的结果,是当代"典型论"文艺实践中的最典型作品。按照设计者当时的说法,"样板戏"的现实功能与历史意义在于,它"直接地为无产阶级文化大革命制造了革命的舆论,成为巩固无产阶级专政,防止资本主义复辟的强大的思想武器。充分认识革命样板戏的意义和作用,是充分认识无产阶级文化大革命的伟大意义的一个重要方面"②。

另一方面,八个"样板戏"也是许多戏曲工作者多年呕心沥血的艺术结晶,他们在严峻的政治规范下对戏剧艺术倾注了许多心血。京剧《沙家浜》改编自沪剧《芦荡火种》,《红灯记》改编自沪剧《自有后来人》,《红色娘子军》来源于同名电影(当时这部电影正在受批判),其他几部剧目也是如此。"样板戏"的许多唱腔、戏曲舞台表演身段来自传统京剧艺术。因此"样板戏"在戏曲艺术形式上的探索,取得了一定的成绩,尤其是在用戏曲表现现代生活方面积累了一定的艺术经验。尽管"样板戏"这一艺术形式的推广,是通过非艺术力量展开的,是在没有更多竞争的情况下,一种非自发形成的欣赏习惯的产物,但是不可否认,其持久的影响力主要来自于艺术自身的魅力。戏曲表演艺术以类型

---

① 老舍:《论悲剧》,《人民日报》1957年3月18日。
② 初澜:《中国革命历史的壮丽画卷——谈革命样板戏的成就和意义》,《红旗》1974年第1期。

化人物为中心，具体到舞台就是脸谱化、程式化方式的展开，包括扮相、唱腔、身段等。这种形式特点能够较为便利和直接地与当时强调人物典型性与纯粹性的文艺观念相结合，于是产生了具有一定艺术性的"样板"舞台形象。传统戏曲的形式并非只纯粹作为形式被运用，而是以"戴着镣铐跳舞"的方式表现人物的丰富性和流动性，这一传统对于"样板戏"的艺术魅力的形成是影响很大的。

第四节　政治抒情诗、白洋淀诗群、散文模式

政治抒情诗　白洋淀诗群　知识性散文　诗化散文　随笔与小品的余绪

1950—1970年代中国诗坛上，政治抒情诗和歌咏新生活的叙事诗成为诗的主流形态。情感的理念化，是这时期诗歌创作显著而普遍的特点。不过，集体性、一律化的诗歌运动总难以彻底地规约个人的诗创造，在代表性的主流诗人的创作中，恰恰出现了深深的裂痕与矛盾。同时，"边缘"与"地下"的诗歌潜流也酿出别样的诗行。在貌似一体化的当代诗歌领域，诗人心灵世界的整一与矛盾也一直在发生着。

一、政治抒情诗的浪潮

随着1949年的旭日东升、红旗漫卷，为无产阶级革命和社会主义建设擂鼓呐喊、齐声高唱的宏大政治抒情，成为中国诗歌的旗帜与方向。后来有人这样描述那一时代的情绪与氛围："'中国人民站起来了！'——三十几年前，震撼世界的这声欢呼，谁也不会误认为，只是毛泽东个人壮怀激烈、浮想联翩的一行抒情诗，升上天安门万里晴空的五星红旗告诉人们，那确是神州大地上的一声春雷，是亿万人民的同声欢呼，同声歌唱！"[①] 应和着"中国人民站起来了！"的伟大宣言，《新华颂》（郭沫

[①] 张志民：《丰产与灾年——〈中国新文艺大系（一九四九——九六六）·诗集〉·导言》，《诗刊》1989年第3期。

若)、《时间开始了》(胡风)、《我们最伟大的节日》(何其芳)、《国旗》(艾青)、《我的感谢》(冯至) 等,率先开启了歌颂党、歌颂领袖、歌颂伟大的新时代的浪潮。这股浪潮席卷了1950—1970年代的中国诗坛。1964年,年轻的诗评家谢冕曾列出"一连串颇为壮观的优秀之作的名单"①,诸如臧克家的《战斗的最强音》、李季的《向昆仑》、贺敬之的《放声歌唱》《十年颂歌》《雷锋之歌》、郭小川的《向困难进军》《青纱帐——甘蔗林》《林区三唱》《秋歌》、张志民的《祖国颂》《擂台》、石方禹的《和平的最强音》《古巴·革命及其他》、闻捷的《我思念北京》、李瑛的《古巴情思》、严阵的《天安门颂》,等等。

二、诗的"边缘"与"地下"探索

据后来不断披露的材料,在"文革"期间,除了公开发表的诗歌之外,还存在着相当一批"地下"诗歌。这后一部分诗,疏离于当时的文学主流,与后来崛起的新诗潮具有直接的联系和先导性意义。"地下"诗歌作者主要由两方面构成。一是"文革"前乃至1949年之前就已经开始诗歌创作,但在当代陆续被剥夺写作权利的老诗人。如后来被称作九叶派诗人的穆旦、唐湜等,受"胡风事件"牵连的牛汉、绿原、曾卓等,以及蔡其矫、公刘、流沙河、郭小川等。二是"上山下乡"运动中在农村插队的一批"秘密"写诗的城市知识青年。其中较早写诗并影响甚大的是食指(郭路生)。他之后,在某些知青插队的聚集地还形成了一些诗歌群落,其中最著名的是白洋淀诗群(见图4.8)。此外还有以黄翔为代表,包括哑默(伍立宪)和路茫(李家华)等人的"贵州诗人群"。

图4.8 白洋淀,这北中国的水乡,战争岁月孕育了"荷花淀派"小说,后来又成为"文革"中"地下诗歌"的重要策源地。

白洋淀诗群 主要成员有芒克(姜世伟)、多多(栗士征)、林莽(张建

---

① 谢冕:《阶级斗争的冲锋号——略谈政治抒情诗创作》,《诗刊》1964年第10期。

中)、根子(岳重)、宋海泉、方含(孙康)等。在白洋淀诗群作者笔下,出现了集合着青春的虚无与叛逆,并具有特定历史感的现代诗。多多的《当人民从干酪上站起》以萨特式的"恶心"、波德莱尔式的"恶魔性",诅咒着扭曲生命的荒谬现实;林莽的《悼一九七四年》书写被毁灭了家园的弱小流寓者的孤绝,与孤绝中的倔强、无所期待的期待;芒克的《秋天》呈现的是在一个空洞的生命季节里,无法遏制的青春冲动被莫名撩拨着,压抑、无望又百无聊赖……郭路生的后继者们以恣意的语言方式,表达起伏动荡的情绪和思考。他们笔下的诗歌形式与意象,种种暗示、隐喻与象征,在已经尝试了半个多世纪的新诗中,并不十分新鲜,但那种痛楚、绝望、挣扎与诅咒,在并不遥远、甚至还未散尽的历史烟云的烘托下,显示出一种特别的撕裂感和穿透力。

三、散文的模式化

1949年以后的中国是追求齐声同步、高度整饬的一体化的时代。在这样的时代中,散文写作最根本的变化,就是这一最能直接、真实地袒露作家心灵、显示个人性情的文学样式,对于外部环境的变化表现出异乎寻常的灵敏,因此而成为政治气候的晴雨表,一方面追随时代的明朗、显豁、热情澎湃,另一方面在表现个体的性灵与精神意趣上显得模糊、迟疑、谨慎。

与"主情"的新文学散文传统不同,中华人民共和国成立之初,散文首先出现了"主事"的变化,客观的纪实或叙事代替了主观的抒情,对外部新世界的高歌取代了对心灵的内宇宙的剖析探索。散文领域纪实或叙事题材主要有三类,一是对党和革命领袖的歌颂,如老舍的《我热爱新北京》、臧克家的《毛主席向着黄河笑》等;二是对抗美援朝战争的反映,洋溢着英雄主义、乐观主义精神,如魏巍的《谁是最可爱的人》、巴金的《我们会见了彭德怀司令员》、靳以的《站在杨根思烈士碑前》、菡子的《从上甘岭来》《和平博物馆》等;三是满怀自豪与自信地歌咏社会主义工业建设的丰功伟绩、新时代生

每次运动过后我就发现人的心更往内缩,我越来越接触不到别人的心,越来越听不到真话。我自己也把心藏起来藏得很深。(巴金:《说真话》)

活中的新人新事,如李若冰的《在柴达木盆地》等。新文学革命以来现代散文所表现出的追求个性自我、性灵真情的美学传统,正在逐渐淡化消失。

1950年代中期,"双百"方针前后,是散文写作相对活跃的一个时段,"干预生活"、揭露社会问题的特写、报告文学创作引人注目。"干预生活"作为当时文坛的热点词汇,起初与报告文学相关,语出苏联作家奥维奇金的《谈特写》。奥维奇金的访华,直接推动了苏联文学界"干预生活"思潮在中国的展开。刘宾雁的特写《在桥梁工地上》以及《本报内部消息》,是当时影响最大的作品,此外还有耿简的《爬在旗杆上的人》、白危的《被围困的农庄主席》等。

抒情性散文兴起。就题材而言,随着开国换代、抗美援朝、工商业改造转向社会主义和平建设,与之前侧重表现国际国内风云大事、描绘英雄高大形象不同,散文开始更多地关注日常生活、平凡人物、山水自然。周立波的《灯》、万全的《搪瓷茶缸》、冰心的《小橘灯》、柯蓝的《早霞短笛》一类的咏物小品较多出现,或质朴,或清新,或警拔。也有老舍的《养花》、姚雪垠的《惠泉吃茶记》等记叙日常生活琐事的作品,以人生意趣的玩味见长,也时显微言大义的曲折。此外还有一批记游散文涌现,如叶圣陶的《游了三个湖》《记金华的两个岩洞》、丰子恺的《庐山面目》、碧野的《天山景物记》、方令孺的《在山阴道上》、黄苗子的《华山谈险》、许钦文的《鉴湖风景如画》等,皆赋形山水,娓娓而谈,颇见情趣。相对于早几年那种平铺直叙、放声歌唱的文字,作家们对散文文体形式的自觉显然大大加强了,这在一定程度上提升了散文的艺术品质。精心地谋篇布局、编织材料、提炼意境,追求诗一般的精致形式,作为散文的一种模式,这时已初见端倪。

1960年代初,党中央一度对政治经济文化政策有所调整,散文创作又一次呈现活跃态势。诗化散文与知识性散文这两种散文模式逐渐形成。

知识性散文与秦牧 以知识性散文著称的秦牧(1919—1992),其写作特点是"用一根思想的线串起生活的珍珠"[①]。思想性与知识性相交

---

① 秦牧:《散文创作谈》,见王效天编:《散文创作艺术谈》,江苏人民出版社1984年版,第6页。

融，思想统领知识，知识验证思想，是秦牧散文的自觉追求。其思想的品性，如他自己所言，主要是"先进的"和"崇高的"。在他的很多篇章里，较多的是一些生活的小道理和唯物哲学的呈现。较有影响的作品有《社稷坛抒情》《潮汐和船》等。此外，邓拓以"马南邨"为笔名写作的"燕山夜话"专栏，以及他联合吴晗、廖沫沙共同以"吴南星"为笔名开设的"三家村札记"专栏，还有唐弢以"晦庵"为笔名写作的书话，也是当时较有影响的知识性散文。知识性成为当时散文写作一种普遍的追求，这既与当时社会文化知识水平相对较低有关，也是以普及为主导的文艺方针作用的结果。知识性本身，并不与散文的艺术性相冲突。关键在于，散文里的知识要内化为独特心灵的表现，使之情感化、情绪化、情趣化，以及思想化、精神化。

诗化散文与杨朔 与知识性散文相比，更引人注目而且影响持久的是散文的诗化。诗化是1960年代初散文的总体特征。除有"三大家"之称的杨朔、刘白羽、秦牧外，吴伯箫、曹靖华、菡子、袁鹰、碧野、何为、陈残云、郭风、柯蓝、峻青等也都致力于散文诗化意境的构造，他们共同形成了一个酿造诗意的散文作家群。

以杨朔为代表，1960年代的诗化散文，在一定程度上矫正了粗放、直白文风的同时，又不免走上了另一条路：尚虚饰，工雕琢，而且模式化。

随笔与小品的余绪 1950年代初，老作家周瘦鹃、周作人曾发表一些疏离于当时文坛主流的文字，这是散文园地中并不显眼的两类。它们不用大红大绿的着色炫目，却凭幽兰暗香的韵致入心，以看似无心插柳的闲情逸致，一定程度上接续了写真心、抒性灵的中国现代散文精神。从新文学的散文传统来看，或可称之为随笔与小品文的余绪。

与周作人"亦报随笔"的略显局促相比，周瘦鹃的一批写花木园艺的小品文倒显出性情怡然、自得其乐的气韵。作为著名鸳鸯蝴蝶派小说家的周瘦鹃，本是一位多情、唯情、至情之人。在他笔下，花乃有情之

所谓"模式"，一是不管什么题目，最后都要结到歌颂祖国，歌颂社会主义，卒章显其志，有点像封建时代的试帖诗，最后一句总要颂圣；二是过多的抒情，感情绵缠，读起来有"女郎诗"的味道。（汪曾祺：《当代散文大系总序》）

物,花事实为人之情事。如《花雨缤纷春去了》叙写花事与时令的关系,落笔却在一腔春情,"留春不住,盼春再来",隐隐流淌着作者幽婉的心曲。周瘦鹃的花木小品文又是有理趣的,这理不是道学冬烘的说教,而是源自本心的体悟。其一,他的理首先是一位风雅之士的美的趣味、品位和格调的理。在枯桩老干的清玩中,周瘦鹃说"我以为老树着花,更觉得丰富多彩";"问梅花消息"之时,他笃信"尤以浅红梅含苞为美,一开足反而减色了"。其二,他的理是美学的雅俗之辨的理。谈起女子喜用凤仙染指,他引清代李渔之言说:"纤纤玉指,妙在无瑕,一染猩红,便称俗物";说到水仙的林林总总,"我以为这洋水仙比了国产水仙,总有雅俗之分"。其三,周瘦鹃的花事小品文里,美学的雅俗之辨又实为人学的雅俗之辨,是在借花说人格、人品的高下清浊。

第五节　另一重文学空间:中国台湾与中国香港
白先勇　金庸

乡土文学　现代派文学　白先勇《台北人》　郑愁予　余光中　新派武侠小说

白先勇(著名作家):
我的文学道路

方忠(江苏师范大学):
台湾散文的艺术魅力

一、独特文化时空中的精英文学与通俗文学

台港文学是在中国现代历史背景下的区域文学,它由于特殊的历史际遇而生成和发展,是中国现代文学一个独特的组成部分。

1950年代之后,台湾文学进入了一个新的历史阶段。1950—1970年代,台湾与大陆经历了长达30年的政治、经济、文化隔绝,台湾文学的发展呈现出与大陆文学迥异的状态、面貌。整体上看,传统深厚、具有鲜明区域文化特质又不断嬗变的乡土文学，富有先锋色彩的现代主义文学以及有大众消费文化性征的通俗文学构成了这一时期台湾文学最主要的三个方面。

1950年代，在台湾地区，国民党当局大力鼓吹"战斗文艺"和"反共文学"，文学的异化泛滥一时。与此同时，由于与民族母体无法割裂的深切联系和流寓的历史境遇，日据时期就已生成的乡土文学传统在新的历史背景和环境下继续发展。余光中的诗集《舟子的悲歌》、林海音的小说《城南旧事》以及钟理和等人的创作，饱含浓郁动人的乡情、乡愁，是怀乡文学的代表。1960年代，乡土文学思潮再度兴起，陈映真、黄春明、王祯和、洪醒夫、王拓等构成了一个人数可观的乡土作家群。陈映真的小说《将军族》在"大陆人在台湾"这一题材中注入强烈的民族意识与社会批判精神；黄春明的《儿子的大玩偶》《青番公的故事》《溺死一只猫》等在传统与现代冲突的背景下书写乡土人物与生活经验，寄托深切的文化情怀，是这一时期台湾乡土文学的突出之作。

1953年，纪弦创办《现代诗》季刊，1954年，覃子豪、余光中、钟鼎文成立蓝星诗社，张默、洛夫、痖弦等成立"创世纪"诗社，以现代诗为先导的现代主义文学思潮在台湾兴起。1960年，白先勇、王文兴、欧阳子、陈若曦、叶维廉、李欧梵等创办的《现代文学》杂志，带来台湾现代主义小说的繁荣。台湾现代主义文学的兴起，既是受西方现代派文学影响的结果，是一部分具有艺术探索意识的作家自觉融入世界文学潮流、创新民族文学的表现，同时也是"孤岛"境遇中迷惘、孤绝、感伤的社会文化心理孕育催生的产物。台湾文学的现代化并不等同于西化，而是具有鲜明、深沉的民族、历史与区域文化特色。这尤其体现于以白先勇《台北人》等为代表的小说中。戏剧领域，姚一苇注重表现人的困境、压抑与孤绝感，他的《红鼻子》以自我的寻找为贯穿动作；马森则善于将生命的探索哲理化，其《花与剑》在"寻父"的主题中思考人性的多重性；这些都显示出台湾戏剧家的现代追求。

乡土文学与现代派文学是台湾精英文学的两大潮流。它们的生成具有共同的文化地理背景，也由于艺术观念、文化视点的不同而形成鲜明的分野。1970年代，与社会经济、政治的急遽变化相联系，台湾知识界开始反思1960年代兴起的西化思潮,也引发了文学界乡土派与现代派的论争。1977—1978年规模空前的乡土文学大论战,既是一场文学观念与路线之争,同时也由于不同意识形态、政治力量的介入而呈现出复杂的历史性,是台湾现代史上的重要文化事件。

与台湾社会生活的渐渐稳定、娱乐消费文化的兴起相联系,与具有叛逆精神、精英意识与先锋文化色彩的现代派文学同步发展起来的,还有台湾的通俗文学。其中影响广泛、具有代表性的是琼瑶的言情小说、古龙的武侠小说和高阳的历史小说。琼瑶的言情小说文笔细腻,风格清新,延续了中国传统的才子佳人模式,并从现代少男少女的情感意趣、生活梦想出发加以改造,善于在"邂逅钟情——矛盾遇阻——好和团圆"的套路中讲述一个个清丽婉转、富有梦幻色彩的纯情浪漫故事。在审美风格上,她的小说体现出意境化的诗意色彩。

1960年代之后,台湾兴起留学热潮,加上日益密切广泛的海外联系,留学生文学因此成为台湾文学史上一个突出的现象,这方面的主要作者有聂华苓、於梨华、丛苏、陈若曦、张系国等。於梨华的长篇小说《又见棕榈,又见棕榈》是其中具有代表性的作品。

香港文学同样是中国现代文学整体中一个独特的存在。国际港的都市环境、多元的文化生态以及与民族母体的深刻联系共同孕育了香港文学的独特性。

20世纪上半叶,中国香港文学整体处于同中国内地文学相融合的发展阶段。1920年代后期,香港新文学开始起步,开始了香港文学的拓荒期。1928年创刊的《伴侣》是第一本新文学刊物,1929年第一个新文学社团"岛上社"成立。这一时期香港文学界持续最久、影响最大的刊物是1933年创刊的《红豆》月刊;代表作家是侣伦,写有小说《试》、散文集《红茶》等。1937年抗战全面爆发,大量内地文化人士南迁香港,香港文学进入以南来作家为创作主体的时期。第一批南来作家在1941年底香港沦陷后大都撤回。1940年代中期以后,在国内战争和政治紧张局势下,又有大量作家再次来港。这两次以香港为寄居地的作家流动,带来了香港文学的繁荣。茅盾的《第一阶段的故事》《腐蚀》《锻炼》、萧红的《呼兰河传》、夏衍的《春寒》、戴望舒的诗集《我底记忆》《望舒草》《望舒诗稿》《灾难的岁月》等许多中国现代文学名著的写作、出版都与香港有密切联系。

  1950年代以后，由于社会制度、文化环境的差异，香港文学走上了与内地文学相疏离的发展道路。一部分南来作家留居香港，本土文学也进一步成长，香港文学的独立形态逐渐形成。这一时期，由作家个人的艺术观念、审美价值取向的分化所决定，也与香港作为现代都市、国际自由港的特殊文化地理环境相联系，香港文学形成了有精英文化色彩的纯文学与有大众消费文化特征的通俗文学相共生的多元文学格局。

  在纯文学领域，本土作家侣伦的《穷巷》以对底层市民悲苦生态与生命意志的书写，显示出香港乡土小说的实绩。同样以人道主义精神来透视香港小市民生活的还有舒巷城的《太阳下山了》等。1950年赴港定居的南来作家徐訏在香港出版了长篇小说《江湖行》《时与光》《悲惨的世纪》等，将时代风云、社会变迁寄托于小人物的悲欢之中。力匡、何达从1950年代开始活跃于诗坛，是初期香港新诗的代表诗人。力匡的诗以感伤悲郁的浪漫主义为主要风格，透露出流寓孤岛的被放逐的心态与情绪。何达的诗更富激情，富有昂扬的理想主义色彩。1970年代，西西、也斯、黄国彬、羁魂等香港本土诗人崛起，成为香港诗坛新的代表。他们的创作具有鲜明的现代意识，也寄托着深切的本土关怀。

  有南来背景的刘以鬯（1918—2018）以对反传统的现代小说技法的探索著称，是香港文学现代派的代表。他主张探求内在真实，描绘自我与客观世界的斗争，追求写出具有独创性的、摒弃传统文本、打破传统规则的新锐作品，他的写作常大量运用隐喻、暗示、象征、意识流等现代手法，善于表现人物隐秘幽深的内心世界。1963年出版的《酒徒》是他的代表作。小说在现代都市环境的背景下揭示现代人的生存困境。主人公是一位内地来港的作家，一个有社会责任感和文化信念的知识分子，但他在都市的物质与趋利环境中遭遇困境，处处碰壁，陷入了精神与心理危机，最终沦为酒徒。作家展现了人物矛盾重重的内心世界，和在挣扎中走向沉沦的痛楚的灵魂。这部小说用意识流的形式表现了作家深切的现代都市体验和精神探索，因此被认为是华语文坛第一部意识流长篇小说。

1950年代开始，与繁荣开放的商业社会形态相联系，香港的文化产业迅速发展，通俗文学的兴盛是香港文学的一个突出现象。武侠、言情、历史、科幻，形式各异，内容多样，满足了市民阶层的文化娱乐与消闲需求。香港通俗文学中影响最大的是武侠小说。梁羽生被认为是新派武侠小说的开创者，他不局限于快意恩仇的旧派写法，以现代意识、文化感、历史感的注入，以及更丰富多样的表现手法提升了武侠小说的艺术品质，代表作有《白发魔女传》《七剑下天山》《萍踪侠影》等。金庸是香港最重要的武侠小说作家，1955年发表处女作《书剑恩仇录》，之后又创作了14部，都产生极大影响。金庸被公认为是武侠小说领域成就最高、堪称泰斗的大师。

二、白先勇：书写心灵无言的痛楚

以《现代文学》杂志为中心，汇聚了这一时期台湾最具才华与艺术个性的一批小说家，既有融现代与乡土于一体的陈若曦，也有精于心理分析的欧阳子，以及决绝叛逆的王文兴，汇通古典与现代的白先勇等。

白先勇（1937—　）是台湾小说家中最杰出的一位。他曾不止一次申明自己的写作宗旨"是希望把人类心灵中无言的痛楚表达出来"。对人类的关怀，必然要以个体性的反思为前提和基础。痛楚令人无言，意味着它具有无法抗拒的本然性和难以直说的隐秘性，也意味着对它的言说要以迂回曲折的方式展开。在白先勇的小说中，既有对文化乡愁、历史命运、社会人性的观照，也深切贯注了更隐蔽、更曲折、更幽深、更真切动人的心灵复调。

《玉卿嫂》（见图4.9）是白先勇早期的代表作。为了无法保全的爱欲而不惜杀死自己的情人，以毁灭的方式去追求自己的爱的玉卿嫂，是作家从自身被压抑的情爱体验升华而成的一个艺术形象。白先勇早期的小说，如《藏在裤袋里的手》《月梦》等，无一例外都是悲剧性的婚恋家庭故事，色调阴郁压抑，虚无甚至惊悚的氛围相当浓厚，梦魇色彩的"家"意象非常鲜明。创作由"情欲分裂""恋母—自恋情结""家的梦魇"等隐含心理编码构成的内省式的探索小说,是作家通过自我分解的方式进行自我投射,使人物成为变形化的自我面具,完成对位或错位的角色转换与心理替代。白先勇的这段文学历程是一段由自我情欲体验铺就的崎岖的心路,是一道用无言的痛楚挖掘的心灵的深渊。

图4.9　根据白先勇同名小说改编的越剧《玉卿嫂》。徐俊导演,方亚芬主演。

小说集《台北人》体现了白先勇小说艺术的成熟。其中的《游园惊梦》《金大班的最后一夜》《永远的尹雪艳》等,都可位居中国最优秀的现代小说之列。14篇"台北人"小说中,每一个人物都处在与他人的对比关系中,从外在的时世变迁到个人的命运浮沉,进而再到更深层的心灵沧桑。对比不仅发生在人物与人物之间,而且深入到他们心灵的内部。每一个"台北人"似乎都在照镜子,在别人身上照见自己,在"物是"中看到"人非",在"人非"中发现心已不在,或者心犹在。白先勇创造了一种可以称为"心灵镜像结构"的独特的艺术形式。通过这种艺术结构,他的小说传达出时间的伤逝与情欲分裂、灵肉不能两全的生命痛楚。"随着时间洪流,早也就一一灰飞烟灭了"①,林林总总的生命样态多舛莫测、扑朔迷离,一个情字贯穿其中——眷恋之情,伤悼之情,虚妄之情,不甘之情,乃至绝望一搏之情。情与时融汇交织,时因情伤,情因时悲,伤情即伤逝,情感由时间的覆盖而获得底蕴,时间因情感的注入而具有生命。时间之伤是超越性的人类关怀,情欲之痛则是个体性的生命意识,两者的结合使白先勇的小说既绵缈浑厚又血肉饱满。这在中短篇的体制内,形成一种意境化、有象征韵味的审美风格。

---

①　白先勇:《冠礼》,见白先勇:《白先勇文集》第4卷,花城出版社2009年版,第85页。

无法超越人生而俱来的困境——情欲的累赘,人之大患,患于有身……除非像哪吒剜肉剔骨,彻底毁灭烦恼的根源——肉身,那么人便注定了一生翻腾在情欲的轮回中。(白先勇:《白先勇文集》第四卷)

《孽子》是中国现代文学史上第一部以同性恋为题材的长篇小说。小说运用传统的叙事结构,即以一个叙述者贯穿全篇,其间不断穿插各种人物的故事,彼此嵌套,多线交织;内在则是多声部的情感表达和心理呈现。这是一部"情感复调型"长篇小说,通过性格各异但彼此有着深厚友情的四个"青春鸟"(少年男妓)的生活,呈现出他们复杂的心灵生活。表层的社会人性意义上的"家",同潜层的具有特殊指称的"人",构成二重性理想期待;这种理想期待,又与由忏悔和叛逆互相对峙碰撞而形成的强烈痛楚相交织,反映出作家内心多种元素的对话和交锋。

白先勇是一位特别善于塑造女性形象的作家。即使将其笔下的女性形象系列置于整个中国现代文学史中来审视,也依然光彩夺目。与其他作家相比,白先勇的独特性主要有三个方面。第一,他不是完全站在通常的外位性别立场上去写,而是把自我的灵肉感受和期待渗透在角色中,使人物大都具有一定程度的作家自我替代的意味。特殊的性向形态让他与笔下的女性有着共同的情感思慕对象,因此能够更内在地把握她们的情爱心理,既是塑造女性,也是在以模拟女性的方式抒发自我;金大班等人的爱欲醉梦都蕴涵着作家的自我想象。第二,特殊情爱倾向带来的现实心理压力,造就了白先勇骨子里的叛逆,因此他在女性角色身上投注自我时,更加偏重刻画其刚性的一面,例如尹雪艳的冷、金大班的傲、云芳老六的韧、玉卿嫂的恨。这种刚性又不乏温柔,它带有母性的柔情色彩,其中的原因,既有同性爱的心理因素,也来自作家对母亲的深刻记忆。白先勇曾说他母亲是个生命力很强的人,"环境无论如何艰险,她仍乐观,勇于求存,因为她个性坚强,从不服输"[1]。第三,文学写作是感性与理性相交织的过程,白先勇需要在与女性对象之间的同一性体验中进进出出,因此他刻画女性的精彩主要不表现为过程的绵延,而在

---

[1] 白先勇:《蓦然回首》,《白先勇文集》第4卷,花城出版社2009年版,第7页。

于对特定瞬间的捕捉，诸如尹雪艳悲悯的一瞥，金大班最后的舞步，钱夫人片刻的失神，玉卿嫂刹那的异变。这些精彩的瞬间常常成为小说的高潮，它们凝聚着人物心灵的沧桑，是最富包蕴性的一刻，也是白先勇的自我沉浸其中的一刻。

白先勇的小说艺术富有古典美，又极具现代感，这是他基于自我的心灵世界，融汇中西、兼收古今的结果。他身处现代主义潮流之中，但没有狂热决绝地反传统，而是从自我的生命体验出发，出色地实现了传统与现代的接合。白先勇一方面深受弗洛伊德精神分析学说等现代主义理论的影响，善于运用意识流等心理分析手法探索人物的隐秘内心世界，表现人物心灵的挣扎与搏斗；另一方面吸收《红楼梦》《三国演义》等的美学传统，在小说中注入人生的无常感、历史的沧桑感，并将其与富有先锋色彩的对欲的叩问相结合。他的小说中充满了悲悯，这里的"悲"具有佛家宗教情怀。他从对《红楼梦》的阅读中体悟出："佛性超越人性——他本身即兼有双性特征——本无男女之分。"① 他发现了佛家对肉欲和性别的超越，认为只有佛家的"悲"与"空"才能化解他的痛楚，给他提供探寻自我时所不能或缺的思想和情感根基，让他的心灵能容下那么多那么深的痛，让他在直面创痛的同时还能守护一份美的期待。白先勇从文学传统中寻来借镜，折射出一个现代"边缘人"的心灵痛楚，这显示出他古典情怀中的现代意识，以及文化胸襟中的生命关怀。

三、传统、现代与本土：台湾新诗

从 1950 年代初期开始，台湾新诗进入了一个以现代主义为主潮的发展阶段。"现代派""蓝星""创世纪"三大诗社形成了三个现代诗创作群，他们之间展开了主知与主情、现代与传统、世界与中国的碰撞、交流。以纪弦为中心的"现代派"正式成立于 1956 年，《现代诗》第 13 期发表的《现代派信条释义》申明了他们的诗学追求："新诗乃是横的移植，而绝非纵的继承"，要展开"诗的新大陆之探险，诗的处女地之开拓"，书写"知性""纯粹性"的诗。1954 年成立的"蓝星"是"针

---

① 白先勇：《贾宝玉的俗缘：蒋玉函与花袭人》，《白先勇文集》第 4 卷，花城出版社 2009 年版，第 141 页。

对纪弦的一个'反动'",余光中称:"我们虽不以直承中国的传统为己任,可是也不愿贸然作所谓'横的移植'。纪弦要打倒抒情,而以主知为创作的原则,我们的作风则倾向抒情。"① 初期的《创世纪》则更鲜明地显示出对传统的坚守,提倡所谓"新民族诗型",即洛夫后来所总结的,主张表现"美学上直觉的意象","形象第一,意境至上",并要具有"中国风""东方味"——"运用中国文学之特性,以表现东方民族生活之特有情趣"。② 1959年4月,《创世纪》诗刊改组,吸纳了很多原"现代派"和"蓝星"的成员,放弃"新民族诗型"的旗号,转而提倡"超现实主义"。1960年代中期以后,以现代主义为主导的台湾新诗开始转向。1963年3月以本岛籍诗人为主体的"笠"诗社成立,他们认为"'创世纪'的超现实主义及达达派诗作的实验并未成功",主张诗要灌注"现实主义、人生批评、真挚性"③,标举诗歌的现实精神与本土意识。1970年代,一批更年轻的诗人走上诗坛,出现了一批新的诗刊、诗社,台湾诗歌走向多元。

图4.10 2006年11月,郑愁予和余光中在台湾中山大学对谈诗艺。

作为"现代派"成员之一的郑愁予(1933—2025)(见图4.10),身处西化的潮流之中,在台湾诗坛却被称作"中国的中国诗人"。他的诗不是"横的移植"的结果,也不呈现"主知"的色彩,而是显示出婉约缱绻的抒情意味。20世纪五六十年代,郑愁予出版有《梦土上》《衣钵》《窗外的女奴》三部诗集,以《梦土上》影响最大。这是诗人漂泊大陆的童年记忆与海上思归的游子情愫共同酿造的诗歌世界。缠绵忧伤的情调,精致灵动的诗形,古典的审美意蕴,结合现代的技巧与手法,郑愁予

---

① 余光中:《第17个诞辰》,《现代文学》第46期,1972年3月。
② 洛夫:《诗坛春秋30年》,《中外文学》第10卷第12期,1982年5月。
③ 《近30年来的台湾诗文学运动暨〈笠〉的位置》,《文学界》第4集,1982年10月。

承续着徐志摩、戴望舒等开创的中国现代诗美传统。"我打江南走过/那等在季节里的容颜如莲花的开落//东风不来,三月的柳絮不飞/你的心如小小的寂寞的城/恰若青石的街道向晚/跫音不响,三月的春帷不揭/你的心是小小的窗扉紧掩//我达达的马蹄是美丽的错误/我不是归人,是个过客……"诗人著名的《错误》,在"我"的行旅神驰中包藏着拟想的情人的寂寥幽怨,虚实相生,动静结合,寓古典意象于现代句法,在深情缱绻、蕴藉曲折中呈现抒情的智慧。

"蓝星"诗社的余光中(1928—2017)说:"无论我的诗是写于海岛或半岛或大陆,其中必有一主题是根托在那片厚土上,必有一基调是与滚滚长江同一节奏。从我笔尖潺潺流出的蓝墨水,远以汨罗江为其上游。在民族诗歌的接力棒中,我手里这一棒是远从李白和苏轼的那头传过来的。不过另一面,无论在主题、诗体或是句法上,我的诗艺中又贯串着一股外来的支流。"① 在传统与现代、中国与西方的沟通中探索、创新,是余光中的诗学追求。1952年出版的处女诗集《舟子的悲歌》,与稍后的《蓝色的羽毛》《天国的夜市》是诗人的早期创作,较鲜明地受到1920年代新诗的影响。1950年代中期以后,余光中开始"西化实验",这时期的诗作结集为《钟乳石》。于1959年创作的长诗《天狼星》曾引发他与洛夫之间的论争,余光中在《再见,虚无!》一文中宣布与"恶性西化"告别。1960年代中期,余光中出版诗集《莲的联想》与《五陵少年》,被认为是他新古典主义时期的代表。1970年代以后,以《白玉苦瓜》为标志,余光中的诗风更趋圆融和深沉,在对现实的关怀中融入深邃的历史感与民族文化意识,他这时提出:"现代诗的三度空间,或许便是纵的历史感,横的地域感,加上纵横交错而成十字路口的现实感吧。"②

四、雅俗共生的武侠世界:金庸

香港是一个汇通四海、文化多元、商业繁荣的国际都市,发达活跃的文化产业与成熟的市民阶层催生了娱乐消闲文化包括通俗文学的兴盛。20世纪下半叶,香港成为与台湾相并立的中国通俗文学的另一个中心,

---

① 丁宗皓:《在传统与现代之间——余光中先生访谈录》,《当代作家评论》1997年第6期。
② 余光中:《白玉苦瓜》"自序",大地出版社1974年版。

金庸的武侠小说是其中一个标志性的存在。

金庸（1925—2018，浙江海宁人，原名查良镛）1955年发表处女作《书剑恩仇录》；至1972年，共创作了15部武侠小说，除《越女传》外，金庸将其他14部小说书名首字缀联为"飞雪连天射白鹿，笑书神侠倚碧鸳"。金庸的小说创作大致可分为三个阶段。《书剑恩仇录》和《碧血剑》是早期创作。1957年的《雪山飞狐》和随后的《射雕英雄传》标志着金庸进入了创作的成熟期，形成了结构纵横开阖、人物千姿百态、写情深挚自然和饱含文化底蕴等特色。1960年代中期之后的《天龙八部》《笑傲江湖》是金庸武侠小说的高峰，更加博大精深、深沉浑厚。《鹿鼎记》是他最后一部也是最为奇特的一部，小说取材于历史又大胆解构历史，充满喜剧谐谑，具有反讽意味。

金庸的小说是行侠的天地，也是人性的舞台和文化的宇宙，是古典与现代相结合、雅与俗合流共生的艺术世界。把侠的精神与深挚婉曲的情相融合，并注入现代意识，以腾挪幻化的艺术想象力、波澜起伏、纵横开阖的情节结构，舒卷自如、行云流水的白话语言，以及深沉辽远的文化意蕴，实现武侠小说的雅俗共生，是金庸小说的独特魅力与艺术贡献。《射雕英雄传》的"为国为民，侠之大者"，《笑傲江湖》的逍遥自在，《天龙八部》的悲天悯人，各灌注着中国传统的儒、道、释的文化精神。郭靖的侠义与憨朴，是大智若愚、大巧若拙的中国人生哲学的形象化；亦正亦邪的黄蓉、赵敏，叛逆不羁、至情至性的杨过，奸逆中也有深情的杨康，显示出金庸谛视人性的深邃与现代意识；神行百变、游刃于庙堂江湖的韦小宝，则显出某种后现代的意味。武侠小说离不开一个"武"字，在金庸笔下，"独孤九剑""降龙十八掌""唐诗剑法""黯然销魂掌"等，主要不是"技"的炫示，而是"技"与"道"的统一，甚至是"技"与人性、人心的化合。行侠尚武的江湖，不仅是快意恩仇的刀光剑影，也是充满诗情画意、人性辩难及丰富文化意蕴的精神空间。

（金庸）真正继承并光大了文学剧变时代的本土文学传统；在一个僵硬的意识形态教条的无孔不入的时代保持了文学的自由精神；在民族语文被欧化倾向严重侵蚀的情形下创造了不失时代韵味又深具中国风格和气派的白话文；从而将源远流长的武侠小说传统带进了一个全新的境界。（刘再复：《金庸小说在二十世纪中国文学史上的地位》）

第五章
1980—1990年代：当代文学新时期

以1976年10月"文化大革命"的结束为标志，中国文学进入了一个新的发展时期。1920年代新文学革命以来"人"的文学的回归，娱乐消费文化的大行其道，构成了新时期文学不断前行的两大驱动。人学思想的现代思考、文学观念的多元发展、文学思潮与文学论争的频繁更迭与发生、文学创作的丰富多彩与快速变化，使新时期成为20世纪中国文学史上具有独特性和重要性的时期。

第一节 人性复归与多元探索

人道主义　文学观念　现代派论争　后现代主义　人文精神　女性主义

"文化大革命"的宣告结束，特别是1978年12月中国共产党十一届三中全会的召开，揭开了我国社会主义建设的新时期的序幕。"新时期"，这一原本用在社会政治层面的概念，在文学领域被广泛地运用。这个名词不仅体现了当代文学一种冲决思想禁区的冲动，直接推进了1980年代初的思想解放运动，更重要的是它迎来了一个逐渐开放自由的文学空间。

一、新时期文学论争与思潮

1978年5月11日,《光明日报》发表《实践是检验真理的唯一标准》,标志着关于真理标准问题的讨论和思想解放运动的全面铺开。文艺界一方面批判"文化大革命"时期的"文艺黑线专政"论,一方面清理由此造成的大批冤假错案,为1950年代以来至"文革"结束这一期间受到迫害的作家落实政策,为受到错误批判的作品恢复声誉。1979年10月30日召开的第四次全国文学艺术工作者代表大会,进一步促进了文艺界的解放思想和拨乱反正。1984年12月29日中国作家协会召开第四次代表大会,特别强调创作和批评的自由,更加促进文学界的思想解放和艺术民主。整个1980年代,文坛在中西文化的碰撞下,出现了一波又一波的文学思潮,这种涌动与更迭大多来自社会公众推动现代化的激情。就新时期诗歌而言,有朦胧诗、青春诗会等,都直接参与并构成了新时期文学和美学领域的异动。《上海文学》评论员文章、第四次文代会等,可以视为为马克思主义"正名"的事件。《苦恋》发表后的争议、清除精神污染等,则暗示着文学与政治的摩擦。整个1980年代文学思潮的发展,尤其是前半时期,始终有主流意识形态在推进和干预。伤痕、反思等文学思潮,属于对历史的怀疑与反省;改革、寻根等文学思潮,则是在现实与文化层面的思考。现代派与先锋文学的兴起,是文学对政治意识形态的反拨与对审美形式的探求。1988年前后新写实小说的兴起,则可以看成是意识形态的逐渐淡出,和日常生活叙述的崛起。

为文艺正名 1979年4月,《上海文学》发表《为文艺正名——驳"文艺是阶级斗争的工具"说》一文,立即引起了一场全国范围内的大讨论。大多数人明确提出反对把文艺当作阶级斗争的工具,但也有一些人发出不同的声音。这场讨论在第四次文代会上由邓小平代表中央和国务院的致辞得以解决。邓小平明确指出:"党对文艺工作的领导,不是发号施令,不是要求文学艺术从属于临时的、具体的、直接的政治任务,而是根据文学艺术的特征和发展规律,帮助文艺工作者获得条件来不断繁荣文学艺术事业,提高文学艺术水平,创作出无愧于我们伟大人民、伟大时代的优秀文学艺术作品和表演艺术。""在文艺创作、文艺批评领域的行政命令必须废止。"① 随后他又在题为《目前的形势和任务》的讲话中，进一步强调："对写什么，怎么写，不要横加干涉。""不继续提文艺从属于政治这样的口号，因为这个口号容易成为对文艺横加干涉的理论根据，长期的实践证明它对文艺的发展利少害多。"② 从此，文学创作开始进入一个较为自由宽松的环境。同时，也可以看出，这场争论仅仅停留在"文艺不是什么"的层面，并没有进入"文艺到底是什么"的层面。

关于人道主义问题的讨论

关于人性、人情、人道主义问题的讨论是 1980 年代前期规模最大的文艺思潮。这场讨论不仅体现在对具体作品的争鸣中，也体现在大量的理论文章中；不仅涉及文学领域，还涉及哲学等其他人文学科。朱光潜、毛星、王元化等人在讨论中呼唤人的尊严、人的价值和人的权利。周扬在《关于马克思主义的几个理论问题的探讨》一文中，就人道主义和异化等问题发表看法，引起争论。《人民日报》发表胡乔木《关于人道主义和异化问题》一文，对周扬进行批判。这场历时几年的讨论基本上可以归纳为关于人学思想的思考。它立足于"文革"

宣传人道主义世界观、历史观和社会主义异化论的思潮，不是一般的学术理论问题，而是关系到是否坚持马克思主义的基本原理和能否正确认识社会主义实践的有重大现实政治意义的学术理论问题。在这个问题上的带有根本性质的错误观点，不仅会引起思想理论的混乱，而且会产生消极的政治后果。（胡乔木：《关于人道主义和异化问题》）

什么叫做"人性"，它就是人类自然本性。（朱光潜：《关于人性、人道主义、人情味和共同美问题》）

人的本质"是一切社会关系的总和"。（程代熙：《人性问题——介绍〈马克思恩格斯论人性和人道主义〉》）

文学中的主体性原则，就是要求在文学活动中不能仅仅把人（包括作家、描写对象和读者）看作客体，而更要尊重人的主体价值，发挥人的主体力量，在文学活动的各个环节中，恢复人的主体地位，以人为中心，为目的。（刘再复：《论文学的主体性》）

---

① 邓小平：《在中国文学艺术工作者第四次代表大会上的祝词》，《中国文学艺术工作者第四次代表大会文集》，四川人民出版社 1980 年版。
② 邓小平：《目前的形势和任务》，《邓小平文选（1975—1982）》第 2 卷，人民出版社 1994 年版。

后对人性、人的尊严的呼唤和肯定，注重人性表现在文学创作中的地位、辨正人性与阶级性的关系等。刘心武的《班主任》、戴厚英的《人啊！人》、张洁的《爱，是不能忘记的》、张贤亮的《男人的一半是女人》，其他如《我是谁》《邢老汉与狗的故事》等，戏剧如《报春花》《丹心谱》等，报告文学如《大雁情》等，诗歌如《我爱》《在浪尖上》等，都不同程度地表现了对人性、人情的呼唤，对人的尊严、人的价值的追求。"人的重新发现，是新时期文学潮流的头一个，也是最重要的特点，它反映了文学变革的内容和发展趋势。"①

文学观念更新 此后的文化发展虽然仍与政治有着相当的联系，但在更大程度上表现出文化自身的特性。其中最早出现且势头最盛、持续达两年多之久的文艺学问题讨论，是关于"方法论"的讨论，也被称为"方法论"热。"方法论"热较为确切的内涵是"文学研究方法的变革"，它是自中华人民共和国成立初期确立马克思主义社会学批评方法以来，当代文学理论的又一重大变革，其实质是关乎文学观念的变革。其中一些概念的转换和新术语的流行难免有生搬硬套之嫌，却也让人们看到文学被多种理论方法和概念术语分析与表述的可能性，打破了1949年以来文学批评方法单一和狭隘的局面。从这以后，西方20世纪的理论著述被源源不绝地译介到中国，从弗洛伊德到荣格、拉康，从俄国形式主义到结构主义、后结构主义，从现象学到解释学、接受美学，从西方马克思主义到女性主义、后殖民主义……批评家们依循各自所选择的理论模式和批评方法去研究自己所关心的问题。

"方法论"热开阔了批评家的视野和胸襟，促进了文学观念的变革。《文学评论》从1985年第4期开始，推出"我的文学观"专栏，诸多批评家明确提出了探讨、调整文学观念的主张，并得到了广泛的呼应。刘再复的"文学中的主体性原则"全面贯彻在有关"创造主体""对象主体""接受主体"的论述中，构成他关于文学主体性的阐述体系，引起了广泛的关注；之后又有陈涌等人发表相关的批评文章，激起了全国性的对文学主体性问题的论争。关于文学主体性的思考，进一步推进了文艺思想的解

---

① 何西来：《人的重新发现》，《红岩》1980年第3期。

放,将文学艺术问题向更本位、更学理、更思辨的方向推进。这场讨论一直延续到1980年代末期才基本结束,对1990年代文学的发展,产生了明显的推动作用。

1980年代中后期,正是当代中国社会、经济、文化的转型时期。受海外华侨学者"新儒学"的影响,从反思传统文化的角度为中国的发展寻找生机、出路,成为知识界关注的话题。拉美魔幻现实主义文学,尤其是1982年哥伦比亚作家加西亚·马尔克斯因《百年孤独》获得诺贝尔文学奖,刺激和启发了中国作家,许多年轻作家从加西亚·马尔克斯充满拉美地域色彩的作品中看到了第三世界国家文学走向世界的希望。他们中的一些人将自己的文学创作根植于悠久而深厚的中华民族文化土壤之中,致力于对传统意识、民族文化心理的发掘,以中国人特有的感受来解读、改造西方的文化观念和艺术形式,

文学有"根",文学之"根"应深植于民族传说文化土壤里,根不深,则叶难茂……这大概不是出于一种廉价的恋旧情绪和地方观念,不是对方言歇后语之类浅薄的爱好;而是一种对民族的重新认识、一种审美意识中潜在历史因素的苏醒,一种追求和把握人世无限感和永恒感的对象化表现。(韩少功:《文学的"根"》)

文化寻根本质上是一次艺术回归的运动,它的目的并不是文化的批判或文化的重构,而是使艺术回归到艺术本体上来,是完成艺术本体的建设。……因为"文化寻根"只是一个契机,价值在于激活了作家们的艺术想象力。(季红真:《论寻根后小说》)

(寻根文学)更多地流露出对传统文化、传统生活认同、赞美的情调,表现出同社会发展相悖的生活观念与文化观念。……"这种以怀旧情感为作品主线的'文化寻根'不但是反生活的,而且也是反美学的。"(陈晋:《关于文学中的文化问题的讨论》)

这类创作被称为寻根文学。这一思潮的倡导者和创作主力有韩少功、王安忆、贾平凹、郑义、郑万隆、阿城、李杭育等人。韩少功的《爸爸爸》、王安忆的《小鲍庄》、阿城的《棋王》等是寻根文学的代表作。寻根文学在对中国传统文化的继承上,和在吸收现代主义甚至后现代主义的表现方法上功不可没。寻根文学也带有复古主义倾向,在思想价值估断上,显得复杂而暧昧。一些寻根文学作家会抓住某种民俗、旧习刻意渲染,却忽略了对民族性的深入解剖,忽略了对社会人生问题的揭示,使得作品与当代现实相疏离,这导致了几年后寻根文学的衰微。

现代主义文艺思潮 1980年前后,对西方各种名目的现代文艺理论的引入和评介有了又一个高潮。20世纪以来重要的现代派思潮逐一在文坛亮相,各种西方现代派文学思潮和理论,众多外国现代派作家作品,逐渐被文艺界所熟悉。除文学外,新潮电影、新潮音乐、新潮美术等也同时涌动。后期象征主义诗人、作家里尔克、瓦雷里、艾略特、勃洛克、安德列耶夫、梅特林克、霍普特曼,表现主义戏剧家斯特林堡、奥尼尔,意识流小说家伍尔夫、普鲁斯特、乔伊斯,荒诞派文学家卡夫卡、贝克特、尤奈斯库,黑色幽默小说家海勒,存在主义文学家加缪、萨特,拉美魔幻现实主义文学家马尔克斯,日本新感觉派作家川端康成,苏联作家艾特玛托夫,欧美作家海明威、福克纳、劳伦斯、昆德拉、博尔赫斯,以及戏剧家布莱希特、迪伦马特等,都曾引起1980年代中国文坛的强烈兴趣与热切关注。

引起对西方现代派文艺进行大讨论的是1982年《外国文学研究》上发表的徐迟的《现代化与现代派》一文。在这篇文章发表前后,西方现代派已逐步成为热点话题。徐迟的文章把西方现代派与中国新时期文艺的未来发展结合在一起,着眼点是在我国大规模进行现代化建设的今天,如何适应并创造出与之相匹配的"现代化"文学。高行健的《现代小说技巧初探》一书由花城出版社出版后,深化了对整个西方现代派文学的评价与争论,表明当代文学在面对西方文学思潮时,开始有自觉意识。从1981年到1985年,评介、翻译西方现代派文艺的热潮,逐渐融入当代文学的创作中。

1970年代末到1980年代初,朦胧诗浮出水面,"新的美学原则在崛起"。朦胧诗本质上是西方现

现代派不仅仅是一大堆这样那样的具体作品、艺术原则和经验,而且是一种精神——锐意革新、突破传统的艺术进取心;"伪现代派"恰好违背了这种精神……它正逐渐使中国文学走向虚伪造作、扭捏作态,使阳刚之气尽除。(李洁非:《"伪"的含义及现实》)

"伪现代派"这一术语背后蕴含着一个根深蒂固的观念,即存在一种"正宗"或"正统"的现代派文学或别的什么派,即便不能原封不动地引进,也可以成为引进是否成功的明确的参照。如果意识到现代派文学产生于东、西方文化的价值标准都发生移易的时代,意识到现代派文学的"反规范"倾向,那么,就会感觉到设立一个"真现代派"的先验规范可能是徒劳的。(黄子平:《关于"伪现代派"及其批评》)

代主义文学思潮与本土现实体验相结合的产物。北岛的《回答》、顾城的《无名的小花》、舒婷的《致橡树》《祖国啊,我亲爱的祖国》、江河的《纪念碑》等,表现了新的自我和新的情感表达方式。小说方面,王蒙的《夜的眼》《春之声》《海的梦》等大量借鉴意识流手法,强化小说的幽默风格,被称为"东方意识流"。1985年刘索拉的《你别无选择》、徐星的《无主题变奏》、残雪的《山上的小屋》《苍老的浮云》《黄泥街》等不仅仅停留在借鉴现代主义技巧的层面,而且深入到对现代主义文化精神与观念的模仿。他们以年轻人玩世不恭的举止和语言传达出现代青年的内心骚动和对传统观念、既有文化秩序的反抗。先锋文学更注重文学形式的探索,强调小说的叙事艺术,努力实现让文学回归本身。在马原、余华、苏童、格非、孙甘露、叶兆言等人的创作中,时常运用"元小说"手法,消弭真实与虚构的界限,颠覆了传统小说的真实观,使小说成为开放的文本,这构成了1980年代小说叙事的革命。这场革命是对文学传统的反叛,影响着整个1980年代的思想文化。先锋小说的形式实验并不仅仅表现为形式本身,而是时代精神的某种象征,对后来者的写作产生了深远的影响。

正当1985年前后现代主义文学思潮至少在表面上获得一定的影响与成功时,文坛掀起了一场关于"伪现代派"的讨论。李洁非、黄子平等人,不再纠缠于现代派与主流文学观念之间的冲突,而是针对现代主义文学本身的精神与规范等问题展开讨论,体现了现代主义思潮在1980年代的深化。

整个1980年代一波一波的文学思潮与论争,几乎像过电影一般将各种西方文学观念和形式演练了一遍。文学话语与政治话语彼消此长,既体现了其在思想价值和艺术探索方面的努力,也决定了其在理论和实践方面的浅尝辄止,孕育了1990年代文学自由多元又较为平面的局势。

二、市场语境下的文学多元化

中国文学进入1990年代以后,随着市场经济作为社会生活中心的确立,人们的价值观念、行为方式和文化态度都发生了转变。一方面,市场经济的本性是以个人为本位,它要求发挥一切个人的主动性和创造性,这就必然要求和依赖个体独立；另一方面，市场经济发展最为根本的意义在于促进普遍的个人发展，解放个人，推动人的独立自主意识。这是它最主要的历史作用。商品、市场、消费等走上前台，将1980年代启蒙、理想、精英思维等主题逐渐挤至边缘。1990年代市场话语之下的多元文化景观，主要有消解中心、崇尚世俗享乐的后现代主义思潮和人文精神讨论下的文化思潮。

后现代主义　后现代主义是继现代主义之后在西方出现的一种文化艺术潮流。它是资本主义社会进入高度发达时期（后工业社会、信息社会、晚期资本主义等）的产物。后现代主义在中国的介绍始于1985年美国学者詹明信（詹姆逊）在北京大学所作的题为《后现代主义与文化理论》的演讲，以及他的后现代主义的理论名著《晚期资本主义的文化逻辑》在中国的出版。后现代主义与现代主义既有内在的联系，更有本质的区别。"在后现代主义的文化图式里，没有了等级秩序和在场的优越地位，也没有了真实和虚构、过去和现在、重点和非重点的区别。我们看到的是诸如对假想中心的消解，对某种伟大叙事或'元叙事'的怀疑和对'稗史'、'新历史'的兴趣，对形而上的沉思的摒弃和对平面的反讽与戏拟的使用，对终极意义的不屑一顾和对在羊皮纸上书写以获得快乐的迷恋，本体论意义上的确定性已不复存在，而代之以失去本体确定性支持后的游移、漂浮和不确定性。"[①] 随着中国市场文化语境的逐渐形成，后现代主义与消费话语的共存成为1990年代中国文学运行的一条重要脉络。后现代主义思潮主要沿着人的解构和存在的解构这两个维度展开，使得1990年代几乎所有的文学思潮都或多或少地带上了后现代的特征。新写实小说、新历史小说、新状态小说以及王朔现象、王小波现象、新生代写作、女性写作等等，都可以看做后现代主义在中国文坛的变体。

人文精神讨论　这是1990年代学者面对当代生活和文化中价值危机与精神迷失问题而发生的广泛讨论。1993年初，王蒙在《读书》上发表

---

① 陆贵山：《中国当代文艺思潮》，中国人民大学出版社2009年版，第165页。

了《躲避崇高》一文，对王朔的亵渎神圣、躲避崇高给予了相当的肯定，并指出首先是"生活亵渎了神圣"。随后，《上海文学》发表了王晓明等人的《旷野上的废墟——文学和人文精神的危机》一文，指出文学的危机实际上暴露了中国社会的人文精神的危机；在转型期价值失范和道德沦丧的世俗化潮流中，人们失去了对精神生活的兴趣。（见图5.1）文章严肃地批评了王朔作品的游戏性和媚俗倾向，对张艺谋的影片《大红灯笼高高挂》展示中国文化中的丑陋一面也深表不满，对新写实小说、新潮小说、新生代文学中放弃批判、远离使命感和价值承担提出批评。作家张炜、韩少功、李锐等发表文章，对价值的迷失、理想的放弃、批判立场的回避等现象也进行了抨击。这是市场消费文化语境下，对后现代主义思潮的价值解构和文学精神迷失的一种反拨。与此相呼应，张承志与张炜提出道德理想主义的重建。道德理想主义在1990年代的提出，与世俗化的语境和社会心理有

图5.1 电影《顽主》海报。

在人文精神讨论中，王朔小说被指为"媚俗"，是"取消生存的任何严肃性"的"调侃"，"是一种卑下和孱弱的生命表征"；张艺谋的电影《大红灯笼高高挂》等也被认为是"使用了在中国人看来最具现代性的技巧，所表现的却是中国文化中最陈腐的东西"。

今天的文学危机是一个触目的标志，不但标志了公众文化素养的普遍下降，更标志着整整几代人精神素质的持续恶化。（王晓明等：《旷野上的废墟——文学和人文精神的危机》）

关，与人文知识分子对商业主义、极端功利化、拜金主义、理想放逐等的道德焦虑有关。道德理想主义的内涵主要表现在四个层面：其一，对古典人文情怀的呼唤；其二，对道德人格的现代思索；其三，对精神、理想、信仰的坚持；其四，对终极、灵魂和宗教情感的呵护。张承志的《清洁的精神》和张炜的《柏慧》《家族》《忧愤的归途》等

都是表达道德理想主义的重要文本。

同时，本土文化论者坚持现代化的多元观，强调中国文化的现代化与本土文化的创造性转化相结合，主张全球化时代多民族文明的对话。他们认为："中华文化注重人格、注重伦理、注重利他、注重和谐的东方品格和释放着和平信息的人文精神，对于思考和消解当今世界个人至上、物欲至上、恶性竞争、掠夺性开发以及种种令人忧虑的现象，对于追求人类的安宁与幸福，必将提供重要的思想启示。"① "它代表了一种激烈的社会变革之后的深入反思，代表了一种对本土历史和民族传统的回归与再思考，也代表了一种更具建设性的稳健扎实，求问现实中国发展的学术姿态。"② 关注中华本土文化，可以视为经济、文化全球化进程中中国知识分子民族文化意识的觉醒和对现代性的新思考：思考在全球化语境中中国文化如何定位，如何摆脱西方现代性的一元视角给中国文化带来的自身被扭曲的焦虑，以新的姿态进入文化全球化格局，重塑新世纪中国文化形象与价值。

在文学视野上，中国港台地区的文学与中国大陆文学加强了联系与交流，共同推进了中国当代文学的发展。香港对新文学的继承与拓展，具体表现在对传统武侠小说、言情小说等通俗文学的创作上，这一时期，香港的新武侠小说等对内地文学产生了影响，推进了内地文学对本土文化的关注和市场传媒对这一文学形态的美学接受。台湾对五四新文学的继承与拓展，具体表现在现代派文学与乡土文学创作领域，成为中国当代文学强有力的补充。

同时，影视文化与当代文学之间的互动，也是 1990 年代文学一个明显的文化表征。一方面，以影视为文学宣传舞台，借影视改编而实现小说热销。刘恒的《伏羲伏羲》被张艺谋改编成《菊豆》（1989），一下子提升了他的作家声誉，推动了小说畅销。很多小说起初只在文学圈内有一些关注，但由于被改编成电影或电视连续剧，而引起小说单行本的全国热销。另一方面，1990 年代文学因以影视为代表的大众文化审美标

---

① 许嘉璐、季羡林、任继愈等：《甲申文化宣言》，《文学报》2004 年 9 月 9 日。
② 金元浦：《何以"保守主义"，而又"新"？》，李世涛主编：《知识分子立场——激进与保守之间的动荡》，时代文艺出版社 2000 年版，第 390 页。

准的变化而不断调整写作方式。很多作家放弃了文化启蒙这一严肃的创作意图,而认同以日常生活娱乐为特征的大众文化标准。有论者指出:"一个显而易见的事实是,发达的传媒并不是为文学的兴盛准备的,恰恰是在大众传媒高度发达的情况下,我们似乎更强烈地感受到了文学的衰落。"①

可见,在市场经济语境下,文学日趋边缘化和多元化,不仅在整体上逐渐形成了多元格局,而且作家创作个性的解放给文坛带来了空前的活跃与躁动。这些多元的文学观念,在市场经济的深入影响下,彼此既渗透又分化地统一在一起,贯穿于整个1990年代文学的全过程。文学的视界也在多元文化格局下不断扩展。

女性主义文学思潮 女性主义文学思潮是后现代主义解构思潮与个人化写作在中国女作家身上的具体表现。解构思维为女性文学带来了寻求话语独立、解构男权中心束缚的可能,个人化写作的提倡也为女作家提供了一种性别写作的话语空间。经过五四时期女作家在"人的觉醒"的启蒙思想下去追求作为人的权利,发展到1980年代中后期,一些女性作家从性别出发,大胆引入性的描写,从自然层面肯定了女性的性别,为1990年代女性写作提供了思想资源。同时,1990年代西方女性主义理论在中国得到广泛的传播。许多女性主义文学论著在1990年代问世。中国女作家长久蛰伏的女性自主意识与西方女性主义理论相互交汇,使得她们开始了积极的自我探寻,从而成就了1990年代的

今日中国知识分子之边缘化,是幸事而不是灾难,是胜利而不是失败。这个胜利的条件是:主流社会已进入技术官僚体制,因此知识分子不必也不可能拥有传统社会的士大夫政治权力;主流社会已进入社会意识形态淡化时期,知识分子不必也不可能再扮演革命家或社会精神领袖;主流社会已进入经济自动运转的体制,因此不需要知识分子来做齿轮或螺丝钉,或歌颂物质生产。知识分子个人的雄心,应是在文化批判的深度上下功夫,在同行圈中比能力争短长。(赵毅衡:《走向边缘》)

---

① 陈霖:《文学空间的裂变与转型——大众传播与20世纪90年代中国大陆文学》"前言",安徽大学出版社2004年版。

女性主义文学思潮。

女性文学的主张者认为,"九十年代女性写作最引人注目的特征之一便是充分的性别意识与性别自觉。……女性写作显露出在历史与现实中不断为男性话语所遮蔽,或始终为男性叙述所无视的女性生存与经验"①。从根本上来看,这种新向度是一种着重于表现女性自身特征,并且更加个人化的写作倾向,其中所表达的女性意识已不是可以与男性共享的公共意识,所揭示的女性问题也不再具有共名的普遍意义。这种倾向所展露出来的女性视角更多地聚焦于写作者的个人世界,尤其是作为女性的个体生命体验,是以独特的个人话语来描绘女性的生存状态,包括女性的躯体感受、性欲望等感性内容。代表作家有陈染、林白、徐小斌、徐坤、斯妤等。卫慧、棉棉的创作则更多的是女性意识与市场消费话语相结合的产物。

女性主义文学创作与批评在1990年代汇聚成前所未有的女性主义文学思潮,它在解构男性中心话语束缚,凸显女性个体存在,尤其在女性话语独立方面,大大拓宽了1990年代文学的表现空间。同时,也应该看到,女性主义文学在注重女性个体生命体验的书写时,由于自身经验的狭隘与单一,难免出现重复叙述和情节雷同的不足,如何突破消费话语的诱惑与自我重复,保持旺盛的艺术创作力,是女性主义文学在当时需要解决的一个问题。

但在至少90年代的文化现实中,一个十分引人瞩目的危险在于,女性大胆的自传性写作,同时被强有力的商业运作所包装、改写。……于是,一个男性窥视者的视野便覆盖了女性写作的天空与前景。商业包装和男性为满足自己性心理、文化心理所作出的对女性写作的规范与界定,便成为一种有效的暗示,乃至明示传递给女作家。(戴锦华:《犹在镜中:戴锦华访谈录》)

---

① 戴锦华:《奇遇与突围——九十年代女性写作》,《文学评论》1996年第5期。

第二节　文学反思与先锋实验

伤痕文学　反思文学　改革文学　寻根文学　新写实小说　先锋小说　多元化探索

一、现实主义小说的发展

伤痕文学　1977年11月，时为北京市中学教师的刘心武（1942—　），发表描写中学生生活的短篇小说《班主任》，以青年学生谢惠敏的形象揭露"文化大革命"给青年一代的心灵所造成的毒害。1978年8月11日，《文汇报》发

朱栋霖（苏州大学）：
莫言与诺贝尔文学奖

表了卢新华的短篇小说《伤痕》，写的是"文革"时期的"革命小将"王晓华和"叛徒"母亲划清界限去辽宁插队，后来得知母亲罪名为"四人帮"所强加，于是带着悔恨的心情赶回上海看望八年未通音信的母亲，不料待她赶到时，在"文革"中饱受摧残、重病缠身的母亲已经离开人世了。"伤痕文学"和"伤痕小说"的得名即源于此。伤痕文学冲破了"四人帮"极"左"文艺的种种清规戒律，突破了一个个现实题材的禁区，提出了一系列重要社会问题。它遵循现实主义美学原则，按照生活的本来面目描写生活，以强烈的批判性、暴露性和震撼人心的悲剧性开启了1980年代文学现实主义深化的道路。它站在人道主义立场来塑造人物形象，描写在专制主义与极"左"路线下人性遭摧残、人权被剥夺的悲剧，成为新时期人道主义文学思潮的先导。

反思文学　伤痕文学兴盛之时，一批敢于思考、富有人生阅历的作家（他们中有许多人在1957年被划为右派），如王蒙、李国文、从维熙、张贤亮、方之、高晓声等，率先突破"恢复现实主义创作方法"这一口号的局限，提出了现实主义深化的主张，写出了一批具有相当思想深度和历史深度的作品。代表作主要有鲁彦周《天云山传奇》、刘真

《黑旗》、高晓声《李顺大造屋》《陈奂生上城》、张洁《爱，是不能忘记的》、谌容《人到中年》、古华《芙蓉镇》、张弦《被爱情遗忘的角落》《挣不断的红丝线》、路遥《人生》、郑义《老井》、叶文玲《心香》、张一弓《犯人李铜钟的故事》、韩少功《西望茅草地》、李国文《月食》《冬天里的春天》、王蒙《布礼》《蝴蝶》《相见时难》、张贤亮《灵与肉》《绿化树》《男人的一半是女人》、梁晓声《这是一片神奇的土地》《今夜有暴风雪》《雪城》、方之《内奸》、史铁生《我的遥远的清平湾》、张辛欣《在同一地平线上》、张抗抗《北极光》、李存葆《高山下的花环》、徐怀中《西线轶事》、朱苏进《射天狼》，等等。其中，《爱，是不能忘记的》《人到中年》《人啊，人！》《晚霞消失的时候》《在同一地平线上》《春天的童话》《女俘》《绿化树》等，曾引起争论或批判。

陕西作家路遥（1949—1992）的《人生》，在表现主人公高加林的个人悲剧的同时，深刻批判了固有社会经济体制下巨大的城乡差距给人的尊严和价值带来的戕害。根据小说改编的同名电影在社会上产生了巨大影响。小说中高加林与刘巧珍的爱情离合也引起了身处社会转型期的观众的争论。梁晓声的《今夜有暴风雪》一改知青文学中常见的一代青年人在"文革"中遭受愚弄的主题，激情而深沉地表现了这一代年轻人在酷烈环境下虽九死而未悔的人性追求。

有的作家突破了单纯的政治

> **声音**

为什么我们的道德、法律、舆论、社会风习……等等加于我们身上和心灵上的精神枷锁是那么多，把我们自己束缚得那么痛苦？而这当中又究竟有多少合理的成分？（黄秋耘：《关于张洁作品的断想》）

她在执拗地宣传一种似乎是"傻里傻气"的执着的揪心的爱，这就是张洁在新生活中最新的思考。（谢冕等：《在新的生活中思考》）

难道这两位男女主人公所信守的道德标准，是我们社会在人类感情生活上所造成的"难以弥补的缺陷"吗？（李希凡：《"倘若真有所谓天国……"——读张洁〈爱，是不能忘记的〉及其评价所想到的》）

这种用人道主义、人性的"魂兮归来"代替马克思主义的向右急转弯，不是一种偶然的孤立的现象，而是……资产阶级自由化思潮在文艺创作中的突出表现。……离开了生产关系的变革、生产力的发展等条件，侈谈人道主义和"人的解放"，不仅毫无现实意义，而且只能造成思想混乱。（纪煜：《再评小说〈人啊，人！〉》）

或社会视角，从文化的角度思考人、发现人，他们描写中国社会各个阶层人的悲喜剧，揭示这些悲喜剧产生的原因。陆文夫的小说《美食家》《井》《围墙》等侧重对市井风情的描述，在凸显较为浓烈的苏州地方文化色彩的同时，深化、拓展了对"人"的主题的探索。张洁的《爱，是不能忘记的》，描写一对终生相思的情侣囿于社会道德观念不能结合的痛苦，尖锐地揭示了社会现实与传统观念对人性、人的自由的剥夺以及在这种束缚与剥夺中人的精神困境。

改革文学 1978年，中国共产党十一届三中全会召开，全社会的工作重心开始由原来的阶级斗争转移到经济建设上来。作家们纷纷将热情投注于经济改革的时代生活。率先呼应这一思潮的，是天津作家蒋子龙。蒋子龙（1941— ）1976年发表小说《机电局长的一天》，1979年发表成名作《乔厂长上任记》。这部作品大胆地暴露了"文革"十年对我国工业战线造成的创伤以及积弊如山的现实，开改革文学的先河。此后，一大批改革文学作品，如张锲的《改革者》、张一弓的《赵镢头的遗嘱》、水运宪的《祸起萧墙》、柯云路的《三千万》《新星》、李国文的《花园街五号》、张贤亮的《男人的风格》、王润滋的《鲁班的子孙》、张炜的《秋天的愤怒》、贾平凹的《腊月·正月》、何士光的《乡场上》、王蒙的《坚硬的稀粥》、路遥的《平凡的世界》等相继出现。总体上看，改革小说侧重反映新旧体制转换时期的社会矛盾，记录了改革的艰难及改革导致的人的观念、人与人关系包括伦理关系的变化，在创作方法上以现实主义为主，注重人物形象特别是改革者形象的塑造，在当时被称为新人形象塑造。

二、小说多元格局的形成

整个1980年代中后期，围绕着对传统文化与价值观念的反思、批判及重建、文学观念的解放与转型，当代小说家们展开了多元的探索，最主要表现在下述两个方面。

一、1985年前后形成潮涌的寻根小说创作，超越了社会政治层面，突入到历史与文化的深处，对中国的民间生存和民族性格进行了文化学的思考。主要作品有韩少功的《归去来》《爸爸爸》《女女女》、阿城的

《棋王》《孩子王》《遍地风流》、郑万隆的《异乡异闻》、贾平凹的《古堡》《远山野情》、李杭育的《最后一个渔佬儿》、王安忆的《小鲍庄》等。这批作家对"根"或文化的态度较为复杂。有的持肯定态度,如阿城(1949—)的《棋王》(1984)写的是关于"吃"和"下棋"的故事,揭示了我们这个民族凭借着极其简陋的"吃"和"下棋",亦即物质与精神的最低层次需求度过了许多动乱的年代。作品流露了这样的暗示:道家文化传统是中国民间应付乱世的有效工具。有的持否定态度,如韩少功(1953—)的《爸爸爸》塑造了一个丑陋不堪的"老根"丙崽的形象。丙崽是一个白痴,却被全村人奉若神明,他的胡言乱语导致了全村人在一场大战中伤亡惨重。作者在这里批判了我们这个民族常常将自身的命运交付给某种荒诞而抽象的异己物,进而常常陷入一种无理性的盲动之中。还有的持历史主义态度,如冯骥才(1942—)的长篇小说《神鞭》,主人公的神鞭曾经打遍天津无敌手,但在八国联军的枪炮面前,却不堪一击,于是主人公毅然决然地抛弃神鞭,投入北伐军,练成了双枪神枪手。作者在这里表现出对传统文化的一种历史主义态度。

二、先锋小说的潮流涌动。从1985年开始,在寻根小说兴起的同时,出现了一批小说,不仅在语言形式、叙述技巧方面,而且在思想观念、文学精神上,都表现出对西方现代文学尤其是第二次世界大战以后西方文学思潮的接受和吸纳,形成了在当时极具冲击力、对后来也产生深刻影响的先锋小说潮流。刘索拉的《你别无选择》以戏谑、夸张的方式,描绘一个音乐学院里种种荒诞、骚动和疲惫、压抑的心灵与精神形态,充满了黑色幽默;但不同于西方黑色幽默小说的绝望感的是,小说在荒诞的氛围中包蕴着追求自我价值实现的活力和克服精神危机的反抗。徐星的《无主题变奏》以第一人称叙述一个从大学退学去当饭店服务员的年轻人的日常生活,小说充满对世事的嘲讽,对世俗价值的调侃,对庸俗和虚伪的鄙视,表现出对个人价值的追求和在这追求中的内心孤独感与精神优越感。残雪(1953—)的《山上的小屋》《苍老的浮云》等小说,显示着纷乱、拥挤、无羁的幻觉和疯狂、怪诞、血腥、森冷的意象,细腻、敏锐的感觉世界被夸大、强化和变形,通过这种方式颠覆了正常与反常、理性与疯狂的世俗界限,以此接近存在的真相,传达欲望的冲动和生命的活力。莫言的《透明的红萝卜》和《红高粱》等小说，重视感觉的呈现，色彩鲜明而丰富，叙事往往由感觉引导，由情绪推动，将逾越常规的生命活动形诸令人惊悚的语言表达，极富感性的强力刺激，诡谲奇伟，气势逼人，意象纷呈且奔涌。在上述小说出现的同时，以马原《拉萨河女神》《冈底斯的诱惑》等为先声，注重形式实验的小说开始兴起。马原以及紧随其后的洪峰、格非、苏童、余华、叶兆言、孙甘露、潘军、北村、吕新等作家的创作，虽以各不相同的面目涌现，但都表现出对小说形式和语言的自觉意识和竭力追求。洪峰的《极地之侧》在对关于死亡的叙事中，充分利用作者与叙述者、被叙述者之间的关系变化。余华的《一九八六年》将特定时间里的事件切割、延伸、折返，打破了"文革"叙事的既有套路。苏童的《一九三四年的逃亡》撕碎了历史（时间）的线性维度，事件与人物的碎片飘浮在欲望话语的涌动之中。格非的《褐色鸟群》在虚构中虚构，构成叙事的圈套，戏弄和颠覆了传统的小说结构方式。孙甘露的《请女人猜谜》在两个虚构叙事的相互映照、叠合、穿插之中，播撒语言的迷雾……先锋小说都淡化乃至取消了小说在文化和意识形态上的意义传达，而让位于话语欲望的尽情释放和叙述技巧的炫目演示。这种对文学传统的反叛和激进姿态，与整个1980年代的思想文化背景相关。在这个意义上可以说，先锋小说的形式实验并不仅只是形式本身，而是时代精神的某种象征。这些小说实验在观念和方法上对后来者的写作产生了深远的影响。但是，对形式的极端强调所造成的空洞感和虚无感也值得人们审视，正如格非后来所反省的："如果形式感的东西不被我们的作家的灵魂所照亮，那么它在现在这样一个产生着巨大变化的社会转型期的大背景下，就显得未免奢侈。"①

　　三、新写实小说。新写实小说特别注重对现实生活原生态的描写，主题更多是表现现实的荒诞、丑恶、灰暗与无奈，大多采用一种缺乏价值判断的冷漠叙述手法。主要作家有刘震云、刘恒、池莉、方方等。刘震云的《一地鸡毛》《单位》《官场》、刘恒的《狗日的粮食》、池莉的

---

① 林舟（陈霖）：《生命的摆渡——中国当代作家访谈录》，海天出版社1998年版，第70页。

《烦恼人生》《不谈爱情》《太阳出世》、方方的《风景》《桃花灿烂》等，是新写实小说的代表作。

三、西方文学和哲学思潮的影响

从整个文化思潮背景来看，1980年代中国文坛受西方现代主义哲学、美学思想影响最大、最广、最深，尼采、弗洛伊德、萨特是对1980年代中国文学影响最大的思想家、作家，"上帝死了""力比多""他人即地狱""存在先于本质"等思想观念或深或浅地渗透于1980年代的小说创作中。

弗洛伊德精神分析学说的一系列著作经20余年冰封终于在中国又一次出版。[①] 与弗洛伊德精神分析学相关的一批西方小说如《查泰莱夫人的情人》《洛丽塔》《一个女人一生中的24小时》等的引进，对郁达夫、沈从文、施蛰存、张爱玲等人小说的再发现，以及台湾作家白先勇创作的获推崇，一起推波助澜掀起了泛滥于1980年代中期的"弗洛伊德热"。弗洛伊德的思想在当代中国文坛以被误解的"泛性论"渗透在众多作家的创作中，张贤亮、王安忆、刘恒、苏童、莫言、王朔、张弦、张洁、路遥、张辛欣、张抗抗、刘索拉、残雪、孙甘露、贾平凹乃至王蒙的创作中都有其影响的痕迹。

意识流包括无意识理论，是文学中非理性主义倾向的基础。有意识流特征的作品如伍尔夫的《墙上的斑点》、普鲁斯特的《追忆逝水年华》、福克纳的《喧哗与骚动》、乔伊斯的《尤利西斯》，引起中国文学界的热切关注。过去的几十年里，在中国文学艺术中被压抑的表现主义美学观念在1980年代再次出现，中国美学突破了现实主义反映论的框架束缚，从克罗齐到科林伍德、苏珊·朗格的表现主义美学[②]，从斯特林堡、奥尼尔的表现主义戏剧到卡夫卡小说，纷纷被译介过来，形成了一

---

① 如弗洛伊德：《精神分析引论》，高觉敷译，商务印书馆1984年版；弗洛伊德：《梦的释义》，张燕云译，辽宁人民出版社1987年版；霭理士：《性心理学》，潘光旦译注，生活·读书·新知三联书店1987年版；荣格：《寻找灵魂的现代人》，苏克译，贵州人民出版社1987年版。

② 克罗齐：《美学原理　美学纲要》，朱光潜等译，外国文学出版社1983年版；罗宾·乔治·科林伍德：《艺术原理》，王至元、陈华中译，中国社会科学出版社1985年版；苏珊·朗格：《情感与形式》，刘大基等译，中国社会科学出版社1986年版。

个表现主义热潮。在这一美学与文化语境中，文艺心理学同时崛起，文学的主体性，经刘再复提倡，获得了深入而广泛的探讨，从而整体地改变了1980年代中国的文学观念，传统的、凝固的现实主义观念被打破，中国当代文学的多元格局由此形成，这是1980年代中国当代文学的最大收获。这一变化中，最本质的是"人"的观念的变化，是中国作家们对自我的新发现。

1980年代中期，尼采张扬个人价值、"重新评估一切"的反传统反偶像精神，克罗齐、叔本华、柏格森等所建构的非理性主义思想，对鲁迅与尼采关系的研究，以及陈鼓应等人一批著作的问世，这些现象一起，在当时形成了"尼采热"①，反叛的思想、张扬自我的观念在中国当代创作中大受青睐。随后到来的是"存在主义热"，海德格尔《存在与时间》、萨特《存在与虚无》等中译本相继问世②，围绕着对海德格尔、萨特作品的译介形成的"存在主义热"逐渐取代了"弗洛伊德热""尼采热"。"存在先于本质""自由选择"以及"世界是荒诞的"等思想理念，深入中国文学创作和批评领域。人的异化、人与社会的对立、个人的尊严、当代人的失落感、孤独感、荒诞感，这些存在主义思想也渗透在1980年代后期与1990年代的文学创作中。

从小说创作方法和形式技巧方面来说，从1970年代末开始的王蒙小说对西方现代派意识流小说技巧的借鉴和运用，到1980年代中期寻根小说对拉美魔幻现实主义的借鉴和运用；从性意识在文学中的勃兴，到1980年代中后期新潮小说的叙述技术革命，再到巴塞尔姆、巴思、品钦、冯尼戈特、博尔赫斯等后现代主义作家对中国先锋小说的影响……可以说，1980年代的小说创作几乎是将西方现代、后现代小说的演化发展过程经历了一遍。

---

① 如尼采：《悲剧的诞生——尼采美学文选》，周国平译，生活·读书·新知三联书店1986年版；尼采：《查拉斯图拉如是说》，尹溟译，文化艺术出版社1987年版；陈鼓应：《悲剧哲学家尼采》，生活·读书·新知三联书店1987年版。

② 如柳鸣九编选：《萨特研究》，中国社会科学出版社1981年版；海德格尔：《存在与时间》，陈嘉映、王庆节译，生活·读书·新知三联书店1987年版；萨特：《存在与虚无》，陈宣良等译，生活·读书·新知三联书店1987年版；萨特：《存在主义是一种人道主义》，周煦良、汤永宽译，上海译文出版社1988年版；W. 考夫曼编著：《存在主义》，陈鼓应、孟祥森、刘崎译，商务印书馆1987年版。

四、历史的多向反思

王蒙1978年重新开始发表小说,成为新时期文坛活跃的作家之一,先后出版中短篇小说集《深的湖》《相见时难》《坚硬的稀粥》等,长篇小说《活动变人形》《恋爱的季节》《失态的季节》《踌躇的季节》《狂欢的季节》《青狐》等,他这时期的小说大多是对20世纪中国知识分子心灵史的探索,对"人"的探究和思考。

1986年,王蒙发表了长篇小说《活动变人形》。小说中的倪吾诚脱胎于旧家庭,却有幸接受新教育。当其结束欧洲游学,满腹现代观念,心怀新人的理想,回到自己的国家时,面对肮脏、愚昧、粗陋和野蛮,他却并没有奋起行动加以改变的能力。作家通过家庭的琐屑生活描述人生的悲欢,无论是对其早年母亲的教育的描写,还是对他成年后的家庭生活的描写,都落笔于中国家庭里的阴暗、痼疾、愚陋,折射出社会病态和文化劣根对人性的扭曲,对民族创造力的窒息。小说中的玩具"活动变人形"是对倪吾诚这样的头、身、足异位,心灵、知识和所处环境相分离的现代知识分子的形象、贴切而深刻的比喻,浸透着作家对人、社会、历史的洞悉和哲思。

在小说艺术形式上,王蒙吸纳西方意识流手法而形成的所谓"东方意识流",对幽默的追求,对新词、新句法的创造,对"多声部的说话艺术"的运用,对不同文体在小说中的杂糅与融合,都为当代小说艺术的探索做出了贡献。

1979年平反后,高晓声(1928—1999)写作了《李顺大造屋》《陈奂生上城》等一系列以农民为主人公的小说,受到广泛好评。获1979年全国优秀短篇小说奖的《李顺大造屋》,在一万多字的篇幅中,呈现了怀有造屋梦想的李顺大半个世纪的生命历程。历经战乱与苦难的李顺大在土改政策的鼓励下萌生了造屋的念头,他立下志愿,要用"吃三年薄粥,买一头黄牛"的精神造三间屋,但是两次努力均告失败:1958年"大跃进"时期,他辛苦积攒的造屋材料被充公;1965年好不容易积存下的够买一万块砖头的资金被造反派头头敲诈了去;1977年在区委书记的帮助下一万块砖被退赔,却又遭遇一个小插曲:李顺大必须送礼,砖厂才肯发货；当李顺大终于接受暗示、学会送礼并顺利拿到造屋的砖头、桁条时，他却并不轻松，而是为"腐蚀别人"、参与了不正之风而内疚自责。高晓声将新中国农村三十多年的风雨历程浓缩在一个农民的造屋过程中，对农民个性的丰富与复杂作了充分的展示。李顺大堪称从旧中国走进新社会的中国农民的典型。一方面他在新政策的鼓励下开始拥有梦想，并对催生了这梦想的政府有着本能的感恩；另一方面，当这梦想一次次被现实摧毁后，他又在拥护与反对之间抱有一种非常复杂的心态，愤懑却又自我安慰，失望而又充满期盼。他无力改变现状，亦无力寻找并反省悲剧的根源，郁闷、疼痛、惋惜、困惑也只能自行消解。鲜有作家像高晓声这样如此贴近农民的生活，真切地表现出农民在社会变迁中的心理现实和精神悲剧。

除了《李顺大造屋》外，高晓声还创作了"陈奂生系列"小说，包括《陈奂生上城》《"漏斗户"主》《陈奂生转业》《陈奂生包产》《陈奂生出国》《书外春秋》等。他从农民生活出发，通过一系列真实而朴素的细节表现农民的命运，反映农民的精神世界，在反映乡土文化和塑造农民形象方面取得了可观的成就。

五、逼近心理的现实

1979 年谌容（1936—2024）发表了中篇小说《永远是春天》。1980 年又发表了中篇小说《人到中年》，获首届全国优秀中篇小说奖一等奖。1990 年代，她创作了长篇小说《人到老年》（1990）和《死河》（1993，单行本名为《梦中的河》）。

《人到中年》成功地塑造了陆文婷这个中年职业女性的形象。小说将人物置于角色冲突之中。作为医生，陆文婷对自己的工作全身心地投入，医疗水平为同行公认，医术和医德更是得到病人的交口称赞，然而她始终默默无闻，不事张扬，为社会奉

在可敬可爱的陆文婷大夫身上，党的政策的阳光被一层可怕的阴影给遮住了。……这部小说提出了一个十分尖锐的问题，然而反映出来的生活却是不准确的，模糊不清的。它的格调是低沉的、感情是哀伤的。（晓晨：《不要给生活蒙上一层阴影——评小说〈人到中年〉》）

这层阴影绝不是艺术给生活蒙上的，而是生活反射给艺术的。（王春元：《怎样反映新时期的社会矛盾》）

献出自己的一切。作为妻子和母亲,她感情细腻,体贴温存,珍视家庭。但是繁重的工作使她难以尽好妻子和母亲的职责,为此她常怀内疚和自责。在这样的社会角色和家庭角色的冲突之中和双重压力之下,她心力交瘁、濒临崩溃。作者将这种冲突与矛盾放在特定的社会现实环境中予以表现,从而揭示出更为深刻的社会意义。小说发表后引起了争论,有人认为它格调低沉,有人则认为它是生活的准确反映。小说还塑造了秦波这个"马列主义老太太"的典型形象,使这个带着特定年代的历史记忆和话语特征的称谓,成为某一类人的共名。

《人到中年》在艺术形式上也做出了积极的探索。它以陆文婷的病情突发为经线,以她 20 年来的生活为纬线,从陆文婷病倒这个断面切入,让人物的生活经历在朦胧的意识中展开,同时不断穿插他人的回忆和反应,从纵横两个方面加以延伸和拓展,形成了开阔的叙事空间。小说在叙述上注重从人物的视角来感知和铺排故事,如此更能够开掘人物心理的深层内容,并且通过叙述视角的变化,引入不同的意识,使主人公的形象更具立体感。这些都丰富了现实主义小说的表现手法。

张贤亮(1936—2014)1979 年 9 月获平反后重新执笔创作,先后发表了短篇小说《邢老汉和狗的故事》《灵与肉》《肖尔布拉克》等,中篇小说《土牢情话》《河的子孙》《绿化树》《男人的一半是女人》等,长篇小说《男人的风格》《无法苏醒》《习惯死亡》等。1990 年代以后,张贤亮著有长篇小说《我的菩提树》《青春期》等。

《绿化树》写的是主人公章永璘劳改期满被分配到与劳改农场仅一渠之隔的农场就业期间的经历。小说以第一人称叙述这段经历,展示了精神生活与物质世界的

> **声音**
>
> 以审美和道德的双重标准来衡量,黄香久可以说是当代文学中少有的一个富有艺术魅力的善良女性。她真正是从中国物质文明和精神文明的"最底层"开放出来的一朵气味馥郁的鲜花。(陈圣生:《对〈男人的一半是女人〉的审美道德批评》)
>
> (黄香久)是带着男性的而且是囿于生物学的眼光观照社会生活所塑造出来的男性心目中的女性,是被作者的性崇拜扭曲的女性。甚至可以说,那是一个为了适应某些男性观淫癖和裸露癖的心理和阅读欲望而塑造的拜物女性。(王绯:《性崇拜:对社会修正和审美改造的偏离》)

冲突。"我"怀着虔诚的忏悔心情读《资本论》，而实际上，"我"的精神生产的权利早已被剥夺，最基本的生存也受到严重威胁；饥饿难耐使"我"放弃尊严，不惜一切地去骗吃、蹭饭。丰富的精神活动与贫瘠的物质生活之间的鲜明反差，构成了主人公自我完善的心路历程的内在驱动力。小说通过"我"与海喜喜、谢队长、马缨花等底层劳动人民由隔膜、冲突、误解而至融化、认同和理解的过程，形象地表明，在极其艰苦的环境中，正是与土地、与自然紧密相连的普通劳动者们，完成了对"我"的生存救助和灵魂重塑。小说发表后，对章永璘这个人物，很多评论者认为反映了中国那个特殊年代里知识分子的真实遭遇，但也有人认为，"作品承认'原罪'，变相肯定那些年对知识分子的迫害……"①，"流露出一种对苦难的病态崇拜"②。

张贤亮在《男人的一半是女人》中塑造的女性形象黄香久，相比于他的其他小说，较少理想的、精神性内容的投射，也引起更多的争议。

六、乡土社会的现代呈现

1980年，汪曾祺（1920—1997，江苏高邮人）的短篇小说《受戒》一发表即引起轰动；次年，短篇小说《大淖记事》迎来广泛好评，获第四届全国优秀短篇小说奖。汪曾祺的主要作品有小说集《邂逅集》《羊舍的夜晚》《晚饭花集》《茱萸集》等，散文集《蒲桥集》《塔上随笔》等，还有《晚翠文谈》以及《汪曾祺自选集》等。

小说《受戒》《大淖记事》出现于伤痕文学和反思文学潮涌

我以为那该是沉入艺术境界之中的哲学意识，是作者熔人生的丰富体验、对社会的自觉责任感与对未来的美好期望于一炉，锻炼成的整体观念，以及由此而产生的审美态度。（季红真：《汪曾祺小说中的哲学意识和审美态度》）

汪曾祺的小说写作更强调以鲜活的口语来改造白话文之"文"，一方面使书面语的现代汉语有了一个新面貌，另一方面使汉语的种种特质有机会尽量摆脱欧化语法的约束（完全摆脱是不可能的），得到了一次充分的表达。又正是这种被解放出来的汉语特质，反过来使汪曾祺获得在小说结构和叙述上"无定质"的自由。（李陀：《汪曾祺与现代汉语写作》）

---

① 《对〈绿化树〉的种种看法》（来稿摘编），《文艺报》1984年第12期。
② 胡畔：《〈绿化树〉的严重缺陷》，《文艺报》1984年第9期。

之际,却没有政治话语的痕迹,没有浓烈的悲剧意识,没有一波三折的故事,因而为文学主流吹来一股清新之风,它如奔腾汹涌的江河之外的山间小溪,悄声细语地讲述山野之间的见闻。《受戒》在写法上简单到几乎没有情节。题目是"受戒",可直到小说的最后,才用了极少的篇幅写主人公小和尚明海受戒,而此前的叙事并不指向这一结局。大体上可以说,小说展示了明海与英子的情感由两小无猜到春情萌生再到相互表白的过程。但是,大部分笔墨似乎不是在写这个青春的故事,而是插入了大量的五行八作的见闻和风物人情、习俗民风。譬如,写当地当和尚的风俗,写荸荠庵里的几个和尚的特点,写三师傅的聪明能干和善唱有性爱内容的乡曲野歌,写和尚与妇女私奔、吃肉娶妻,写英子一家殷实的生活,等等,充满了野趣和情趣,一派僧俗不分、自由自在、其乐融融的景象。明海和英子的故事,成为这种自然而然的生活的一部分。这是一种人性的理想,更是作家的审美理想,是一个"梦",传达着作家对生命的美好、对人性的善的信念。

口语的魅力。就叙述的语言质地而言,汪曾祺的小说语言俭省、疏放、淡远,而又从中透出凝重、显出奇崛。他善于用闲聊、随意的方式结构小说,将口语的活泼与古典的优雅结合起来,充分显示了传统的"讲故事"的魅力,最大程度地缩短了口头语言与书面语言之间的距离,使小说阅读有了"听"的效果。这种方式对很长时期里文学创作中的"文艺腔"和"翻译体",是一种有力的矫正。它在丰富多彩的口语形态中发现了更为鲜活的语言材料,开掘出本色的民族和民间文化资源。这种流水一般随物赋形的方式,也意味着对宏大叙事和主题先行的排斥与拒绝,而将富有人性的趣味和人生态度渗透于小说的叙事之中。

七、颠覆传统的新叙事

莫言(1955—,山东高密人,原名管谟业)1985年发表的中篇小说《透明的红萝卜》轰动文坛,令他一举成名。1986年发表《红高粱》,更是备受文坛关注。另著有长篇小说《天堂蒜薹之歌》《十三步》《酒国》等。1990年代以后,莫言保持着比较旺盛的创作生命力,主要有长篇小说《丰乳肥臀》《檀香刑》《四十一炮》《生死疲劳》等。

莫言的代表作《红高粱》（图5.2）的叙述循两条线索展开，主线是土匪头子"我爷爷"余占鳌率领的武装伏击日本汽车队，辅线是在这次战斗之前发生的余占鳌与"我奶奶"戴凤莲之间的爱情故事。作者对题材的处理显示出对传统的小说叙事的叛逆。以土匪头子的抗日故事为叙事主体，以不合道德规范的爱情故事穿插其间，这在之前实属罕见。在小说中，男主人公有土匪、英雄、情种三重身份，粗野、狂暴、激情和侠义集于一身；女主人公戴凤莲美丽而充满活力，表现出无所拘束、自然自在的性格特征，以娇弱之躯拥抱爱与自

图 5.2 根据莫言小说改编的同名电影《红高粱》，张艺谋导演，巩俐、姜文主演，1988 年获柏林电影节金熊奖。这是中国电影，也是亚洲电影第一次获此大奖。

由，崇尚力与美，承受生命的全部疼痛与欢爱。小说将人置于荒蛮而奇伟、粗粝而豪放的境地，表现出生命的高贵、尊严、绚烂与悲怆，"涌荡着一股生机勃勃的生命的激流，蕴涵着中国农民的生命观、历史观乃至时空观，潜藏着沉淀在生命直觉之中的农民文化的许多特点"[1]。

《红高粱》在叙事策略和语言方式上追求强烈的陌生化效果。首先，故事是以非故事的方式呈现出来的，即小说的展开并非依循事件的逻辑来建构，而是由感觉引导，由情绪推动。其次，小说在叙述人称的使用上也有特色，主要以"我奶奶""我爷爷"来展开叙述，叙述者和被叙述者紧密地结合在一起。这一方面使叙述的强烈主观性得以突现，另一方面也因为这种突现而显示出一种距离，隐含着一种对比——"我"所身处的情境与"我爷爷""我奶奶"他们形成截然对比。最后，

---

[1] 张志忠：《莫言论》，中国社会科学出版社 1990 年版，第 281 页。

> **声音**
>
> 我们要说莫言的原乡作品一面以田野调查式的勤恳态度,又为中国现代小说开发了一处"故乡",一面又以喧哗自嘲的笔法,暗暗摇动他所据之写作的传统。(王德威:《想象中国的方法——历史·小说·叙事》)
>
> 他的蛮勇,他的粗鄙,他的桀骜不驯,他的不容人转脸回避的戳穿假面、直陈生活之痛苦污秽,他的对于农业社会主义的热烈的无保留的向往,他的恶毒的诅咒和浪漫的梦幻,都因凝聚了数千年的农民文化之光而表现得分外深切、分外撼人心魄。(张志忠:《莫言论》)
>
> 人们故意地去重新叙述一个故事,由此而违反了迄今所规定的革命故事视角。因此莫言早期的短篇小说——他从1981年开始写作——中就已经采用了一种特别的程序,即把主流作家如赵树理或浩然的好的、进步的农民形象整个颠倒过来,把农村构想成一场噩梦。(顾彬:《二十世纪中国文学史》)

在语言上,《红高粱》追求一种富有力度的表达,一切都服从于主体的自由创造和审美快感,而不惜偏离常规的标准,不管是政治、文化的约束还是美学、道德的框限。按照莫言自己的说法是,"我想要写气魄比较大的小说就要有这种气势,而少一些修饰,很多地方都不管语言是否规范,情之所至、任其自然、往下写去",以致"披头散发,枝叶横生"①,有时候显得缺乏节制。

莫言的小说表现出的对人的自由精神的渴望、对强有力的生命形态的呼唤,既植根于当代中国的现实土壤,又超越了现实的局限,为表现"人"这一永恒的主题提供了丰富的艺术形式和内容。

第三节　众声喧嚣中的长篇收获

陈忠实　余华　王安忆

市场语境　多元化　《白鹿原》　《活着》　《长恨歌》　王朔　王小波　《废都》

市场经济的全面展开并获得体制上的合法性,将当代文学尤其是小说带入一个商业化、世俗化的语境当中,形成了1990年代小说独特的

周燕芬(西北大学):《白鹿原》解读

---

① 林舟(陈霖):《生命的摆渡——中国当代作家访谈录》,海天出版社1998年版,第204页。

存在方式、思想内涵、审美特征。随着政治、经济、文化高度统一的同质性社会的瓦解,文学逐渐淡出社会文化中心而进入边缘。市场规则的限约,使小说在 1990 年代经历了从惯性写作到自觉写作、从一元到多元、从中心到边缘的动态发展过程,回到了其本源位置并艰难地确立了其主体性,在拓展生存空间的同时开始深入心理和精神的自由,实现了在风格、形态、思维等各层面上从一元到多元的转化。主流小说、先锋小说、新生代小说、新历史小说、女性小说等各种旗帜招展于世纪末的中国文坛。

一、市场语境下的多元小说格局

新写实小说 在 1990 年代文学格局中,新写实小说在其初期有着举足轻重的地位。这些小说在注重表现市场语境下的世俗生活的基础上,吸收了后现代主义文学的解构特征,在文化与精神方面的探索比 1980 年代小说有了新的超越。池莉的《太阳出世》《你是一条河》、方方的《祖父在父亲心中》《桃花灿烂》、刘震云的《一地鸡毛》、刘恒的《苍河白日梦》、叶兆言的《挽歌》《关于厕所》等都是新写实小说在 1990 年代的成果。在艺术上,新写实小说由 1980 年代较典型的悲剧形态向着谐剧甚至喜剧形态转化,某些小说如刘震云的《故乡相处流传》、池莉的《白云苍狗谣》等已具有了后现代主义小说解构、消解神圣意识形态的鲜明反讽特征。这表明新写实小说已具有了更为开放的艺术视野和多元的艺术手法。

刘恒(1954—,北京人,原名刘冠军)的小说在写实中深深融合着现代主义精神气质,注重对人的存在意义的追问,对人的宿命结局的解剖,其作品中弥漫着孤独的意蕴和较强的心理分析色彩。《狗日的粮食》中展示了一个基本的人生命题:吃饭与生存。吃饭成了"瘿袋"女人活着的唯一目的,她的生命因放逐了意义而沦为生存的悲剧。《伏羲伏羲》故事的显性层面是一个家庭(杨金山、杨天青和菊豆)的乱伦,隐性层面则在于揭示生命原欲与伦理冲突而导致的悲剧的不可避免。《白涡》剥离了周兆路和华乃倩情欲之中的爱情光环,还原了作为情色动物的人的悲剧性存在图景。《苍河白日梦》中对宿命的表现具有更深的文化意蕴。奴才"耳朵"眼中的高贵者和低贱者都是欲望的迷恋者和追逐者。郑玉楠、曹光汉以及洋鬼子大路的悲剧都暗示了命运的不可抗拒性。即使是生活的变革者,最终也成为命运的否定者。小说中的人性景观灰暗、阴冷、孤寂,弥漫着文化悲观主义的气息。①《贫嘴张大民的幸福生活》是刘恒 1990 年代中后期的重要作品,小说放弃了此前的灰暗阴冷的叙述基调,而代之以一种调侃和幽默去化解生存的苦难。张大民的幸福生活是苦中作乐,忍着生活的伤痛寻找活下去的理由、乐趣和支撑。生存空间的狭小、生活的拮据、家庭内外的苦涩都没能压抑住他含泪的微笑。在这里,"幸福"虽然具有反讽意味和悲剧色彩,有无尽的感叹和无奈,但张大民毕竟可以通过耍贫嘴来缓解生存的无法承受之重,可以通过对生活的戏谑来抗拒苦难的围困。虽然刘恒的小说里充满了苦涩、困境、宿命甚或死亡,但他仍然充满了对生存的热爱与渴望。在《贫嘴张大民的幸福生活》中,我们看到的是一位严肃的作家对生活的认真勘探和思索。

新写实小说也存在一定的局限。一些作家在反对对生活进行整体把握的同时,又因过于零乱、琐碎的描写而显得缺乏想象力和艺术上的高远境界②。他们在追求表现生活的原生态和零度情感的同时,叙述的过于沉闷、单调也导致了小说艺术魅力的丧失。这些是新写实小说进入 1990 年代中期之后日趋式微的一个原因。

新现实主义小说 又称现实主义冲击波,在取材上贴近现实,表现出强烈的现实参与意识。它以河北"三驾马车"——谈歌、何申、关仁山的崛起为标志。谈歌的《大厂》、何申的《信访办主任》、刘醒龙的《分享艰难》、张继的《黄坡秋景》等中短篇小说及张宏森的《车间主任》、周梅森的《人间正道》、张平的《抉择》等长篇小说,都以其关注当下的品格而备受重视。评论界称其是对新写实小说的全面超越,是现实主义大潮的再起,是主旋律文学创作的重要成果。与新写实小说相比,

---

① 吴义勤:《反神话的写作——刘恒长篇小说〈苍河白日梦〉阐释》,朱栋霖主编:《文学新思维》下卷,江苏教育出版社 1996 年版,第 560—568 页。
② 中国社会科学院文学研究所当代室:《"新写实"小说座谈会辑录》,《文学评论》1991 年第 3 期。

它仍有着对人的生存本质的勘探和对个体生存困境的表现,同时,当下性和情感性特征得到了强化,为 1990 年代文学的发展提供了新的可能。新现实主义小说有明显的主旋律特征,但与以前意识形态色彩强烈的作品相比还是有很大的不同,有浓郁的时代感和对当下生活气息的敏锐捕捉,成功塑造了一系列具有当下感与典型性的人物形象,对 20 世纪末中国社会中下层官员的刻画尤有深度和新意。

历史题材书写也是 1990 年代小说的一个重镇。由于作家主体性的强化和新的历史观、文化观和文学观的注入,1990 年代历史小说力图站在当今文明的高度,以现代眼光关注历史和未来,以深邃的理性发掘民族精魂。作品的史诗性与文学性增强,人性与人情的因素渗透其中,同时也表现出虚拟历史和消费历史的特征。代表作有二月河的《康熙大帝》《雍正大帝》《乾隆皇帝》等清代帝王系列小说;唐浩明的《曾国藩》、刘斯奋的《白门柳》、凌力的《少年天子》等"少年皇帝系列"小说,等等。

新历史小说　这是与传统历史小说在创作理念、叙事方式、语体特征、审美意趣等方面迥然相异的一种文学创作实践。它不以真实历史人物和事件为框架来构筑历史故事,而是把人物活动的时空推到历史形态中,表现当代人的人生态度与思想情感。从理论上看,它是一种有着哲学内涵的"元历史",是对历史的哲学沉思,是作家精神活动的载体和媒介。

新历史小说多采用野史、民间史视角。它大胆突破政治目的论历史观导致的某些遮蔽,将笔触楔入了正史之外的野史题材之中,在对历史的个人抒写中,逼近一直未经触摸的尘封着的"原生历史形态"。尤凤伟的《石门夜话》等小说系列,在表现土匪的生活场景与人性的复杂变化时具有出乎意料的艺术想象力。作家的目的不在于处理重大的历史事件,而在于书写一定民间背景下的个人或家族的命运。贯穿其中的主线,不是正史,而是通过想象和虚拟追求感觉的真实、情调的真切,用民间的视角、自己的话语去重叙历史。莫言的《丰乳肥臀》、陈忠实的《白鹿原》、刘震云的《故乡天下黄花》等,着意表现的往往是充满自由生命力的民间文化和无序的历史前行状态,表达的是对"官史"历史观与主流文化立场的消解意识。

新历史小说无意再现历史真实，而着眼于拟构一种整体的具有历史意味的文化氛围，从更深层次突入现实，在哲学高度上观照人类的生存。因此，新历史小说的怀旧并非主张文化倒退，而是意味着文化重建。叶兆言的《追月楼》《半边营》、孙华炳的《落红》、苏童的《红粉》《妻妾成群》等都用历史误读方式，呈现出明显的文化色调。这方面，张炜的《九月寓言》等具有史诗风格的新历史小说可谓代表。在这里，历史不再是一个清晰的事件总和，而是在不断强化某种情绪的历史文化韵味，文学的审美性和个人性因而得到了加强。

新生代小说　诞生于 1990 年代，主要是指一批 1960 年代出生、1990 年代中期登上文坛的青年小说家群体创作的小说，这些作家包括韩东、朱文、鲁羊、张旻、刁斗、述平、何顿、邱华栋、毕飞宇、李冯、东西等，他们因文学风格的差异可分为四类。一是哲学型（或技术型）。这类作家继承 1980 年代先锋小说的探索风格，注重对深度主题的文学化表述，其文本的晦涩与技术上的实验色彩和 1980 年代先锋小说一脉相承，以鲁羊、东西、刘剑波等为代表。二是写实型。侧重对当下现实的书写，文本透露出浓郁的时代心理写实气息，对商业语境下种种生存现实进行多方透视，追求一种朴素的与生活同构的叙事方式，具有强烈的生活感、现实感。代表人物有朱文、韩东、邱华栋、述平等。比如朱文的《我爱美元》、邱华栋的《手上的星光》等构筑现实社会的欲望之壑，描述当下人生的迷惘、困惑及无所依托的虚妄。三是以毕飞宇、李洱为代表的诗意型。追求诗意在现实生活中的跳跃和播撒，尊崇个人体验、自由想象的无限灵动性和语言游弋的极大张力。毕飞宇的《叙事》《祖宗》等以纯粹的个人话语表现对现实人生的即时体验和个体感受，具有非凡的想象力和深刻的哲学意味。四是以陈染的《私人生活》、林白的《一个人的战争》、海男的《女人传》等为代表的私语型。强调纯粹私人化的生活体验和边缘经验，它尽管在形式上仍具实验色彩，但实验性几乎被湮没于梦幻般的对个体心理体验的表述之中。

新生代小说的基本特征表现在作家对生活、存在的某种独特的体认、言说和呈现。他们认为，写作等同于生活本身。"在边缘处"既是对其文本状态的描述，更是对其生命状态的描述。在他们看来，小说写作是"作为特殊的精神冲突或难题"①，甚至有时是用来"克服自己难以克服的某种情绪，为了更好地生活下去"②，而小说的价值则是"行走在现实泥土之中的人，内心有一种飞翔的愿望"③。这表达了新生代作家对自我经验的偏执和坚守，体现出其个人化的小说理想。

新生代小说也存在明显的问题和局限：精神意义和美感的缺失，叙述的琐碎和粗鄙化，作品气度和格局的狭窄，自我的重复和模式化倾向等，这都阻碍着它向更高的境界迈进，因此受到批评，也有人对其单一与浅弱提出质疑。

女性小说　1990年代女性小说明显在走向成熟。在1990年代女性作家的多元构成中，首先是那些穿越1980年代、在1990年代初显大家风范的女作家。王安忆的《叔叔的故事》《纪实与虚构》《长恨歌》等小说显示出她在感受世界的深度上，在对小说叙事现代性的探索上进入了一个新的境界。池莉在1990年代既保持着难能可贵的高产状态，在对生活的整体观照能力和艺术提炼能力上也有了进步，《霍乱之乱》在艺术构思和谋篇布局上更显功力。

铁凝（1957—，北京人）在1990年代一直坚持其早期小说对艺术完美性的追求，1980年代末的《玫瑰门》和1990年代的《大浴女》体现出对艺术创作多维性的尝试。《大浴女》以主人公尹小跳为叙述视角，主要叙写了章妩与尹小跳、尹小帆母女两代女性及有关人物在感情方面的恩怨纠葛。小说采用了"反思对话"的文体形式，借尹小跳的内心反思与对话将她和其他众多人物的潜在的隐秘心理都尽显出来。尹小跳的自我叩问荡涤了人复杂而幽深的灵魂④，反映了人追求完善人格的内在欲求。铁凝既探求人的美好心灵，也不惮暴露人的丑恶灵魂，然而不变

---

① 韩东：《小说的理解》，《作家》1992年第8期。
② 朱文：《片断》，《作家》1995年第2期。
③ 鲁羊：《天机不可泄露》，《钟山》1993年第4期。
④ 王春林：《荡涤那复杂而幽深的灵魂——评铁凝长篇小说〈大浴女〉》，《小说评论》2000年第5期。

的是作家"对人类和生活永远的爱和体贴"①。这一追求使她的作品具有温暖而冷静、清新而凝重的风格。

构成1990年代女性写作另一极的,是陈染、林白、徐小斌、徐坤、斯妤、张欣、张梅等在1990年代崛起的女作家。她们体现为两种不同的创作倾向。一是以陈染、林白为代表的私语化。在此类作品中,反传统叙事、反男性经验的女性叙事初见端倪,女性意识得到了明确体认,并且开始从性别自觉过渡到话语自觉。从《嘴唇里的阳光》《在禁中守望》到《私人生活》,陈染都以一种呓语式的内心独白对女性的隐秘体验进行大胆的挖掘和表现。林白在《守望空心岁月》《回廊之椅》等小说中对女同性恋、自恋等尖锐而边缘的女性经验进行了率真而大胆的言说。《一个人的战争》更以自传式文本凸显女性成长历程中刻骨铭心的记忆。海男的创作也基本属于此类。二是以徐坤、斯妤为代表的解构性女性写作倾向。此类作品直接以对男权世界和男性文化秩序的怀疑、解构为目标,张扬女性主义。徐坤的《白话》《狗日的足球》《厨房》以调侃、反讽的方式对男权世界实施无情的解构,在喜剧色彩中蕴涵沉重的思考。斯妤的《红粉》《故事》等重在对荒诞人生遭遇的体验和书写。

卫慧、棉棉是1970年代出生的女作家。卫慧的主要作品有《梦无痕》《蝴蝶的尖叫》《像卫慧那样疯狂》《欲望手枪》等;棉棉的主要作品有《九个目标的欲望》《糖》等。在这些小说中,酒吧、迪厅等生活场景弥漫着一种中产阶级的后现代气息,文本中充斥着大量对性、身体的描写,不仅显现出一种强烈的媚俗倾向,而且她们以轻狂肉身的形而下表演对陈染、林白等私人化写作在

"德国之声":一些其他作家的作品,比如说所谓的"美女作家",像棉棉啊,卫慧啊。

顾彬:开玩笑。这不是文学,这是垃圾。(《德国汉学权威顾彬接受"德国之声"采访》)

商品社会不仅愈加赤裸地暴露了其男权社会的本质,而且其价值观念体系的重建,必然再次以女人作为其必要的代价与牺牲;女性写作因之而成了对这一进程的记述,及抗议性的参与。(戴锦华:《奇遇与突围——九十年代的女性写作》)

---

① 朱育颖:《精神的田园——铁凝访谈》,《小说评论》2003年第3期。

精神层面的形而上追求进行了置换，改变了私人化写作原有的格局，消解了其原有的叛逆姿态，致使女性写作出现某种程度的变异。

长篇小说创作是1990年代一个重要的文学景观。1993年，陈忠实的《白鹿原》和贾平凹的《废都》的畅销以及"陕军东征"，引发了长篇小说热。各大文学刊物和出版社纷纷推出系列长篇小说，如"先锋长篇小说丛书""小说界文库""探索者丛书""布老虎丛书"等。主要作品有苏童的《米》、余华的《在细雨中呼喊》《活着》《许三观卖血记》、张炜的《九月寓言》、陈忠实的《白鹿原》、贾平凹的《废都》、刘震云的《故乡天下黄花》《故乡相处流传》《故乡面和花朵》、王安忆的《长恨歌》、史铁生的《务虚笔记》、韩少功的《马桥词典》、阿来的《尘埃落定》、曾维浩的《弑父》、陈染的《私人生活》、林白的《一个人的战争》、朱苏进的《醉太平》、莫言的《丰乳肥臀》、铁凝的《大浴女》等。

阿来（1959—，藏族，四川省马尔康县人）的《尘埃落定》，以奇异的艺术感觉、神秘的叙述风格以及语言和文本深处的那种独特魅力，为1990年代注入了新的生机与活力，是本时期文学创作最重要的收获之一。

《尘埃落定》打动人的首先是它精彩曲折的故事。小说人物众多，线索复杂，讲述了一个声势显赫的土司家族、土司王朝覆灭的故事。一方面，权力、财富、爱情、复仇、阴谋、叛变、战争这些紧张的情节符码自始至终都在推进着小说的叙事历程，制造着一个又一个惊心动魄的悬念；另一方面，在紧张的故事缝隙里又全方位地展示了土司王朝的历史、文化、宗教和神秘的风俗人情，使得小说有了饱满的内涵。其次，《尘埃落定》在历史破败的寓言中所表达的那种精神哲学与生命哲学也给人以深深的震撼。从主题层面上来说，它无疑是一部历史的寓言，是对土司王朝历史的一次凭吊。土司制度必然灭亡的宿命，在与一个个具体的家庭、一个个具体的人、一个个偶然的历史事件遭遇时，就有了特殊的内涵。与此对应，偶然与必然、善与恶、美与丑、血腥与残酷，也就不再那么绝对，而是充满了玄机与奥妙。在阿来的哲学里，历史的覆灭首先源于人的覆灭，历史的失败，首先也是人的失败。从这个角度来说，与其说《尘埃落定》是一个王朝的挽歌，不如说是一曲人性的挽歌，作家对人性洞察的深度构成了小说思想力量的一个重要根源。最后，还有它奇特的叙述方法。小说以一个傻子的视角来叙述故事，一切都在主观的"我"的视域里展开。"我"与生活格格不入，但是却有着超时代、超现实的预感与举止。"我"是一个旁观者，但却是土司王朝兴衰历史的见证人。叙述者的"傻"赋予小说以神秘的气息、朦胧的美感，也赋予小说以特殊的真实感，甚至还赋予了破败的历史以一种哀怨的浪漫与诗情。整部小说如泣如诉，语言纯净透明，结构单纯整饬。可以说，阿来叙述的虽是一个传统的历史故事，但是神奇的艺术想象力和充满现代艺术感的文体风格，使得它能够带给读者先锋性的艺术体验。

二、陈忠实：家族文化的史诗建构

陈忠实（1942—2016，出生于西安灞桥），主要作品有短篇小说集《乡村》《到老白杨树背后去》，中篇小说集《初夏》《四妹子》《康家小院》，长篇小说《白鹿原》，散文集《告别白鸽》以及文论《寻找属于自己的句子》等。长篇小说《白鹿原》（1992）[①]是陈忠实创作的高峰，也是新时期中国文坛的重要收获之一。1997年获第四届茅盾文学奖。

《白鹿原》以史诗性的艺术追求展示了渭河平原白鹿村从清末民初到中华人民共和国成立近半个世纪的历史递变、社会风情和种种人生纵横。小说以白、鹿两家族为核心，通过这两个家族之间的恩怨情仇，以及众多家族成员的人生沉浮和命运变幻，勾勒出了一幅苍凉而浑厚的社会历史画卷。作品复调式地寄寓了家庭和民族以诸多历史内蕴、纵横社会人生的"无常"，给人以强烈的沧桑感和虚幻感。小说语言深沉凝练、酣畅严谨，其艺术描写如金针织锦细透绵密。

"秘史"品格与历史反思　"秘史"是与正史相对而言的。该小说在处理近代以来中国的历史时，能够超越阶级叙事模式，通过暗示、隐

[①]　《白鹿原》最初发表于《当代》1992年第6期、1993年第1期，1993年6月人民文学出版社出版单行本。

喻等手法,将重大历史事件的潮起潮落和革命力量的此消彼长融入白鹿两家几代人的政治选择、家族兴衰及个人命运变迁之中,并且在历史叙事中融入大量经济、宗教、文化、欲望等复杂因素,显现出丰厚的历史文化蕴涵。"秘史"品格的追求,使得小说在叙事立场上具有鲜明的民间性。作者将笔墨主要集中在白鹿原村民生活形态的历史性嬗变上,借助对关中农村的沧桑变化和隐秘历史足迹的书写,全方位地呈现近代以来民族的生存追求和文化精神。正统历史的线性逻辑在这个文本中被颠覆。"《白鹿原》最大的思想价值,正潜藏在错综复杂的文化冲突和人性剖示中,潜藏在《白鹿原》这个极端不和谐的小说世界中,小说折射着历史的荒谬和现实的虚妄,也彰显着作家反抗意识形态壁垒的'天问式'姿态。"① 小说借用"鏊子"这一形象的比喻,表达了自己对中国近代以来变幻莫测的历史进程的独特理解。承受了多次革命风雨洗礼的白鹿原成了名副其实的"鏊子"——你烙来我烤去,翻来覆去,宗法家族制度和社会秩序,在阶级斗争的腥风血雨中不断被破坏和瓦解,革命的正义性和历史走向的必然性在这里已变得暧昧不明。

以欲望为焦点的历史透视. 陈忠实的民族秘史书写的一个重要特征,是书写生活在历史中的人们的欲望世界,揭示文化历史原始、本真的形态。小说引人注意的是贯穿全篇的对人类在社会中的欲望的书写,欲望的每次释放都是情节发展的主要驱动力,作者借此探索民族文化历史的深层脉络。其中,

我决定在这部长篇中把性撕开来写。(陈忠实《关于〈白鹿原〉的答问》)

性欲望是驱动小说情节发展的主要缘由:白嘉轩连娶七房女人、鹿子霖乱伦、白孝文沉沦、鹿三老汉血刃田小娥,无一不是由性的推动而发展。白鹿原陷入了巨大的性的情结萦绕之中。小说以"白嘉轩后来引以为豪的是一生里娶过七房女人"开篇,从这个角度进入白鹿原上人们的物质世界与精神世界,读者感受到的不仅是生理上的刺激,还有人物身上的生命力的喷薄。

---

① 周燕芬、马佳娜:《〈白鹿原〉:文学经典及其"未完成性"》,《西北大学学报》(哲学社会科学版)2018 年第 1 期。

在田小娥这个人物形象上，全书把性写得最为惊心动魄。她活着的时候敢以最放纵的肉欲满足来反抗把她置于被损害地位的封建族规和礼教，死后又把杀死她的鹿三置于神情痴呆、行将就木的境地。她的尸体腐烂了，居然引发关中地区一场大瘟疫。在这里，隐秘的性史似乎构成了民族命运的驱动。作者还运用类似于拉美魔幻现实主义的手法，在人鬼的相通和冲突中凸显人性深秘，表现民族历史前行的方向与动力。

> **声音**
>
> 陈忠实在《白鹿原》中的文化立场和价值观念是充满矛盾的；他既在批判，又在赞赏；既在鞭挞，又在挽悼；他既看到传统的宗法文化是现代文明的路障，又对传统文化人格的魅力依恋不舍；他既清楚地看到农业文明如日薄西山，又希望从中开出拯救和重铸民族灵魂的灵丹妙药。（雷达：《废墟上的精魂——〈白鹿原〉论》）

民族文化精神的理性审视与思考 在以表现传统文化为主要内容的《白鹿原》中，传统文化的复杂多面是以悖论的形式存在的，这里表现出的是作家陈忠实的理性审视、紧张思考和内心的焦虑冲突。在白鹿原上，儒家仁义是民间最看重的生活原则，是将家与国统一在一起的道德规范。如果说小说中朱先生体现的是仁义文化的至高精神境界，那么白嘉轩则是仁义文化与乡村政治的紧密结合。一方面，白嘉轩极力以仁义文化、乡约制度来维持和统治白鹿原这个乡土世界，另一方面又往往以民间最为原始的非仁义的实用生活智慧，来推进这种仁义文化的实施。为了抗衡鹿子霖，白嘉轩在白鹿原上种植鸦片致富。他严施酷刑，整治违反族规者，就连爱子白孝文触犯戒律，他也毫不手软，在肉体上摧残，在精神上羞辱。在对待鹿黑娃和田小娥的婚姻问题上，"仁义"二字在他那里成了摧残和压抑人性的道德专制工具。小娥惨死后，他造塔镇妖，暴露了仁义文化的吃人性质。在白鹿村一场又一场革命和欲望风暴的冲击下，儒家文化所建构的宗法制度和人伦规范一步步走向没落，就连白鹿原的"精魂"朱先生也无法挽回这一颓势。他寄予厚望的"抗日英雄"鹿兆海，最终成为内战的牺牲品；他众多学生中，唯有当过土匪的黑娃真正能实践其文化精神；正因如此，朱先生面对满目疮痍的山川大地，悲愤地说出"再不能有一丝作为了"。《白鹿原》因此是一个欲说还休的民族文化符码，一个想象力丰富的话语世界。

在艺术上,《白鹿原》一反传统革命历史小说的艺术策略,将近代以来的社会历史变动和政治斗争内置于宗族文化的结构之中,在显性的政治风云、宗族矛盾和隐性的人情、人心、人性中呈现社会历史的变动,真正实现了作者书写民族秘史的艺术构想。再加上小说中嵌入了白嘉轩、田小娥、白孝文、白灵等人的欲望叙事,更凸显了社会历史背后的人性内容,丰富了小说的心理内涵。在人物形象的塑造上,《白鹿原》超越二元对立的艺术模式,实现了对人物性格多重性的揭示。例如,小说的主人公白嘉轩,既有积极、刚健的精神追求,宽厚无私的人格魅力,端正坚毅的道德操守,同时作者又毫不避讳地描写他种植罂粟、巧取天字号风水地的不义之举以及严惩田小娥、白孝文时的冷酷无情。小说对鹿子霖、田小娥等人物性格的复杂性,也有出色的表现,在这些血肉丰满的形象身上寓含了民族和家族的诸多历史与文化信息。陈忠实曾是柳青的追慕者,但是创作《白鹿原》时他终于醒悟而"剥离"了柳青式的现实主义,实现了对传统现实主义的超越,吸纳了现代主义的艺术手法。陈忠实曾明确表示这是受到拉美魔幻现实主义作家卡朋铁尔的影响。①小说对核心意象"白鹿"的书写、田小娥被杀后变鬼的情节等都有魔幻现实主义色彩,这推动着小说故事的发展,调节着叙事节奏,在深化人性复杂性与多元性方面均发挥着重要的艺术作用。

三、余华:反叛与回归

余华(1960—)在当代作家中,是创作个性非常鲜明的一个。他以不可替代的风格,颠覆了传统小说的写作模式和美学形式,使先锋小说的集体性反叛达到一个新的高度。当先锋探索陷入困境时,他又通过自觉的转型,在平实柔和的叙事风格中,富有温情又含而不露地讲述平民苦难的命运故事,表现他们顽强、坚韧的生存意志,成功地实现了历史性的文学突围(见图 5.3)。

---

① 陈忠实:"我在卡朋铁尔富于开创意义的行程面前震惊了,首先是对拥有生活的那种自信的局限被彻底打碎,我必须立即了解我生活着的土地的昨天。"《寻找属于自己的句子:〈白鹿原〉创作手记》,上海文艺出版社 2009 年版,第 11 页。

 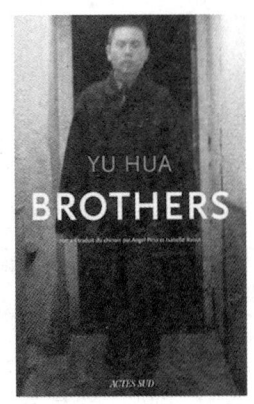

图 5.3 余华小说海外版书影两种

> **声音**
>
> 读者在余华被归入"先锋"之列的早期作品中,总是会遇到一种暴力和邪恶的本体化。(顾彬:《二十世纪中国文学史》)
>
> 余华的残酷不在于他对苦难无动于衷(这恰恰是那些大惊小怪感叹余华"残酷"的人们对待苦难的习惯方式)。余华的残酷在于他残酷地剥夺和撞碎了世人习以为常的领悟苦难的方式。(郜元宝:《余华创作中的苦难意识》)
>
> 回到现实的底层,回到生命的存在,回到悲悯的情怀。这是余华九十年代小说创作所显示出来的一个重要的艺术转变。他让我们看到了一个具有体恤情怀的作家,一个具有人道主义基质的作家,正在用他的悲悯之力,为那些善良而普通的生命寻找着苦难的救赎方式。(洪治纲:《悲悯的力量——论余华的三部长篇小说及其精神走向》)

余华前期的小说创作带有很强的实验性。《一九八六年》《河边的错误》《现实一种》《在劫难逃》《古典爱情》等小说用冷漠的叙述态度致力于对灾难、暴力、死亡的描述。在他笔下,人性的丑陋与阴暗得以淋漓尽致地展现,生命间兽性的对抗和攻击被客观冷漠的语言平静地揭示出来。阴郁冷酷的气息,血腥冰冷的场面,恐怖跌宕的情节,显示出余华小说的暴力美学特征。通过暴力的展示,余华的小说穿透了现实、历史、文化的层层铠甲,对人类存在的荒谬性和悲剧性进行了深层的探察。作者平静、冷漠的叙述语调和对荒谬、悲剧的轻描淡写,使其小说世界仿佛是一个没有丝毫光亮的绝望的地狱。人物的血肉和情感也被冷漠叙述、暴力美学和形式实验交织而成的力量剥落殆尽,成为一个供写作者随意操纵的符号。

《在细雨中呼喊》作为余华的首部长篇小说，回复和平衡了他以往创作的主题，显示出一种质朴的成熟。《一个地主的死》《活着》《我没有自己的名字》等小说的发表，显示着余华在对自我和艺术的双重否定中已悄然开始转型。这一时期的小说多讲述平民的苦难命运，表现其超强的承受力和坚韧的生存意志。《活着》是余华转型后的首部长篇小说。小说从叙述者"我"在夏日阳光下听福贵老人讲其人生故事开始，回顾福贵40年的生活，引出一个个大同小异的死亡故事。余华小说转型的标志是发表于1995年的长篇小说《许三观卖血记》。《许三观卖血记》所代表的艺术转型为余华的小说创作增加了新的内涵。

其一，"人"与"生活"的复活。《许三观卖血记》中的人物走出了1980年代的符号化状态，被注入了生命的血肉，抽象化的世界图景重新拥有了生活的感性力量。许三观是1990年代中国文学中成功的典型之一。作家对许三观的塑造主要聚焦在三个维度上：一是对许三观顽强、坚韧的生命力的表现，二是对许三观面对苦难的承担能力和从容应对态度的表现，三是对许三观的伦理情感生存思维的表现。作家并没有赋予许三观以激烈的外部性格冲突，也没有直接剖析其生存心理，而是让许三观平凡的人生、朴实的话语"自动"在小说时空中呈现，但在这种呈现中许三观的丰富、复杂、深度被无限放大了。与"人"的复活相一致，小说中生活本身的力量也得到了有力呈现。为表现生活中活生生的一面，作者有意不对具体的时代语境和时代关系做更多的交代，而是让它们融入小说的叙述，与人物的生命存在发生直接的关系。小说中虽也有残酷的历史场景，但作者更多时候所努力表达的是对现实的一种理解，借助这种理解，丰满而生动的生活细节和人生情境就成了历史和现实的主体。生活本身也以自在自为的方式复活，并呈现出了感性的力量。

其二，民间的表现和重塑。第一，小说重建了一个日常的民间社会。作家对民间温情、人性、伦理结构、生活细节和人生世态的展示，构成了小说艺术力量的重要根源。小说没有尖锐的矛盾冲突和情节线索，而是以民间的日常生活画面为主体，民间的混沌、民间的朴素、民间的粗糙乃至狡黠呈现出了其原始的生机和魅力。第二，从作家主体角度来看，小说体现了先锋作家从贵族叙事向民间叙事的转变。这是一部真正贯彻了民间叙事立场的小说，余华有意让民间的人生和场景自主地呈现，而叙述者几乎被"谋杀"了。小说对民间叙事立场的坚持,是它具有巨大的民间蕴涵和魅力的原因。

《许三观卖血记》呈现出返璞归真的艺术追求。这体现在余华在小说中完成了叙述上的一系列转变,具体表现在:从暴露叙事向隐藏叙事的转变,从冷漠叙事向温情叙事的转变,从叙述人主体性向人物主体性的转变。

四、王安忆:探索与突破

王安忆(1954—)是一个活力四射的文学探索者,在新时期文学的每一个发展阶段,她都直面现实,将自己的写作与生活对应起来,不断寻求自身的突破。1980年代中期以前,以"雯雯系列"为主的作品主要是个人自我经验的倾诉,1980年代中后期的作品则着力于对人性和人的生命本相的探索,如"三恋"(中篇小说《小城之恋》《荒山之恋》《锦绣谷之恋》);1990年代以后,以《叔叔的故事》为代表的一些作品开始用现实世界的原材料虚构小说,叙事风格发生了改变,开始了新的寻找与发现。

王安忆在1990年代影响最大的作品是她的长篇小说《长恨歌》。《长恨歌》的成功首先在于她写活了一个奇特的女人——王琦瑶。王安忆自己说,她写《长恨歌》就是要表现一种苍凉,一种透到骨子里的人生的沧桑感。小说分三卷来写王琦瑶人生的三个阶段。第一卷写1940年代,对生活充满浪漫想象的王琦瑶在16岁时当选"上海小姐",做了李主任的"金丝雀"。然而历史的车轮辗碎了她在爱丽丝公寓的幸福生活,李主任因飞机失事撒手人寰。王琦瑶被迫到苏州外婆家避难。第二卷写的是五六十年代王琦瑶在上海平安里的生活。王琦瑶回上海后在平安里替人打针,康明逊和萨沙走进了她的生活。她和康明逊有了一种似真似幻、似乎永远不会有结果的爱情。她怀上了康明逊的孩子,却不得

王安忆俨然把张爱玲《连环套》似的故事,从民国的舞台搬到人民共和国的舞台,而其中的畸情与凶险,尤有过之……一群曾经看过活过种种声色的男女,是如何度过她(他)们的后半辈子?张爱玲不曾也不能写出的,由王安忆作了一种了结。在这一意义上,《长恨歌》填补了《传奇》、《半生缘》以后数十年海派小说的空白。(王德威:《海派文学,又见传人——王安忆的小说》)

让萨沙来背锅。王琦瑶在一种灰暗无望的精神状态里生下了女儿薇薇。第三卷写七八十年代上海日趋现代化的生活。此时的王琦瑶已经成了时代的旁观者，她感到属于她的时代已经过去。她看到了重新回来的那个"上海小姐"时代的生活，但自己却老了。然而王琦瑶的心毕竟未老，她和女儿、女儿的同学们又开始了一种新的生活，并在女儿女婿去美国后与老克腊发生了畸形的爱恋。最后，老克腊的离她而去彻底埋葬了她——一个活在旧时代梦想中的人——的希望。在长脚失手杀死她之前，其实她的心早已死了。整部小说，王安忆以细腻、抒情而又绚烂的笔触把一个女人40年的情与爱、伤感与痛苦、绝望与希望，写得一波三折，哀婉动人。

在《长恨歌》中，王琦瑶不仅是小说的中心和叙述主体，也是一个文化符号，一个象征——既是一种精神方式和生活方式的象征，也似乎是上海和历史的某种象征。《长恨歌》的成功在于作家在写活了王琦瑶这个人的同时，也写活了一个城市，一个时代，一段历史。王安忆没有以宏大叙事的方式处理历史事件，而是把历史全部碎化为王琦瑶的生活来表现。作家所要表现的苍凉，既是人生的苍凉，又是一种历史的苍凉。另一方面，王安忆在王琦瑶的一生里面，确实写透了上海。上海是王琦瑶生活的背景，也是她精神的依托。小说没有从大处写表面的、繁华的上海，而是从细微处写上海的细胞和血液。作者对上海形象的把握与描绘极尽其详，直入骨髓，更重要的是小说并不为写上海而写上海，而是把上海人性化，融化在人物的命运里。

整部作品从容不迫，舒卷自如，没有刻意的雕琢，一切都显得水到渠成，充分体现了王安忆对现代小说叙述艺术的成熟理解。小说第一章用四节的篇幅专门叙述上海的弄堂、闺阁、流言、鸽子，完全是静态的描写，没有一个人物，如果缺乏高度的艺术自信，很难设想这样会取得艺术上的成功。

五、王朔、王小波等：小说的大众化与先锋性

他撕破了一些伪崇高的假面。而且他的语言鲜活上口，绝对地大白话，绝对地没有洋八股党八股与书生气……王朔会怎么样呢？玩着玩着会不会玩出点真格的来呢？保持着随意的满不在乎的风度，是不是也有时候咽下点苦水呢？如果说崇高会成为一种面具，洒脱和痞子状会不会呢？你不近官，但又不免近商。商也是很厉害的。它同样对于文学有一种建设的与扭曲的力量。（王蒙：《躲避崇高》）

他也引读者发笑，可是在他文本的潜在结构中，却毋宁说是在愤懑地探讨毛泽东时代和他之后的中国社会问题……我们完全可以把王朔称为严肃文学的掘墓人。在他那里失去了对于奠基性前辈的尊敬，不管是政治还是文化领域。紧随其后的是"恶心"的胜利进军。自此而后，"下半身"主宰了中国文学舞台，市场就是其同谋。（顾彬：《二十世纪中国文学史》）

在1990年代中国小说形态中，与大众文化潮流和后现代思潮相呼应，王朔、王小波、贾平凹的创作自成一景，在他们这里，雅与俗、严肃与游戏、形而上与形而下的边界开始变得模糊，中国文学转型的阵痛与复杂性也得到了充分的体现。

王朔（1958—　）的作品大体可分为两类，一类是言情小说，如《空中小姐》《浮出海面》《一半是火焰，一半是海水》等；另一类是被称为"顽主系列"的小说，如《顽主》《千万别把我当人》《橡皮人》《过把瘾就死》《一点正经没有》《玩的就是心跳》《我是你爸爸》等。此外还有侦探类的小说，如《单立人探案集》。

王朔小说作为商业文化和市民文化的代表，其特征非常突出：其一，反文化和反价值倾向。王朔小说有明显的反智倾向，出现在他笔下的知识分子（尤其是作家）"一点正经没有"，都是被讥笑和戏谑的对象。其二，语言的高度戏谑、调侃。王朔善于将"文革"时流行的经典红色话语运用到日常生活的叙事中，如"发奖是在'受苦人盼望好光景'的民歌伴唱下进行的"，"又是一个像解放区的天一样晴朗的日子"。通过戏仿和嘲讽，王朔成功地解构了主流意识形态话语的权威性。同时，他过于追求语言的戏谑功能，在叙事元素上也有迎合商业化的倾向，这使得他的小说更具有通俗文学色彩。

王小波（1952—1997）的《黄金时代》共收录了五部中篇小说，其中《黄金时代》和《革命时期的爱情》被公认为是他的代表作。这些小说

都涉及性,都有大量坦率的性描写。王小波坦陈:"这本书里有很多地方写到性。这种写法不但容易招致非议,本身就有媚俗的嫌疑……这样写既不是为了找些非议,也不是想要媚俗,而是对过去时代的回顾……在非性的年代里,性才会成为生活主题,正如饥饿的年代里吃会成为生活的主题。"① 小说《黄金时代》将一对知识青年的一段性爱经历,放在"文革"那个非常荒谬的时空中叙述。被发落到边疆农场的医科大学生陈清扬被人污称为"破鞋",理由是她虽然已经结了婚,但"脸不黑而且白,乳房不下垂而且高耸"。主人公王二认为只有两个办法可以应对:一是把自己整得全无姿色,没了当"破鞋"的本钱;二是干脆偷汉,当名副其实的"破鞋"。荒谬的年代培养了王二式的玩世不恭的生活态度。《黄金时代》既不是将性美化、神圣化,也不是将性丑化、泛滥化,而是将其中立化。小说对传统的性文化心理进行了彻底的消解,在性表现的问题上提供了一种新的写作实践,呈现出一种崭新的性价值观。《革命时期的爱情》延续了性爱这一话题。福柯曾说,性与政治是一枚硬币的正反两面,密不可分。通过男女之间荒谬的性关系和性意识来透视乌托邦式的荒谬的现实,是王小波小说中性描写的目的和价值之所在。

收录在《青铜时代》中的三部长篇小说《万寿寺》《红拂夜奔》和

我以为严肃文学就是乍读起来有点费劲的东西。……从某种意义上说,严肃文学是一种游戏,它必须公平。对于作者来说,公平就是:作品可以艰涩,可以荒诞古怪,激怒古板的读者,还可以有种种使读者难以适应的特点。对于读者来说,公平就是在作品的毛病背后,必须隐藏了什么,以保障有诚意的读者最终会有所得。……但是这种游戏决不能单方面进行。(王小波:《〈怀疑三部曲〉后记》)

他身上那种罕见的英国自由主义气息,那种集理性、冷静、幽默和宽容于一身的盎格鲁·撒克逊精神,在狂躁而喧嚣的中国思想界,确乎是特立独行。(许纪霖:《他思故他在——王小波的思想世界》)

王小波的作品中充满了奇异的、非理性的场景。但它们并非仅仅是明洁的理性之镜映照出的异己者与敌人,相反,一如自由始终是压迫"游戏"中必须的一方,非理性也始终内含于理性的实践之中。于是它不仅是理性与自由的书写,而且是对理性与自由的书写。(戴锦华:《智者戏谑——阅读王小波》)

---

① 王小波:《从〈黄金时代〉谈小说艺术》,艾晓明、李银河主编:《浪漫骑士——记忆王小波》,中国青年出版社1997年版,第51—52页。

《寻找无双》是以中国唐朝为背景,对唐传奇的重新讲述。作者将现代人的爱情与唐人传奇相拼贴,将唐人故事现代化,在其中贯注现代情趣。王小波打破了历史与现实、想象与再现的界限,然后再重新拼接,将历史与现实、想象与再现融为一体、相互印证、自由诠释,叙事者随心所欲地穿行其中,从而创造出一种"历史狂想主义"的现代传奇。

王小波小说的先锋性除了体现在性描写上,还体现在叙事和语言两个方面。他的叙事是极其自由的。自由叙事的关键是对时间和空间的处理。王小波善于将不同跨度的时间段和空间遥远的事物组接在同一个文本中,自然而然地让共时性的文本替代历时性的文本,从而实现"文本间的互相指涉"。反讽和戏仿也是王小波小说的叙事特点。通过对反英雄式的人物(如王二、陈清扬、李靖等,他们面对暴力,不是反抗或者躲避,而是顺从或迎合,从而使暴力失去了目标和反作用力而自行瓦解)的塑造,构造一幕幕狂欢场面,其背后是真实的历史场景的酷烈和残忍。难怪作者将自己的"怀疑三部曲"称为"严肃文学"①。

王小波的文学语言以戏谑的比喻和幽默的思辨为特征。习惯于优美抒情或庄重典雅的传统的读者可能很难适应这种语言风格,但应该看到,他确实为汉语写作带来了一次戏剧性的颠覆。王小波将"龟头血肿""磨屁股""革命时代的痔疮""地主老财的屎橛子"这些看似粗鄙的词语引入笔下,其目的在于显露时代的荒唐无稽。同时,他还描写了性,包括性爱的姿势与器官,这些描写兼有工笔的细致和想象的谐趣,它们新鲜独特,超越了写实层面,往往成为人物处境的隐喻。王小波的比喻方式丰富多样。有时是一种远距离的意象衔接,有时是对某个外形特征的夸张,喻体和本体原来很不相称,通过对本体或喻体的相应夸张,从而使两者具有相似性。有时采取远取譬的陌生化手法,使读者的思维被迫延宕,从而获得审美享受。

贾平凹在 1990 年代的主要作品有长篇小说《废都》《白夜》《土门》《高老庄》及《怀念狼》等。这些小说不同程度地书写物质主义时代都

---

① 王小波原计划将《革命时期的爱情》《寻找无双》和《红拂夜奔》三篇小说合为一辑,取名为"怀疑三部曲",但后来被分别收入了《黄金时代》和《青铜时代》。笔者认为不仅《怀疑三部曲》是严肃文学,王小波其他的小说也是严肃文学。

市文化的颓败，人文精神的衰落，流露出一种世纪末的悲哀情绪，同时也表达了对传统农业文明的怀念和对自然的回归。写于1993年的《废都》围绕作家庄之蝶与景雪荫一场无聊笔墨官司，叙写了他与妻子牛月清及其他几个女人唐宛儿、柳月、阿灿等的情感与性爱纠葛。不能回避《废都》中大量的性描写所带来的不良影响，但是越过性描写的层面，还是能发现其中所蕴涵的丰富复杂的意义。《废都》通过世俗生活场景来写文化心态，写一群知识分子在文化传统的废墟上的挣扎、追求；在给知识分子祛魅的同时，

像《废都》这样令人耳目一新、拍案惊奇、惊心动魄的作品并不多见。作品的卓异奇绝之处在于，一是对当前都市生活中一场广泛的社会现象的毫无讳饰的真实描写；二是对当代文人的人生悲剧和精神悲剧的深刻揭示。在描写世情和刻画颓俗中时时闪现的忧时愤世之心，使《废都》构成了沉浮于情天孽海中的现代文化人的最真实无讳的灵与肉的实录。（曾镇南：《〈废都〉废谁》）

《废都》径直地投合了文化大众阴暗而卑微的心理，从中我看不出作者对生命的正视、对人生的尊重，我在这部以"废都"为标题、貌似有历史感的小说中也感觉不到作者对历史真义的体味与敬畏。（李书磊：《〈废都〉滋味·序》

（《废都》的出版是）文化下降运动中一次彻底的堕落。（多维编：《〈废都〉滋味》）

还原其人格精神的世俗的一面，探索了人（尤其是知识分子）的生存状态。《废都》从社会、文化、生命三个层面来透视1990年代社会生活的方方面面，尤其展示了社会裂变所带来的文化的裂变。当然，其中流露出的消极、颓废情绪也非常明显。

第四节　戏剧在海峡两岸的探索

戏剧观讨论　探索戏剧　小剧场　赖声川

一、新时期探索戏剧

戏剧是"文革"之后率先复苏的一种艺术样式，对于推动艺术繁荣和思想解放起到积极的作用。最有影响的是《于无声处》和《丹心谱》，呼应了稍早之前的《枫叶红了的时候》和《曙光》。这类剧作以展示"文

革"造成的伤痕和反思为内容,继承新文学革命以来形成的话剧传统和现实主义主线。

1978年之后,剧作家思想进一步解放,戏剧界出现短暂的繁荣局面。现实主义风格的作品有《有这样一个小院》(李龙云编剧)、《神州风雷》(赵寰、金敬迈编剧)、《左邻右舍》(苏叔阳编剧)、《九·一三事件》(丁一三编剧)、《报春花》(崔德志编剧)、《未来在召唤》(赵梓雄编剧)、《救救她》(赵国庆编剧)等;浪漫主义作品有《原子与爱情》(李维新编剧);历史剧有《闯江湖》(吴祖光编剧)、《大风歌》(陈白尘编剧)、《王昭君》(曹禺编剧)等,还有表现领袖的剧作如《曙光》(白桦编剧)、《西安事变》(程士荣等编剧)、《陈毅出山》(丁一山编剧)、《陈毅市长》(沙叶新编剧)等。

> **声音**
>
> 戏剧观主要表现在对舞台假定性的看法如何。(童道明:《也谈戏剧观》)

戏剧观争鸣和戏剧探索 新时期戏剧观争鸣在1982年前后出现。出于话剧危机的焦虑和西方戏剧思潮的冲击,戏剧家希冀变革戏剧观念。戏剧界又重新提起黄佐临1962年在全国话剧、歌剧、儿童剧创作座谈会上所作的《漫谈"戏剧观"》的发言。黄佐临当年从探索民族话剧的角度,对话剧创作和演出中单一的易卜生和斯坦尼斯拉夫斯基模式提出批评,呼吁要在斯坦尼、布莱希特和中国戏曲等戏剧体系的融合中来开拓戏剧观念。陈恭敏、高行健、胡伟民、童道明、丁扬忠、薛殿杰、谭霈生等,就戏剧的审美本质、戏剧与现实、戏剧思维与创造、戏剧假定性等观念问题展开过大讨论。

1980年代戏剧观讨论的内容是如何吸收借鉴国外和传统戏剧,构建中国现代戏剧体系。布莱希特戏剧体系、荒诞派戏剧理论、格罗托夫斯基的质朴戏剧和彼得·布鲁克的"残酷戏剧"等对中国剧作界和舞台实践产生了影响。长期以来流行的易卜生"社会问题剧"模式和受斯坦尼斯拉夫斯基体系影响的"第四堵墙"模式受到冲击。戏剧革新的主张获得了戏剧界的广泛认可。

最早引起社会关注的有哲理剧《屋外有热流》(独幕剧,马中骏等编剧)等。该剧因现实场景和回忆、梦幻交错,自由的舞台时空,人鬼同时登台、对话等象征主义、表现主义和荒诞派的戏剧元素而受到关注。

这一阶段的探索戏剧有《血，总是热的》（宗福先编剧）、《阿Q正传》（陈白尘编剧）、《绝对信号》（高行健、刘会远编剧）（见图5.4）、《车站》（高行健编剧）、《十五桩离婚案的调查剖析》（刘树纲编剧）、《周郎拜帅》（王培公编剧）、《一个死者对生者的访问》（刘树纲编剧）、《红房间·白房间·黑房间》（马中骏、秦培春编剧）、《天边有群男子汉》（周振天编剧）、《野人》（高行健编剧）、《魔方》（陶骏编剧）、《WM（我们）》（王培公编剧）等。

戏剧探索第二阶段，西方现代戏剧艺术被现实主义戏剧所接纳，出现了《黑骏马》（罗剑川编剧）、《狗儿爷涅槃》（锦云编剧）、《寻找男子汉》（沙叶新编剧）、《洒满月光的荒原》（李龙云编剧）、《中国梦》（孙惠柱、费春放编剧）、《桑树坪纪事》等剧作。

小剧场 欧美小剧场运动已逾百年，在我国的初次实践是在20世纪20年代的"爱美剧运动"。1982年北京人民艺术剧院上演《绝对信号》，预示着小剧场运动的复兴。

图5.4 北京人民艺术剧院1982年演出话剧《绝对信号》。

我赞同你们提出的"充分承认舞台的假定性，又令人信服地展示不同的时间、空间和人物的心境"的创作方法、演出方法。其中"令人信服"四字很重要，不要弄到"我明白了，大家当然应该明白"的地步。（《曹禺给林兆华、高行健的复信》）

小剧场运动兴起的缘由有二：一是戏剧本体化回归，小剧场最大限度地满足戏剧的本质需求；二是以影视为代表的大众文化的无情挤压，使得戏剧还原到小众艺术欣赏口味。小剧场的兴起带动了民营剧团的繁荣，代表团体有牟森的戏剧车间、孟京辉的穿帮剧社、林兆华的戏剧工作室、郑铮的火狐狸剧社等。林兆华是北京人艺的导演，曾经排演多个高行健的剧本，影响较大。成立工作室之后，推出《哈姆雷特》《浮士德》和《三姊妹·等待戈多》等剧目。林兆华坚持戏剧探索和实验,成果较丰,但在剧场效果上尚有提升的空间。

在后新时期戏剧探索中,孟京辉戏剧实现了戏剧探索和观众接受的双丰收。被冠以"先锋派导演"称号的孟京辉在《等待戈多》中将观众请到舞台上看戏,让演员到台下演出。他的代表作《恋爱的犀牛》以宣泄的语言、夸张的形体和反讽黑色幽默的艺术手法俘获了大量观众,创造了实验戏剧最好的票房收益。《思凡·双下山》《我爱×××》《恋爱的犀牛》和《盗版浮士德》等作品树立了孟京辉的戏剧品牌。

二、台湾实验剧场和赖声川

台湾实验剧展　1980 年,姚一苇给深陷困境的台湾戏剧策划了一个全省范围的实验剧展,台湾当代戏剧进入一个新的阶段。实验剧展的举办催生了许多戏剧名篇名家。众多小剧场剧团以不计票房价值和刻意创新的高频演出,在当代台湾建立起一种向社会展示体制外戏剧的有效方式。更重要的是以求新求变的精神,对戏剧的编、导、表演形式进行实验,探索戏剧表现生活的新的语汇、新的媒介和新的综合。在这种大胆反叛与着意创新的风气鼓动下,所谓"拟写实主义"被扬弃,集体即兴创作之风一时大盛,舞台剧的概念约定俗成地流行开来,并终于形成主导台湾剧场的实验戏剧潮流。

赖声川(1954—　)1984 年在台湾推出戏剧处女作《我们都是这样长大的》。1985 年演出《那一夜,我们说相声》,继《荷珠新配》后再次轰动台湾剧坛。

80 年代台湾实验剧展的实验:

一、剧本创作方式:这些小剧场实验话剧大都是集体创作。

二、语言:不再遵守传统话剧的台词结构和念词方法,而是加强声音的感受作用,注重节奏、韵律以及多种语言形式的转化,叙事语言、念诵、吟唱、诗化语、无文字语、反逻辑语等等都在这种实验剧中被引入。

三、舞台运用:相当普遍地采用时空自由转换、多空间集合,乃至把传统戏曲舞台现代化。

四、表演:在话剧舞台上引入戏曲表演形式,一个演员串演多重角色,具象表演与抽象表演自由转换,甚至以观众为布景构成因素。

五、风格塑造:力求风格形态的多样化,有以形体动作为主的动作剧,以歌舞为主的歌舞剧,引入电影手法和现代诗与画的表现形式,独角戏等等。(田本相:《台湾现代戏剧概况》)

赖声川不但创造剧场，而且也创造戏剧观众。他的第一部作品上演时剧场只有100多个观众，但他的作品《那一夜，我们说相声》的磁带就卖出了100万盒（当时台湾人口只有2000万）。其后赖声川的表演工作坊排演他编导的舞台剧主要有《变奏巴哈》《暗恋·桃花源》《圆环物语》《西游记》《这一夜，谁来说相声》《红色的天空》《又一夜，他们说相声》《我和我和他和他》《如梦之梦》《乱民全讲》《千禧夜，我们说相声》《遥远的星球一粒沙》《宝岛一村》等。

赖声川受到现代法国著名戏剧家安东·阿尔托的"残酷剧场"理念的影响，倡导"集体即兴表演"。阿尔托的戏剧理论在欧美戏剧界产生很大的反响。赖声川的"集体即兴表演"理论主要是先拟订表演计划，而后分头搜集资料，再于排练场即兴表达、反应，彼此切磋，最后由导演统一完成。赖声川说："我们集体创作不是坐着讨论剧本，而是在排练室中实际去做。让演员吸收、消化，再根据自己内心真实的感情，现场反应，及时撞击。"他首先挖掘每一个演员以往生活中的深刻感受，然后再以集锦剪贴的方式把彼此不相关联的片段串联起来，最后呈现出戏剧主题。在这种创作方法中，演员必须具有相当好的心理准备，以便把个人的人生经验融化到舞台形象中。编剧和导演也必须具有锐利的眼光和良好的艺术感悟力，才能完成整合。受现代主义戏剧思潮的影响，赖声川颠覆传统的表导演方式，先有演出，事后才可能有成文的剧本。他称之为"集体即兴创作"，即"'剧本'则是整个排演过程的结果……首先是设定角色，让演员明了'他'是'谁'。然后设定状况，再让演员依据状况自由地'演会发生什么事'"，经过不断地撞击磨合形成"正式的架构图"之后，导演才"恢复传统导演的职责，负责把'剧本'完整地呈现在舞台上"。①

> **声音**
>
> 为了要刺激观众思考反省，在剧场中常必须出现一些逾矩的颠覆的行为，以对于一般看似理所当然的价值标准进行质疑。（钟明德：《抵拒性后现代主义或对后现代主义的抵拒》）
>
> 我们不演写就的剧本，我们只根据一些熟知的题材、事件或著作，在舞台上直接发展出来。（阿尔托：《残酷剧场——第一次宣言》）

---

① 赖声川：《无中生有的戏剧》，《中国戏剧》1988年第8期。所以，他称自己的作品为"剧场"，而不称"剧作"。

图 5.5 2010 年 4 月，融入越剧元素的新版《暗恋·桃花源》在杭州演出。

赖声川称其代表作《暗恋·桃花源》为"复杂的舞台作品"（见图 5.5），他巧妙地将《暗恋》与《桃花源》两个剧组安置在同一舞台同时进行排练，两戏并置，戏中套戏，人物错综，台词误接，笑话迭出。

第五节　朦胧诗与诗歌多元化探索

"归来者"诗群　"干预生活"诗群　新边塞诗群　女性诗人群　朦胧诗　知识分子写作　民间写作

新时期诗歌的主要创作群体，由"归来者"和"崛起的一代"共同组成。自 1970 年代末以来，继"天安门诗歌"运动和"文化大革命"结束之后，随着拨乱反正大幕的拉开，新诗开始重整旗鼓，恢复以往的诗歌传统，将新诗的探索推向一个新的高潮。其中主要有"归来者"诗群、"干预生活"诗群、朦胧诗群等。他们以叛逆精神与艺术激情，推进和丰富了当代新诗的发展。

一、1980 年代诗歌群落的多元化

"归来者"诗群　指一批诗人过去活跃在诗坛，但因政治原因从 1950 年代中期起陆续隐失，如今得以平反，重又提笔"归来"。这是一个成员庞杂的创作群体，共同点是有较强的社会责任感与历史使命感，能自觉地在创作中贯穿现实主义精神。"归来"是一种诗人现象，也是一个普遍性的诗歌主题。曾卓以《悬崖边的树》一诗宣告他"归来"后登上了一个新的创作层次。他的诗集《老水手的歌》是一个有艰难的人生经历者所发出的生命颂歌，在感情不免苍凉的背景上显示出对生活的

坦荡态度和对生命的温爱感情。牛汉"归来"后写的《华南虎》一诗，显示出更健旺的创作生命力。蔡其矫怀着一份对人的关怀和对大自然的挚爱之情，写出一批咏唱爱情、山水和表现故乡人文历史、地域风情的诗。公刘这期间的作品多是从他切身体验出发的政治抒情，并从中提炼出催人醒悟的理性思辨之语。昌耀发表了长诗《慈航》《山旅》以及《鹰·雪·牧人》等大量短诗，它们汇成一股来自青藏高原的诗的旋风，摇撼着那一代良知者的心扉。他始终以粗犷而沉郁的歌声向拯救他灵魂的那片"净土"表达感恩的深情。

"归来者"的诗本质上是新时期现实主义文学的一部分。共同特征有：一是对历史的反思，往往通过对个人心理情绪的"自白"，表达以历史反思为核心的理性思辨；二是抒情的宏观性，将个人的体验与国家、民族甚至人类的思考融合在一起，寻求对一种社会人生理想的坚持和直接抒写感情的诗歌表达方式；三是技巧的开放性，诗人往往秉承新文学精神，坚信客观真实的存在，又能自觉融入西方现代主义的诗歌技巧，使新时期现实主义诗歌呈现出新的风貌。

"干预生活"诗群 是 1980 年代相对年轻的一批诗人，怀有社会责任感和历史使命感，又不同程度地具有超越传统观念、独立思考生活、自主判断现实的精神。他们大都继承了 1949 年之后建立起来的文学精神与传统，以批判的眼光看待被"文革"十年破坏了的社会秩序和规范，并以真诚之心对新时代唱出赞歌。这群诗人包括雷抒雁、张学梦、杨牧、叶文福等；也包括熊召政、李小雨、李钢、骆耕野等 1949 年以后出生的一代新人。雷抒雁的《小草在歌唱》叙写了对一位女共产党人灭绝人性的摧残，融入了抒情主体自身的反思。叶文福的《将军，不能这样做》对社会主义制度下的封建特权作了社会层面的反思，引起了巨大的社会反响。此外，还有刘祖慈的《为高举的和不举的手臂歌唱》、李发模的《呼声》、骆耕野的《不满》、熊召政的《请举起森林般的手，制止！》，等等。这一时期诗人成了正义与真理的代言人。

二、朦胧诗的崛起

1980年代争议最多、影响最大、最深远的是朦胧诗。所谓朦胧诗,以内在精神世界为主要表现对象,采用整体形象象征、逐步意象感发的艺术策略和方式来表达情思,从而使诗歌文本处在表现自己和隐藏自己之间,呈现出诗境模糊朦胧、主题多义晦涩这样一些特征。它包括舒婷、顾城、芒克、食指、多多、江河、杨炼、梁小斌等一批在"文革"中成长起来的青年诗人创作的诗歌。

朦胧诗孕育于"文化大革命"时期的"地下"文学——1970年代中期以青年诗人食指、芒克、多多、根子和北岛等人为主要成员的白洋淀诗派。他们的诗最初以手抄本形式流传。1980年《诗刊》以"青春笔会"的形式集中推出了17位青年诗人的探索诗作和宣言。这一新诗潮的命名缘于章明的批评文章《令人气闷的"朦胧"》①,该文发表后,引发了1980年代文坛的一场争论。谢冕最早发表《在新的崛起面前》,之后,孙绍振的《新的美学原则在崛起》和徐敬亚的《崛起的诗群》,立足于现代倾向、现代主义文学的角度,从形式到内容把朦胧诗的艺术主张系统化,肯定了朦胧诗的价值。②而当时的反对者则指责其为畸形文学、艺术怪胎,甚至视为"逆流",是"资产阶级自由

少数作者大概是受了"矫枉必须过正"和某些外国诗歌的影响,有意无意地把诗写得十分晦涩、怪癖,叫人读了几遍也得不到一个明确的印象,似懂非懂,半懂不懂,甚至完全不懂,百思不得一解……"朦胧"并不是含蓄,而只是含混,费解也不等于深刻,而只能叫人觉得"高深莫测"。(章明:《令人气闷的"朦胧"》)

朦胧诗的三个美学原则是:"不屑于作时代精神的号筒","不屑于表现自我情感世界以外的丰功伟绩","回避写那些我们习惯了的人物的经历、英勇的斗争和忘我的劳动场景"。(孙绍振:《新的美学原则在崛起》)

之所以形成这类诗以及对这类诗的鉴赏趣味,根子就在于不以马克思主义作指导的那个"独特的社会观点"和割断革命文学传统的资产阶级现代派的文艺观。(程代熙:《给徐敬亚的公开信》)

---

① 章明:《令人气闷的"朦胧"》,《诗刊》1980年第8期。
② 谢冕:《在新的崛起面前》,《光明日报》1980年5月7日;孙绍振:《新的美学原则在崛起》,《诗刊》1981年第3期;徐敬亚:《崛起的诗群》,《当代文艺思潮》1983年第1期。

化思想的宣言书"。①

朦胧诗作为一种新诗潮,一开始便呈现出与中国新诗传统不同的美学原则,其核心精神是对在"文革"中迷失、绝望而痛苦的一代人的反思,对人的自我价值的现代确认,对人性复归的呼唤,对人的心灵自由与解放的追求。它的现代主义式的文学感受、叛逆精神和审美形态,一方面来自潜在的西方现代文学阅读,另一方面来自"文革"时期青年的无奈与迷惘心态。"白洋淀诗群"直接促成了朦胧诗的诞生。此外,还包括虽未到白洋淀插队,但与这些人交往密切,常赴白洋淀以诗会友、交流思想的文学青年,如北岛、严力、江河、彭刚、史保嘉、甘铁生、郑义等人。青春的激情和现实的迷惘,促使他们走到一起,成为朦胧诗的主将。北岛的《回答》《太阳》、食指的《这是四点零八分的北京》《相信未来》、舒婷的《致橡树》《四月的黄昏》、杨炼的《蓝色狂想曲》等,都是朦胧诗的重要篇章。

北岛(1949—)是朦胧诗重要的代表性诗人。在当代诗坛,北岛最初是以斗士形象出现的,最突出的是表达一种怀疑和否定精神,对虚幻的期许、选择的犹豫和对缺乏人性内容的苟且生活的坚决拒绝:"我不相信天是蓝的;/我不相信雷的回声;/我不相信梦是假的;/我不相信死无报应"(《回答》);"我不想安慰你/在颤抖的枫叶上/写满关于春天的谎言"(《红帆船》);作为第一批从黑暗里醒来的先觉者,北岛写下了警句般的《回答》(1979):"卑鄙是卑鄙者的通行证/高尚是高尚者的墓志铭/看吧,在那镀金的天空中/飘满了死者弯曲的倒影。"这些诗句如晴空霹雳,振聋发聩,揭示了灾难年代对美好事物的戕害,对人的价值与尊严的践踏,并且断然表示自己要做一个时代的彻底的决裂者和否定者。北岛诗中的情感,展现了当代中国历史转折期觉醒者的内心冲突和理想精神。这种在批判、否定中寻找个体和民族再生之路的英雄式悲壮情感,在"文革"结束之后的许多读者中产生了强烈共鸣。1980年经过一段时间的中断之后,北岛的诗开始具有存在主义的特征。尽管诗中批判、否定的锋芒并未失去,但社会政治指向已趋于模糊。《结局或开

---

① 程代熙:《给徐敬亚的公开信》,《诗刊》1983年第11期;《评〈新的美学原则在崛起〉》,《诗刊》1981年第4期。臧克家:《关于朦胧诗》,《河北师院学报》1981年第1期。

始》《走向冬天》在对社会和人生的缺陷与弱点的批判中，企望涉及人类历史的普遍本质，在万花筒般的历史转换中，揭示人的孤立、痛苦的永恒性质。

舒婷（1952—　）是抒情型的诗人，爱是她诗歌的重要主题。她不像其他朦胧诗人那样偏重于对历史和社会的思考，着力表现的是人性的美好与生命的忧伤。这在《四月的黄昏》《路遇》《雨别》《无题》《神女峰》等诗中表现得尤为突出。《神女峰》可谓代表："沿着江岸/金光菊和女贞子的洪流/正在煽动新的背叛/与其在悬崖上展览千年/不如在爱人的肩头痛哭一晚。"舒婷的诗标志着当代中国诗歌由浪漫主义向现代主义的过渡。一方面，她是一个典型的抒情诗人，情感细腻典雅，追求崇高和优美的风格，特别是在其创作早期曾受到许多浪漫主义诗人的深刻影响；但另一方面她又是一个用现代主义尤其是象征主义手法写作的诗人，多感觉、意象、暗示，而较少直白的表露。她的略带感伤意味的抒情和唯美的艺术追求，打动着1980年代初期人们的共同心绪与情怀，不失真诚、不乏悲凉、不陷偏激，而又怀抱着某种希望。她在时代所提供的空间内游刃有余地穿行着，既有艺术上的创新与叛逆精神，同时又和公众与时代的主流文化之间存留着沟通的余地。

顾城（1956—1993）的诗是梦幻型的，以自然和童话为核心构筑起一个美丽的精神王国。舒婷曾称顾城为"童话诗人"，在写给顾城的《童话诗人》里，她这样描述诗人对待自然的方式："你相信了你编写的童话/自己就成了童话中幽蓝的花/你的眼睛省略过/病树、颓墙/锈崩的铁栅/只凭一个简单的信号/集合起星星、紫云英和蝈蝈的队伍/向着没有被污染的远方/出发。"童年情结与童话世界是顾城诗歌的根基和生命，滋养和支持着他的精神王国。顾城写得最优美的诗，是献给大自然的恋歌。在《生命幻想曲》《我赞美世界》《感觉》《我是一个任性的孩子》《我相信歌声》等大量的诗篇里，顾城为自己编织了一个新奇、晶莹、绚丽、洁净的世外桃源般的天国世界。然而，顾城的梦又很容易在冷硬的现实面前破碎，所以其诗作中常流泻着寂寞、凄清、苦闷的情绪。《感觉》一诗这样描述他对现实世界的印象："天是灰色的/路是灰色的/楼是灰色的/雨是灰色的//在一片死灰之中/走过两个孩子/一个鲜红/一个淡绿。"现实世界是暗淡和肮脏的，但希望仍在——希望的化身是孩子的单纯与洁净。这种希望，在顾城的一些作品中被提升到格言警句的境地，《一代人》"黑夜给了我黑色的眼睛，/我却用它寻找光明"，就是这样一首充满希望的短章，曾激励和启迪过无数的青年。当然，顾城诗中所创造的理想世界是十分遥远和渺茫的，它表现了困惑之中的现代人对生命价值探寻的努力，也时见不安与骚动。

朦胧诗发展到 1984 年左右，直接介入社会的热情有所减弱。北岛《回答》中那条从社会反思到民族寻根的抒情思路，被杨炼、江河等人做了现代史诗性的改造，把重点转移到民族寻根上。

随后，海子、骆一禾、西川等人将生命、自然与文化浑然同构，并对生命的宇宙存在作了形而上的玄学感应，在美丽的遁逸中探求精神家园。海子（见图 5.6）以"麦地"和"村庄"作为精神家园理想的基地，这基地上的风、雨露、月光和随着季节不断轮回延展的麦地上的绿色生命，成了他解构现实的最

图 5.6　诗人海子

适宜的手段。骆一禾致力于把握对生命的宇宙感应，试图建立一个宇宙生命的新秩序来对现实世界进行解构，其中《世界的血》是比较恢宏的一部生命史诗。这两位后期朦胧诗人具有新浪漫色彩。西川强调诗歌的叙事特征，他在一些日常的、可把握的生活事物中，关注转化为个人经验的事物。在《在哈尔盖仰望星空》一诗中，诗人表现了在青藏高原一个叫哈尔盖的荒凉小火车站旁仰望星空时获得的一次特殊感觉：仿佛有一种自己无法驾驭的"神秘的力量"，"从遥远的地方发出信号/射出光来，穿透你的心"，这是刹那间的幻感，随之而来的是心灵出现异乎寻常的存在感应："这时河汉无声，鸟翼稀薄/青草向群星疯狂地生长/马群忘记了飞翔/风吹着空旷的夜也吹着我/风吹着未来也吹着过去。"这是一场在凝神观照中产生的有关生命存在的智性顿悟。

1980 年代中后期，继朦胧诗之后，一批更年轻的诗人崛起于诗坛。他们被称为后新诗潮、第三代、后崛起、后朦胧、后现代诗人等，主

要有非非主义、整体主义、莽汉主义、他们文学社诗歌团体。作品主要有周伦佑的《自由方块》《想象大鸟》、韩东的《山民》《有关大雁塔》《你见过大海》,等等。他们提出所谓"pass 北岛、舒婷"的口号,倡导回到日常生活,表现出反文化、反崇高、反意象、拒绝隐喻等美学特征。

三、1990 年代诗歌的喧嚣

1990 年代,在急剧的社会转型与历史变革之中,中国新诗不断寻找着自己的出路。外在生存环境的巨变和诗歌艺术对于新变的渴求,使得 1990 年代的中国新诗在多种向度上探寻生存与发展的可能,从而形成了多元化的基本风貌。

知识分子写作诗群 知识分子写作,主要是指知识分子出于对自身和社会的责任感,凭借知识的特殊优势,持守批判、自由的精神立场,将诗歌作为精神提升物的写作,其作品包含着很多西方诗歌的因素,也可以说他们从西方文化中汲取了很多养分。知识分子写作诗群的代表人物有王家新、西川、陈东东、臧棣等人,他们在诗歌创作中既追求独立的诗歌精神,又重视知识的作用,具有比较广阔的艺术视野。这类诗歌大多受西方哲学、文化、诗歌观念的影响,通过对诗歌语言的精密处理,将一种独立的、知识分子的个人写作立场内化为基本品格。这意味着 1990 年代诗歌写作已经不再是 1980 年代那种即兴随意的涂抹,或青春冲动的发泄,而是自觉地拒斥大众文化,与文艺的市场化、实用化、商品化保持距离。

民间写作诗群 这个诗群的写作特征是,直指人的个体的存在,而不是指向一个群体、一些人。民间写作往往关注日常生活,向民间采集素材和语言,坚持诗歌的个人性,反对中国诗的西化。在艺术上,他们追求内在的自由、独立的生命意志和思想能力。不太讲究诗歌的法度,在诗体探索上没有固定的规范,在美学取向上也没有

所谓下半身写作,追求的是一种肉体的在场感。……只有肉体本身,只有下半身,才能给予诗歌乃至所有艺术以第一次的推动。这种推动是唯一的、最后的、永远崭新的、不会重复和陈旧的。因为它干脆回到了本质。(沈浩波:《下半身写作及反对上半身》)

一致的目标。有些作品显得非常个人化、私密化，虽然体现了诗人的艺术机智，但没有宏大的叙述，对历史与现实大多只截取片段加以打量。民间写作受到了西方解构主义思潮的影响，某种程度上更加能够代表整个1990年代诗歌主流，口语化、通俗化、自由化、独立化是民间写作的主要特点。其代表人物有于坚、韩东、徐江等人。

第六节　散文园地的重建

散文本体　《随想录》　学者散文　女性散文　文化散文　新生代散文

一、1980年代散文园地重建

散文复苏　1980年代散文很快摆脱文学的政治从属地位，迎来散文本体观念的自觉和创作的兴旺。冰心、巴金、孙犁、刘白羽、秦牧、韦君宜、杨绛、郭风、柯灵、黄裳、何为、袁鹰、碧野等老一辈作家，反思历史，观照现实，以散文来询问人生，追寻个人价值和社会意义。代表作品有巴金的《随想录》、孙犁的《晚华集》和《秀露集》等。杨绛的《干校六记》叙写"大背景的小点缀，大故事的小穿插"①，再现了特殊年代里知识分子的生存状态，展示了客观理性的心理情感。中青年作家贾平凹、赵丽宏、宗璞、姜德明、韩少功、那家伦、刘成章、谢大光等也创作了大量散文，思维敏捷，风格多样，如小说家贾平凹的散文是古典情致与乡土情结相结合，得"美文"真谛。

学者散文和女性散文也有成效。汪曾祺喜读古人笔记传奇，散文亦诗亦小说，自成一格。张中行推出叙写1930年代前期以北京大学为中心的人物事件的系列散文，结集为"负暄"系列，其中多历史的况味。女

---

① 钱锺书：《干校六记·小引》，杨绛：《干校六记》，生活·读书·新知三联书店2015年版。

性作家如张洁、陈慧英、马瑞芳、李佩芝、斯妤、梅洁、苏叶、王英琦、唐敏、叶梦、韩小蕙等,她们以个人视角、女性视角抒写对社会和人生的独特观察,对生命的独特感悟,书写出独具风情的多彩人生和别具一格的情感世界。

巴金的《随想录》系列包括《随想录》《探索集》《真话集》《病中集》《无题集》五集①,是1980年代散文创作的典范。巴金在《随想录》中"说真话",就文体价值意义来说,标志着散文告别浮夸,进入说真话抒真情的时代。

《随想录》的特点在于作家具有震撼力的批判与自我批判的精神。巴金将写作《随想录》作为"这一代作家留给后人的'遗嘱'"(《探索集·后记》)。历经十年"文革"炼狱磨难的巴金,出于高度的历史责任感与使命感,对沉郁的历史与人生做出深刻的检视与理性的反思。

讲出了真话,我可以心安理得地离开人世了。可以说,这五卷书就是用真话建立起来的揭露"文革"的"博物馆"吧。(巴金:《〈随想录〉合订本新记》)

巴金的真话将历史的装饰揭去,对"文革"的荼毒无情地予以剖析。他希冀人们不要将浩劫看做"遥远的梦":"我们谁都有责任让子子孙孙、世世代代牢记十年惨痛的教训。"②巴金根据自己的亲历亲验,择取真实而典型的材料,对"文革"中奇怪而丑陋的现象进行批判。《小狗包弟》中,巴金着重状写通人性的小狗包弟,狗为人悲,人复为狗愁;狗非人,却通得人性;人非狗,而竟有不如狗者。这样独辟蹊径,将"文革"期间人性、良知泯灭的惨剧暴露无遗。《随想录》具有思想启蒙意义,作者从社会思想文化的深层探究"文革"发生的根因。在巴金看来,封建主义余毒是导致"文革"劫难与社会无序的一个根源,反封建主义是《随想录》的基本主题。

---

① 从1978年12月起,巴金开始了"随想录"的系列写作,至1986年9月完成,共150篇,合42万字。单篇作品发表于香港《大公报》等报刊。作者以时间为序,将其编为《随想录》《探索集》《真话集》《病中集》《无题集》,由香港三联书店和人民文学出版社陆续出版。五集以《随想录》作为总题。1987年生活·读书·新知三联书店出版两卷本的《随想录》合集。

② 巴金:《"文革"博物馆》,《无题集》,人民文学出版社2018年版,第652页。

《随想录》显示了作者强烈的自审意识和自省精神。巴金的"讲真话",一方面是指真实地反映历史与现实的原生图景以及社会的众生相,另一方面是指作者真实地检视与剖析自我的内心世界。巴金的自审,实际也是在审视民族的灵魂,解剖社会和一代知识分子的心灵。他的忏悔将个人的内省与民族的反思结合,将个人批判与社会批判结合,与宗教意义上的忏悔是不同的。

《随想录》找回了散文曾经失落了的真诚品格,引领散文创作由虚空伪饰走向求真求实。《怀念萧珊》在质朴凄婉的叙写中,涌动着作者的情感之流,既再现伉俪患难与共、相濡以沫的生活情景,又自责自悔,如泣如诉。

报告文学勃兴 1980年代的社会政治、经济和文化诸方面的改革开放,为创作的自由提供了良好的社会环境,报告文学一度呈现出空前的兴盛。发表于1978年的《哥德巴赫猜想》(徐迟)是新时期报告文学崛起的标志。《哥德巴赫猜想》、《中国姑娘》(鲁光)、《省委第一书记》(袁厚春)、《中国农民大趋势》(李延国)等是其代表。

徐迟的报告文学一方面塑造了大量知识分子的光辉形象,如陈景润、李四光、周培源等,另一方面,他的文字富有诗人的激情和文采,将枯燥变为生动,将抽象化成具体,将专业演绎为通俗,大大增加了可读性。

此后,报告文学的题材渐见广泛。作家们摄取社会生活的方方面面,不仅从文学、新闻的角度去反映生活,也从哲学、社会学、生态学、文化学等角度去观照对象。在《挑战与机会》(陈祖芬)、《世界大串联》(胡平、张胜友)、《走出神农架》(李延国)等作品中,视角的多元形态十分明显。这些作品有文学的华采情韵、新闻的时效真实,也有历史的客观详考、哲学的思辨理性和社会学的明细调查。

二、1990年代社会转型与散文变革

1990年代随着中国社会的巨大变革,大众文化滥觞。世纪末情绪的滋生,促使散文界步入众声喧哗的时代。一方面,其他文学体裁的作家纷纷涌入散文创作领域,如王蒙、刘心武、张承志、史铁生、蒋子龙、周涛等小说家、诗人;另一方面,许多学者也开始创作学者散文,如金克木、雷达、舒芜、余秋雨、林非、谢冕、周国平、陈平原、钟叔河等。

文化散文 本时期最有成就的是文化散文。这些散文的写作者多富有文人气息,如汪曾祺、张中行、张承志、余秋雨等。汪曾祺在本时期出版有散文集《蒲桥集》。他身上有一种士大夫色彩,常以平常心叙写边缘化的寻常人事物象,作品中浸润着文人悠闲的滋味。张中行是一位晚成的散文家,有"负暄"系列行世(《负暄琐话》《负暄续话》《负暄三话》)。"负暄"的命名昭示了作家的写作心态。

文化散文有独立的文化立场。张承志直接参与了人文精神的讨论,被称为高举理想主义大旗的作家之一。史铁生的散文有着自己的路径和精神指向。他以散文的形式,呈现了作家对于人类命运与生命意义的观照、思考。文化散文反对故步自封的私人化写作,要求作者站在一定高度的文化基点审视社会、反思历史,以余秋雨的《文化苦旅》、周涛的《游牧长城》等为代表。

个性散文 包括艺术散文、小女人散文和新生代散文。艺术散文指"创作'主体'以第一人称写法和真实、自由笔墨,用来抒发感情、表现个性、裸露心灵的艺术性散体短文"①,希冀通过主观感受来叙写描绘人生与自然景态,折射作者真性情。小女人散文代表作家有素素、南妮、黄爱东西、黄茵、张梅等人。这些都市时尚女性,凭借敏感而丰富的女性直觉,显示琐屑而别致的生活经验。新生代散文的代表性作家有老愚、祝勇、摩罗、止庵、冯秋子、苇岸、元元、彭程、王开林、程士庆、周晓枫、尹慧、潘向黎等,奉行个性解放,表现主体的独特思想与情感。

> 我发现自己特别想去的地方,总是古代文化和文人留下较深脚印的所在,说明我心底的山水并不完全是自然山水而是一种"人文山水"。(余秋雨:《文化苦旅·自序》)

余秋雨(1946—)有《文化苦旅》《文明的碎片》《山居笔记》《霜冷长河》《千年一叹》等散文集,是1990年代最具影响也颇有争议的散文作家。《文化苦旅》是余秋雨的代表作。他以现代人文的眼光,撷取有意味的历史名胜古迹、历史人物事件等进行独到而主观的审视。余秋雨散文的基本特点为:

一、人文山水的学者视角。余秋雨以自己特有的文化姿态进入中国当代散文领域,迥然有别于一

---

① 刘锡庆:《当代散文:更新观念,净化文体》,《散文百家》1993年第11期。

般游记。在余秋雨眼里,历史遗迹、名山大川都不是普通游客游览观光之物,而是寄托学者主观想象的人文山水。他在《山居笔记·小引》中如是说:"我常常离开这座城市,长途跋涉,借山水风物与历史精魂默默对话,寻找自己在辽阔的时间和空间的坐标。"余秋雨的散文既不拘泥于对叙写对象的历史的严格考据,也不专门关注现实地理风貌,而是偏重于面对客体时主体的感悟、想象和思想性的穿透。由此,他的文本构思、意蕴乃至语言的运用都绽放出独到的新意。《一个王朝的背影》避开冗长的清史流变,将承德避暑山庄这个地理位置作为历史演绎的视角,生发感悟式联想:山庄"就像一张罗圈椅的椅背。在这张罗圈椅上,休息过一个疲惫的王朝";由山庄的营造,推想营造者的意念:"山庄的营造,完全出自一代政治家在精神上的强健。"作者通过"木兰围场"的历史碎片折射出康熙的生命活力和体魄性情。这种举重若轻的表述,彰显作者别具一格的人文思索。

二、对历史事件的现代思考。余秋雨作为一个对中国文化有感悟和研究的学者,不但把现代问题置身于历史意味之中,而且将许多历史事件赋予现代思考。《莫高窟》《道士塔》等篇叙写中国历史文化的景象与悲惨命运,凸显当下文化的生存情境。他一边为中华文化的灿烂而骄傲,一边为当代文化的式微而惆怅。《苏东坡突围》是一篇借古喻今的佳作。在一代文豪苏东坡的困顿中,也透露出1990年代文化的现实窘境。苏东坡的突围寄托在作者谋求心灵家园的追逐之中,"他彻底洗去了人生的喧闹,去寻找无言的山水,去寻找远逝的古人"。

余秋雨散文引发的阅读热潮、

余秋雨散文以强烈的民族责任感和时代的使命感对传统文人的品格进行了深入的检索,对复杂的文化传统进行了清醒的汰选,从"可爱"的文化传统中寻找具有现实合理性的"可信"的因素;余秋雨散文在文化传统的深处立定,以其冷峻的理性和充沛的人文意识关注民族文化品格的重建,从而完成了对当代散文的一次重要超越。……余秋雨文化散文的出现,可谓为当代散文提供了一种范例。(冷成金:《论余秋雨散文的文化取向》)

"故事+诗性语言+文化感叹"显然是一条有效的流水生产线。利用它余秋雨先生生产了一篇又一篇散文。……当作者一而再、再而三地坚持重弹这类老调子时,我们的阅读本能必然会抗拒这一套缺乏内在变化的话语模式,而希望作者能向我们展现更多的阅读可能性。(朱国华:《别一种媚俗——〈文化苦旅〉论》)

媒体的追踪报导、学术界对余秋雨散文的称赞与批评,形成了众人瞩目的"余秋雨现象"。肯定者从文本内蕴与形态、文体史或文学史的意义诸方面,对其做出相当高的评价;批评者则从作者在历史常识上的失误、散文的写法、作品的主题构成等方面,表达某种程度的否定。

三、台港散文

20世纪八九十年代,中国大陆和中国台港地区在文学领域的意识形态色彩渐淡,同根同源的文化意识上升,中国大陆与中国台港散文文风达到历史最近点,都迎来散文发展的历史高峰。

这时期台湾散文繁荣,大量写其他文体的作家加入散文创作队伍。如诗人余光中一直潜心于诗歌创作,将散文视作"诗余",这时他把散文与诗并置为"双目",1980年代以后他的散文创作与诗创作都成果显著。

散文的可能性已经达到过去不曾企及的领域,特别是在内涵的厚实度上足以和成功的大河小说相抗衡。(林燿德:《传统之轴与前卫之轮——半世纪的台湾散文面目》)

台港和大陆同时出现学者文化散文热潮。八九十年代以电子媒介为代表的大众文化的滥觞和普及,使一些知识分子挺身而出,积极捍卫传统文化。内容简便、形式自由的散文既是创作者信手拈来的利器,也是读者易于接受的题材。台湾的林清玄、香港的董桥等创作的文化散文影响较大。然而,同中有异。本时期台港散文仍有各自的特点。

台湾的新生代散文群体,是一批土生土长的新台湾人,伴随着台湾现代化建设成长起来,接受了完整的中西现代教育,释放历史重负,彰显艺术个性。新生代作家的特性在于他们自觉的散文艺术追求,以此来探寻人生、社会和历史意义。没有历史重担的他们不拘泥于题材和表现形式,注重表达个体生命体验和当下现实意义。

林清玄的散文渗透着宁静高远的宗教气息。在代表作散文集《迷路之云》中,他善于从纷繁复杂的生活现象中挖掘人生真谛,创造出弥漫着宗教氛围的艺术境界。简媜是风头颇健的女作家,她的散文有着强烈的自我意识和女性意识,善于对日常生活进行形而上的思考,常常在人们熟视无睹的地方深挖出别致而深邃的内涵,具有化腐朽为神奇的功效。

代表作有《四月裂帛》等。

同时期的香港散文也有自己的成就,令人注目的是学者散文。梁锡华、董桥、宋淇、金耀基、思果、逯耀东、陈之藩、小思(卢玮銮)、潘铭燊等学者型作家创作了大量熔感情与知性、情趣与理趣于一炉,有着较高的艺术品位和审美价值的散文作品。潘铭燊截取生活中亦庄亦谐、亦雅亦俗之事加以妙手点化,其《人生边上补白》一书从取材到内容、文风都和钱锺书的《写在人生边上》一脉相承。另外,一批南来作家如曾敏之、陶然、彦火、东瑞等带来大陆文风。作为香港左派资深作家,曾敏之的杂文常常从历史的高度烛隐洞幽,涉笔成趣。王璞有《整理抽屉》等,其作品与大陆女作家的散文作品同被称为"小女人散文"。

董桥(1942—)先后结集出版了《双城杂笔》《这一代的事》《跟中国的梦赛跑》《辩证法的黄昏》《乡愁的理念》等散文集。他出身于书香世家,从小便受到中国传统文化的熏陶。负笈英伦的留学生涯又使他吸纳西方文明,对他的创作产生了很大的影响。他的散文既显出中国人的智慧,也不乏英国式的幽默。一是选题博大,放谈各种社会问题和文化现象。他认为:"散文可以是有评论的,无论是你对人生的评论,对一本书的评论,对一件事的评论。散文是要有见解的。"[①] 他的散文具有深邃的思想内容,耐得起咀嚼和回味。二是联想丰富,比喻精巧。他善于通过联想扩大散文的容量,营造气势,借助于比喻,强化作品的表达效果。如《中年是下午茶》一文以一种反讽自嘲的笔法探求人生的奥秘。他说中年是"只会感慨不会感动的年龄,只有哀愁没有愤怒的年龄","中年是吻女人额头不是吻女人嘴唇的年龄","中年是杂念越想越长、文章越写越短的年龄","中年是看不厌台静农的字看不上毕加索的画的年龄"。这些富有哲理意味的人生隽语,亲切自然,活泼生动。三是在文体方面进行了大胆的尝试和实验。他写有《情辩》《让她在牛排上撒盐》等小说式散文,也有《辩证法的黄昏》《樱桃树和阶级》等学术性散文,甚至还有《薰香记》这样的武侠小说形式的散文。四是有浓郁的书卷气,精致的文字和西式的幽默。

[①] 黄文心:《不甘心于美丽——访董桥谈散文创作》,香港《博益月刊》1988年第10期。

第六章
2000年以来的文学

第一节　2000年以来的文学走向

吴义勤（中国作家协会）：
新世纪文学研究

格非（清华大学）：
重返时间的河流

中国共产党十八大以后，中国特色社会主义进入新时代，中国文学也进入一个新的历史阶段。2014年10月15日，习近平总书记在北京主持召开文艺工作座谈会并发表重要讲话，高度评价文学事业在党和国家事业中的重要地位，科学总结中国新文学发展的经验与规律，分析新时代背景下文学发展面临的各种新问题与新挑战，对文学与生活、文学与时代、文学与人民之间的关系进行了深刻阐释，提出了许多新观点、新论断、新思想，奠定了新时代文学的理论基础，为新时代文学的发展指明了方向。

新时代文学牢固树立以人民为中心的创作导向，坚定文化自信，秉持开放包容，坚持守正创新，立足于新的历史阶段，扎根于新的时代语境与中国经验，形成了新的审美趋向和文学思潮。

一是现实主义和乡土文学题材的创作焕发生机。新时代以来，中华大地发生了历史性巨变,呈现出崭新的气象,脱贫攻坚、乡村振兴、美丽中国、中国式现代化等史诗性实践,促进了新时代的农村建设和农业发展。作为时代发展的艺术镜像,这个时期农村题材文学创作呈现出繁荣的局面。广大作家深入乡村,近距离体验乡村生活,书写新时代的乡村故事,涌现出了许多力作,比如杨志军的《雪山大地》、乔叶的《宝水》、关仁山的《白洋淀上》、王松的《热雪》、欧阳黔森的《莫道君行早》、付秀莹的《野望》,等等。这些作品或聚焦当下的农村发展,或在长时段的历史视野中书写山乡巨变,既呈现了农村自然、经济等外在形态的变化,也写出了不同时代农民的精神风貌的嬗变。这类书写接续了百年中国的乡土文学传统,并在新的时代经验的基础上,展现出许多新变,形成了新时代文学中引人瞩目的写作潮流。

二是网络文学异军突起。网络文学在新时代以来持续成长,出现了一批有广泛影响力的作品,尤其是大量的作品被成功改编为影视剧、动漫、微短剧等新的艺术形态,获得了更广泛的传播,比如《甄嬛传》《芈月传》《庆余年》《三生三世十里桃花》等。网络文学的持续发展为推动新媒介文艺大众化、助力全民阅读,提供了重要的资源。网络文学同时也是中国文学走出去的主力军,"网文出海"成为新时代重要的文化输出方式。

三是科幻文学日渐壮大。作为新时代文学的重要组成部分,科幻文学呈现出勃勃生机与活力。优秀的科幻作家成长迅速,如刘慈欣、陈楸帆、郝景芳、海漄等人奉献了一批佳作。我们的科幻文学作品,不仅受到国内读者的欢迎,也获得了海外读者的认可。刘慈欣、郝景芳、海漄先后获科幻文学最高奖项雨果奖,这意味着国外读者对中国科幻文学创作成就的认同,也意味着中国科幻文学已经成为世界文学中的一道靓丽风景。同时,科幻文学也是影视改编的重要母本资源,《三体》《流浪地球》等被改编成影视剧后,获得了巨大成功。可以说,科幻文学是新时代文学中颇具活力的有生力量。

总体来说,新时代文学呈现出如下几个基本特征。

首先,在创作上,更坚持以人民为中心的创作导向,追求"为人民"的价值取向。人民既是新时代文学的书写对象,也是新时代文学的书写主体，同时还是新时代文学的评判主体。广大作家在创作中注重深入生活，扎根人民，到时代的现场去观察和体验生活，感受时代脉动。在创作中努力以不同的艺术方式塑造鲜活的人民形象，深刻反映人民的真实生活，深度呈现人民的精神特质，坚持为人民抒写、为人民抒情、为人民抒怀。人民性是新时代文学的突出特征。

其次，在价值观上，充分彰显文化自信，强调中国价值、中国审美、中国精神，在创作资源、叙事方式上更注重对中华优秀的传统文化资源的转化和利用。新时代以来有大量文学作品以传统文化为取材对象，将传统文化融入新时代文学的叙事之中。比如陈彦的"舞台三部曲"书写传统戏曲领域的精彩故事，将戏剧艺术融入小说创作；刘醒龙《蟠虺》《听漏》等长篇小说以考古领域的故事为题材，将青铜文化融入小说叙事；徐风《包浆》对紫砂文化的书写等。中华优秀传统文化资源丰富了新时代文学的主题向度，同时也在新时代文学中得到了更好的传播与弘扬。

最后，在媒介传播上，新时代文学主动拥抱新媒介、新技术，不断跨界破圈，积极融入现代传播格局。新时代以来，文化传播的介质、方式都发生了深刻的变化，促使文学从业者不断调整传播策略，积极主动利用新媒介扩大文学的传播面。一方面，文学与影视不断加深融合，文学的影视转化成功的案例不断增多，文学作为其他艺术的母本的价值作用更加凸显。比如，梁晓声的《人世间》、陈彦的《装台》、金宇澄的《繁花》等作品被改编为影视剧后，获得了更多的关注，反过来也带动了更多的文学阅读。另一方面，积极尝试新的传播媒介，比如《人民文学》《收获》等传统期刊均与"东方甄选"进行合作直播，取得了良好的传播效果，收获了更多的读者。迟子建、麦家等作家也通过直播平台与广大读者进行互动，有力地推动了文学在大众中的传播，提升了文学的影响力。

伴随着新媒介的不断迭代演化，文艺创作、传播、评论的专业性和传统性壁垒逐渐被打破，文艺大众化在新媒介时代呈现出全新的特点，涌现出一批新文艺从业者和素人写作者。他们中的许多人有着丰富的人生经验和社会体验，用朴素的笔触将普通劳动者的生活世界和精神世界书写出来；他们以个人为方法，提供了独特的现实镜像，有着最鲜活的时代特征。

第二节 精英写作

精英写作　现实精神　日常生活　底层写作

中国社会继 1980 年代开启以经济建设为中心的改革开放，确立建设中国特色社会主义的现代化转型之后，1990 年代掀起市场经济改革潮。进入 21 世纪，社会主义市场经济体制初成，并确立了在 21 世纪前 20 年实现全面建成小康社会的目标。

陈国恩（武汉大学）：
知青下乡到农民工
进城的文学叙事

中国社会进入经济高速发展期，文化观念日益多元，新兴媒体方兴未艾。同时，商业和市场因素侵入社会肌体，经济利益与市场杠杆在推动、丰富文学创作、出版繁荣的同时，也在弱化、淡化文学的力度和浓度。消费性、休闲性、娱乐性的文艺作品占据了文化版图的一部分。文学在淡化社会历史责任的同时，也身陷市场旋涡。

2014 年 10 月 15 日，习近平在文艺工作座谈会上发表讲话，鼓励文艺工作者认识自己所担负的历史使命和责任，坚持以人民为中心的创作导向，努力创作更多无愧于时代的优秀作品，弘扬中国精神、凝聚中国力量，鼓舞全国各族人民朝气蓬勃迈向未来。各级政府通过各种手段给文学艺术家提供创作条件与鼓励，保证了文艺创作在主流道路上健康发展。

2019 年中美贸易战发生，2020 年新型冠状病毒肆虐全球，国际关系逐渐变化，这些新现象正在改变世界进程和国际格局。中国继续深化改革开放，自力更生，砥砺前行。中国文化与文学进入新的阶段。

在此背景下，对"人的文学"的传统的坚守与开拓，成为中国文学的世纪挑战与使命。

在商业化、市场化主导的 21 世纪，中国文学积极融入时代，营造了一些热闹的气氛。据统计，从 2000 年到 2010 年，仅长篇小说出版总量就由每年 1000 部左右猛增到 3000 多部，至今一直持续增加。2018 年出版长篇小说 9000 部（包括再版重印与翻译）。当然，其中数量增长最快的还属网络写作和 80 后文学。现在，依据发表或出版平台，人们习惯于将 2000 年以来的中国文学区分为三足鼎立的三个大块：以文学期刊为主导的传统型文学、以商业出版为依托的市场化文学（或大众文学）、以网络媒介为平台的新媒体文学（或网络文学）①。1980 年代文学界的口号是"让中国文学走向世界"，到了 2000 年以后，有人认为："中国文学已经成为'世界文学'的一个结构性的要素"，成为"'世界文学'的一个组成部分"。②

一方面，作家获得了较多的写作自由，文学观照现实，反映社会问题，书写传奇故事，拓展了 21 世纪文学的图景。另一方面，市场在推动、丰富文学创作出版的同时，也影响到文学的力度、厚度和浓度。启蒙声音渐少，解构兴趣淡薄，反思身影绝迹，人性拷问搁置。文学正在逐步沦为消费品，成为时代的文化快餐，在市场经济旋涡里难以自拔。

> **声音**
>
> 在市场经济与消费时代，艺术的商品化同样也向艺术的独创性提出了更高的要求，关键在于艺术家和理论家是否能应对这种要求与挑战，拿出更具独创性的作品来。（蒋述卓：《消费时代文学的意义》）

在世纪之交，传统型写作是文学的重要组成部分，包括严肃文学、主流文学、传统通俗文学等。与 1980 年代文学的新启蒙精神、1990 年代盛行的解构主义和女性主义思潮不同，2000 年以来，传统型写作的特征，一是回归现实的叙事，二是专注于对日常生活的审美观照。前者主要表现在文学对现实主义创作方法的回归和现实主义的文学话语表达，早在 20 世纪就享有盛名的一批作家，如贾平凹、王安忆、莫言、铁凝、余华、刘震云、阎连科、方方、毕飞宇等，在新世纪创作了一批现实主义力作，这些作品接续了 1980 年代中期以来的现实主义传统，使得新世纪文学更有生活气息，更接近当下中国的世道人心和世态人情。

---

① 白烨：《新世纪文学的新风貌与新走向》，《文艺争鸣》2010 年第 11 期。
② 张颐武：《回首十年："新世纪文学"的意义》，《文艺争鸣》2010 年第 3 期。

这一时期，多种文学思潮齐头并进，形成了新世纪文学场景。小说创作重新回归现实主义传统，在现实主义中融入了自觉的文学实验，现代主义、后现代主义以及受西方现代主义影响的世界各地的文学变体，如拉美魔幻现实主义等，都被中国作家借鉴。小说艺术手法更加丰富，叙事方式更加灵活多样。乡土题材小说数量最丰，贾平凹《秦腔》、毕飞宇《平原》、阎连科《受活》、孙慧芬《上塘书》、林白《妇女闲聊录》、关仁山《麦河》等作品各具特色。历史题材小说涌现，如莫言《檀香刑》、刘醒龙《圣天门口》、铁凝《笨花》、严歌苓《第九个寡妇》、格非《人面桃花》《山河入梦》、叶广芩《青木川》、李洱《花腔》、叶兆言《1937年的爱情》等。官场反腐小说有张平《国家干部》、陆天明《命运》、周梅森《梦想与疯狂》《人民的名义》等。少数民族题材小说也有亮点，如阿来《空山》、范稳《悲悯大地》。新革命英雄传奇小说走红，如都梁《亮剑》、项小米《英雄无语》、徐贵祥《历史的天空》《高地》等。底层题材的小说由中短篇迅速向长篇领域蔓延，如陈应松《马嘶岭血案》《太平狗》、曹征路《霓虹》、贾平凹《高兴》、许春樵《男人立正》、曹征路《问苍茫》、孙惠芬《吉宽的马车》、钟求是《零年代》、刘国民《首席记者》等。生态小说关注这个时代所面临的环境问题，如陈应松《豹子最后的舞蹈》、杜光辉《哦，我的可可西里》、红柯《哈纳斯湖》、白雪林《霍林河歌谣》和鲁敏《颠倒的时光》等。

"人"的观念在新世纪文学中有了更加丰富的内容。在个人化写作思潮和文化消费主义浪潮的共同作用下，新世纪前10年，主要沿袭20世纪90年代的主题，表现人的个体化、另类化、感官化、世俗化特征。网络小说创作中，人的传奇性、独特性、超验性特征被强调甚至放大。对启蒙理性的淡漠，对世俗人性的关注，意味着作家对个体的关注、对世俗的欣赏和对人的日常生活价值的重新确定。这当中，既有20世纪"人"的观念的延续，又有新的"人"的观念的凸显。有学者提出："我们是否又面临一个人的再发现的问题？新世纪文学中一部分作品在原有基础上有所深化，那就是更注重于'人的日常发现'。"①

---

① 雷达：《新世纪十年中国文学的走势》，《文艺争鸣》2010年第3期。

对日常生活的审美观照，是文学践行新世纪以人为本的时代精神的体现。时代精神正从宏大叙事逐步落实到对日常生活中的人的精神世界和世俗情感的关注，重建现代生活感性因此具有了本体性的意义。《秦腔》《受活》《生死疲劳》《水在时间之下》，以及大量的打工文学、官场小说、职场小说，对日常生活进行了细致的刻画，表现了作家价值观念的转变。这种表达人性的方式，是新世纪文学的一个重要特征。

2000 年以来，王安忆的创作题材主要有两大方面，一是执着于描写上海这座城市里市民阶层的日常生活，如《富萍》《桃之夭夭》《天香》《考工记》等，二是写"文革"题材，如《启蒙时代》等。对女性形象的塑造是王安忆小说叙述的重点。她擅长将日常生活审美化，在叙事技巧上基本是散文化笔法。日常生活内容和散文化叙事形式紧密结合，形成了王安忆作品的独特美感。

王安忆在 2011 年出版的长篇小说《天香》关注的不再是当代的上海，而是更古老的明代的上海。小说在江南文化以及明代社会盛极而衰的历史时空背景中，讲述了上海地区一个申姓士绅家族的兴衰命运，可以说是对上海的前史的一次发掘。小说对园林艺术、刺绣技艺等展开了细致入微又具有文化象征意味的书写，充满江南的精神意象、渗透到日常生活里的消闲方式、物质化的文明，以及闺阁女子的日常与寄托，映现那时的女子不可剥离的物与心、身与灵的关系。《天香》既是在向《红楼梦》《金瓶梅》所开创的世情小说传统致敬，也是基于现代性考古学视野的对历史的返观与重构，它"意图提供海派精神的原初历史造像，以及上海物质文明二律背反的道理"[①]。

贾平凹（1952— ）的创作贯穿了新时期以来的整个历史过程。他以表现西北乡土生活著称，歌颂乡村社会的美好人情和人性。浓厚的乡土情结，是他文学创作的审美支点。在 21 世纪，他创作了长篇小说《秦腔》（2005），关注的仍然是乡土中国的社会现实和人生实相。

《秦腔》被称为"一卷中国当代乡村的史诗"。小说以一个陕南村镇为焦点，集中表现了改革开放过程中乡村的价值观念、人际关系和传统

[①] 王德威：《〈天香〉：王安忆的上海"考古学"》，《东方早报》2011 年 4 月 24 日。

格局的巨大而深刻的变化，加入了作者对当今社会转型期农村各种新情况的思考和关注。和以往热情地赞美乡村社会不同，贾平凹在《秦腔》里的格调是哀伤和寂寥的，一方面，他对传统乡土充满了感情和敬意，另一方面，原来纯朴的乡村正在消失，农民正在离开土地，农村生活将要成为绝唱。这篇小说是乡村生活的一首"挽歌"，是对传统乡土的一种"回归与告别的双重姿态"，正如他在获奖感言中说的："为故乡的过去而立一块纪念的碑子。"

阎连科（1958—，河南嵩县人）1980年代开始发表作品。在当代作家中，阎连科以题材大胆和创作主题受争议而著称。他的小说创造了"耙耧山区"这一独特的乡村地图，书写苦难和乡野风景成为他小说的固定主题。21世纪以来，阎连科发表、出版了《坚硬如水》《受活》《风雅颂》《炸裂志》等小说。2014年获得"卡夫卡文学奖"，成为首位获此奖的中国作家。

《受活》（2004）故事发生在耙耧山区的受活庄。小说重点刻画了两个人。一个是战场负伤流落到此的红四军女战士茅枝婆。在她的带领下，受活庄成立了互助组，后又加入了合作社，过上了天堂般的日子。然而好景不长，受活庄遭遇到了一连串的灾难，于是，她又开始了退社的努力。另一个是双槐县的现任县长柳鹰雀。他的目标是要在短期内使双槐县脱贫，从而使自己早日成为有着卓越政绩的伟人。他要在家乡建立列宁纪念堂，因此想用重金购买列宁的遗体，以带动全县旅游产业及其他产业的发展。为了筹措资金，他把受活庄有一门绝技的残疾人组成"绝术团"，到处巡回演出。《受活》被称为中国的"百年孤独"，这个荒诞不经的故事，真实地表达了处在边远山区的受活庄进入现代的复杂和曲折，隐喻着整个中国社会和民族的历史，具有普遍意义。小说结构形式创新，在语言上大胆开掘与驾驭地域方言，在写作方式上创立并运用了"狂想现实主义"，使得作品具有比较深刻的思想性和深广的艺术内涵。

《风雅颂》是一部知识分子题材的小说，通过一个看似荒诞不经的故事，揭露了我国高等院校官僚化、体制化和等级化的触目惊心的现实，掀开了长期隐藏在现行高校体制中的扭曲、肮脏、虚假、混乱、残忍等阴暗面，构思奇特。这部知识分子题材小说依然联系着阎连科"耙耧山区"这一文学地图。主人公是耙耧山脉的一个普通农家子弟,凭着自己的聪明勤奋,走出了老家,但最后却因扭曲的现实,不得不逃回老家。而他的家乡正是《诗经》中众多农事诗和情爱诗的产生地。这一出走—漂泊—回乡的叙述模式,象征着知识分子漂泊无依的心灵,寻找失落的精神家园,以及重建精神堡垒和灵魂归宿的过程。

刘震云(1958—)是新时期新写实小说的代表性作家之一,以写城市社会的"单位系列"和写干部生活的"官场系列"著称。21世纪以来,他的小说《手机》和《我叫刘跃进》分别被改编成电影和电视剧,影响很大。

2009年出版的《一句顶一万句》是他本时期圆熟的作品。小说主要写了两次寻找的故事,"姥爷"杨百顺和"外孙"牛爱国各自都特别想找到另一个人,目的就是想告诉他一句知心的话。为了找到这个"说得上话的人",他们奔走、流浪、无法停息。这部作品表达了人的精神上孤立无援的状态,体现的是一个民族的心灵生活。小说的叙述语言很有特色,是一种"说话体",即语言本色化,语句简洁洗练,同时运用连环套式的、否定之否定式的、像螺丝扣一样越拧越紧的句法。如"老裴打了老蔡一巴掌,老蔡又还了老裴一巴掌,同样是一巴掌,但后一巴掌,和前一巴掌,就不是一回事了。……老裴也是一时怒从心头起,从床上爬起来,拿起砍刀,就要杀人;但不是杀老蔡,而是要到镇上杀她娘家哥。也不是要杀这个人,是要杀他讲的这些理;也不是要杀这些理,是要杀他的绕;绕来绕去,把老裴绕成了另一个人","说她去了北京,也不知是否真去了北京;就是去了北京,也不知是否仍在北京;北京大得很,也不知在北京的哪个角落",等等。《一句顶一万句》和《我不是潘金莲》是两部侧重描写小人物精神世界的小说,表现生命的孤独感和存在的虚无感。

苏童、格非和余华都是新时期先锋小说的代表性作家。2000年以来,苏童(1963—)创作了《碧奴》《河岸》《黄雀记》等作品。《黄雀记》延续了苏童"香椿树街系列"的风格,讲述1980年代发生的一起青少年强奸案,呈现了三个人不同的道路和命运。小说具有鲜明的空间叙事特色,在文本显在的圆圈式表层建构的内部,蕴含着历史空间和现实空间的隐喻性对话，以及作家对接连遭遇权力、物欲的"洗礼"而全面异化的一代"失魂人"的人文关怀。① 王德威说，苏童的小说总是描写"变调的历史，残酷的青春，父子的僵局，性的诱惑，难以言说的罪，还有无休止的放逐和逃亡等"②。

余华在21世纪创作的长篇小说，首先是2006年的《兄弟》（上、下）。小说以"文革"前后为社会背景，围绕小镇上李光头和宋钢兄弟以及他们与林红的三角恋情展开，展示了荒谬时代中普通人的艰难求生、欲望与狂热、人性的扭曲和脆弱。荒诞化的情节、语言和想象，夹杂宣泄的快感，及凄凉、苦楚和悲怆，是作家讲述历史的方式，也是其历史认知与体验的折射。《兄弟》中不乏一些粗俗描写，出版后一度引起争议。如果说《兄弟》是余华以《活着》《许三观卖血记》为代表的后先锋创作转型的延续，那么2013年出版的长篇小说《第七天》，则是突破其既有小说思维与风格的一次尝试。《第七天》以一个刚刚去世的死者杨飞的口吻，讲述其死后七天里的遭遇和见闻，这些讲述又与和杨飞相关的人物的讲述相交织，形成了嵌套式的叙事形态。小说以碎片化的"新闻纪实"方式，广泛涉及官场腐败、贫富分化、官民矛盾、食品安全、农村空心化、道德沦丧、暴力执法、城市边缘人等当下社会矛盾和问题。

这一时期，格非创作了《人面桃花》《山河入梦》等作品，创作风格回归到传统的写实手法。2016年长篇小说《望春风》以江南古村儒里赵村自1949年前后到21世纪初的历史变迁为背景，写出了乡村的死亡，反思了国民性批判这一主题，传达了知识分子的悲剧宿命。在《望春风》里，格非以一个少年的视角状写村庄由简朴、内敛到在时代发展中逐渐变化的全过程。村子里的人们彼此有着千丝万缕的联系，又因为这些人际关系而在某个方面达到了微妙的平衡与内部和谐。行云流水的叙事、波澜不惊的故事，都在自然而然地展示着中国江南农村特有的民俗风情与内在秩序。

毕飞宇（1964—，江苏兴化人）于1980年代开始创作，主要以中短篇小说知名。21世纪以来，他的长篇小说创作也取得了较大成就。毕飞

---

① 姬志海：《论〈黄雀记〉的空间叙事和异化主题》，《当代文坛》2016年第2期。
② 王德威：《河与岸——苏童的〈河岸〉》，《当代作家评论》2010年第1期。

宇的小说关注权力和人性之间的冲突,多叙写生命悲剧。中篇代表作有《青衣》和《玉米》,长篇小说有《平原》和《推拿》。

《青衣》写一个叫筱燕秋的青衣演员的悲剧人生。她被赶下舞台20年,在内心的不甘和时光的残酷流逝中经受着平淡日子的煎熬。当她企图抓住最后的机会释放自己时,却又在被时光抛弃的悲凉心态中崩溃、疯狂。小说充满细腻而深刻的心理刻画。以理解和同情的笔调,多侧面立体地揭示了筱燕秋身为女性艺人,充满性格悲剧和命运悲剧的人生过程。在某种意义上,故事中三个女人的命运关系构成了互文表达,筱燕秋就是嫦娥,就是李雪芬,也是春来,她们是不同的人,又是同一个人,她们是真实的、个体的,又是虚幻的、一般的。正是通过这种人物形象的朦胧性和普泛性,小说赋予了这种人生的疼痛与无奈以普遍性的意义。毕飞宇感觉敏锐,笔触细腻,他的小说通过对日常生活场景和生活细节的叙述,细腻地表现人物,展开冲突。他以主人公的视点为叙述视角和观察点,采用细节化、意象化和意境化的手法,创造了客观化、自然化叙述的抒情诗效果。在中国现当代小说史上,刻画女性演艺人生活的小说极其罕见。《青衣》表现了筱燕秋为艺术献身的精神和悲剧的结局,既是一曲女性命运挣扎与心灵情感的悲歌,也象征着传统艺术在时代中的悲剧性境遇。

《玉米》中的玉米作为家庭的长女,在世俗的歧视中企图坚强地扛起家庭的荣誉,不得不因此殉葬了自己的青春,向权力屈服。《青衣》和《玉米》都是写女性命运的力作,展示了中国女性在不同历史境遇中的内心体验和生命景观。《平原》是毕飞宇的第一部长篇小说,仍然延续了作家的农村题材内容,并保持着强烈的现实性。《推拿》写盲人的故事,深入关注一群盲人按摩师的内心世界,题材上有一定的拓展。

李洱(1966—,河南济源人)是当代一位有自己的鲜明创作特征的作家,重要作品有《花腔》《石榴树上结樱桃》等。2018年出版的《应物兄》,是李洱历时13年创作的一部长篇小说。这部长达90万字的小说,是作家的"花腔"体的新的衍生。小说以借鉴于经史子集的叙述方式,记叙了形形色色的当代知识者的言谈举止,夹叙夹议,汪洋恣肆,围绕主人公应物兄的生活,通过海量的话语方式——对话、讲演、讨论、引注、回忆、联想、种种讽喻、调侃与歌哭——展开了当代学院生活的众生相，趣味盎然又疑惑丛生，读来令人五味杂陈。小说广涉历史、生物、语言、艺术、医学乃至堪舆风水、流行文化等多个领域，是一部21世纪的《围城》式作品。

金宇澄（1952—，上海人）长篇小说《繁花》，2012年刊于《收获》，2015年获茅盾文学奖。《繁花》是一部用吴语写上海和上海人的小说。在小说中，1960年代的青涩少年与1990年代的声色犬马各构成一条线索。两个时空频繁交替，幻象迭生又齐头并进，幻化出上海的迷幻风貌；精致的嘲讽，酷烈的漫画，流荡着上海的时尚、风华与岁月。贯穿于两条线索的，是人物阿宝、沪生和小毛的活动轨迹。阿宝出身资本家家庭，沪生出身革命干部家庭，小毛出身工人阶级家庭，他们代表着上海市民生活中各种不同的文化背景。这些身份反过来又和叙事年代形成一定的对应关系，成为折射时代精神的符号，也引出不同社会阶层的上海众生相和万花筒一般的城市历史及生活景观。作家放弃了现代小说擅长的心理描写，退回到传统说书人的角色，将传统评书体小说"说故事"的艺术发挥到极致，大故事套小故事，一个故事勾连起另一个故事。

梁晓声（1949— ），出生于黑龙江省哈尔滨市，1980年代曾有知青小说《今夜有暴风雪》《雪城》等在文坛产生影响。2017年出版三卷本长篇小说《人世间》，以周氏三兄妹的人生故事为中心，以弟弟周秉昆为线索，串联起他们生活圈中的多个人物，讲述了从1970年代到2000年以来50年左右的历史，包括知青下乡、恢复高考、对外开放、国企改革、反腐倡廉等，全景式地展现了人世间多个阶层的社会生活，再现了中国社会发展和时代变迁的宏大图景。小说浓墨重彩地描绘了普通百姓自尊自爱、自立自强、善良正直、乐观坦荡的品德，他们抱团取暖、手足相助、与命运抗争的行为，以及为改变生存处境所付出的努力。

梁晓声说，《人世间》"既写人在现实中是怎样的，也写人在现实中应该怎样。通过'应该怎样'，体现现实主义亦应具有的温度，寄托我对人本身的理想"[①]。因此小说以塑造社会好人为目标，代表人物就是周

[①] 梁晓声：《书写城市的平民子弟》，《文艺报》2018年2月23日。

氏三兄妹。老大周秉义通过读书改变了命运，后成为政府官员。他在学生时代是青年人的榜样；在知青时期有道义有担当；在担任领导干部后，既始终一致坚持原则，又有情有义。老二周蓉天资聪颖任性叛逆，既热情又有胆识，追求爱情义无反顾，面对困境不屈不挠。老三周秉坤身份卑微，生活艰辛，但正直仗义，扶危济困，是一个热心肠的好人。但这个小说也有个问题，就是塑造好人形象的目的过强，因而一定程度上欠缺了对人性复杂面的发掘和表现。

陈彦（1963— ），陕西镇安人，长篇小说《主角》被认为是新世情小说的代表作。《主角》通过叙述秦腔名伶忆秦娥近半个世纪的人生故事，再现了秦腔这个剧种由兴盛到衰落再到转型的过程，折射出中国传统文化发展的时代境遇。《主角》既是书写个人故事的小书，又是一部感受人生情韵、探寻生命奥义之书，正如女主人公所说："谁让你要当主角呢。主角就是自己把自己架到火上去烤的那个人。因为你主控着舞台上的一切，因此，你就需要有比别人更多的牺牲、奉献与包容精神。有时甚至需要有宽恕一切的生命境界。"故事围绕着戏曲舞台展开，人物故事也被融入戏曲元素，经典戏曲、现实人生、艺术境界三者互证共生，拓展了小说的意义空间。比如，在小说中，忆秦娥排练《同心结》的过程，也是一个艺术家将个人生命经验与艺术创作交互参照、互相成就，从而完成她的艺术修养的质变的过程。

陈彦的《星空与半棵树》，通过讲述半棵百年老树失踪事件引发的矛盾，书写了秦岭地区一个村庄里的纠纷，表现了底层乡民与基层干部的喜怒哀乐，揭示了乡镇社会的人生百态。小说以一个猫头鹰的视角开启全篇，"星空"故事与"半棵树"故事既互相独立，又互相联系；在"星空"与"半棵树"之间，小说呈现了"多声部的生活现场"。半棵树引起的矛盾纠纷，犹如一面社会镜子，映照出乡村社会的残酷现实。而乡镇干部安北斗的天文学兴趣与观天象爱好，则蕴含着一定的超越意味和象征意义，表达了作者的思考。

杨志军（1955— ）出生于青海西宁，他的《雪山大地》是新时代现实主义长篇小说创作领域的重要收获。小说以"我"讲述父母辈故事的方式，书写青海藏族牧区几十年来在党的领导下发生的巨大变化，以及他们生产生活方式、身份地位、价值观的改变，塑造了作为基层干部的父亲、作为医生的母亲的生动形象。父母辈为了改变藏区的落后面貌而奉献自己的伟大人格和崇高精神，感召了藏区的年轻一代，促使他们继续以自己的智慧和力量建设藏区的美好未来。父母辈因此成为了草原上的神，如雪山大地般让人敬仰；同时，他们也成为时代的隐喻符号，有着更深层的意涵。这部小说追求真实性和典型化，其中大量出色的风景描写，超越了传统现实主义文学作品中风景描写的附属性地位，重构了文学艺术与自然风景之间的密切关系。作家与自然的交流、对话，表达了人物对自然的忠诚。小说中的风景描写因此具有娱乐的、审美的和精神的多层次意义。

麦家（1964— ），原名蒋本浒，浙江富阳人，早年毕业于军校，曾在军事情报机构从事无线电信号分析和接收等工作。麦家以重构谍战类型文学的先锋姿态闯入文坛。其早期谍战系列小说通过密码叙事与人性解码的双重书写，将悬疑智性与存在哲思相融合，在延续革命历史叙事基因的同时，又注入现代主义的精神质素。他的创作打破了通俗文学与严肃文学的森严壁垒，探索"新智力小说"的美学可能，重构了当代文学的坐标体系。

从《解密》《暗算》《风声》到《人间信》，麦家的文学实践不仅重塑了类型文学与纯文学的美学边界，更折射出中国当代文学在媒介化时代的突围路径。通过虚构与真实、类型与超越的辩证，他创造出了独具异彩的小说美学。在《解密》里，麦家对传统谍战题材进行了现代性改造，以密码破译为叙事载体，熔铸悬疑外壳与哲思内核，构建起"科学理性与人性非理性"的对抗场域。在叙事技法上，他善用嵌套式的"迷宫结构"与"不可靠叙事"。第七届茅盾文学奖获奖作品《暗算》通过"听风者""看风者""捕风者"三个独立单元构成叙事回环，模拟情报工作的碎片化特征。《风声》以"东风""西风""静风"三重文本相互消解，形成文本的复调对话。麦家的小说既解构了传统革命叙事的确定性，使文本成为历史真相的罗生门，又突破了传统线性叙事的窠臼，隐含着后现代语境下对确定性的质疑。近年来，麦家从谍战题材突围，创作了乡土小说《人生海海》《人间信》，把视线转向乡土经验和家族秘史，展现出从"英雄传奇"到"凡人史诗"的主题嬗变。

作为2000年以来中国文学的代表性作家之一，借助影视改编与全球化传播，麦家的作品形成了"文学—影视—文化"的复合影响力。他的小说被改编为4部电影、7部电视剧及3部舞台剧，形成了跨媒介生产与文学IP开发的巨大传播效应。电影《风声》将原著中的心理博弈转化为密室酷刑的视觉奇观，这种从小说向影视的转码，一方面引发了"改编是否背叛原著"的争议，另一方面也成功打破了文字阅读与影像消费的壁垒。麦家主张"必要的妥协""情感逻辑高于历史逻辑"的改编策略，这与影视工业对文学叙事的重构逻辑相契合。同时，麦家作品的全球化传播也展现出文化转码的巨大效应。《解密》被翻译成33种语言，是海外图书馆收藏量第一的中国当代小说。电影《风声》的国际版用希区柯克式的悬疑节奏替代意识形态表达，以对人性善恶的哲学讨论置换关于历史是非的价值判断，被视为"东方智慧与类型美学的完美结合"。

东西（1966—　），本名田代琳，广西天峨人，主要作品有长篇小说《耳光响亮》《回响》，中短篇小说《没有语言的生活》《我们的父亲》《你不知道她有多美》等。其中《没有语言的生活》曾被改编为电影《天上的恋人》，《回响》曾获第十届茅盾文学奖。《回响》采用"奇数章写刑侦推理，偶数章写爱情心理"的双线结构形式，在人心人性翻滚缠绕的"回响"中，将对犯罪心理的探索与对爱情、人性的思考相结合，通过高度戏剧化的情节探察人的隐秘心理与幽深情感。

出入市场，适应时代，传统写作也不能幸免。虽然市场有其残酷的一面，但文学的产业化之船在2000年以后已经扬帆远航，其中，突出的动向就是文学与影视的联姻。文学为影视作品的生产提供母本支持由来已久，在市场经济条件下，影视作品改编经常体现出对文学作品影响力的深度借重和顺势开发，这使得资本得以强势介入文学创作。文学作品的影响催生了影视作品的改编和再创造，影视作品的传播又推动了文学作品的热销。多种传媒的互相影响产生营销效应，使得文学和影视能实现双赢。刘震云的小说《手机》和《我叫刘跃进》分别被改编成同名电影和电视剧，而且小说和电影几乎是同时推出，这是对媒体影响力的综合运用。大多数影视作品的改编是看重小说原有的影响力，以减少投资风险，如《杜拉拉升职记》《山楂树之恋》等；但也有相反的情况，影视作品的传播发掘了文学作品的价值和潜力，如电视剧《人世间》《我的后半生》之于梁晓声、王蒙的同名原著小说，电影《集结号》之于杨金远的小说《官司》。据海外华文作家严歌苓小说改编的电影《芳华》等，也产生了相当大的社会影响。

第三节 莫 言

莫言是1980年代寻根文学和先锋小说的代表性作家。莫言的小说，构造了一个独特的主观感觉世界，叙述天马行空，语言狂放恣肆。21世纪以来，他主要有《檀香刑》《四十一炮》《生死疲劳》等作品。

2012年，莫言获诺贝尔文学奖。诺贝尔文学奖评委会的颁奖理由是，莫言"用梦幻现实主义（hallucinatory realism）的写作手法，将民间故事、历史事件与当代背景融为一体"[①]。瑞典文学院诺奖委员会主席瓦斯特伯格在给莫言的授奖辞中说，他"生动地向我们展示了一个被人遗忘的农民世界，虽然无情但又充满了愉悦的无私"；"中国20世纪的疾苦从来都没有被如此自白地描写：英雄、情侣、虐待者、匪徒——特别是坚强的、不屈不挠的母亲们"[②]。

2000年以后，莫言创作的艺术追求更趋于自觉。从题材到语言，从实际生活到传奇故事，从艺术观念到创作手法，他的小说都表现出民族特色与新锐的现代艺术的融合。

首先，农村生活题材是莫言小说艺术的根本源泉，莫言的小说世界在某种意义上是作家通过各种叙述人回忆农村生活而建立的想象空间。从早期的《透明的红萝卜》《红高粱》《红蝗》《秋水》《白狗秋千架》，到1990年以来的《丰乳肥臀》《檀香刑》《生死疲劳》直至《蛙》，都是以莫言故乡的风土人情、生老病死、悲欢离合、奇异传说为底色，涂抹出色彩斑斓的乡土中国图景。莫言在不同的场合都强调过，他的写作

[①] 中国媒体最初多以"魔幻现实主义"对译 hallucinatory realism，不够准确。
[②] 财新网：《2012年诺贝尔文学奖颁奖词》，http：//china.caixin.com/2012-12-11/100470901.html。

立场不是"为老百姓的写作",而是"作为老百姓写作"①,其基本的含义就在于他的写作植根于农村生活。莫言小说中的人物总是与土地有割舍不断的联系,从自然中获取精神的支撑。无论是《红高粱》中的"我爷爷""我奶奶",还是《生死疲劳》中的西门闹、蓝脸;无论是《丰乳肥臀》中的母亲、"鸟仙",还是《天堂蒜薹之歌》中的高羊、金菊……他们的生死爱欲、梦想与绝望,都是绚丽多彩的土地上绽放的生命之花。

莫言处理乡村生活题材所采取的叙述视角是叙述者的回忆。回忆作为一种充满了主体选择和情感态度的叙述,意味着对"现在"的生命状态的失望驱使叙述者在"过去"寻找辉煌,显露出创作主体对精神匮乏、生命萎顿的现实的强烈感应。这一包含着现在与过去对应或对立关系的叙述姿态,在《丰乳肥臀》中体现为从上官金童的视角对大半故事的呈现,在《蛙》中是身为作家的"我"(笔名"蝌蚪")在对日常生活的描述中不断溯及过去,围绕着姑姑的经历展开叙事。即便是《天堂蒜薹之歌》这样取自现实的题材,莫言在其中也引入了瞎子张的演唱作为故事展开的一个重要视角,与通过报纸社论讲述、通过叙述者描述之间形成富有张力的结构。在《生死疲劳》中,在土改时被枪毙的地主西门闹回顾 50 年间的历史,他不断地经历着六道轮回,一世为驴、一世为牛、一世为猪、一世为狗、一世为猴……虽每次转世为不同的动物,但都未离开他的家族,未离开这块土地。他的视角将中国农村社会变迁的广袤而深长的图景收纳其间。

莫言早年很得以孙犁为代表的白洋淀派的风格韵味,但是不久,他从加西亚·马尔克斯的魔幻现实主义获得启发,写出了《金发婴儿》。经过进一步的探索,莫言悟出,魔幻现实主义给他带来的不应该仅仅是魔幻的形式,更应该激活他对故乡民间文学资源和文学传统的调用,发现真正属于自己的文学世界和语言风格。于是,乡村的一草一木、晨昏起居、乡村生活的常识和细节、狐鬼神仙的故事、六道轮回与转世的传说、乡村流行的戏曲、古代章回小说的构架……所有这些都极为本色地出现在莫言的小说中,帮助他找到了自己的语言风格。"这种语言风格

---

① 莫言:《莫言文集·小说的气味》,当代世界出版社 2004 年版,第 123 页。

并不是突然就出现了，原来它就跟个人气质有关系。当年我在农村的时候，跟那些没有文化、不识字但出口成章、胡言乱语、编顺口溜的人接触比较多，耍贫嘴耍得比较厉害，当我获得了我自己的语言时，感到非常自由。"①

其次，莫言一直坚持自觉、不断的艺术探索，实现了民族特色与现代艺术的高度融合。莫言的"红高粱家族"显示了他对单一线性的故事方式的放弃，狂放不羁的语言，放纵无拘的想象，四通八达的感觉，无不表现出对传统叙事方式的颠覆，对更为自由、强烈的艺术表现力的追求。"红高粱家族"之后，他的第一部长篇小说《酒国》更是一次叙事实验和冒险。它讲述省人民检察院的特级侦察员丁钩儿奉命到酒国市去调查一个特殊的案子——酒国市的官员吃掉了无数婴儿。但到酒国市的人没有能经得起诱惑的，丁钩儿虽不断提醒自己不要喝酒，最后却醉酒淹死在茅厕里。与上述故事同时进行的，是酿酒博士李一斗作为业余作者不断给作家"我"寄来他写的小说，这些小说几乎将整个20世纪中国各种各样的小说，从鲁迅的《狂人日记》到金庸的武侠，再到魔幻、先锋之类都戏仿了一遍，充满了各种各样的反讽和悖谬，而小说中的描述在很大程度上跟前面的故事又高度重合。最后酒博士的小说跟《酒国》里的小说合为一体。在长篇小说《十三步》中，莫言对小说的视角变化进行了实验。中学物理教师方富贵累死后，火化前准备整容时，由于得给王副市长让路，尸体被塞进冰柜，居然又复活了。由这样荒诞的情节开始的讲述，被各种眼花缭乱的叙事视角打断，又被任意组合，留下一团乱麻，让读者难以理清。小说由此呈现出意义的不确定性、多元性和开放性。

在《檀香刑》问世前的两年时间里，莫言发表了12个短篇和5个中篇小说，像《拇指铐》《司令的女人》《我们的七叔》《师傅越来越幽默》等，看起来完全没有先锋小说的叙事特征，而是回归中国传统文学，但其中的意蕴却非传统小说所能传达。像1998年发表的小说《拇指铐》，讲述一个孩子在给母亲抓药回来的路上受到的挫折：他被人捆到

---

① 林舟（陈霖）：《心灵的游历与归途——莫言访谈录》，《生命的摆渡——中国当代作家访谈录》，海天出版社1998年版，第205页。

树上，没有人解救他，孩子为了早点儿回家给母亲治病，把两个大拇指给咬断了，挣扎着回到他温暖的小屋，回到母亲温暖的怀抱。故事很本色，但文化寓言的意味很是浓烈。

在《檀香刑》中，传统章回小说与民间说唱艺术是作品的外观形态。它将爱情故事缝合在重大社会事件之中，再现了清末山东半岛发生的民间反殖民斗争；领导这起斗争的民间艺人孙丙最终被施以"檀香刑"，施刑的主线贯穿着中国王朝政治没落过程中诸多惊心动魄的事件。但是，进入故事的叙述层面，人们会发现，其多视角的描述，形成了叙事声音的多声部。夸张变形的语言，洋溢着拥抱并融化惨烈人生的喜剧精神和狂欢气息。这是莫言式的"酒神欢乐"的又一次"爆发"。《檀香刑》之后的《四十一炮》，则通过身体已经长得很大、心理却仍旧停留在少年时代的主人公罗小通狂欢化的诉说，通过一个老和尚的传奇人生经历，在实和虚的场景之间不断变换，扑朔迷离，曲折迂回，在揭示人性裂变的同时，也写出人的伦理迷茫。

民族特色与现代小说的打通与融合，在《生死疲劳》中达到了出神入化的境地。《生死疲劳》秉承中国古典小说和民间叙事的传统，以六道轮回的想象串联起半个世纪的人间活剧，以驴、牛、猪、狗、猴——西门闹逐次转世的化身——这些动物的声音和感受描述各自的经历，杂以各自前世在人间生活的见闻和感受。更重要的是，这些出自不同动物视角的讲述，实际上也是对人的观察，对人世间各种艰辛的描述。它们与不同人物视角下的讲述互为表里，互相激发，互相补充。这样的视角设置避开了对半个世纪中国农村变化的常规描述，因此也就规避、破解了已有的话语方式对这段历史的界定，写出了农民对土地无比执着的悲歌。另一方面，小说中莫言作为作者与个人的局限不断受到嘲笑，不时地提醒我们小说中的人物莫言是不可信的，诸如"莫言从来就不是一个好农民"，"他太会忽悠"，这类表达随处可见。这种极具间离色彩的叙事，拉开了叙述者与故事的距离，也唤醒了读者的理性眼光，并以这眼光掠过故事中半个多世纪的恩恩怨怨，审视其间的人性悲喜剧。可以说，《生死疲劳》中传统的故事形式与现代的叙事意识，高度统一于对人的存在的重新审视与发现这一富有现代感的主题之中。

《蛙》延续了莫言在小说结构、叙述语言等方面的探索。小说在结构上由剧作家蝌蚪写给日本作家杉谷义人的五封信构成。前四封信附有关于当了50多年妇科医生的姑姑的长篇叙事，其间穿插蝌蚪本人的故事；第五封信则附有一部关于姑姑和蝌蚪自己的话剧，于是形成了将书信、元小说叙事和话剧糅为一体的结构，拓展了小说叙事的表现空间。在叙事声音上，与莫言以往各部长篇小说不同的是，第一人称叙事人不仅掌控着叙事的推进，而且作为重要的人物，用"以己入罪"的方式，承担了书写罪感和渴望救赎的表意功能，加强了作品的反思品质。

最后，在对乡土的描述和历史的虚构之中，莫言的小说叙事始终突显着对人性的探索与反思。

如果说，莫言在1980年代所有乡村题材的小说叙述中，因一种酒神精神而赋予他笔下的人物以浪漫气息和原始生命力，从而发出人性的歌哭与呼喊，那么，在1990年代以后的小说叙事里，则对人性的全部复杂性进行了不倦的勘探。在这种探索中，一个值得注意的问题是，在莫言的叙事表层可以直观到的故事，往往构成对不可思议、超出经验的人性存在的隐喻。譬如中篇《怀抱鲜花的女人》，采取通俗小说中艳情的路数，不乏荒诞、传奇色彩，但它揭示的是人在欲望驱使下的追求和被这种欲望占据、控制，人的理性、社会规范与人的自然本能、欲望之间的尖锐冲突。

莫言的长篇《丰乳肥臀》即是以不无夸张的笔墨塑造了一个母亲的形象，而其传达的意味却超越了任何具体的母亲的形象。全书从1937年母亲生最后两个孩子写起，一直写到她去世。第七章是对母亲的生命全过程的回顾，是一个颂诗般的总结。这个母亲集中了中国传统母亲身上所有的美德：忍辱负重、坚韧不拔、不屈不挠。她经受了所有可能经历的痛苦和灾难：养育、饥饿、战争、病痛、动乱、强暴，等等。如此高大、完美、令人尊敬的母亲形象，也充满了颠覆性：她拒绝伦理的框范，反抗命运的安排，追求情感的自由，向往生命的完满。所有这些与其作为母亲的形象不无冲突，以至于有人认为这是对母亲形象的亵渎，但其实这个形象超越了具体的存在，而抽象为对生命力与母性的礼赞和对自然的敬意,强调了生命的创造之于人类和宇宙的价值和意义。

然而吊诡的是,《丰乳肥臀》的主要叙事者上官金童作为一个男性,面对母亲等具有反叛精神、坚韧不拔的女性,却表现出无所事事、懦弱疲软的特性,他对母乳的依恋成为这一特性的象征。这一特性更多地体现于作品后半部描述城市生活的章节,显示出作家对现代城市的一种担忧:物质欲望的膨胀似乎与生命力的衰微同步,文明的代价是人对自然、土地的疏离。这样的担忧几乎成为莫言小说涉笔城市时的一种固置。比如《生死疲劳》中最后对城市生活的描写,不仅匆忙,而且也包含着一定程度的道德偏见。与此形成对比的是,当它着墨于农村生活时,其对人性深处的温暖观照、对土地的热爱、对生命的执着的表现,成为小说叙事的内在动力,将人的苦难经验化为倾诉与歌哭,抒写生命的庄严、宁静、祥和与尊严。

莫言善于以他追求极致的叙述手法,将人性的拷问与观察置于极端的经验甚至超验之中。在《檀香刑》中,残酷的凌迟与作者对"檀香刑"的描绘令一般人的心理难以承受,作家不啻是让他的人物在尖利的锋刃上展示各自的人生,令每一个人物都成为一种灵魂的符号;猫腔则作为抑制不住的歌唱、一种欢乐的生活形态、一种超然于具体的悲欢之上的想象,让人性的展示有了一个舒展的空间。钱丁在为官之道与良心自省之间的焦灼不安及平衡的努力,揭示出一种萎缩、残弱的生命状态;孙丙作为一个民间艺人的盲目反抗或许难以被称为英雄,但是他对人的尊严的维护,他的视遭受"檀香刑"为人生的一出大戏,又表现出人性的庄严气概;孙丙的女儿眉娘,在市井媚俗之间却显示出为自由而抗争的不屈,她一厢情愿的"爱情"追求,也未必不是超越时空的世俗象征……

《蛙》围绕着生命过程中的种种矛盾,揭示了人心、人性的复杂微妙、身不由己的状态。姑姑的父亲是八路军的军医,在胶东一带名气很大。姑姑继承了父亲的医术,将现代科学带入乡村社会,推行新法接生,很快取代了"老娘婆"们在妇女们心中的地位,用新法接生了一个又一个婴儿。在此过程中,她战胜了阶级之类观念的羁绊,不管哪个阵

莫言的勇气就在于,能直截了当地表达他对于农村中社会关系的批判看法,而并没有使用"重写",也就是将当代故事转移到过去的计策。(顾彬《二十世纪中国文学史》)

营，只要有孩子出生就接，因为在她心里，生命高于一切。姑姑接生的婴儿遍布高密东北乡，可丧生于姑姑之手的未及出世的婴儿也遍布高密东北乡。在推行计划生育政策的年代，姑姑面临的两件大事是：给已经生育的男人结扎，让已经生育过了的怀孕妇女流产。生命的位置在哪里？姑姑为此深陷焦灼之中，但又不得不继续投身于扼杀生命的工作。姑姑因此在乡亲们心目中成为魔鬼似的人物，但她毫不动摇，对亲戚邻居也不手软。为了计划生育政策而将无数"娃"阻挡在人世大门之外的姑姑，在宣布退休的那个晚上喝醉了，回家路上，误入一片洼地，被无数青蛙包围、袭击。这时候，"蛙"和"娃"，通过姑姑的幻觉，打通了内部联系。在万分危急之中，姑姑狼狈万分地跑到桥上，遇到了郝大手。步入中年的姑姑跟专捏泥娃娃的手工艺人郝大手结婚，是某种意义上的忏悔。没有生过孩子的47岁的姑姑，最终救下了一位超生妇女的孩子，这也让姑姑的形象与内心变得格外复杂……到了晚年，为了平息自己的内心，姑姑用许多泥娃娃祭奠那些曾经被她狂热毁掉的孩子们。计划生育政策关联着政治、经济、文化、传统、教育、道德等方面，在莫言的叙述中，无不构成了考量人性、思考生命的某种"介质"，它们弥散在日常生活的细节之中。也正因为如此，姑姑的人性中包含着乡土、民族、人类、党性与个性的汇聚、冲突，从而构成一个立体、复杂、真实的人的形象。

第四节 通俗小说、网络小说

**类型化　80后青春写作　消费性　市场化　网络文学体制化
类型小说**

2000年以来，中国通俗小说进入多元发展时期。它的大众化和市场化特征进一步凸显，产生了历史小说、官场小说、职场小说、军旅小说等多种类型。打工文学、底层写作就其美学形态而言也可归于通俗文学；80后青春写作是2000年以来大众文学的靓丽风景；而科幻小说则可以说

汤哲声（苏州大学）：
中国网络小说
与消费主义

是 2000 年以来成就最高的通俗小说类型。

历史小说　这个时期的历史小说以唐浩明的《曾国藩》和熊召政的《张居正》等为代表。小说将历史名臣置于历史大环境中，展现他们的心路历程，探索他们在历史关键时刻所起的作用；在叙事过程中，既有激烈的矛盾冲突，也有深厚的文化发掘和广阔的人性展现。

官场小说　这类小说的兴起，有的是为了满足读者因政治不透明和官场神秘感而产生的偷窥欲，有的是为了迎合读者的功利心态；不可否认，一些读者是将官场小说视为职场指南、从政宝典来读的。还有一些官场小说对腐败的揭露和批判的力度不减，表达了很多对特定环境中人性的思考。另外，张平、陆天明、周梅森等人创作的官场小说，虽然写的是官场，但其核心多是表达对某种理想的社会生活的期待，属于主旋律小说。王跃文（1962—　），湖南溆浦人，主要作品有《国画》《苍黄》《梅次故事》等。《苍黄》讲述李济运在官场的种种无奈，写出了人与体制的深层矛盾。故事结构整饬，节奏张弛有度，可读性较强，是王跃文比较圆熟的一部作品。阎真（1957—　），湖南长沙人，最有影响力的官场小说是《沧浪之水》，讲述池大为在权力和金钱的腐蚀下，由正直青年一步步走向人格扭曲和堕落的故事，揭示了不合理体制对人性的戕害，具有较强的反思色彩。王晓方（1963—　），辽宁沈阳人，主要作品有《驻京办主任》系列、《公务员笔记》《市长秘书》等。《驻京办主任》写人在官场的无奈和苍凉，《公务员笔记》剖析了公务员的灵魂世界，都具有普泛意义。

职场小说　城市化发展催生了一个有规模的都市职业白领阶层，就业压力和职场竞争催生了职场小说的读者群体。职场小说的代表作家作品有李可的《杜拉拉升职记》、崔曼莉的《浮沉》、张玎的《职场菜鸟升职记》等。《杜拉拉升职记》讲述大学毕业生杜拉拉在经历性骚扰、管理者勾心斗角、同事刁难等职场难题后，成功处理了爱情与职业的矛盾，获得了成功。杜拉拉的故事在当时引起了很多读者的共鸣，被改编为同名电影后获得了更大的反响。

军旅小说　是 2000 年以来文学中的亮点。这个时期的军旅小说与红色经典相比，更注重故事性和对人性的表现。都梁（1954—　）的《亮剑》（2000）既展现李云龙在血与火的搏斗中重诺轻死、铁骨柔肠、肝胆照人的一面，又凸显其身上的江湖气和匪气，突破了传统的英雄人物塑造模式。石钟山（1964—　）的《父亲进城》则是通过对一个英雄军人在和平时期的家庭日常生活的描写，表达英雄内心的荣耀、骄傲与感伤、失落。徐贵祥（1959—　）的代表作《历史的天空》讲述梁大牙从社会最底层的一员成长为顶天立地的将军的故事，展现了他的人格成长历程。

生态小说　随着环保理念深入人心、生态问题受到重视，生态小说应运而生。这类小说多通过叙述人类对动物的屠杀、对自然资源的掠夺和破坏，呼吁爱护环境，保护生态，宣扬人与自然和谐发展的理念。姜戎《狼图腾》和杨志军《藏獒》是其中最有代表性的作品，体现出深刻的文化思考。另外还有贾平凹的《怀念狼》、张炜的《怀念黑潭中的黑鱼》、郭雪波的《狼孩》、杜光辉的《哦，我的可可西里》等。

婚恋小说　这类小说多表现2000年以来中国人婚姻、情感生活的新变化，讲述婚恋中情感纠缠的故事。虹影（1962—　）的《K》讲述中英恋人从热恋到分手的浪漫故事，因思考英式自由主义在中国从兴起到消退的过程，和对名人隐私的透露而影响一时。王海鸰（1952—）的"婚姻三部曲"《牵手》《中国式离婚》《新结婚时代》讲述婚姻和家庭伦理面临种种考验的故事，表现时代变迁对婚姻的冲击和人们在婚姻中的挣扎与痛楚。她因此被誉为"中国婚姻第一写手"。六六（1974—，本名张辛）善于将情感纠缠与社会热点问题相结合，她的《双面胶》写婆媳关系和家庭矛盾，《蜗居》则触及对婚外恋、高房价等敏感社会问题的思考。

公安法制小说　代表作品有海岩（1954—　）的《一场风花雪月的事》《永不瞑目》《玉观音》《拿什么拯救你，我的爱人》等。海岩小说善于将公安法制题材与爱情题材相融合，在正邪斗智斗勇中加进缠绵悱恻的爱情，表达对人性的深刻挖掘。

打工文学　2000年后，随着城市化的加速推进，城乡差别的扩大，打工文学与底层写作越来越受到关注。打工文学既包括进城务工人员创作的文学作品，也包括知识分子创作的以打工生活为题材的作品。这类作品多关注和揭示底层生存状况，表达对底层人生活的忧虑和同情，意在唤起对底层人命运的重视，也有对愚昧的鞭挞和文明的启蒙，具有强烈的现实关怀精神。但在后现代主义的消费文化语境中，打工文学也面临着将农民工形象和底层意识从现实主义叙述向想象性叙述转变，从而将其"消费化"这一问题。郭建勋（1969— ）的《天堂凹》以深圳改革开放30年为背景，描写底层打工者德宝在天堂凹历尽艰辛，跟城市一道成长，最终迎来幸福生活的故事。王十月（1972— ）的《无碑》叙述了老乌等打工者在南方近20年的打工生活经历，写出了他们的生存困境、人生梦想、身份焦虑，也写出了人性和情感的亮色，以及超越苦难的人道主义情怀，可以说是用文字为被历史湮没的一代打工者树起了一座丰碑。

底层写作　这类作品以社会底层小人物为写作对象，表现他们陷入困境的生存状态和人生体验。为缺乏话语权的弱者代言，这是底层写作最值得珍视的价值所在。但同时，这类写作中也存在给底层的苦难穿上时尚的外衣，渲染残酷、血腥、暴力，将底层苦难"消费化"的倾向。曹征路（1949— ）的《那儿》叙述国企改革的悲壮故事，塑造了工会主席这一底层人物形象，表达了对弱势群体的同情。刘庆邦（1951— ）的《神木》讲述生活在底层的人因为穷而丧失了人性，将他人的生命视为谋利工具这一残酷的故事。陈应松（1956— ）的《马嘶岭血案》表达了对城/乡、贫/富等社会问题的沉重思考。胡学文的《命案高悬》、叶舟的《目击》、王祥夫的《尖叫》、温亚军的《落果》等也是从各个维度表现底层人的生活，是底层写作中的优秀作品。

80后青春写作　这类作品指的是2000年以后在城市化进程中出现的与主流文化疏离的青春写作类型。80后小说作者多出生、成长、求学在北京、上海等大城市，小说内容局限于城市校园生活和都市生活体验，是都市文学的一种。李傻傻等创作的同类小说，因其是以农村生活为题材，而可以说是填补了青春写作在都市生活体验之外的一片空白。

韩寒（1982— ）是 80 后青春写作的领军作者，有小说《三重门》《长安乱》《一座城池》《光荣日》《他的国》等。韩寒的小说多剖析和批判中国教育问题，质疑和颠覆传统的教师形象，以少年人的眼光剥落成年人的伪装。在语言风格上，多用文字的多义性和谐音来制造幽默犀利的表达效果，充满趣味性。《三重门》是韩寒的代表作。这部小说受钱锺书《围城》的影响，讲述男孩林雨翔和女孩 Susan 之间单纯的恋爱故事，表达了作者对学生时代的思考、困惑和梦想，以及强烈的反叛意识。

张悦然（1982— ）有《葵花走失在 1890》《大乔小乔》等小说，多书写女孩的成长故事、青春期遭遇的爱的缺失和获得，表达 80 后一代成长的迷惘与疼痛。她的小说以敏感细致的笔触探索人物内心深处的孤独、嫉妒、谎言、暧昧等私密情感，让读者通过阅读得到心灵的陪伴与慰藉。

春树（1983— ）的小说《北京娃娃》，被称为中国第一部严格意义上的"残酷青春小说"。该小说讲述北京女孩林嘉芙的青春成长故事，作者以早熟敏感的笔法表现了新一代人类在理想、情感、欲望以及成人世界之间奔突、呼告以至绝望的历程，展现了叛逆一代的青春伤口，表达了对社会、家庭、学校、爱情的审视。

李傻傻（1981— ）的小说多以自身经历为基础，讲述农村青年的成长故事。《红 X》讲述来自西安的农村少年沈生铁为改变命运进城求学，但经济上的窘迫，让他过着饥饱无定的生活，更让他面临着在城市里无所归属、找寻不到出路的精神困境，写出了新一代农村青年在物质和精神上的双重落魄。

科幻小说 科幻小说在 2000 年以后取得了重大发展，涌现出以刘慈欣、王晋康、韩松、陈楸帆、飞氘、宝树、夏笳、郝景芳等为代表的中国科幻新浪潮。在中国经济腾飞的时代大背景下，2000 年以后，科幻小说试图在关于宇宙与未来的想象中，重新定位中国在全球经济格局中的角色，凸显中国智慧和中国方案对解决世界和人类危机的价值。科幻小说更重要的贡献在于，它以超越性的思维打破了文类常规，挑战了理性、科学、进步、道德、人性等观念范畴，以极其强烈的先锋精神为2000年以来的中国小说带来新变革。

2000年以来，中国科幻小说最重要的作品是刘慈欣（1963— ）的《三体》系列，包括《三体1》《三体2：黑暗森林》《三体3：死神永生》三部，自2006年5月在《科幻世界》连载后即吸引了大量读者，之后出版了单行本，还被改编成电影、网剧、游戏、动画等多种艺术形式。特别重要的是，《三体》系列获得了"雨果奖""星云奖""轨迹奖"等多个国际科幻文学大奖，这标志着中国科幻小说走向了国际，成为世界现象级科幻小说经典。刘慈欣因此被认为是"单枪匹马，把中国科幻文学提升到了世界级的水平"①。

《三体》主要讲述地球人类文明和三体文明在宇宙中的生死碰撞及毁灭重生的故事。《三体1》中，叶文洁因对人性绝望而向三体人暴露了地球坐标；地球人通过"古筝计划"挫败了三体人阻止人类科学发展的阴谋；之后，三体人用超技术锁死了地球基础科学的发展，并组织庞大的三体舰队入侵地球。《三体2：黑暗森林》中，地球人类组织太空舰队应对三体人的入侵，并制定"面壁计划"准备进行反击，被"面壁计划"选中的罗辑发现了宇宙间的黑暗森林法则，地球人类通过向宇宙公布三体的位置阻止了三体人的入侵。《三体3：死神永生》中，程心被选为执掌地球命运的执剑人，但因为她信奉爱与人性，而使地球人类和太阳系遭到了宇宙大神级歌者文明的"二向箔"降维打击，并因此毁灭，程心逃离到冥王星，带走人类文明精华后，重新进入宇宙。

小说《三体》表现出恢宏超绝的想象力。作者对网络游戏《三体》、三体文明、众多大神级文明、宇宙降维、宇宙归零重生等的设定，极具开创性。同时，他超越了地球的局限来思考人类的命运，通过叙述地球人类文明和三体文明及众多大神级文明的生死搏斗来思考"后人类"在宇宙中的命运，用"宇宙社会学"的概念召唤"宇宙中的人"，尝试在世界末日这样的极端背景下重构人类整体性，在宇宙范围中思考当今世

---

① 严锋：《创世与灭寂——刘慈欣的宇宙诗学》，《南方文坛》2011年第5期。

界诸多重大的国际性问题解决的可能性，体现了真正的宇宙视野。

《三体》具有强烈的先锋精神。小说的想象力奠定在强烈的"硬科幻"基础上，作者对宇宙的恢宏想象背后有物理学、天文学、计算机、工程学等坚实的科学知识基础。作者在小说中表达的重要理念之一是，坚信技术的力量，审视爱，怀疑人性，质疑道德，认为"失去人性，失去很多；失去兽性，失去一切"（《三体3：死神永生》），充分呈现冷酷的宇宙生存法则，展示"毁灭你，与你何干"这样无情的宇宙逻辑，突破了一般文学的审美意识形态，解构了人类中心主义，超越了国族的局限，具有引领世界文学潮流的潜力。

《三体》是对中西方文学的继承与创新。它既承接了海因莱因、阿西莫夫、阿瑟·克拉克等西方科幻文学巨匠所共同构造的传统或谱系，又在人物形象的设定上延续着中国文学传统中的一些重要元素，建构起完备自洽的科幻世界，"走一条新的中国神话的道路"，也为中国小说"注入整体性的思维和超越性的视野"。①

韩松、王晋康、刘慈欣被并称为"当代中国科幻三巨头"，他们对中国科幻小说的发展都影响巨大。韩松（1965— ）被认为是"当代科幻作家中最自觉继承鲁迅精神的一位"②，他的《2066之西行漫记》《宇宙墓碑》《红色海洋》等，关注人在技术中如何生存这一问题，续接了现代文学的启蒙主题。王晋康（1948— ）的科幻小说也极具"硬科幻"色彩。他的《蚁生》、"新人类三部曲""活着三部曲"等多叙述人类被更高生命形式取代的故事，其中人物的命运多以悲剧告终，将科学幻想、生命思考、传奇故事紧密结合，互为印证，富有哲理意蕴，表达着悲天悯人的情怀。

总体上看，2000年以来的通俗小说对社会现实有多角度、多侧面的表现，能够引起读者很多的共鸣。时代环境给通俗小说创作提供了巨大的空间，促使它向着更深更广的方向发展。

---

① 严锋：《创世与灭寂——刘慈欣的宇宙诗学》，《南方文坛》2011年第5期。
② 宋明炜：《科幻中国》，见王德威主编：《哈佛新编中国现代文学史》，张治等译，四川人民出版社2022年版，第1136页。

狭义的网络文学,通常指的是利用电脑和互联网技术创作、传播的具有超文本和多媒体特征的泛文学作品,包括联手小说、多媒体剧本、故事脚本,以及由电脑写作软件生成的"机器之作"。① 与传统文学相比,网络文学最大的特点是发表与传播的网络化。网络给文学带来的不仅有传播媒介的新变,还有网络的去中心化逻辑背后的"平权"所构成的与现实空间相对的"赛博空间",这冲击着传统文学的等级化和精英化逻辑,赋予更广泛的大众以参与写作的权利,极大地释放了普通人的创造力和文学生产力,从而催生了中国网络文学的大发展。

中国网络文学诞生和发展的最重要基础是当代中国在科教兴国战略下几乎与世界同步发展的互联网基础设施建设。1994年3月,中国正式加入国际互联网,为中国文学的创作和传播提供了自由开放的平台。在北美留学生创办的中文诗歌通讯网和网络文学刊物《华夏文摘》《新语丝》《花招》、中国香港黄易的穿越小说、中国台湾罗森的网络小说《风姿物语》等多种影响下,中国大陆网络文学在BBS、论坛和个人主页等空间迅速发展起来。这是中国网络文学的萌生期,在内容上主要以转载台湾的网络文学作品为主。1998年,在台湾作家蔡智恒(痞子蔡)的网络小说《第一次的亲密接触》的影响下,中国网络文学出现了以宁财神的鬼故事、李寻欢的爱情小说、安妮宝贝的感伤小说为代表的第一波高潮,一大批本土网络文学作者开始通过网络创造文学传奇。《第一次的亲密接触》因此被认为是中国网络文学的鼻祖。②

2003年,中国网络文学开始进入快速发展阶段,发生了一些颠覆性的创新,比如将粉丝文化和网络文学相结合,推出VIP付费阅读制,引入订阅、打赏等"粉丝经济"模式。2003年10月10日,起点中文网推出第一批VIP电子出版作品和VIP会员计划。2005年7月,起点中文网签约作者血红当月签约作品的稿酬突破一百万,成为网络文学业内的奇

---

① 欧阳友权:《网络文学本体论纲》,《文学评论》2004年第6期。

② 有的研究者认为中国网络文学的起源有五种,分别是:1998年蔡智恒在台湾成功大学BBS发表《第一次的亲密接触》,1997年罗森开始在台湾交通大学BBS连载《风姿物语》,1998年个人书站黄金书屋成立,1997年美籍华人朱威廉(网名Will)建立个人主页榕树下,1996年金庸客栈为利方在线(新浪网前身)诞生。虽然关于起源问题众说纷纭,但将1990年代作为中国网络小说的起始时间,是学界的共识。见吉云飞:《制作起源:中国网络文学的五种起源叙事》,《文艺理论与批评》2021年第2期。

迹。至此可以说，中国网络文学实现了互联网基因和消费基因的完美融合。独特的"粉丝经济"商业模式为网络文学的持续发展提供了强大的动力，打破了初期网络文学需要借助传统的文学出版渠道才能获利的局限，解决了限制网络文学持续发展的商业难题，将作者、读者、网站、市场真正凝聚成为相互依存的"文学共同体"。同时，中国网络文学形成了以"大神"作家为引领、全职作家为主体、签约作家为支撑、数亿网络文学用户为基础的良性"金字塔生态系统"，进入"万类霜天竞自由"的新时代。

2015 年，随着网络文学 IP（Intellectual Property，即知识产权）热的开启，中国网络文学进入到全版权运营新阶段，这一年也被称为中国网络文学的"IP 元年"。随着《盗墓笔记》《琅琊榜》《花千骨》等网络小说在这一年被改编成影视剧并取得巨大的商业成功，中国网络文学纷纷开始向电影、电视剧、舞台剧、动漫、游戏、音乐、微短剧、手办周边等多种艺术形式转化，众多网络小说成为超级 IP，并开始走向海外，吸引大量海外读者。IP 热的产业化转型为网络文学的发展注入了新的动力。

中国网络文学是中国特色社会主义制度的自然产物。网络文学虽然起源于海外，但海外因印刷文化的发达而使得文学的发展过于依赖业已成熟的传统市场机制。欧美网络文学因此有机会更专注于"超文本"（Hypertext）的先锋性文学实验。与此相反，中国网络文学则因传统出版制度和文化环境的限制，而有机会在网络时代建立起以"粉丝经济"和"阅读爽感"为核心属性的畅销书机制。这种"温和的创新"[1]，使得中国网络文学成为与美国好莱坞电影、日本动漫、韩国偶像电视剧并列的、为世界大众读者所共享的文化产业。

中国网络文学是当代中国时代发展和社会变迁的文学投射。与传统文学相比，中国网络文学被认为更细致、更全面也更准确地折射出当代中国人特别是当代中国年轻人在这 20 余年间的心路历程。它所呈现出的

---

[1] 美国汉学家贺麦晓（Michel Hockx）认为中国网络文学的创新性不同于欧美网络文学，是一种"温和的创新"，见 Michel Hockx, "Virtual Chinese Literature: A Comparative Case Study of Online Poetry Communities," *The China Quarterly*, no. 183（Sep. 2005），pp. 670-691。

对世界的想象、对历史的阐释、对现实的介入,以及与文化管理制度间的不断博弈与调整,都是当代中国 20 余年的社会变迁在文学上的表现。①

经过 20 余年的发展,当下的中国网络文学以超过 2000 万的庞大作者队伍和近 3000 亿的产业市场份额,成为全球化时代最具中国特色的文学现象。在中华文化"走出去"国家战略的推动下,中国网络文学已经成功走进英、美、法、俄、东南亚等众多国家和地区读者的阅读视野。《复兴之路》《大国重工》《赘婿》等 16 部网络文学经典作品更被世界最大的学术图书馆之一大英图书馆收藏。中国网络文学已经走向世界,成为讲述中国故事、传达中国声音、阐发中国精神、展现中国风貌的最好载体之一。

网络类型小说是中国网络文学的重要品类。类型化是文学创作中的常见倾向,作家在创作中通常会墨守一些文学成规,网络小说的写作过程因为经常伴随着以粉丝打赏为激励的追更模式,粉丝的阅读期待会强化这类写作的类型化倾向,这促进了网络类型小说的繁荣。特别是在被称为网络小说"IP 元年"的 2015 年之后,大批网络类型小说 IP 转化所带来的巨量经济效益,更使得类型小说成为网络文学的主潮。

网络类型小说经过多年的发展,已经形成玄幻、仙侠、修仙、穿越、同人、盗墓、宫斗、网游、言情、历史等 60 多个大类型,在这些大类型下又衍生出修真流、凡人流、洪荒流、总裁文、种田文、甜宠文等 100 多个亚类型。这里的每种类型的背后既关联着人类共通的情感和欲望,也指向当下生活,"传达了本时代最核心的精神焦虑和价值指向,负载了本时代最丰富饱满的现实信息"②。基于这种类型化的细分,网络类型小说写作类似于日本后现代文化学者东浩纪所说的"数据库式写作",能够让读者通过不断地"玩梗""桥段""爽点"参与到网络小说创作中去,和作者共享创作的乐趣,在阅读中得到共鸣,进而在网络小说所营

---

① 邵燕君:《网络文学的"网络性"与"经典性"》,《北京大学学报》(哲学社会科学版) 2015 年第 1 期。

② 邵燕君:《网络文学的"断代史"与"传统网文"的经典化》,《中国现代文学研究丛刊》 2019 年第 2 期。

造的"情感共同体"中缓解焦虑，享受文学带来的精神抚慰。因此，中国网络类型小说可以说是 21 世纪"真正的国民文学"。[1]

网络类型小说中比较有代表性的有以下几种类型，每一种类型都有其极具影响力的"大神"级作家，以及具有开创性意义、堪称经典的代表性作品。

同人小说 "同人"一词来自日语，指兴趣相近的人在一起出版、发表自己的作品。网络文化中的"同人"则指利用已有的历史、漫画、动画、小说、电子游戏、真人等进行的二次创作和"戏仿"。网络同人小说往往通过架空设定、穿越时空、虚构角色、转换性别、改变故事设置、衍生新情节等对原著进行改编，对原著的故事情节和人物设置的依附度相对较弱。后来从同人小说又衍生出玛丽苏、耽美、无限流、系统流、召唤流等亚类型。

同人小说领域最知名的作家之一是今何在。今何在（1977—　），本名曾雨，江西南昌人，曾获影响中国互联网 100 人（2004）、为引领并促进网络文学发展做出贡献的"十大杰出人物"之一（2008）、"网络文学十年十本书"第一（2008）等荣誉，是早期网络文学的经典作家和论坛时代大神。他的代表作品《悟空传》取材于《西游记》和《大话西游》，以紫霞与悟空、小白龙与唐僧、阿月与猪八戒的爱情故事取代原著中西天取经故事的核心地位，通过五百年前和五百年后两个时空的不断"闪回"，让故事在孙悟空、猪八戒、唐僧三人身上不断"转换"，从而将之演绎成了一个对抗权威、反抗命运的故事。"我要这天，再遮不住我眼；要这地，再埋不了我心；要这众生都明白我意；要那诸佛，都烟消云散！"更是引发万千读者的共鸣。《悟空传》这个故事解构了名著与英雄，有鲜明的反叛姿态和先锋意识，开辟了奇幻、玄幻、同人、重生等众多网络小说类型，被誉为一代网络作家的"网络生命开幕曲"[2]。

玄幻小说 玄幻小说，指的是具有高度幻想性的小说。玄幻小说的世界完全是虚构的，通常脱离现实世界的运行逻辑。广义的网络玄幻小说，包括讲述西方架空世界的奇幻小说，以及受其影响而发展起来的以

---

[1] 何平：《好的类型小说是真正的国民文学》，《长江文艺》2022 年第 1 期。
[2] 邵燕君、薛静：《中国网络文学二十年典文集》，漓江出版社 2019 年版，第 89—91 页。

中国古代世界为背景的东方玄幻小说、架空小说、异世大陆小说、高武世界小说、修仙小说等。由于受日系热血动漫和网络游戏的影响，玄幻小说以"练级"为叙事动力的故事设定，利于读者不断满足虚拟的快感，因此在网络类型小说中它影响最大、读者最广、作品数量也最多，出现了萧鼎、天蚕土豆、唐家三少、辰东、梦入神机、我吃西红柿、烟雨江南、猫腻、烽火戏诸侯、江南等众多"大神"级网络作家，以及《诛仙》《斗罗大陆》《斗破苍穹》《亵渎》《将夜》《雪中悍刀行》《九州缥缈录》等众多经典作品。

  萧鼎（1976—　），本名张戬，福州仓山人，曾获网文之王百强大神（2017）、"橙瓜网络文学奖"百强大神（2018）等荣誉。代表作《诛仙》将源于《山海经》的中国神话传说、源于《蜀山剑侠传》的中国武侠小说和兴起于西方的魔幻潮流相融合，讲述张小凡由资质普通的平凡人，历经磨难终于参悟人生真谛，战胜命运安排，成为当世唯一佛、道、魔三修之人的故事。小说以恢宏气魄构筑了一个独具东方魅力的仙侠玄幻世界，在情节设置上大开大合，以众多戏剧性情节营造开放性结构，更适合网络时代的追更阅读。《诛仙》曾获新京报"网络文学十年十本书"（2008）、中国 IP 价值榜—网络文学榜 top10（2016）、网络文学发展历程中的 20 部优质 IP（2018）等诸多荣誉，并被国家图书馆永久典藏。

  唐家三少（1981—　），本名张威，北京人，曾获第一届"网文之王"（2015）、第三届年度成就作家奖（2017）等荣誉，连续多年荣登中国网络作家富豪榜榜首。代表作《斗罗大陆》包括五部正篇和四部外传，讲述唐门外门弟子唐三跳崖穿越到斗罗大陆，通过修炼武魂不断突破自我，最终获得海神与修罗神传承，铲除武魂殿，报杀母之仇，由凡人跃升为一代神祇的故事。小说以中国传统文化和历史故事为背景，融合西方奇幻小说的魔法力量、超自然种族等元素，创构了斗罗大陆这一异世空间，设定不同魂师等级、魂环品质、魂兽等级，人物在不断修炼中突破自身，让读者的"爽感"不断提升。小说多次获得起点中文网月榜第一，还被改编为电视剧、动漫、漫画、游戏等多种文艺形式，在读者中产生了重大影响。

天蚕土豆（1989— ），本名李虎，四川德阳人，曾获第二届"网文之王"（2017）、福布斯亚洲30位30岁以下精英榜（2018）等荣誉，连续多年荣登中国网络作家富豪榜前三。代表小说《斗破苍穹》创构了充满"斗气"的虚幻大陆，设置100多个级别的"练级"，让天才少年萧炎在意外地成为废人之后，历经收异火、寻宝、炼丹、斗魂等艰苦修炼，一步步迈向巅峰，终成"斗气"大陆最强的"斗帝"。这样的叙事结构能够让读者与萧炎共历磨炼，共享升级快感，对现实社会中阶层差异所导致的现实焦虑有明显的抚慰效果。小说虽被调侃为"小白文"①，但作者善于引导读者代入到"升级"爽感中，不断以兴奋点和刺激点迎合读者，对故事节奏有较好的把控，被誉为"一个作者如果真能明白斗破节奏的掌控，那么在这一行月入数万就是轻轻松松"②。《斗破苍穹》从第一章起就席卷各大榜单，全网点击量超100亿次，实体书销量超300万册，并被改变为影视、游戏、动漫等，带动了大量的同人小说创作。

江南（1977— ），本名杨治，安徽舒城人，曾获超级IP杰出作品奖（2018）等荣誉，多次位居中国作家富豪榜首位。代表作玄幻小说《九州缥缈录》共6卷，讲述的是"以中国文化为核心的故事"③。小说以中国传统创世神话为原型，构建了名为"九州"的架空世界，与传统中国"九州大同"的世界想象相吻合，以吕归尘和姬野的成长经历串联起九州的北陆游牧部落与东陆王朝的争霸史，弘扬武侠精神和英雄气度，塑造了"侠之大者"的"中国式英雄"，既宣告了中国玄幻的崭新面貌，又为网络文学的"中国表述"迈出了成功的一步。

猫腻（1977— ），本名贺英，湖北宜昌人，曾获首届网络文学双年奖金奖（2015）、中国网络文学20年20部作品榜首（2018）、网络文学20年十大玄幻作家、百强大神作家、百位行业人物（2020）等荣誉。

---

① "小白"，常指网络文学中只看爽文、阅读只为最简单直接的欲望满足的读者，"小白文"指以"小白"读者为主要预设读者，即初级网文读者的网络小说。"小白文"在网络类型小说中占据主流地位，有其稳固的粉丝群体。"小白文"的代表作家主要有被誉为"中原五白"的唐家三少、天蚕土豆、梦入神机、我吃西红柿、辰东等。参阅邵燕君：《破壁书：网络文化关键词》，生活书店2018年版，第258—260页。
② 邵燕君：《网络文学经典解读》，北京大学出版社2016年版，第93—112页。
③ 朱绍杰：《江南：我预先写了结尾然后逆推整个故事》，《羊城晚报》2018年11月12日。

网络文学界和主流文学界对他都高度认可,有"最文青网络作家"和"最具经典性的网络文学作家"之称。主要作品有玄幻小说《择天记》《庆余年》《将夜》等。《将夜》以孔子师徒为原型,构建了书院和以书院精神为核心的唐国,讲述穿越者宁缺入书院修行,不断突破难关,终报家仇,进而扭转乾坤,挽救国危,并用真正的神符人字符开天辟地,成就真实人间社会。《将夜》可以说是最为典型的东方玄幻小说,在这部小说里,猫腻试图在网络时代"重建中国人的生命信念和自由信仰",在主人公不断"升级"的爽文背后,"真实地反映了我们身处的这个'中国式时代'的整体印记,记录了我们当下生活、生存状态的集体记忆",因此被誉为使"东方玄幻"小说"剥离了欧美网游升级系统和日本热血动漫的结构内核",① 代表了中国网络类型小说的最高成就。《将夜》也是获大奖最多的网络小说,通过这部小说,猫腻被认为"完成了从'大神之作'到'大师之作'的跃进"②。

穿越小说 "穿越"是中国网络小说最常用的设定,常指主人公由于某种偶然的原因而到了过去、未来或者是平行的另一时空中。其中最常用的穿越设定是当代人回到过去,用所掌握的现代知识参与甚至推动历史发展。这样的设定能强化读者的阅读代入感,使读者产生主宰历史、呼风唤雨、"后见之明"的快感,这也是穿越小说最大的阅读爽点。穿越小说最直接的促发是香港武侠小说家黄易的穿越武侠小说《寻秦记》,同时还受到日本穿越漫画的影响。根据穿越时空的不同,穿越小说可以分为穿越历史、穿越架空、古穿今等类型,其中,历史穿越小说是最为成功。根据穿越历史时代的不同,有"清穿""明穿""秦穿"等类型,又从中分化出"重生""种田""日常""宅斗""宫斗"等亚类型穿。

月关(1972—),本名魏立军,山东平原人,曾获网络文学十年盘点十大人气作品(2009)、橙瓜网络文学奖十二主神(2018)、网络文学20年十大历史作家、百强大神作家、百位行业人物(2020)等荣誉,

---

① 庄庸:《猫腻作品:解读"中国我"》,见广东省作家协会、广东网络文学院:《网络文学评论》(第二辑),花城出版社2012年版,第125页。
② 邵燕君:《以"爽文"写"情怀"——专访著名网络作家猫腻》,《南方文坛》2015年第5期。

被誉为"网络历史小说第一人""历史题材的扛鼎人物"。代表作品《回到明朝当王爷》中，现代保险公司普通职员郑少鹏因投胎出错而穿越到明朝正德年间，化身为秀才杨凌，与正德皇帝成为好友，他锐意改革，下江南除贪官、打击倭寇、平定叛乱、开疆拓土，最终受封大明异姓王，俘获十二美女芳心，度过了波澜壮阔的传奇一生。小说将个人命运和明朝国运浑融而一，既呼应了"大国崛起"的时代心理，又迎合了男性读者的历史雄心和世俗欲望，奠定了历史穿越小说的基本叙事套路，被誉为历史穿越小说的"招牌之作"。

金子（1975— ），四川凉山人，女性阅读品牌"悦读纪"最具影响力作家。代表作品《梦回大清》讲述现代女孩蔷薇因在故宫迷路而穿越到清朝，在危机四伏的皇宫内院与康熙、四阿哥、十三阿哥等人交往所经历的惊心动魄的故事，成为"女性向清穿文"的鼻祖，被读者誉为"网络十年最恢宏曲折、越看越好看的爱情故事"，"时空穿越文巅峰之作"，"清穿三座大山之一"。

桐华（1980— ），本名任海燕，陕西汉中人，曾获金南方网络评选特别奖（2012）、开卷年度畅销总榜（2013）、首届中国网络文学IP品牌榜（2024）等荣誉，多次入选中国作家富豪榜。代表作品《步步惊心》讲述在深圳漂泊的打工女孩张小文穿越到清朝康熙年间，成为贵族少女马尔泰·若曦，入宫成为康熙皇帝的贴身女官，被迫卷入"九王夺嫡"宫廷争斗的故事。若曦虽倾心于八爷，但仍明智地选择了后来成为雍正皇帝的四爷，"她以现代人的智慧思考，却照古人的规矩行事，渐渐地比古人还古人……皇权和男权的秩序已是如此天经地义"[①]，最终又因感到成为皇帝的四爷越来越陌生而远离皇宫，消失于历史深处。小说以"反言情的言情"颠覆了传统言情小说中女性视爱情为生命的模式，暗合当代女性在爱情上更理性的社会心理，打开了"女性向"言情穿越小说的新范式。

酒徒（1974— ），本名蒙虎，内蒙古赤峰人，曾获网络文学十年盘点十佳人气作品奖（2009）、第二届网文之王百强大神（2017）、网络

[①] 邵燕君：《在"异托邦"里建构"个人另类选择"幻象空间——网络文学的意识形态功能之一种》，《文艺研究》2012年第2期。

文学双年奖金奖（2017）等荣誉，被誉为"架空历史小说的开山鼻祖"。代表作品《明》开创了"架空历史小说"类型。所谓"架空"，指故事发生的世界是与真实历史有一定相似性的虚拟世界，但不需要完全符合历史真实，甚至可以改变历史的本来面目。在《明》中，现代业余登山爱好者武安国在长城露营时意外坠入到明朝朱元璋时代，用他所掌握的现代先进技术和思想改变世界。小说虽然意在满足男性读者"醒掌天下权，醉卧美人膝"之类的爽点，但武安国的最终选择体现了作者的写作理想。因此，《明》可以看做酒徒的"理想国故事"。

宫斗小说 宫斗小说指通过架空历史或演绎历史，将故事设定在皇帝的后宫世界，讲述后宫争斗、嫔妃争宠、杀戮复仇等故事，既满足读者窥探后宫的好奇心，又暗合弱肉强食的强权逻辑。故事中的女主通常经历刚入宫时的隐忍善良，得到皇帝喜欢而受封得赏，再到受虐被害，最终黑化逆袭，极易让读者特别是女性读者产生很强的代入感，读来能让在现实中的压抑情绪得到抚慰缓解。但是，宫斗小说常采用"一男多女"的雌竞叙事模式，讲述女性与女性相厮杀，而忽略了作为权力主宰者的男性，"让我们在跟着'爽'之余，丧失了同情弱者的能力，丧失了反思权力结构的能力"①。

流潋紫（1984— ），本名吴雪岚，浙江湖州人，主要作品有《后宫·甄嬛传》《后宫·如懿传》等。《后宫·甄嬛传》受宫斗剧《金枝欲孽》的启发，主要讲述甄嬛在后宫从向往爱情的单纯少女一步步成长，几经波折，最后把复仇之刃挥向帝王，自己登上太后之位的励志故事。作者塑造了一个全新的女性形象，不再是传统言情小说中爱情至上的"白莲花"和"圣母"。这样的叙事对女性读者是很大的鼓励和抚慰。小说故事情节跌宕起伏，人物形象立体丰满，语言古典雅致，提升了网络小说的文学品格，是宫斗小说集大成之作。

盗墓小说 盗墓小说指以古墓历险故事为主要内容的小说，多在古墓探险中融入灵异事件、民间传说、江湖故事、考古和科学知识，以惊险刺激的情节满足读者的猎奇心理。同时，这类故事背后也常暗藏着作

---

① 孙佳山等：《多重视野下的〈甄嬛传〉》，《文艺理论与批评》2012年第4期。

者对历史的多重性和复杂性的理解。

天下霸唱（1977— ），原名张牧野，天津人，曾获第二届网文之王百强大神（2017）、网络文学 20 年百强大神作家（2020）等荣誉，为男频作者中影视改编最多也最成功的作家之一。代表作品《鬼吹灯》系列共 8 部，主要讲述胡八一、王胖子和 Shirley 杨三人利用家传风水秘术，揭开部族消失谜团的故事。小说的情节元素精彩纷呈，包括兄弟情义、民间文化、古老传说、神秘文化、世界流行文化等，都完美融合在盗墓探险故事中，构筑了一个极富想象力的"异世界"，奠定了盗墓类型小说的基本模式。这个系列可以说是盗墓小说的鼻祖，也是在大众读者中知名度最高的网络小说之一。

南派三叔（1982— ），本名徐磊，浙江嘉兴人，曾获中国 IP 价值榜—网络文学榜 top10（2016）、网络文学 20 年十大悬疑作家、百强大神作家、百位行业人物（2020）等荣誉，多次入选中国作家富豪榜。代表作品《盗墓笔记》共 9 本，主要讲述吴邪、张起灵、王胖子等人在各地盗墓探险的奇异故事。小说想象奇特，容纳了灵异、悬疑、推理、恐怖、神秘、玄幻等众多类型元素，与《鬼吹灯》一同开启了中国网络小说的"盗墓时代"，堪称盗墓小说的巅峰之作和扛鼎之作。

都市言情小说 言情可以说是都市小说的永恒主题。网络小说家尝试以各种各样的爱情故事探寻爱情在现代都市中存在的可能。早期的都市言情小说受台湾言情小说的影响，流行以霸道总裁为男主、以傻白甜为女主的总裁文和甜宠文。随着网络上女性意识的增强，女汉子、御姐、腹黑女等形象开始出现，显示女性的坚强独立。同时，虐文和感伤文也开始在言情小说中流行，"无 CP"和"大女主"设定，以及女尊、耽美、百合、ABO 等"女性向"小说的出现，① 体现了女性对性别的想象空间，也在无形中重塑了中国女性的精神世界。

顾漫（1981— ），江苏宜兴人，网络文学言情大神、"霸道总裁"类型网文奠基者。代表作品《何以笙箫默》讲述法律专业高材生何以琛和摄影爱好者赵默笙在学生时代一见钟情，赵默笙因误会远赴美国，回

---

① "霸道总裁""女尊""傻白甜""CP""大女主""耽美""百合"等词语的含义，见邵燕君：《破壁书：网络文化关键词》，生活书店 2018 年版，第 166—223、304—312 页。

国后与何以琛重逢，经过诸多冲突后终于向彼此敞开心扉，收获幸福爱情的故事。小说对人物在爱情中的复杂情绪的呈现非常丰富，设置了众多的惊艳桥段来满足读者的阅读快感，抓住了读者内心的巨大欲望——美好的爱情和社会的成功，从而将小说疗愈创伤的功能发挥到了极致。这部作品奠定了"霸道总裁"类型小说的基本写作模式，开"甜宠文"之风，是网络言情小说最具代表性的作品。

辛夷坞（1981— ），本名蒋春玲，广西桂林人，曾获网络盛典年度人气作家（2008）、胡润原创文学IP价值榜（2017）等荣誉。代表作品《致我们终将腐朽的青春》讲述女生郑微一直对邻家哥哥林静心怀爱意，她如愿考上林静的邻校后却发现林静已出国留学，后她与校友陈孝正相爱，陈孝正毕业后也放弃了郑微出国留学去了。后来，当林静和陈孝正再度出现在郑微面前，她不得不面临爱情、工作、阴谋等的艰难选择。小说涉及爱情、婚姻、事业等诸多人生问题，是网络都市言情小说的代表作。

Priest，曾获中国超级IP-TOP100影响力榜（2016）、网络文学20年百强大神作家、十大武侠作家、百位行业代表人物（2020）、最具版权价值网络文学（2020）等荣誉，是晋江文学网的"扛鼎大神"，也是"女性向"网络文学作家中最被主流文学界认可的一位。代表作品《默读》讲述刑侦队长骆闻舟和"犯罪专家"费渡联手破获打工少年抛尸案的故事，与刑侦线索并行的是两人的情感发展线索。小说触及众多社会热点，并以《红与黑》《洛丽塔》《麦克白》《基督山伯爵》《群魔》等世界文学名著的主人公的名字为章节名，以此向经典致敬，显示了作家超越类型限制、打通文学资源的能力。这部小说可以说是耽美纯爱类作品的现象级代表作，也是"女性向"言情小说中口碑最高、传播最广的作品。

类型化是中国网络小说最明显的特征，但受商业主导的类型化所导致的套路化、程式化，以及只靠情节和爽感吸引读者，"自身的容量和本质上对外部力量的迎合性限制其取得新的突破"[①]。因此，当类型化日

---

① 许苗苗：《网络文学20年发展及其社会文化价值》，《中州学刊》2018年第7期。

益成熟，创作后继乏力时，网络小说家纷纷转型，重视多种类型元素的浑融，开创了无限流、稳健流、农学等新变体，更重"反套路"与"去类型化"，以其先锋性和探索性"书写包括严肃文学和通俗文学在内的既有文学所不能容纳的网络文明新经验"①。

中国网络小说发展的根本动力是由技术、读者、产业资本、国家政策、文学知识精英共同作用所形成的良性"生态场域"②，是中国当代文学在新时代的"范式"革命，具有重要意义和价值。

中国网络小说首先是中国的。中国网络小说兴盛的背后是深厚的中国传统文化底蕴，玄幻小说对"九州"洪荒世界的创构，穿越小说对架空世界的设定，同人小说对古典文学的再创造，宫斗小说对历史的想象，以及盗墓小说对隐秘世界的探险，背后都潜在流淌着中国古典文学、传统神话、传奇故事、神秘文化、民间传说的"古典"文化基因，小说中描写的地理山川、风物人情、奇珍异草、英雄故事无不是中华民族文化的精神符号。中国网络小说在讲述网络时代中国故事的同时，也在传递着中国民族精神及中华文化。③

中国网络小说又是世界的。中国网络小说作为世界文学的有机组成部分，从诞生伊始就受到世界流行文化的多重影响，特别是日本 ACGN 文化、轻小说，④ 欧美奇幻文学、韩国电视剧、美国好莱坞大片、电子游戏、东亚各国偶像剧和中国香港台地区言情小说的滋养，特别是中国与世界同步发展的互联网带来的媒介变革促发的新传媒时代，瓦解了传统文学的等级属性和时空间隔，引发了最广泛大众的创作激情和创作活力，赋予个人平等地参与文学生产的权利，"标志着历史上最大规模的大众写作和创作正在发生"⑤，这是中国当代文学世界性的彰显。同时，

---

① 李玮：《从类型化到"后类型化"——论近年中国网络文学创作的新变（2018—2022）》，《文艺研究》2023 年第 7 期。
② 夏烈：《网络文艺的主流化与发展观》，《中国艺术报》2019 年 1 月 11 日。
③ 王婉波：《论中国网络文学中华优秀传统文化的"两创"面向及实践路径》，《文学评论》2023 年第 6 期。
④ ACGN，即 Animation（动画）、Comic（漫画）、Game（游戏）、Novel（小说）英文单词首字母缩写统称。参见林品、高寒凝《"网络部落词典"专栏："二次元·宅"文化》，《天涯》2016 年第 1 期。
⑤ 《延河》编辑部：《新传媒时代与新大众文艺的兴起》，《延河》2024 年第 7 期。

中国网络小说有着强烈的世界意识，特别是穿越小说对重构世界史的想象，奇幻小说对全球新秩序的设想，末日小说对人类命运的反思，都表现了网络小说对人类共同体意识的重构和世界大同的想象，这也是中国当代文学越来越包容、越来越自信的体现。

中国网络小说更是新时代的。网络小说虽然讲述个人另类选择的"异托邦"故事，[①]但发生于全世界的网络革命却独在中国引发了网络小说的文学"革命"，成为最具中国特色的文学，源于网络革命对中国特色的出版制度、文化环境、文化生产机制等"文学体制的历史演进探索了新的可能"[②]。独特的中国特色社会主义文学体制使得中国网络小说极大地释放了全球化时代当代中国青年的诉说、参与、反抗的欲望和追求，这也是中国当代文学在网络时代对人的权利、价值、自由以及人与社会、历史、时代关系等诸多问题的多向度探索，在这一意义上网络小说"使文学真正成为人学"[③]。这是中国网络小说蓬勃发展的最根本的动力机制，也是其实验性和先锋性的表现，为世界文学提供了独特的"中国经验"。

中国网络小说既受世界文化的滋养，又因与世界文化的共通性而走向世界，成为全球大众共享的网络文化产业。从早期实体出版到海外读者自发翻译再到中国网络文学网站的自主外译，借助于 Wuxia world、Novel Updates、起点国际等翻译网站，作者、译者、读者在翻译中平等地对话，中国网络小说被翻译成十几种语言，传播到世界各地，从自发作品出海到自觉版权出海，再到自主生态出海，2024 年已走向"全球共创 IP"新阶段[④]，实现了在世界范围的阅读"狂欢"。这是中国网络小说对世界文学的"反哺"，也必将催动世界文学的变局。

当然，由于中国网络小说独特的以基于 UGC（User Generated Content）的"粉丝经济"商业模式和以"爽感"为核心的文学模式，不可

[①] 邵燕君：《在"异托邦"里建构"个人另类选择"幻象空间——网络文学的意识形态功能之一种》，《文艺研究》2012 年第 4 期。

[②] 欧阳友权：《数字媒介与中国文学的转型》，《中国社会科学》2007 年第 1 期。

[③] 网易举办首届"网络文学奖"大赛时对网络文学的界定，见网易文化频道：http://culture.163.com/editor/021030/02103067052(4).html.

[④] 刘鹏波：《短篇崛起、新人辈出、全球共创 IP——2024 年网络文学四人谈》，《文艺报》2025 年 1 月 8 日。

避免地会出现沉陷于追求经济利益最大化的"注水"和迎合读者的低纬度重复。但大浪淘沙,中国网络小说经过 20 余年的发展,伴随着生产机制的自我"革命",越来越深地介入到当代社会生活中,已逐渐开始其经典化之旅。

第五节　2000 年以来的戏剧

季国平(中国戏剧家协会):
中国戏曲,如何赢得未来

朱栋霖(苏州大学):
2000 以来戏剧散文

初显于 1980 年代中后期的戏剧危机,曾经像一道雾霾,遮蔽着中国话剧的进取之路;经过 1990 年代的调整、适应,进入 21 世纪后,话剧开始出现转机。民营话剧团体活跃,剧本创作量增,演出逐渐频繁。一方面,政府机构对于原创舞台艺术的奖励机制,在一定程度上推动了新剧目的出现;另一方面,一些商业戏剧机构出于营销目的,不断推出新剧目,这鼓动了戏剧创作者的热情;还有就是,一些小说、影视剧作家如莫言、刘恒、万方、邹静之等人,折返话剧园地,提升了戏剧创作的文本质量,拓展了戏剧艺术的表现空间。但与此同时,也出现了戏剧观念趋向保守,选材视角狭窄,概念化、模式化、主题先行等创作思维回潮的现象。如何平衡戏剧创作中政治表达、现实诉求与艺术规律、审美诉求之间的关系,让戏剧创作真正建立在深刻的思辨性与艺术本体的回归上,这是 21 世纪的戏剧需要面对和解决的重要课题。

现实的守望与沉思　进入 21 世纪之后,话剧继续围绕着变革时代出现的社会矛盾与问题进行人性反思,出现了立足当代、关注现实的一系列剧目,如《万家灯火》(李龙云编剧,2002)、《我爱桃花》(邹静之编剧,2003)、《有一种毒药》(万方编剧,2007)、《矸子山上的男人女人》(李宝群编剧,2007)、《家客》(喻荣军编剧,2017)等,还有根据其他题材改编的话剧，如《长恨歌》（赵耀民根据王安忆同名小说改编，2003）、《简爱》（喻荣军根据夏洛蒂同名小说改编，2009）、《四世同堂》（田沁鑫、安莹改编，2011）等。此外，剧作家们从历史文化资源中寻找灵感，创作了《如梦之梦》（赖声川编剧，2000）、《霸王歌行》（潘军编剧，2008）、《知己》（郭启宏编剧，2009）、《窝头会馆》（2009）、《我们的荆轲》（莫言编剧，2011）等话剧。

《矸子山上的男人女人》是一部反映东北地区下岗工人现实处境的话剧，从现实主义的美学原则出发，塑造了一群哀而不伤、沉郁悲壮的底层人形象，他们在人生低谷中不失力量，在对未来的憧憬中总有美好希望。

进入新时代后，各地普遍将现实题材创作提上议事日程，国家艺术基金①和各地的创作扶持基金也积极向现实题材靠拢。现实主义题材作品的数量有了较大增长，但是可惜佳作不多，鲜有真诚、深刻、独到的思想烛照、审美发现。在这个领域，一些"老问题"也依然存在，如主题的公式化、概念化倾向，人物形象塑造的肤浅化、同质化特征，以及创作思维的保守与陈旧等。

历史剧：人性的复活　　相较于现实题材，2000年以来的历史剧创作观念趋于开放，既注重"古为今用""以史为鉴"的创作方法，也注重表达深邃的思想、复杂的情感、幽微的人性，更加注重以现代立场、当下视角观照历史事件、历史人物，赋予作品以新的人文意蕴与审美张力。历史是活在当下的传奇，现实是传统性灵的延续。这一时期，黄维若《秀才与刽子手》、郭启宏《知己》、孟冰《伏生》、莫言《我们的荆轲》等作品可为代表。

《秀才与刽子手》叙写晚清社会的世态人生，同时也是一出充满当代气息的醒世寓言。故事讲述湖广某府城里，秀才徐圣喻嗜书如命，他唯一的理想是通过科举考试，改变人生命运，但时运不济，他连考十余次，次次名落孙山；刽子手马如龙嗜刀如命，唯一的追求是在剐人酷刑

---

① 经国务院批准，国家艺术基金于2013年12月成立，是旨在繁荣艺术创作、打造和推广精品力作、培养艺术人才、推进国家艺术事业健康发展的公益性基金。国家艺术基金的资金主要来自中央财政拨款，同时依法接受国（境）内外自然人、法人或者其他组织的捐赠。

中，体验畸形的乐趣与快感。然而，当他们赖以生存的体制崩溃瓦解，这两段本不相干的人生却发生了奇特的变异：徐秀才的科举梦破灭，因生活窘迫，不得不向残酷的现实妥协，投靠马如龙的肉铺，并在刀法技艺中重新悟出人生；马如龙则将乐趣移向杀猪，在其中寻找原先的快感，后来，他用读书识字填补了精神中的缺失。两人一文一武，一雅一俗，因"痴"相连，因"变"相交，在性格的对立统一中，建构起不和谐的戏剧性关系。剧作者将该剧称为"黑色喜剧"，认为其喜剧性就在于两人的认真与执着，以及身处精神牢笼却不自省的天真与惰性，而这些与整个时代的发展大势是脱节的。用当代意识、当代思维重新审视一百多年前的人生，寻找历史与当下进行对话的可能性，是该剧的一个创新性尝试。

郭启宏的历史剧《知己》（2009年，任鸣导演），表现了文人之间的惺惺相惜以及残酷境遇造成的心灵与心灵之间的距离。清顺治年间，苏州才子吴兆骞蒙冤于科考舞弊案，被发配宁古塔。顾贞观视吴兆骞为精神知己，他不惜屈尊忍辱，到宰相纳兰明珠府任西席，以寻找机会向权贵进言，终于将吴兆骞从死难中解救回来。该剧以顾贞观一首《金缕曲》贯穿首尾。但是，如果该剧就此结束，无疑只是一个平淡的结局。故事后半段讲的是，顾贞观在终于与一心牵挂的知己相见之后，两人却变得形同陌路。宁古塔的残酷环境，已经让吴兆骞失去了当初的锐气和傲骨，变成了趋炎附势的卑怯小人。剧中有一个细节：当吴兆骞看到纳兰明珠的长袍襟下粘着几粒草籽，竟然跪在地上帮他摘取。顾贞观因此陷入失望与空虚之中。这两个人友情的破裂，表面上看似乎是顾贞观不顾生死、一厢情愿的真心付出，得不到吴兆骞对等的情感回馈；但实际上，两人真正的分歧在于，顾贞观一直固守精神领地，对文人的尊严与风骨犹有憧憬，而吴兆骞历经残酷的流放生涯，已被扭曲、异化，精神世界已被摧垮。最终，顾贞观不再纠结于吴兆骞对友情的漠然，怀着深深的悲哀，怅然离开明珠府。他说，我们没有遭受过流放宁古塔的苦难，因此不知道它对人到底造成了怎样的改变。该剧深刻地表述了对知识分子的遭遇与人格变异的反思，全剧充满浓郁的诗意。郭启宏从历史剧的"剧"属性出发，带动了史剧观念的革新与艺术实践。他通过《李白》

等一系列"传神史剧"的创作形成了自身的艺术风格。"传神史剧"的核心在于:历史剧是"剧"而不是"史",是以戏剧性为核心、以"剧"为本,强调通过"剧"的神似来传导出"史"的神韵。所谓"传神",就是"传历史之神""传人物之神"和"传作者之神"①。

在小说家投身戏剧创作的队伍中,莫言以历史人物为主人公的剧作,显示出他作为文学家独特的历史思考与现实观照。创作于 2003 年的《我们的荆轲》,2011 年由北京人民艺术剧院搬上舞台。该剧游走在历史与现实之间,以今人之眼光考量历史,用现代立场解读古人的行为动机,通过对"荆轲刺秦"这一流传千古的故事的新解,将人在完成某种任务时的心理动机进行重构,试图做出符合现代价值观念、处事方式的情境"还原"。剧中的历史事件虽出自史书,但历史人物却成为我们中的"这一个"。莫言的创作意图非常明显:借古人之口,讽当今之事。在历史的"重叙"中,莫言将现代的语言、思维、价值观比附在古代的侠士身上,让荆轲的成名史在人性发现的基础上更具有批判现实的锋芒。这种颠覆常规的叙事策略显示出创作者鲜明的主体意识。

2000 年以来,戏剧导演在剧本的阐释与重塑、演剧艺术的传承与创新、演出市场的拓展与培育等方面所发挥的作用愈发凸显,越来越多的导演形成了自己鲜明的个人风格和艺术标识,比如林兆华、王晓鹰、查明哲、任鸣、田沁鑫、孟京辉、胡宗琪、黄定山、宫晓东、李伯男等。他们从东方美学、诗化意象、人性发现等不同角度,丰富、拓展了话剧的民族化追求,展现了中国当代戏剧舞台的多元面貌。但同时,随着导演作用的日渐强化,一些戏剧创作的重心也出现从剧本偏向舞台的趋势。"导演中心制""导演团队制"的强化以及相伴而来的创作资源垄断,为舞台上过度张扬的形式主义、技术主义提供了可乘之机。比如,一些剧作出现"大制作"趋向,主题表达、思想深度让位于视听奇观;一些剧作戏剧冲突、情节矛盾不够,靠影像、技术场面硬凑。对于中国当代戏剧而言,亟须解决的问题不是创作层面上技术的先进、新潮与否,而是戏剧本体意识的自觉与回归,是如何根植于本民族的审美传统和戏剧文

---

① 郭启宏:《传神史剧论》,《剧本》? 1988 年第 1 期。

化，构建具有当代美学特质的演剧体系，赋予当代剧场以人文思辨的深度和魅力。

文学改编：两种思维的跨越　文学与戏剧的高频率联姻，是 2000 年以来戏剧创作领域值得关注的现象。从改编作品的来源上看，中国当代小说尤其是获得茅盾文学奖的作品格外受到戏剧创作者的青睐。获奖作品本身的文学价值、受众传播、文化影响，为话剧改编提供了再创造和观众接受的天然基础。这方面，比较有代表性的话剧有《正红旗下》（编剧李龙云）、《白鹿原》（编剧孟冰）、《平凡的世界》（编剧孟冰）、《长恨歌》（编剧赵耀民）、《四世同堂》（编剧田沁鑫、安莹）、《北京法源寺》（编剧田沁鑫）、《尘埃落定》（编剧曹路生）、《活动变人形》（编剧温方伊）、《繁花》（编剧温方伊）、《生命册》（编剧李宝群）、《一句顶一万句》（编剧牟森）等。这些剧作的出现，一方面彰显了文学在众多艺术门类中的"母本"作用，另一方面，也显示出 2000 年以来话剧演出市场对优质文本资源、故事资源、文化资源的渴求。

从已有的改编实践看，那些带有一定时空维度和时代跨度的宏大叙事作品，更加受到改编者的青睐。这些文学原作对地域风情的细致描摹、对家族秘史的多样窥探、对寻常人生的深度关切、对精神世界的警醒反思，成为不少改编作品提升时代质感、思想蕴涵、史诗气质、文化品格的共同追求。在叙事视角上，改编者大都采用第一人称或第三人称叙事人贯穿全场的方式，既尊重了原作的叙事风格与情节走向，也尝试通过不同的讲述视角、心灵独白、跨时空对话等带来叙事间离、节奏变化，实现了文学语言与戏剧语言之间的自由转换。《尘埃落定》（曹路生改编、胡宗琪导演）保留了阿来原著中傻子少爷的大量独白（两万余字），丰满地呈现了原著的诗意与精神内涵，成为该剧的一大特色。

在聚焦于家国命运、民族史诗的改编作品中，孟冰根据陈忠实同名小说改编的话剧《白鹿原》值得关注。剧本曾在 2006 年和 2015 年分别由北京人民艺术剧院和陕西人民艺术剧院搬上舞台，两个演出版本各有特色。孟冰借由两大宗族势力的权力博弈、田小娥等女性的悲剧命运等，表达对宗族和人伦关系的省思，揭示情欲、权欲与人性的复杂、挣扎。话剧保留了黑娃这个人物所串起的情节线索，白灵这个人物作为副线潜流始终，使话剧容量倍增，深度得以开掘，凸显出了文化思辨与史诗品格。相较于电视剧版《白鹿原》对于人物命运的叙述，话剧版《白鹿原》更有精英艺术的深刻表现力。

2015年陕西人民艺术剧院演出的话剧《白鹿原》（胡宗琪导演），被称为最得原著精神的艺术演出，也是40年来中国话剧的经典之作。这一版删减得当，保持了故事的情节张力，深得原作精髓，凝练、干净、清晰、强烈，精雕细刻又不露痕迹。陕西人艺的演出，在鲜明的表现主义风格样式的基础上，全剧浑然一体，形成了压抑、苍凉、厚重的艺术底色。此外，这个改编打破了原作的线性情节安排，演出以非线性的叙事时间、蒙太奇式的场面组合、仪式化的舞台场景等重组"白鹿原"，让戏剧与原作在精神意蕴、审美气质上实现了相通，呈现出浓郁的关中乡土特色和文化底蕴。音乐雄浑而精致，苍凉悲壮的秦腔被控制性地使用，隐约可闻。在田小娥勾引白孝文一场戏中，背景是村民围在一起听秦腔，这种处理留有余韵，虚化而富有诗情。当田小娥的尸骨被焚烧后镇于塔下，一群彩蝶翩然飞起，一声华阴老腔哀吟婉转地飘来，形成了很强的冲击力。

田沁鑫根据李敖同名小说改编的话剧《北京法源寺》（2015）则选择了另一种策略，将对历史的叙事与再现升华为一场具有思辨、反思意味的当代剧场仪式。剧作以戊戌变法为切入口，以"中国向何处去"为核心命题，涉及身居庙堂之高的慈禧、光绪等核心政治人物，和康有为、梁启超、谭嗣同等知识分子群像。相较于对历史事件的还原，改编者更倾向于"论辩"本身、"事件"的多重意义及其与"此在"的关系。让不同的角色从"历史现场"的身份跳出，直接变成"剧场现场"的对话者，打破历史与现实时空、史述与评述之间的界限，以高密度的语言与观念激荡交锋。在这里，田沁鑫实验了一种不同于以往的戏剧呈现方式：重要的不是叙事情节，而是呈现一种文化气场，揭示一种历史走向，展现波诡云谲下精神世界与生命个体的广袤与真实。戏剧把血腥的屠杀、政治的冒险、权力的博弈、理想与狂热、爱国与阴谋、大英雄与元凶大奸、近代政治革命的先河，统统放在寺庙道场进行超度，清理百年历史恩怨，又融入了改编者的思考，具有鲜明的导演印记和艺术辨识度。

一些改编作品立足民间视角，从普通人的生活变迁、心灵嬗变与命运沉浮中积蓄叙事动力、提炼主旨立意。根据刘震云同名小说改编的话剧《一句顶一万句》（2018）以曹青娥的多舛命运为主线，通过三代中原人自我救赎的历程，展现了一幅带有平民史诗意味的精神画卷。这是一部体现着牟森创作雄心的作品，改编中有他始终坚持的东西——对语言狂欢的偏爱、对结构主题的再造、对演员身体的强化等，更有他讲述中国式史诗的新的尝试——让古希腊戏剧的歌队参与叙事、表演，以自由穿插的心理时空代替现实时空，赋予人物命运以意象化的暗示与表征，而这一切都统摄在空灵深邃、宏阔辽远的空间视域下，回归到了质朴、简约的艺术表达上。此外，根据路遥同名小说改编的《平凡的世界》（2017）以朴实高亢的陕北风格，展现了转型时代普通人的命运抉择与心灵追求。

2000年以来的由文学作品改编的剧作，虽然丰富了戏剧创作和演出的样态与类型，但也留下了一些问题，比如戏剧情节不够集中、简单重复小说内容、艺术质量参差不齐等。话剧舞台上的文学改编，需要更为严谨的创作态度、更为厚实的人文储备、更为敏锐的艺术发现，乃至更为开放的剧场理念作为支撑。但是在这些环节，目前的不少改编还显得被动、拘泥。关于由文学改编的剧作的讨论，更多还集中在是否忠于原著、是否尊重经典、是否有全新的解读等方面，缺少从剧场的美学创造、创新的角度出发的讨论。

小剧场戏剧的新态势　廖一梅编剧、孟京辉导演的小剧场戏剧《恋爱的犀牛》，因为形式新颖，气韵生动，受到青年观众的追捧。剧中，城市的黄昏里，在动物园里饲养犀牛的青年马路，邂逅了性感神秘的姑娘明明，在一瞬间，马路疯狂地爱上了明明，他的生活被彻底改变。马路不可救药地陷入爱情，明明却有着不可思议的铁石心肠，对鲜花、誓言、财富都无动于衷。在一个犀牛号叫的夜晚，马路以爱情的名义将明明绑架。因其锐意创新，这部戏剧被誉为青年人"恋爱的圣经"，首演于1999年，此后不断巡演，创造了超千场的演出记录。

邹静之编剧、任鸣导演的小剧场话剧《我爱桃花》，故事背景被安排在古今之间，古代部分是市井闲人冯燕与牙将张婴之妻之间的偷情及凶杀故事；而在现代部分，扮演冯燕和张妻的演员，正处在一种隐秘的婚外情里，眼下他们浓情渐失、好景不在、颇有覆水难收的无奈。在戏剧里，演员跳进跳出、戏中有戏，一会儿是古戏里的角色，一会儿是排练间歇的演员，一会儿又是相互斗气儿、不断进行心理和情感试探的现实中的男女。戏剧揭示了爱与恨相互转化的微妙、爱情的排他本能中潜在的暴戾性，以及由爱生恨时人的死亡憧憬。

万方编剧、任鸣导演的小剧场话剧《有一种毒药》，表现了现代家庭中人与人之间的矛盾、隔膜与心灵隐痛。剧中的母亲兰宏独自支撑着一家装修公司，家庭与社会的双重压力，令其情感粗糙、个性强硬。她剥夺了丈夫老高的人生志向，又把成年的儿子高科抓牢在手中，将其变成无权无钱的佣工。谈起剧名，万方解释说，当人们追求违背自己意愿的目标时，"幸福是一种毒药，爱情是一种毒药，毒是指对心灵的侵害。现在的时代是一个崇尚物质而精神匮乏的时代"①。《有一种毒药》透过家庭这一最基本的社会单元，在反映社会进步、意识更新的同时，也思索处在传统与现代夹缝中的人们，他们物欲的偏执、情感的危机、灵魂的空茫和精神的萎缩。

21世纪以来，由于过度的市场化、产业化发展，小剧场戏剧创作出现了良莠不齐、鱼龙混杂的局面，一方面是主流的小剧场戏剧逐渐丧失其艺术市场和精神引领作用，一方面是娱乐化戏剧花样翻新却徘徊在较低水平，这成为2010年前后中国小剧场戏剧面临的主要问题。

民间是小剧场戏剧最广袤、最丰厚也最天然的成长沃土，它为怀揣戏剧梦想、舒展戏剧才华的创作者提供了自由、平等、开放的实践空间，更为戏剧理念、艺术表达的创新赋予了无限可能。在艺术风格的多样化追求和剧场空间的持续探索上，民营创作和演出团队推出的原创小剧场戏剧作品表现得格外突出，像盟邦戏剧的《我不是李白》、黄盈工作室的《未完待续》《卤煮》、优戏剧工作室的《在变老之前远去》、至乐汇和哲腾文化的《驴得水》、三拓旗剧团的《水生》、新青年剧团的《美好的一天》、话剧九人的《春逝》等，都是这一时期具代表性的剧目。

---

① 转引自周凡恺：《万方：生活〈有一种毒药〉》，《天津日报》2006年10月13日。

这些不同类型的艺术探索，为小剧场戏剧赢得了稳定的青年观众群和差异化的生存空间。

值得关注的是，2018年以来，小剧场戏剧呈现出"小剧场+"的发展趋势。小剧场正由单一的物理演剧空间，演变成一个集体验式、沉浸式、参与感等于一身的文化消费新空间。这种依托商业综合体、办公楼宇、旅游景点等发展起来的"演艺新空间"，由上海迅速扩展到北京、南京、成都等多个城市，吸引了众多创作团体、演出机构的参与和投资，显示出较为活跃的发展态势。"演艺新空间"的"新"，不仅是空间的新、体验的新、场景的新、模式的新，而且也是经营理念的新、创作方式的新、观众群体的新，尤其是吸引了很多并非传统剧场的观众。小剧场戏剧以其特殊的空间构成、敏锐的思想表达、天然的探索品格、无限的创新可能，正在向着时代、生活、人性的深处掘进，成为兼容并包，站立在戏剧发展潮头上的文化力量。

校园戏剧 话剧《蒋公的面子》由南京大学艺术硕士剧团于2012年5月在校内首演。① 该剧将发生在1943年和"文革"两个时空中的故事，同时呈现在舞台上。1943年，时任国立中央大学校长的蒋介石，邀请中文系三位知名教授吃年夜饭。三个知识分子在坚守独立人格和向现实妥协的两难处境中各自盘算，到底要不要给蒋公面子？"文革"中，被打为"牛鬼蛇神"的他们又必须交代，当年是否接受了蒋介石的宴请？他们到底有没有给蒋公面子？戏剧始终围绕着"蒋公的面子"展开，但主旨却是拷问知识分子自身的精神困境。全剧并不旨在塑造道德楷模，而是用喜剧手法刻画大学教授在现实诱惑面前左右为难的窘境。它不是充满宣传和教化的实用主义戏剧，而是一出对人性不乏悲悯之情的喜剧。

从大学校园剧作到社会话题热点，《蒋公的面子》的意义，已不只是一部剧作，而是一种文化现象。一、剧本拒绝陈腐的道德说教，坚持

---

① 2012年，南京大学文学院戏剧影视艺术系的本科三年级学生温方伊在吕效平教授指导下，以《蒋公的面子》为题，根据中央大学校长蒋介石邀请中文系教授吃饭的传说，撰写了一部喜剧，发表于《人民文学》2013年第6期。从2013年公演以来，截至2019年12月，该剧已在南京、上海、北京、天津、重庆、广州、深圳、西安、成都、武汉、长沙、杭州、南昌、郑州、昆明、贵阳、济南、石家庄、沈阳、长春、大连、苏州等几十座中国城市和美国的旧金山、洛杉矶、波士顿、纽约、华盛顿等地演出399场。2015年获江苏省第九届精神文明建设"五个一工程奖"（2012—2014）。

描写人物的真实状态，在现实利益和精神操守的两难中，展现知识分子肉与灵的困境。二、在演出策略上，坚持戏剧走向市场的原则，在保证票房收益的同时，不断提升艺术水准。一部话剧的成功不在它获得了多少奖项，而在它能否带动更多的观众走进剧场。《蒋公的面子》成为当代话剧演出史上一个独特的现象，体现了话剧艺术的核心特征：扎根精英文学，坚持独立品格，适应市场机制。

话剧作为一门综合艺术，其创作需要艺术创意的前瞻性、灵魂刻画的深刻性、情节结构的技巧性、叙事语言的生动性。较之其他艺术门类的创作而言，话剧创作更具难度和挑战性。用刘恒的话说，"写电视剧是瓦匠砌砖头垒墙，写电影剧本是木匠打家具，写话剧是石匠雕塑像。总之，一个比一个精巧，也一个比一个难"①。

第六节　2000年以来的诗歌

进入21世纪以来，中国诗歌发生了微妙的变化，它一方面延续着十多年前就已呈现的所谓"边缘"状态，另一方面又出人意料地显出与当代社会进程紧密相连的发展趋势。后者最为突出的表征是，随着互联网的迅速普及，诗歌借助这一新型工具，以惊人的速度衍生、铺展和消亡——当诗歌遭遇网络，其间产生的后果的确是不可估量的。诗歌的网络化，是近几年最值得关注的现象之一。

写作方式与社会生活方式相互影响、相互渗透，这在方兴未艾的网络诗歌中得到了很好的体现。自2000年开始，中国网络诗歌迅速发展起来，诗歌网站、BBS论坛、网页专栏等频繁出现，比较有代表性的如"诗生活""诗江湖""界限""灵石岛"等，它们深刻地影响着诗歌创作与传播的形态。

网络的兴起，带来了诗歌表达与交流方式的变迁。与之前相比，网络时代的诗歌写作更加注重思想文化的互动性。诗歌开始走出个人的狭小空间，越过学院封闭的围墙，甚至溢出书写（文字）的拘囿，步入新

---

① 转引自桂杰：《作家刘恒打造〈窝头会馆〉》，《中国青年报》2009年8月18日。

的天地。网络的超文本、超链接、多媒体属性,不仅为诗人提供了更加开放、自由的创作平台,也为读者的阅读及参与创作提供了崭新的空间。

同时,诗歌的传播方式、传播范围也发生了很大的变化。可以看到,一度疏远诗歌的媒体开始接纳诗歌,各种诗歌样式的片段和关于诗歌的各种谈论,逐渐出现在报纸副刊、时尚休闲杂志、广播电视节目、文化娱乐场所乃至手机信息中。文化的型变越来越介入到诗歌的生成中,从不同层面重塑诗歌的形态。值得注意的是,媒体化的诗歌创作与批评在这个发展过程中呈现出两种趋向:一是观念、立场的绝对化,非此即彼的两极对峙比较多见;二是认知的相对主义悬置或模糊了对诗歌作品的价值判断。中国诗歌的某些困境由此而愈加鲜明地凸显出来。

21世纪诗歌的重要特征之一是它与社会现实之间所形成的张力关系,这主要体现为"事件诗"的写作。比如2008年汶川地震发生后,诗歌界一时间出现了大量的"地震诗",以及与之相关的理论探讨。"地震诗潮"带来的与其说是一个契机,中国诗歌借此扩大了自己的社会影响,不如说是一次重新检讨诗歌与社会、时代之关系的机会。从中可以看出的是,"地震诗潮"再一次凸显了诗歌与社会、时代之关系的两个层面:一是在不同历史阶段,社会、时代对诗歌有不同的要求,一是诗歌在社会、时代主流文化中所处的位置已发生变化。当一些社会事件(如汶川地震、冰冻灾害、新冠疫情等)进入诗人视野,诗歌写作的现实性得到了集中呈现,诗歌被推向"事件性"的窄口。诗人们的写作虽然是围绕着事件本身,但学界对这些作品的讨论往往会溢出诗歌的理论范畴,向21世纪的诗歌创作提出新的追问。与"事件诗"相关的还有"梨花体"、余秀华的写作等引发的讨论热潮,这与诗歌领域的"公共性"问题相关。

底层写作、打工诗歌在这一时期也引起了广泛的关注。在诗歌创作领域,"底层写作"的提出有其特定的来由。这一方面与当前诗歌所处的错杂语境有关,另一方面也是传统写实主义观念与先锋文学对垒的遗痕。诗歌与现实的关系问题,是新诗史上持续困扰着诗人与诗评家的重要问题之一。在评价21世纪诗歌领域的"底层写作"时,有一种看法值得关注:"作为诗歌,面向底层的写作不应只是一种生存的吁求,它首先还应该是诗。也就是说，它应遵循诗的美学原则，用诗的方式去把握世界、去言说世界。我们在肯定诗人的良知回归的同时，更要警惕'题材决定论'的回潮。伟大的诗歌植根于博大的爱和强烈的同情心，但同情的泪水不等于诗。诗人要将这种对底层的深切关怀，在心中潜沉、发酵，通过炼意、取象、结构、完形等一系列环节，调动一切艺术手段，用美的规律去造型，达到美与善的高度协调与统一。也许这才是面向底层的诗人所面临的远为艰巨得多的任务。"① 虽然经过多年的摸索和实践，新诗历史上的诸多问题并没有得到很好的解决，诗人们在写作中仍然需要思考如何处理诗歌与现实的关系。比如，"打工诗人"郑小琼的诗作大多取材于她工作的某个五金厂，在她的眼里，到处是"在时间中生锈的铁，在现实中颤栗的铁"，这些铁"露出一块生锈的胆怯与羞涩"（《生活》），显示出诗人深刻的自我审视。这些源自诗人切身体验的诗作表明，用诗歌书写现实的方式是多层次、多角度的，有效地开掘诗歌与时代语境之间多层次的联系，是中国诗歌突围眼下的"压力"而获得生机的重要前提之一。

21世纪诗歌还关注城乡差异问题。随着城市化进程的不断加快，一批批打工者背井离乡，进入到城市谋生，城乡差异问题引起越来越多的关注。从诗歌文本来看，诗人们对这个问题的思考主要表现在两个层面，一个是表达对传统乡土社会的深切怀念，一个是表达对城市发展的批判性反思，以及城市生活给他们带来的失落感。

虽然21世纪的社会众声喧哗，不断催生着诗学观念与写作形式的新变，但仍然有一些从20世纪八九十年代走来的诗人，沉潜而不懈地进行着诗艺的探索。臧棣（原名臧力，1964— ）在诗歌写作上的多产无疑给人留下深刻的印象，迄今他已出版诗集20余部。臧棣的写作有一种能让他从众多诗人中脱颖而出的品质：就诗作的整体意绪来说，它们并没有刻意表现出时代给予诗人的内心波动，相反，它们更多表现为一种堪称精湛的技艺；似乎只有通过这种技艺，诗歌才能更深地切入这个时代的生活，更好地与时代发生关联，与时代进行巧妙的周旋。与臧棣在诗

---

① 吴思敬：《面向底层：世纪初诗歌的一种走向》，《南方文坛》2006年第5期。

歌观念上较为接近的西渡（原名陈国平，1967— ），一直保持着均衡、平稳的写作速度。他的诗歌力图展示这个时代的精神困境以及他对这些精神困境的超越，如《悼念约瑟夫·布罗茨基》《保罗之雨天书》等。贯穿于他作品中的是一种高迈（一如他所推崇的骆一禾提出的"修远"）的气质，当多数人迫于个人内心空茫而背弃甚至鄙视高迈时，西渡却义无反顾地持守着它。居于南京东郊一隅的朱朱（1969— ），经过多年显得沉寂的写作而积蓄起强大的力量，这使他的作品成为独立而不容忽视的诗歌磁场。他的诗集《枯草上的盐》（2000）确立了其基本风格，近年来他的写作呈现出结构繁复、主题多层次的特征。如果说朱朱早年的诗歌更为注重展示语词之间的隐秘关联和语言自身的魅力，那么近几年，他则开始转向对诗歌主题的深度开掘、对诗歌表达词与物关系的独特能力的培育。这在他的《鲁滨逊》《皮箱》《清河县》（组诗）等作品中得到了充分展示。

"70后"诗人作为经受了1980年代理想主义余韵的熏染和1990年代之后商业化浪潮洗礼的一代，在精神气质上无法不同时打上两个时代的烙印。总的来说，他们的写作从诗艺与精神两方面寻求拓展，并已形成了可予把握的趋向：一方面，这些诗人专注于诗歌语言、技艺的持续探索与提升，如姜涛、韩博、马骅等，他们的诗歌在语义、语调、技法等细节上经常给人惊异之感；另一方面，致力于神性价值与超验之维的探寻和建构，这一取向，在蒋浩、孙磊等人的长诗中格外突出。"70后"诗人写出了不少体悟现实的"介入性"诗作，如姜涛的《秋天日记》、韩博的《未成年人禁止入内》、阎逸的《猫眼睛里的时辰》、孙磊的《处境》、王炜的《普陀山》等，这些诗作的重心看似放在诗艺的推进上，实则不少作品在以隐喻的笔法切入当下的现实生活。

21世纪的女性诗歌写作在两个向度上展开，一个是对超越性别的人类共性问题的观照，一个是对人性深度的探索与开掘。诗人们不注重一般意义上的抒情，摒弃了情感的张扬与恣意，更多进行的是一种柔和而细密的叙说。这期间，值得关注的女诗人有如下几位。在写作中不以凸显性别意识为目的的冯晏（1960— ），她的诗歌具有浓厚的哲学意味："你思维的轨迹，犹如／成群蚂蚁爬过的／白色细沙，惊人的密纹／足够我用破解密码的焦虑／去观察一生的。"（《复杂的风景——致维特根斯坦》）向来不事张扬的代薇（1964— ），非常擅于刻写瞬间的微妙感受："当我写下'鸟巢'／里面的鸟群惊飞了／／当我写下'火'／这页纸已不存在／／当我写下'黑暗'／它其实已经被照亮／／当我写下'永恒'／我就是在目睹钻石的溶化。"（《随手写下》）池凌云（1966— ）在显得冷峭的诗句中，蕴含着关于生命的深透的疼痛体验："此刻，奔涌的大海／正回到一滴安静的水。／没有一首歌属于我！／／它的心空悬／深蓝色的囊让它看上去更美。／没有一首歌属于我。"（《歌》）鲁西西（原名鲁溪，1966— ）则是从近乎神性的维度写出了细密的人性奥秘："喜悦漫过我的脚尖，脚背，脚后跟，它们克制着，／不蹦，也不跳，只是微微亲近了一下左边，／又亲近了一下右边。"（《喜悦》）；周瓒（原名周亚琴，1968— ）则善于通过语感的克制来获取诗意呈现的平衡："而几乎和蝴蝶一样，那灵敏而闪忽的心灵／回旋着落入你的手掌，被你握住／又瞬息间消融在你的掌心。"（《白日梦》）这些诗人的写作呈现出了当代女性诗歌的新面貌。

近年来，快递诗歌、外卖诗歌等写作潮流也不断涌现，这样的写作里面同样也包蕴着写作者的身份问题。随着时代和技术的持续发展，诗歌与大众之间的藩篱似乎正在逐渐消除，但这种"消除"并非短期内就能完成，这里不仅需要批评家继续进行"解诗工作"，也需要读者不断提高自身的阅读水平。

总的来说，在 21 世纪，各种新媒体、新技术的出现已深刻改变了诗歌创作与传播、接受的形态。以往的纸质媒介逐渐被电子媒介所替代，诗歌创作出现即时性、无主体性等特点。新媒体、新技术一方面给诗歌创作带来了便利，另一方面也引发了诗歌创作者身份模糊、主体性缺失等问题，以及诗歌评价标准的混乱。诚然，网络化或数字化借助于它无形的触须和虚拟的样态，赋予了时代生活一种"软性"特征，但当这作为一种载体或手段渗入诗歌写作时，则强化了当前众声喧哗、急促无序的局面。这使得诗人们不得不重新审视自己的身份和处境，并在与技术的抗争中探索诗歌写作的新可能。

第七节 2000 年以来的散文

进入 21 世纪以来，中国社会政治、经济和文化语境与此前相比有了较大变化，散文创作显得相对平静，却也不乏引人关注的新现象。

文化散文和学者散文的延伸 与这一时期的文化散文类似，21 世纪的学者散文也表现出了明显的承续性。学者从自我个体出发，怀人忆事，奉上了不少佳作。代表性的作品有杨绛《我们仨》、谢冕《悲喜人生》、刘亮程《先父》、孙郁《小人物与大哲学》、祝勇《木质的京都》、木心《哥伦比亚的倒影》等。其中《我们仨》是杨绛在女儿钱瑗和丈夫钱锺书先后离世后，对自己三口之家 63 年来风雨生活的回忆，也有对时代和历史的呈现。在情感基调上，《我们仨》没有丧失亲人后的大悲大恸，而是显示了一个历经沧桑的老人的淡定与平静，给人以人性的温馨和启示。夏坚勇《绍兴十二年》定格于公元 1142 年（岳飞遭杀），以俯视历史兴亡的思想穿透力，展开对南宋社会的全景式剖析，刻画千古人性，拷问专制遗毒。

从某种意义上讲，文学是商品时代的敌人。但商品时代作为一个大背景，又是文学的母体和悲凉的恩师。正是因为它，一种物质和欲望筑成的不可穿凿的壁垒，才使精神和文学有了另一种可能性：一次彻底的决绝。……然而，一个时期真正的精神危机却是心灵上的慌乱和庸俗的喜乐，那样的结果只能是正在发生的悲剧：太多的作家正以自己的努力融进那个"背景"，惟恐被一个狂飙突进的时代所抛弃。（张炜：《精神的背景——消费时代的写作和出版》）

"新散文"的探索 "新散文"的命名来自 1998 年云南《大家》杂志推出的"新散文"栏目。当年，《大家》在"新散文"栏目推出了张锐锋和庞培的作品，此后，又持续刊发了宁肯、祝勇、周晓枫、马丽、于坚等一批作家的散文创作，迄今已经持续 20 多年。所谓"新散文"，是对新文学以来的散文传统以及逐渐形成的一些模式化写作的叛逆，比如要打破新文学以来形成的"小品文"和"随笔"的文体范式，以及在 20 世纪五六十年代的环境中趋于模式化的散文套路。"新散文"特点如下：第一，个体性。与传统散文强烈的意识形态色彩相比，"新散文"

重视"向内心窥探",书写作家心中的大世界。"新散文"要求写出"我"的声音,认为散文是一个人的讲述,一个人的思考。第二,去中心化。"新散文"不再围绕中心写作,而是企图写出生活的复杂性和个体的丰富性。从叙事方式来说,它否定事物之间的因果性,认可复杂事实之间的相关性。第三,大容量。"新散文"一改传统散文短小的形式和篇幅,追求更大的容量,扩张散文的规模,突出创作的主体性,试图把更为多样的跨文体写作手法引入到散文的世界中,诸如虚构情节、人物塑造、心理描写、场景设置,等等。张锐锋说,"一个灵魂必须具备飘动的能力",散文就是"让隐匿的事物发亮"。他的《大树的重心》,由冬天的第一场雪出发,抒写自己的"怀乡病"。面对雪中凌乱芜杂喧闹的城市,"我想到了相反的一些事情,童年的雪,乡村的雪",想起冬天乡村剪纸、碾米、做豆腐等年节风俗。周晓枫在《你的身体是个仙境》里,痛切、大胆地表现女性的成长经验,实践自己"写作必须有能力逼近破损的真相"的散文理念。于坚的散文多为日常生活之"记",如《住房记》《运动记》《装修记》等,他以略带嘲讽的口吻,记叙个人在生活之流中随时萌生、随时掠过的各种感觉与情绪。

"新散文"的文体实践中,也暴露出不少为学者和批评家所诟病的问题,如沉迷于细节、词语、伪个性等。正如批评家陈剑晖所指出的:"散文的个性应从两方面来理解:一方面,个性是对自我世界的体验,它忠实于自己的心灵和感受,是个体的感情和人格的自由自在的释放;一方面,个性又联系着社会、时代、历史、大众甚至整个人类。"① 从一些优秀的散文作品来看,是否被定义为"新散文"并不重要,重要的是写作者要具有突破旧格局的勇气,不断探索散文的文类潜能,方能创作出真正的既彰显审美个性又颇具社会影响力的作品,比如铁凝的《遥

声音

传统文学这一块,或叫纯文学,要能够在时间之流中站得住,决不是倒向市场化、类型化、网络化,通俗文学的某些元素,被它们所置换,恰恰相反,它需要的是更加坚守纯文学的审美立场,并且接受经典化的洗礼,才能以其强大的生命力存在下去。(雷达:《新世纪十年中国文学的走势》)

---

① 陈剑晖:《新散文往哪里革命?》,《文艺争鸣》2006年第5期。

远的完美》、南帆的《村庄笔记》《故乡的纹路》等，皆是如此。李敬泽在《上河记》中感悟山水之雄美，追求与土地同频共振的生命体验；在《我在春秋遇见的人和神》中，"从二十一世纪穿越过去，在春秋战国几百年间漫游，有所见、有所思、有所笑、有所悲，信马由缰"，各种古代人物的灵魂纷至沓来，散文文体自由腾挪的优势与作者的辽阔神游，相得益彰。值得一提的还有祝勇的《永和九年的那场醉》、鲍吉尔·原野的《流水式的走马》、庞余亮的《白露》、塞壬的《悲迓》、冯秋子《我跳舞，因为我悲伤》、格致的《女人没有故乡》、毛尖的《没有人看见草生长》、张怡微的《生里沿洄》、葛水平的《看戏去》、张屏瑾的《纸上的"流明"》》等，这些篇章题材殊异，语言讲究，风格突出，颇具创新的自觉和活力。

新媒体散文的活跃　散文的繁荣离不开媒介的变革。随着移动互联网技术的升级迭代，网络散文从最早的"天涯社区""红袖添香""榕树下""百家文学"等网上文学社区和论坛，发展到如今随写随读、阅读者同时也是写作者、几乎全民写作的新媒体散文时代。从虚拟社区到独立门户，从博客、微博到微信公号，散文版图正不断扩张。从一些已经出版的新媒体散文集，可以看出新媒体散文的基本面目。

将个人日常生活以文学性的方式展现出来，积极更新和分享给读者，这是新媒体散文的重要特征。新媒体散文在内容上无所不包，日常生活的记录、各种知识的分享、个人情感的诉说、热点话题的评论、旅行记、书评影评、科学探索，等等，最大限度地体现了散文文体的多样性和差异性，可以说是与大千世界无缝相接。但从另一方面看，是否具备良好的文学修养、深刻的人生体验、高超的文学表现力，以及真诚的自我等，仍然是读者判断散文优劣的标准和尺度。比如沈书枝长期在豆瓣上发表对生活片段的记录，2015年她以《姐姐》一文获得豆瓣阅读第二届征文大赛"非虚构组"首奖。她的散文集《燕子最后飞去了哪里》也由豆瓣平台首发。她的《风吹乌桕树》《乡下的晨昏》等散文，承袭苦雨斋散文的遗绪，又有沈从文、废名等乡土散文的清音和底色，慰藉着城镇化过程中万千离乡者的惆怅心绪。同类型的新媒体散文作家还有黎戈、宋乐天等，他们以散文分享阅读体验，书写江南植物，以絮语闲谈、书卷气与亲和力，与读者建立起情感的联结和共鸣。黄灯的文章《一个农村儿媳眼中的乡村图景》发表后，被各大公号转载，随后带动起了春节"返乡体"散文的创作热潮。作为非虚构散文写作者，黄灯记录身边普通的人和事，为历史留下真实的"底片"，字里行间流露出热诚的社会责任感。李娟的《我的阿勒泰》《遥远的向日葵地》等先是在传统纸媒上发表，后来《我的阿勒泰》被改编成同名影视作品，深受欢迎，不仅拉动了新疆的文旅经济，她的"阿勒泰"也如沈从文的"湘西"、史铁生的"地坛"一样，成为 2000 年以来的散文中富于诗意的符号。

新媒体散文是数字传播时代的产物，未来必然会随着科技的发展而不断发生变化。它的前景如何，能否为散文世界创造出新的审美可能性，还有待更长时日的观察。

新时代中国文学，在市场化、商品化与主流文化推动下正经历新的裂变。在多维文化空间的交涌呈现中，中国文学又一次走在历史与时代的交叉口。

以文学现代性获得为主要实践内容的中国现代文学已历百年，对现代人学思想的探讨建构，对"人"的观念的发现与解放，文学本体的连续获得，构成其主要历程。中国现代文学，表述对现代中国的思考与情感，讲述现代中国蜕变、成长的故事，以人民为导向，以中国精神为灵魂，建构中国文学创作与批评话语，成就其业绩与探索。百年文学历史，诞生了鲁迅、郭沫若、茅盾、老舍、巴金、曹禺、沈从文、张爱玲、莫言、陈忠实等大师名家。

百年来，社会、政治、经济、军事、文化，官方与民间、西方与本土，各种力量轮番错杂地对中国文学施以影响与规约。中国现代文学的百年，就是文学与文学之外的种种力量博弈、对话、和解、平衡的百年，昂扬、奋进、不屈、坚守与忧伤、失落、痛苦、退让并存。

如今中国现代文学正在经历第二个百年，走向新时代，走向未来，走向世界。

魂兮归来，伟大的中国文学！

第一版后记

自1904年京师大学堂林传甲、东吴大学黄人的首两部《中国文学史》问世以来，中国文学史的编撰已经百年。其间有关中国现代文学史的著作有三百多部。文学史研究的进展一直令学术界关注。近年来，随着教学改革的发展，高校的中国现代文学史（含中国当代文学史）课程的教学课时有所缩短，新闻传播学、广告学、文秘学、戏剧影视学专业的中国现代文学史（含中国当代文学史）课时更少。应北京大学出版社要求，我们编著了这部一卷本《中国现代文学史1917—2010》（精编版），以供使用。

朱栋霖负责全书策划、修改定稿。张晓玥负责配图及图注，并负责设计、制作与本教材相配套的多媒体课件。

全书执笔（初稿、改写）情况如下：

导　言　朱栋霖　徐德明

第一章　南志刚　汪卫东　曹惠民　龙泉明　卢　炜　彭耀春

第二章　徐德明　秦林芳　江腊生　谢昭新　汪应果　朱栋霖　许霆　南志刚　汪卫东

第三章　朱栋霖　张晓玥　骆寒超

第四章　张晓玥

第五章　吴义勤　席扬　陈霖　江腊生　刘祥安　丁晓原　卢　炜　彭耀春

第六章　刘智跃　张晓玥

本教材配有该课程的全套多媒体课件，供课堂教学使用。由于条件所限，课件不随书赠送，需要课件的任课老师，可与北京大学出版社编辑部联系（联系方式见本书附页）。

  在此，向所有参加本书编著的同仁，向历来关心与支持本书工作的领导、专家、朋友，表示由衷的感谢！需要特别感谢的是，教育部高教司张大良司长和文科处长期的支持与关心、帮助。

  我们更热诚期待各高校教师同仁、大学生在使用这部教材时提出宝贵意见，俾使中国现代文学史的研究与教学臻于新的境界。

朱栋霖
2011 年 10 月 20 日

第二版补记

本书第二版修订，主要是：

1. 第一至五章，作了部分文字调整；第三章第二节、第五章第三节，由张晓玥、陈黎明撰写。

2. 第六章作了较大修改，文学史叙述延至2019年；本章第二节由陈霖撰写。

本次修订版中，每章加设二维码，内含专家讲座视频。您只需用手机扫描二维码，即可观看专家学术讲座。

"互联网+"文学史新形态著述，是本书的新尝试。希望各校教师、大学生在使用过程中提出宝贵意见与建议。

朱栋霖
2019年7月修订
2020年1月24日校改定

第三版后记

《中国现代文学史1915—2025》（精编版）（第三版）的文学史叙述时间延伸至2025年。在这一版中，第一个重要变化是，前五章除了部分文字有所微调外，基本保持不动，第六章做了大篇幅的改写与添加。

执笔如下：

第六章第一节、第二节吴义勤、刘智跃，第三节陈霖，第四节刘成才，第五节徐健，第六节张桃洲，第七节吕若涵。

朱栋霖全书修订、统稿。

另一个重要变化是，在文学体裁编排顺序上，从之前的小说—诗歌—散文—戏剧，调整为小说—戏剧—诗歌—散文。此与《中国现代文学史1915—2022》（上、下册）（第四版）中提出的文学体裁编排顺序相一致。

编者曾在《中国现代文学史1915—2022》（上、下册）（第四版）的修订后记中表达过如下意思：

中国现代文学史著的编撰已近百年，著述百余部，每一部史著的编撰者都曾为这四个体裁在叙述章节上如何编序煞费苦心，因此出现了各种各样的据体裁排序。编著者主要考量的是每一时期中各类体裁文学成就与影响的大小，在文学史的体裁排序中反映了编著者的评价意图与学术创意。但不同学者的学术视野、衡量标准不同，会产生不同的文学史叙述的体裁排序。严谨如唐弢先生与严家炎先生，两人的文学史体裁编序构想就很是不同，显然他们都曾为体裁排序颇费斟酌。显而易见的是，个人学术主观性不同，会导致体裁排序差异甚大。而且经常是在此一时代，对彼一时代的文学史的评价会产生很大差异，例如对于"十七年"

诗歌、小说的看法，时移境迁，差异甚殊。鲁迅当年力赞1920年代"散文小品的成功，几乎在小说戏曲和诗歌之上"，今日的您能确认吗？

编者期望在这本文学史中，通过对四个体裁的新的编序，能摆脱主观性，建构一个学理的标准；而对作家作品的学术评价，则只体现在具体的文学史叙述中。

编者在本书中采用的这个新的体裁编序方式，是按照先叙事虚构、后抒情言志的原则，即先小说、戏剧，后诗歌、散文。这里也期待将来更有学术创意的文学史叙述与体裁编序方式的出现。

朱栋霖

2025年7月8日

教师反馈及课件申请表

　　北京大学出版社以"教材优先、学术为本、创建一流"为目标，主要为广大高等院校师生服务。为更有针对性地为广大教师服务，提升教学质量，在您确认将本书作为指定教材后，请您填好以下表格并经系主任签字盖章后寄回，我们将免费向您提供相应教学课件。

书号/书名	
所需要的教学资料	
您的姓名	
系	
院/校	
您所讲授的课程名称	
每学期学生人数	_____人左右　　大学_____年级　　学时_____
您目前采用的教材	作者：_____　　出版社：北京大学出版社 书名：
您准备何时用此书授课	
您的联系地址	
邮政编码	联系电话（必填）
E-mail（必填）	
您对本书的建议：	系主任签字 盖章

我们的联系方式：

北京大学出版社文史哲事业部

北京市海淀区成府路 205 号，100871

联系人：张雅秋

电话：010-62757065

传真：010-62556201

电子邮件：zhangyaqiu@263.net

网址：http://www.pup.cn